Weitere Titel des Autors:

NEOCHRON-Trilogie
Band 1: Eine zweite Chance
Band 2: Tablet-Schach
Band 3: Zeitbombe

Arbulon

Die Takatomo-Verschwörung

Sternenreich – Rebellen des Imperiums – Serie
Band 1: Kaiserkind
Band 2: Para-Urlaub
Band 3: Echsenblut
Band 4: Rebellion
Band 5: Exil
Band 6: Goa

Sternenreich – Rebellen des Imperiums – Sammelbände
Band 1: Teil 1–3
Band 2: Teil 4–6

Zombiecalypse

Gus Masters: Lilith (Mai 2018)

Sternenreich – Die letzte Kaiserin (Herbst 2018)

Mars (2019)

Andreas Kohn

ZOMBIECALYPSE

Roman

Horror

Impressum

ISBN: 9781973535393

Korrektorat: Libri Melior
Cover: A.Kohn

Independently published
Andreas Kohn
Dallgower Str.10 -14
14612 Falkensee
https://andreaskohn-autor.de/

1

Martin kannte sich hier aus. Das war aber so ziemlich das Einzige, was er im Moment genau wusste. Die Bilder von Blut, Tod und Zerstörung, die ständig aus seinem Hinterkopf in sein Bewusstsein drangen, nahm er nicht ernst. Das konnten auch nur die Reste eines Albtraums sein. Hinzu kamen die beinahe unerträglichen Kopfschmerzen, die sein Denken wie in Watte tauchten. Trotzdem oder gerade weil er wissen wollte, was die Ursache dafür war, schreckte ihn das dunkle Kellergewölbe im Moment nicht. Er wusste gar nicht mehr genau, wie oft er früher die Stufen in den Getränkekeller unterhalb des Gasthauses genommen hatte. Auch wenn er selbst heutzutage nur Gast sein konnte. Zumindest vermutete er das.

Das Heulen altertümlicher Sirenen hatte ihn aus dem Bett getrieben. Genau wie die Bilder, die ihm nun im Kopf herumspukten, schienen die Sirenen nur Ausgeburten seiner Fantasie oder Reste eines Albtraums zu sein, denn sie brachen ab, kaum dass er auf den Beinen stand. Offenbar war am Vorabend eine Menge Alkohol im Spiel gewesen und ein klassischer Filmriss die Folge. Eigentümlicherweise hatte ein Blick aus dem Fenster genügt, um zu erkennen, wo er war. Aber daran, wie er hierhergekommen war oder was er hier verloren hatte, fehlte ihm im Moment jede Erinnerung.

Seine Mutter war hier in Darbow geboren und hatte einen Jungen aus dem Nachbarort geheiratet. Zusammen waren sie später nach Berlin umgezogen. Wegen der Bindung an die alte Heimat hatten seine Eltern später hier viele Jahre lang mit ihm die Sommerurlaube bei den Großeltern verbracht. Ihre Gesichter sah er vor seinem inneren Auge, genauso wie die Treppe vor sich. Zwar leicht verschwommen, aber erkennbar.

Darüber hinaus wusste er im Moment gar nichts. Im Gasthof selbst schien niemand zu sein, den er hätte fragen können, und auch die Straße war menschenleer. Ratlos hatte er im verwüsteten Gastraum gestanden, die umgestürzten Hocker und Biergläser sowie die große Lache klebrigen Bieres auf dem Boden betrachtet. Auf dem Tresen hatten – neben einem großen, blutverkrusteten Fleischermesser – zwei Finger gelegen. Erst hatte er gedacht, es wären Raupen. Aber nein, es waren wirklich zwei Fingerglieder eines Menschen. So, wie sie dalagen, wahrscheinlich von einer linken Hand.

Dann hatte er das leise Wimmern gehört und war ihm bis in die Küche gefolgt. Er dachte zunächst, dass der Verursacher der Besitzer der abgeschnittenen Finger wäre. Aber auch in der Küche war niemand. Das Klagen, Stöhnen und Wimmern war jetzt noch deutlicher zu hören, denn es war unglaublich still um ihn herum. Es kam eindeutig aus dem Keller.

Vierzehn abgewetzte Stufen aus rotbraunem Klinker. Die Wände rechts und links nicht einmal weit genug voneinander entfernt, dass er die Arme hätte ausstrecken können. Der muffige Geruch, der aus dem Keller nach oben strömte, würde sich wohl auch nie mehr ändern. Nasses Holz und tote Ratte, hatte der Wirt damals grinsend gemeint und verboten, dass sie allein dort hinuntergingen.

Während er die letzten Stufen vor sich hatte, schaltete er die kleine Taschenlampe ein, die er sich vom Küchentisch genommen hatte. Der Drehlichtschalter oben an der Treppe funktionierte wie erwartet wieder einmal nicht. Schwaches, gelbliches Licht fiel flackernd auf die alte Holzbohlentür vor ihm. Martin schlug die Taschenlampe unsinnigerweise mehrfach in die hohle Hand, in der Hoffnung, dass die Batterien ihre Leistung verbesserten. »Die haben auch schon bessere Zeiten erlebt«, murmelte er, als zumindest das Flackern aufhörte und ein schwacher, aber konstanter Lichtstrahl die schmale Treppe einigermaßen erleuchtete.

Die Klinke war ein verschnörkeltes Teil aus den Zwanzigern des vorherigen Jahrhunderts. Martin wechselte die Lampe in seine Linke und nahm mit der nun freien Rechten die Klinke in die Hand. Dann legte er sein Ohr an die Tür und lauschte. Jetzt war das Wimmern und Stöhnen deutlich zu hören. Das mehrstimmige kurze Heulen konnte unmöglich durch die Zugluft entstehen, dazu waren die Töne nicht lang genug gezogen. Martin bekam Gänsehaut. Seine Nackenhaare und der dichte schwarze Flaum auf seinen Unterarmen stellten sich senkrecht. »Hallo?« Ein Tropfen Kondenswasser tropfte auf sein Gesicht und er bekam einen gewaltigen Schrecken. Dabei hielt sich Martin keineswegs für ängstlich. »Hallo? Ist da jemand?«, rief er jetzt etwas lauter. Langsam drückte er die Klinke, die quietschend beinahe senkrecht nach unten bewegt werden musste, um den Sperrriegel auf der anderen Seite der Tür weit genug nach oben zu drücken, dass er sie öffnen konnte.

In den vielen Jahren seit ihrer Herstellung waren die gusseisernen Türbeschläge leicht angerostet, das Holz aufgequollen und der Rahmen etwas verzogen. Martin musste mit der Schulter kräftig dagegendrücken, um sie einen Spalt weit aufzubekommen.

Erneut wurde das Wimmern deutlich lauter. Aus dem schmalen Spalt strömte noch mehr eiskalte und abgestandene Luft in seine Nase. Der Geruch war erheblich schlimmer, als er erwartet hatte, und nur kurz vor dem Würge- und Brechreizlevel – dachte er. Als er, sich Mut machend, dennoch tief einatmete, revidierte er seine Meinung sofort. Wenn das nicht schon mal darüber lag. Hatte der Wirt hier etwa unverpacktes Fleisch gelagert? Es roch nach Verwesung und Tod. Er ließ die Klinke los und legte die Hand auf Mund und Nase. Behutsam steigerte er den Druck seines Fußes, den er gegen das Türblatt drückte, um sie weiter zu öffnen.

Der einzige Raum hinter der Tür würde nicht sonderlich groß sein. Vielleicht fünf auf sechs Meter. An den Wänden hatte der Wirt vor ein paar Jahren die alten Holzregale durch moderne Schwerlastregale aus Metall ersetzt. Was er dort zu sehen bekommen würde, hätte eigentlich ein ganz normaler Vorratskeller sein müssen. Nur eben nicht für Lebensmittel. Da hätte das Gesundheitsamt kaum mitgespielt. Aber Bierkisten, Schnaps, Cola-Dosen … eben alles, was ein Wirtshaus so brauchte. Die Fässer lagerte der Wirt lieber in einem Schuppen hinter dem Gasthaus. Sie die enge Kellertreppe rauf- und runterschleppen zu müssen, wäre sowohl unpraktisch als auch gefährlich gewesen.

Was Martin aber auf den ersten Blick zu sehen bekam, war Schwärze. Die Taschenlampe versagte endgültig ihren Dienst. Seine Augen brauchten ein paar Sekunden, bis sie sich an das Dämmerlicht gewöhnt hatten. Durch den Spalt meinte er, ein rötliches Glimmen in Form zweier roter Punkte zu sehen. Neugierig drückte er die Tür vollends auf. Das Wimmern schien nun direkt vor ihm zu sein. Vom Geruch angeekelt, aber von der Neugier gepackt, rang Martin mit sich, ob er einen weiteren Schritt nach vorn oder die Treppe wieder hinaufgehen sollte.

All seinen Mut zusammenreißend, nahm er die rechte Hand aus seinem Gesicht und streckte den Arm langsam weit nach vorn aus.

Zaghaft trat er über die Schwelle. Der Türrahmen, der das Licht von oberhalb der Treppe reflektierte, lag nun nicht mehr in seinem Blickfeld, und seine Augen gewöhnten sich immer besser an die hier herrschende Dunkelheit.

Aus der Schwärze schälten sich die Umrisse von Gestalten, die sich wiegend auf der Stelle hin und her bewegten. Viele Gestalten, wie Martin verwundert feststellte. »Was macht ihr hier unten?«, fragte er den Mann mit dem dunklen Sakko und dem breitkrämpigen Hut, der ihm am nächsten stand. Er hatte ihm den Rücken zugewandt und drehte sich bei der Berührung von Martins Hand auf seiner Schulter ganz langsam um. Überhaupt schienen sich alle Gestalten im Keller bewusst zu werden, dass die Kellertür geöffnet worden und jemand zu ihnen gestoßen war.

Martin versuchte, noch jemand anderen im Raum zu erkennen, doch der Mann stand ihm im Weg. Als der Mann sich endlich so weit gedreht hatte, dass er ihm direkt in die Augen schauen konnte, gefror ihm das Blut in den Adern, und plötzlich fielen ihm ein paar besonders wichtige Dinge wieder ein. Verzweifelt versuchte er, die Türklinke zu erreichen und die Tür wieder zuzuziehen. Er scheiterte aber daran, dass der Mann bereits einen halben Schritt auf ihn zugekommen war. Fluchend warf sich Martin herum und stürmte die Treppe nach oben, zurück in das Wirtshaus.

2

Schneller als es die steile Treppe eigentlich zuließ, raste er nach oben, immer drei Stufen auf einmal nehmend. Beinahe wäre er auf dem obersten Treppenabsatz gestolpert. Ein kurzer Blick zurück genügte, um sein Herzklopfen noch zu verstärken. Verdammt, er hatte sie freigelassen. Was war nur in ihn gefahren, dass er vergessen hatte, wie gefährlich die Welt geworden war? Erst das Gesicht, in das er zunächst so arglos geblickt hatte, schien den Damm des Vergessens gebrochen zu haben. Er wusste im Moment noch nicht, wieso er alles vergessen hatte, aber das war jetzt auch nicht wichtig.

Er schloss die Tür, die in der Küche des Gasthofes in den Keller führte, hinter sich, lehnte sich einige Sekunden von außen dagegen und holte tief Luft. Das dünne Sperrholz würde die Meute kaum lange aufhalten. Zumal sie, vom Keller aus gesehen, nach außen aufging. Fieberhaft überlegte er, welche Optionen er hatte. Die weißen Fliesen an Wänden und Boden waren gefährlich glatt. Sich hier auf einen Kampf mit ihnen einzulassen, war undenkbar. Sobald er ausrutschte, würden sie über ihn herfallen und zerfleischen. Es gab zwei weitere Ausgänge. Der eine führte neben der Kellertreppe nach oben, in die Privaträume der Wirte, der andere in den Schankraum. Eine der Regeln, die er auf die harte Tour gelernt hatte und die ihm so nach und nach nun wieder einfielen, war: Geh niemals nach oben. Immer zu den Seiten hin ausweichen. Oben bedeutete Sackgasse und damit den Tod. »Schöne Scheiße, Martin«, verfluchte er sich selbst. »Warum, um alles in der Welt, konntest du nicht liegen bleiben?« Dalina fiel ihm wieder ein. Hatte sie ihm gestern etwas ins Essen getan? Nein. Das sähe ihr nicht ähnlich. Warum auch?

Die düsteren Bilder, die er im Kopf hatte, waren keine Nachwirkungen eines Albtraums. Der verwüstete Gastraum, der Gestank, die leeren Straßen des Örtchens – das hätte ihm doch alles Warnung genug sein müssen, dass hier etwas nicht stimmte. Aber nein, kaum hatte er das Wimmern aus dem Keller gehört, musste er auch prompt hinunter, um nachzusehen. »Idiot.« Etwas stieß hinter ihm gegen die Tür. Nicht fest, aber doch so, dass er genau wusste, dass sie da waren. »Dalina!«, rief er laut, um sich gleich darauf auf die Unterlippe zu beißen. Eine weitere seiner eigenen Regeln fiel ihm ein: Nicht laut rufen, wenn sie deine Witterung aufgenommen haben. Die Quittung bekam er prompt. Noch unbeholfen, aber doch kräftig donnerten offenbar Fäuste gegen das Türblatt auf der anderen Seite.

Martin ließ den Hacken seines linken Beines an der Tür, um sie weiterhin zu verkeilen, und beugte sich mit einem Ausfallschritt weit nach vorn. Mit beiden Händen griff er die Kante des schweren Tisches und zog ihn zu sich heran. Das Rumpeln, als die Tischbeine über die Fugen der Fliesen rutschten, war genauso laut wie sein Ruf nach Dalina. Entsprechend gebärdete sich die Meute hinter ihm sofort noch wilder. Langsamer und vorsichtiger zog er ihn ganz zu sich heran und positionierte ihn an seiner statt vor der Kellertür. Das brachte ihm im besten Fall nur ein paar Sekunden, aber immerhin.

Jetzt musste er, so schnell es ging, die Beine in die Hand nehmen und aus dem Gasthof verschwinden. Hinüber in die Feuerwache. Einen Augenblick lang hatte er an die Kirche gedacht, wegen der schweren Eichentüren. Aber wenn sie ihn dort umzingelten, würde er verhungern. Nein, die Feuerwache war die bessere Wahl. Auch Dalina würde dieselben Gedankengänge gehabt haben und vermutlich bereits dort sein. Er warf einen letzten Blick auf die Kellertür und hastete los.

Küche und Gastraum trennte nur eine Schwingtür. Kein Hindernis, wenn sie erst aus dem Keller heraus waren. Auf einem der Tische entdeckte er seine Lieblingswaffe: eine gut anderthalb Meter lange angespitzte Eisenstange. Hastig griff er nach ihr und steckte sie sich in eine dafür angebrachte Schlaufe an seinem Hosengürtel.

Die Tür des Gasthauses selbst ging nach außen auf. Auch wenn sie etwas massiver war, wenn von innen zwanzig oder mehr dieser Kreaturen dagegendrückten, hielt auch sie keine zwei Minuten stand. Dennoch verschloss er sie sorgfältig und zog mühevoll einen großen Blumenkübel davor. Das verschaffte ihm vielleicht weitere fünf Minuten.

Fast zwei Jahre lang hatten sie nach dem Zusammenbruch in Berlin täglich um ihr Überleben gekämpft. Dabei waren ihre Feinde nicht nur das schier unendliche Heer an Untoten. Emre, der Anführer der Gruppe von Überlebenden, der sich Dalina und er angeschlossen hatten, war keinen Deut besser. Es wäre nur noch eine Frage der Zeit gewesen, bis sich einer von ihnen eine Kugel eingefangen hätte. Deshalb hatten sie sich in einem günstigen Augenblick kurzerhand abgesetzt und waren vor ein paar Tagen hier aufgetaucht.

Darbow, das kleine verschlafene Örtchen, lag kaum zwanzig Autominuten westlich von Berlin. Zu Fuß hatten sie dagegen über sechs Stunden gebraucht. Tatsächlich waren ihnen hier nur drei dieser Kreaturen begegnet. Im Gegensatz zu den Zuständen, die in Berlin herrschten, war das keine große Herausforderung.

»Wo sind die denn alle?«, hatte Dalina mürrisch gefragt.

»Vielleicht hat das Militär hier bereits am Anfang alles schon gesäubert. Oder sie sind in Richtung Berlin marschiert.«

Im Gegensatz zu Dalina, die ihm während des Zusammenbruchs das Leben gerettet hatte, war er froh über den Umstand, sich endlich einmal unbesorgt schlafen legen zu können. In Berlin lebte man häufig in der Angst, dass sich eine der Kreaturen in der Nacht über einen hermachen könnte. Der blonden Russin dagegen machte das Fehlen der Gefahr scheinbar bereits jetzt zu schaffen. Martin vermutete, dass ihr der Adrenalinkick fehlte. Oder sie war einfach irre. Aber das verwarf er sofort wieder. Wenn es jemanden gab, der wusste, was er oder sie tat, dann war das in der Regel Dalina.

Die wahrscheinlichste Lösung des Rätsels hatten sie relativ schnell gefunden. Nahezu alle Einwohner hatten sich noch während des Ausbruchs der Epidemie in ihren Kellern verschanzt. Vermutlich in der Hoffnung, dass der Kelch an ihnen vorübergehen würde. Aber es reichte schon, wenn bereits einer infiziert war. Sehr wahrscheinlich waren sie beim endgültigen Zusammenbruch der Ordnung bereits längst zu jenen Kreaturen geworden, die nun überall auf der Welt die Jagd auf die noch letzten lebenden Menschen eröffnet hatten.

Zwei Jahre zuvor war alles so wahnsinnig schnell gegangen. Noch am Morgen hatte er beim Frühstück gelangweilt den Nachrichtensprechern gelauscht, die von amoklaufenden Irren aus New York und Delhi berichteten. Und am Abend hatte er sich bereits ängstlich in einem U-Bahn-Tunnel der Linie 7 in der Spandauer Altstadt verkrochen. Wie naiv er da noch gewesen war.

Im energiesparenden Dauerlauf, quer über den kleinen Marktplatz und an einem halben Dutzend Häusern vorbei, hatte er die Wache erreicht. Das alte, massive Backsteinhaus war etwas von der Straße zurückversetzt. In den Sommermonaten stand hier der Leiterwagen vor einem der beiden scheunengroßen Tore, wenn die gelangweilten Feuerwehrleute ihn auf Hochglanz polierten. Im Moment waren die Tore aber geschlossen und der alte rote Benz, für den Sammler wahrscheinlich ein Vermögen herausgerückt hätten, verrostete langsam im Inneren der Wache.

Auf ihrer Suche nach den Kreaturen hatten Dalina und er auch der Wache einen Besuch abgestattet. Daher wusste Martin, wie er hineinkommen konnte. Links hinter dem Gebäude ragte ein schmaler Turm etwas über zwanzig Meter in die Höhe. Unter dem Spitzdach hatte in alter Zeit eine Feuerglocke gehangen, mit der die Feuerwehrmänner einen Brand in der Umgebung melden konnten. Das war später, im Zeitalter der Telekommunikation, natürlich längst nicht mehr nötig. Heute war dort oben eine jener Katastrophensirenen untergebracht, die er zu hören geglaubt hatte. Außen am Turm befand sich eine Wendeltreppe, die in halber

Höhe zu einer Tür des Hauptgebäudes führte. Von dort kam man über eine weitere Tür in die Aufenthaltsräume der Wache selbst.

Martin nahm sich die Zeit, um über die Schulter zurückzuschauen, und atmete auf – noch waren sie nicht frei. Sobald er in der Wache verschwunden war, würden sich die Kreaturen im Laufe der Zeit ziellos immer weiter verteilen. Das machte es erheblich sicherer, sie nach und nach einzeln zu erwischen und endgültig zu erlösen.

Dalina redete von ihnen immer nur als Zombies. Als würden sie nur Protagonisten in einer Fernsehserie, einem Comic oder einem Horrorroman sein. Martin ließ nicht nach, sie davon überzeugen zu wollen, dass es immer noch Menschen waren. Auch – und das musste er bei der anschließenden Diskussion resigniert zugeben – wenn sie sich exakt so verhielten, wie ebenjene Zombies in den unzähligen Filmen. Er nannte sie eher Untote, lebende Tote oder Kreaturen. Sterbeverweigerer mit Beißambitionen klang zwar lustiger, war aber auch viel zu sperrig und der Sache wenig angemessen.

Der Handlauf der Wendeltreppe vibrierte, als er die ersten Stufen nahm. Um nicht zu viel Krach zu erzeugen, lief er jetzt deutlich langsamer. Zufrieden registrierte er, dass er noch immer keine Spur der Kreaturen entdecken konnte. Er war also vorerst in Sicherheit.

Mit einem Knirschen öffnete sich die Tür drei Meter über ihm.

3

»Mirjam.« Dennis gab sich keine Mühe, leise zu sprechen. Das Haus war längst sauber. Frei von jeglicher Zombiebrut.

Nach dem Zusammenbruch hatten sie die erste Woche total verschreckt in ihrer Wohnung ausgeharrt und darauf gewartet, dass etwas passierte. Irgendetwas. Aber nichts. Telefon, Fernsehen, Internet, Strom und Wasser … nichts funktionierte mehr. Dann hatten sie zaghaft versucht, zu den Nachbarn Kontakt aufzunehmen, aber niemand hatte geantwortet. Hinter einigen Türen hörten sie zwar Geräusche, aber niemand öffnete. Schließlich zerschlugen sie vom Laubengang aus ein Fenster der Nachbarwohnung und stiegen hinein. Dennis öffnete die Küchentür zum Flur und erschrak fast zu Tode. Der freundliche ältere Herr, der am Fahrstuhl immer so nett gegrüßt hatte, versuchte, ihn mit gefletschten Zähnen zu umarmen und zu beißen. Mit Mühe gelang es ihm, die Küchentür wieder zu schließen und aus der Wohnung zu entkommen.

In den letzten Nachrichten, die sie zu sehen bekommen hatten, war von amoklaufenden und um sich beißenden Infizierten die Rede gewesen. Die wenigen Verhaltenshinweise im Umgang mit den Befallenen, die sie noch zu hören bekommen hatten, rieten vor allem zum Wegrennen. Keinesfalls solle man sich beißen lassen. Ein Rat, der so witzlos und doch zum Schreien komisch war. Auf den teilweise brutalen Filmaufnahmen, die gezeigt wurden, war vor allem eines deutlich zu erkennen gewesen: Nur ein Kopfschuss beendete das Leben der Amokläufer.

Hinzu kam Dennis' Erfahrung aus dem Konsum einschlägiger Literatur des Horrorgenres. Der feuchte Traum jedes Horror-Fans war wahr geworden: die Zombiecalypse war da.

Einige Wochen lang hatten sie von ihren eigenen Vorräten gezehrt und sich nicht aus ihrer Wohnung getraut. Aber irgendwann war der Punkt erreicht, an dem sie keine Wahl hatten, wenn sie nicht verhungern wollten. Also vergaßen sie ihre Skrupel und brachen der Reihe nach alle Wohnungen auf. Das Beseitigen der ehemaligen Nachbarn bereitete ihnen nur zu Beginn Probleme. Sie bekamen mit der Zeit ganz automatisch eine gewisse Routine darin.

»Hast du die Vorräte aus der Gamil-Wohnung angebrochen?«

Mirjam Stern, Dennis' attraktive Frau in den Endzwanzigern, legte den Kopf schief und schaute ihren Mann böse an. »Natürlich. Oder kennst du noch jemanden hier, der das gemacht haben könnte?«

Dennis zuckte zurück. So hatte er seine Frage doch gar nicht gemeint. »Krieg dich wieder ein, Schatz.« Ihr größter Feind waren längst nicht mehr die Zombies, die gelegentlich auf der Straße vor ihrer Festung vorbeiliefen. Es waren die Langeweile und die Aussicht darauf, irgendwann zu verhungern. In letzter Zeit kam es immer öfter vor, dass sie sich wegen Kleinigkeiten in die Wolle bekamen. Aber ohne Internet und Fernsehen, abends nicht ausgehen zu können, keine Freunde mehr, die man treffen konnte, fehlte einfach die Ablenkung von den Alltagsdingen. Lagerkoller nannte man das wohl. »Ich meine nur, dass wir langsam daran denken müssen, unseren Plan, nach draußen zu gehen, auch umsetzen sollten.« Er präsentierte seine Meinung so vorsichtig wie möglich. Mirjam wusste zwar, dass es irgendwann sein musste, die Vorräte würden schließlich nicht endlos halten. Dennoch hatte sie sehr deutlich gemacht, dass sie geradezu panische Angst vor diesem Tag hatte.

Schon lange bevor die ganze Sache angefangen hatte, waren alle Deutschen dazu aufgefordert worden, sich für den Ernstfall Vorräte an Wasser und haltbaren Nahrungsmitteln anzulegen. Dabei hatte man vermutlich weniger an den Ausbruch eines Zombievirus gedacht, als vielmehr an einen terroristischen Anschlag, der die Infrastruktur lahmlegen könnte. Erfreut hatten Mirjam und Dennis festgestellt, dass acht der zwölf Mietparteien im Haus der Aufforderung Folge geleistet hatten. Die Angst der Menschen vor einer Krise, die letztlich ganz anders verlaufen war, als sich irgendjemand in seinen kühnsten Träumen hätte ausmalen können, rettete ihnen vorerst das Leben. Geholfen hatte es den anderen natürlich nicht. Als die Seuche ausbrach und die Menschen starben, waren die Vorräte noch nicht einmal angebrochen worden. Die Toten, die bereits Minuten später wieder aufstanden, brauchten keine Nudeln. Sie fielen ausnahmslos über ihre Familienmitglieder, Passanten oder Einsatzkräfte her.

Wie hoch die Sterblichkeitsrate des Virus selbst war, wusste Dennis nicht. Es war ihm mittlerweile völlig egal. Wer starb, mutierte und fiel sofort seine Mitmenschen an. Man mutierte aber auch, wenn man eines natürlichen Todes starb. Zumindest deuteten einige der Toten in den Wohnungen, die sie aufgebrochen hatten, teilweise darauf hin. In der Thomas-Wohnung hatte sich das ältere Ehepaar offenbar aus Verzweiflung mit einem Strick erhängt. Das war zwar kein natürlicher Tod, aber zumindest selbstverschuldet. Als Mirjam und Dennis in die Wohnung eingedrungen waren, zappelten zwei hilflose Zombies im Wohnzimmer von der Decke vor sich hin.

Alles in allem hatten sie jetzt fast ein ganzes Jahr von diesen Vorräten gelebt. Einige Wochen würden die Reste sicherlich noch halten, aber dann würde Schluss sein. Egal, wie sparsam sie noch sein würden.

»Wir sollten uns gleich morgen früh auf den Weg machen. Wenn du möchtest, werde ich erst mal allein ein Stück vorgehen und die Lage sondieren.«

»Kannste knicken, Dennis. Ich lass dich nicht allein gehen.« Mirjam zeigte plötzlich keine Spur mehr von Streitlust. Allein zurückzubleiben war ganz und gar nicht ihr Ding.

»Ich denke trotzdem, dass du zunächst auf dem Vordach bleiben solltest, um die Gegend zu beobachten. Dann kannst du mich warnen, falls Zombies auftauchen.«

»Wir haben doch schon seit Wochen keinen mehr gesehen«, wandte Mirjam ein.

»Aber es gibt sie noch. Denk an unseren Fahrstuhlführer.«

Mirjam lachte gequält. Der einzige Untote, an den sie nicht herankommen konnten, war ein Nachbar, der sich beim Ausfall des Stromnetzes im Fahrstuhl befunden hatte. Seitdem randalierte er darin gelegentlich, wenn er im Treppenhaus eine Bewegung wahrnahm und raubte ihnen den letzten Nerv.

Dennis vermutete, dass es noch andere Überlebende der Katastrophe gab. Gelegentlich konnten sie in der Ferne Schüsse und Explosionen hören. Eine Möglichkeit, herauszufinden, wie es insgesamt um die Welt da draußen stand, hatten sie aber nicht. Zu Beginn der Katastrophe hatten sie abends noch mit dem Weltempfänger in den Äther gelauscht. Aber bis auf ein paar wenige Sender aus dem spanischen und russischen Raum, hatten sie nur Rauschen zu hören bekommen. Mittlerweile waren die Batterien leer. Mit dem Ausbruch der Seuche waren auch die Stromnetze und die Wasserversorgung zusammengebrochen.

»Außerdem will ich Überraschungen durch andere Überlebende vermeiden, wenn die mich auf der Straße herumlaufen sehen«, setzte er deshalb hinzu. Die Wahrscheinlichkeit dafür vermutete er zwar irgendwo gegen null, schließlich hatten sie mit einem Fernglas wochenlang die Umgebung beobachtet, aber er wollte es Mirjam so einfach wie möglich machen, ihm zuzustimmen. »Ich gehe in der Mitte der Straße bis zur Kreuzung. Dann erfahren wir endlich, wie es auf der Straße in Richtung Berlin aussieht.« Genau gegenüber ihres Hauses stand das Gesundheitszentrum der Neubausiedlung. Ein klobiger roter Kastenbau, der jeden Blick in Richtung des nur zwanzig Kilometer entfernten Stadtzentrums von Berlin verhinderte. Dabei waren sie unter anderem gerade wegen der Aussicht auf die Berlins Skyline zehn Jahre zuvor hier eingezogen. Aber kaum hatten sie es sich so richtig gemütlich gemacht, riss man den Flachbau gegenüber ab und setzte ihnen diesen Kasten vor die Nase. »Wenn ich dir ein Zeichen gebe, kannst du nachkommen.«

Mirjam nickte zögerlich. Wahrscheinlich, weil sie froh war, ihren Trip noch etwas hinauszögern zu können, auch wenn es nur ein paar Minuten waren. Dass sie sich auf eine ausgedehnte Shoppingtour freute, bezweifelte Dennis allerdings.

4

Dalina trat auf das Podest der Wendeltreppe und blickte durch die Gitter zu ihm nach unten. »Hast du dich endlich wieder beruhigt und willst dich entschuldigen?«, schimpfte sie mit leicht erhobener Stimme.

Dalina war manchmal kein angenehmer Mensch, stellte Martin fest. Auf der einen Seite hingen sie sehr aneinander. Sie hatten sich gegenseitig bereits etliche Male den Arsch gerettet. Sie ihm sogar häufiger als er ihr. Manchmal verstanden sie einander blind. Und dann wiederum konnte er ihre Gedankengänge einfach nicht nachvollziehen. Das hatte jedoch nichts mit Frauenlogik kontra Tatsachen zu tun. Unter anderen Umständen hätte er den Teufel getan und sich für mehr als einen One-Night-Stand mit ihr abgegeben. Aber selbst das war reines Wunschdenken. »Tut mir leid«, sagte er. Das war das Einzige, was sie im Augenblick hören wollte. Wie sie auf seinen Gedächtnisverlust und die Freilassung von fast dreißig Kreaturen reagieren würde, ahnte er bereits.

Dalina war rein optisch eine Augenweide. Obwohl sie bereits die Dreißig überschritten haben mochte, besaß sie eine schlanke Taille und war mit einer üppigen Oberweite gesegnet, die unmöglich echt sein konnte. Dazu trug sie hautenge Jeans und ein weit ausgeschnittenes T-Shirt, und war um den Kopf herum mit einer wallenden blonden Mähne ausgestattet. Der Traum jeder Männerfantasie. Das einzige Zugeständnis an ihre Situation schien das Tragen bequemer Sneakers zu sein. In Pumps war Wegrennen nun mal nicht so einfach. Auf jeden Fall sah sie wie das genaue Gegenteil zu der knallharten Zombiekillerin aus, die sie geworden war.

Er selbst war sicherlich auch nicht ohne. Aber ob er nur nicht ihren Ansprüchen genügte oder ob sie in dieser Situation einer

Liebelei einfach nicht zugeneigt war, wusste er einfach nicht. Wahrscheinlich war das in dieser Welt auch besser so.

»Der erste halbwegs anständige Kerl, der uns seit Wochen über den Weg läuft und du hackst ihm einfach die Finger ab. Du solltest dich was schämen, Marty.«

Martin schluckte schwer. Nicht nur, weil er sich immer noch nicht so richtig an den gestrigen Abend erinnern konnte. Dass sie ihn Marty nannte, zeigte ihm deutlich, wie böse sie ihm im Augenblick war. »Dalina, Liebes«, säuselte er zuckersüß, als er zwei Stufen unterhalb der Plattform angekommen war und zu ihr aufschaute. »Ich weiß nicht mehr so genau, was gestern alles passiert ist. Als ich aufgewacht bin, fehlte mir jede Erinnerung an überhaupt alles.«

»Du hast dich gerade einmal durch den Bestand des Gasthauses gesoffen, als Bernd aufgetaucht ist.« Dalina stemmte die Arme in die Hüften und beugte sich leicht nach vorn.

Martin konnte gar nicht anders, als ihr in den Ausschnitt zu starren. Das blütenweiße Shirt war tief geschnitten und verhüllte Dalinas Oberweite nur schwer. Martin vermutete längst, dass sie das mit Absicht machte. Aus ihrer Vergangenheit hatte sie nicht viel preisgegeben, aber eine Verwaltungsfachangestellte war sie mit Sicherheit nicht gewesen. Dazu wusste sie ihren Körper viel zu bewusst einzusetzen. »Und? Er hat mich sicher provoziert. Sonst habe ich doch noch nie solche Ausraster gehabt«, verteidigte er sich, ohne seinen Blick abzuwenden.

Anstatt ihn jedoch mit einer weiteren Schimpftirade zu überziehen, richtete sie sich plötzlich auf und blickte zum Gasthof. Dem Geräusch nach zu urteilen, war den Kreaturen der Ausbruch aus ihrem Gefängnis gelungen. Auf dem Marktplatz ergossen sich mehr als zwei Dutzend von ihnen, die mit hängenden Armen ziellos umherirrten. Dalina drehte den Kopf noch einmal zu Martin, der immer noch zwei Stufen tiefer auf der Treppe stand, schnaubte kurz verächtlich, bevor sie sich umdrehte und im Turm der Feuerwache verschwand. Die Tür ließ sie offen, was bedeutete, dass er ihr folgen durfte.

»Welche Ehre«, murmelte Martin. »War ja klar, dass sie mich jetzt braucht, um den Schlamassel wieder aufzuräumen.« In seinen Gedanken jedoch atmete er erleichtert auf.

Der Aufenthaltsraum der Feuerwehr nahm fast das ganze Obergeschoss ein. An der Seite gab es zwar noch zwei kleine Büros, eine Küche und einen großen Sanitärraum mit mehreren Klos und Duschen, aber im Großen und Ganzen wurde der Raum von etwa zehn Betten, den dazugehörigen Metallschränken, zwei langen Tischen mit Stühlen und einer Sitzecke ausgefüllt. Das Ganze hatte den Charme einer Kaserne. Letztlich war es das auch. Zu DDR-Zeiten war die Feuerwehr von Darbow noch eine Berufsfeuerwehr gewesen, die auch die beiden in der Nähe befindlichen landwirtschaftlichen Produktionsgenossenschaften zu betreuen hatte. Nach der Wende jedoch wurden die LPGs abgewickelt und die Feuerwehr in eine freiwillige umgewandelt. Martin wusste das, weil er in den Sommerurlauben gelegentlich an Übungen der Jugendfeuerwehr teilgenommen hatte.

Gleich auf dem ersten Bett lag ein schlanker junger Kerl, der bei seinem Eintreten zusammenzuckte und beinahe ängstlich die Füße an sich zog. Seine linke Hand zierte eine dicke Bandage, aus der nur Daumen, Zeigefinger und Mittelfinger herausschauten. Und der sollte ihn genug provoziert haben, dass er mit einem Messer auf ihn losgehen musste? »So besoffen kann ich doch nicht gewesen sein. Oder?« Er stellte die Frage einfach in den Raum und blickte verlegen zu dem jungen Mann, der wohl Bernd sein musste. »Ich hab keine Ahnung, ob du mir das verzeihen kannst, aber ich wäre für einen Neustart.« Dabei reichte er Bernd seine rechte Hand und versuchte, ein freundliches Lächeln aufzulegen.

Zögerlich schüttelte Bernd Martins Hand und nickte ihm zu. »Bernd«, stellte er sich vor.

»Wie geht es deiner Hand?« Die Situation war zwar so schon peinlich und Martin wollte nicht unbedingt Mitleid heucheln. Noch wusste er ja nicht, ob Bernd das nicht auch verdient hatte. Aber gar nichts zu sagen, hätte auch nicht gepasst.

»Tut noch weh. Aber es geht schon wieder«, stapelte Bernd unnötigerweise tief. Vermutlich wollte er nicht als Memme dastehen. Schon gar nicht vor Dalina. Dabei musste es in seiner Hand buchstäblich pochen. Mit ein paar Pflastern und einer Tonne Mull war so eine Verletzung noch lange nicht unter Kontrolle zu bringen.

»Wo ihr beiden jetzt gute Freunde seid, hätte ich einen Vorschlag zu machen.« Dalina stellte sich zwischen sie und reichte Bernd eine der langen Eisenstangen, wie Martin sie am Gürtel trug. Früher hatte man mit ihnen Baustellen abgesichert. Sie waren aus gedrehtem Stahl, vorne spitz und besaßen am hinteren Ende schon fast so etwas Ähnliches wie den Korb eines echten Degens oder Säbels in Form von zwei gebogenen Auswüchsen, an denen man ein Flatterband oder Warnbaken anbringen konnte. »Ehe es dunkel wird, solltet ihr noch ein paar der Zombies killen, bevor sie zu viel Unfug anrichten.«

Martin begutachtete zweifelnd Bernds verletzte Hand. So gut sie auch bandagiert war, der Geruch des Blutes, von dem die Kreaturen magisch angezogen werden würden, machte die Sache für ihn ziemlich gefährlich.

»Der liebe Martin hat es in seinem Suff nämlich geschafft, ein paar von ihnen auf die Straße zu lassen.«

Bernd grinste und erhob sich von seinem Bett. Voller Elan nahm er Dalina mit der gesunden Hand eine der Stangen ab und fuchtelte damit in der Luft herum. Martin bekam langsam eine Ahnung, wie er ihm gegenüber hatte ausrasten können. Bernd war ein Aufschneider vor dem Herrn und zeigte das deutlich. Er verstand nur nicht, warum Dalina das diesmal nicht erkennen konnte. Sie besaß, was das anbelangte, sonst einen nahezu übernatürlichen Instinkt. »Die Dinger sind schwer«, versuchte Martin trotzdem, Bernd etwas zu bremsen. »In fünf Minuten hast du einen tierischen Muskelkater im Arm und in sechs Minuten bekommst du das Teil nicht mehr nach oben.«

»Ach quatsch. Die Teile rammen wir jetzt gemeinsam ein paar Zombieärschen in die Körper.«

Martin schüttelte verwundert den Kopf. Wie der Junge – er war kaum älter als achtzehn – die letzten beiden Jahre hatte überleben können, grenzte für ihn bereits jetzt an ein Wunder.

5

Das Haus, aus dem Mirjam und er das letzte Jahr keinen Fuß vor die Tür gesetzt hatten, war ein typischer Nachwende-Protzbau eines Ex-Ossis. Gerüchte besagten, dass er es seinen Ex-Nachbarn absichtlich mit viel Geld von Bayern aus vor die Tür geknallt hatte. Frei nach dem Motto: Ihr Armen, schaut her, was ich in der Zwischenzeit geschafft habe und was ich mir jetzt leisten kann. 1995 gebaut, stand der in der Draufsicht h-förmige, dreigeschossige Bau am Rande der Siedlung mitten in einem abgewickelten ehemaligen Industriegebiet. Erst Jahre später wurden darum herum weitere Wohnhäuser und ein Jahr vor der Katastrophe gar ein komplettes Einkaufscenter in unmittelbarer Nähe gebaut. Ob der Bauherr am Ende also unverschämtes Glück oder einfach eine geniale Weitsicht bewiesen hatte, entzog sich der Kenntnis der Allgemeinheit.

Im Erdgeschoss vegetierten unter einem breiten Vordach bis dahin ein Matratzen-Studio, eine Fahrschule, zwei Versicherungsagenturen und ein Beauty-Studio mehr schlecht als recht vor sich hin. Erst kurz vor dem Zusammenbruch zeigte sich langsam eine Belebung der Gegend.

Auf der Rückseite des Hauses gab es einen großen Parkplatz für die Ärzte und den Anwalt, die den ersten und zweiten Stock belegt hatten sowie für die Mieter der zwölf Privatwohnungen im dritten Stock und dem Dachgeschoss. Je einen Zugang zum Haus gab es sowohl von der Straßenseite als auch vom Parkplatz aus. Zu den Privatwohnungen musste man im dritten Stock vom Treppenhaus über einen Laubengang auf der Rückseite zu zwei kurzen Fluren. Das allein machte ihr Haus zu einer wahren Festung.

Dennis war im ersten Stock durch ein Fenster im Treppenhaus auf das Vordach geklettert. Ohne Hausmeister wuchs zwischen dem Kies bereits hüfthohes Gras. Das hatte er von oben gar nicht wahrgenommen. Dann hatte er die lange Leiter, so leise es ging, herabgelassen und war, so schnell er konnte, die Stufen hinabgestiegen. Das erste Mal seit beinahe einem Jahr warf er einen Blick in die Geschäfte. Alles war dunkel und ruhig. In einer der Wohnungen hatten sie einen langen Metallstab gefunden, der ein wenig an einen Bootshaken erinnerte. Vielleicht war er das ja auch. Wozu jemand so etwas in seiner Wohnung gelagert haben mochte, konnte Dennis nicht sagen. Es war ihm auch egal. Damit konnte er wunderbar Zombies auf Distanz halten und mit der Spitze in den Kopf stechen. Das war die einzige Möglichkeit, den Untoten den Garaus zu machen. Mirjam hatte ihm die Lanze heruntergereicht und er war mitten auf die Straße getreten. Er war nun gute zwanzig Meter vom Haus entfernt.

»Siehst du irgendwas?« Mirjam hatte die Hände zu einem Trichter geformt und rief, so laut sie konnte.

Dennis zuckte sofort erschrocken zusammen und legte zischend den Zeigefinger an die Lippen. Er hätte sie vermutlich auch verstanden, wenn sie nur geflüstert hätte. Im Gegensatz zu früher herrschte ringsherum eine gespenstische Stille. Kein Autoverkehr, keine Züge, keine Flugzeuge. Nicht einmal Vogelgezwitscher war zu hören. Dennis sah sich nervös um. Er fühlte sich längst nicht so selbstsicher, wie er Mirjam gegenüber vorgegeben hatte. Vielleicht lag es daran, dass alles so völlig normal aussah. Kein Vergleich mit den Bildern, die in Endzeitfilmen in den Kinos oder im Fernsehen zu sehen waren. Die Straße war einfach nur leer. Es gab keine eingeschlagenen Fenster, keine zerstörten oder zurückgelassenen Autos, keine Knochen, die einfach so herumlagen und keine Monster, die es auf sie abgesehen hatten. Es schien, als wären Mirjam und er die letzten Menschen auf diesem Planeten.

Als sich nach drei Minuten lauschen immer noch nichts tat, drehte er sich in Richtung Kreuzung und marschierte los. Er lief die fünfzig Meter zwar unter den strengen Argusaugen von Mirjam, sollte ihm aber jetzt etwas passieren, hätte sie wohl kaum eingreifen können. Mit was auch. In Deutschland lag nicht einfach so an jeder Ecke eine Pumpgun herum. Oder doch? Das Polizeirevier kam ihm in den Sinn.

Nach fast einem Jahr konnte er das erste Mal einen Blick in die Berliner Straße werfen, die von hier aus bis nach Berlin führte. Hundert Meter entfernt, in der entgegengesetzten Richtung, lag die große Kreuzung, an der das Auen-Carrée stand, in dem ein großer Lebensmittelmarkt untergebracht war. Mit etwas Glück hätten sie mit den Vorräten, die sie dort zu finden hofften, für ihr ganzes Leben ausgesorgt. Statt Mirjam jetzt zu sich zu rufen, lief er zurück zum Haus und kletterte über die Leiter wieder auf das Vordach.

»Was ist los? Hast du irgendwas Schlimmes gesehen?«

Dennis grinste breit. »Im Gegenteil, mein Schatz. Der Weg bis zum Center ist vollkommen frei. Kein einziger Zombie, keine Hindernisse. Nichts. Aber ich habe eine Idee.«

Mirjam lauschte, was ihr Mann ihr vorschlug. Und sein Vorschlag hörte sich gar nicht so übel an.

6

Dalina hatte mit ihrer Bemerkung bezüglich der Kreaturen schon recht. Sie mussten sich um sie kümmern. Und zwar möglichst bald. Außerdem fühlte er sich schuldig an ihrem Ausbruch. Diese Aufgabe allein zu erledigen, war schon nicht ungefährlich und Bernd empfand er als großen Unsicherheitsfaktor. »Wo hast du die zwei Jahre gesteckt?« Martin versuchte nicht nur, etwas Konversation zu machen, sondern vor allem die Gelegenheit zu nutzen, um Bernd ein wenig auszuhorchen. Es kam ihm spanisch vor, dass ein so junger Kerl, der offenbar keinerlei Erfahrung im Umgang mit den Untoten hatte, einfach so und ohne irgendwelche Hintergedanken in das Gasthaus hereinstolziert gekommen sein sollte.

»Ich bin aus dem Lager bei Potsdam ausgebüchst«, erzählte er freimütig noch auf der Wendeltreppe und versuchte, seine Eisenstange wie einen Drumstick zwischen den Fingern wirbeln zu lassen, was natürlich komplett schiefging. Mit lautem Scheppern fiel sie auf die Stufen und rutschte vor ihm her, bis sie über die Kante glitt und unter ihnen senkrecht im Grasboden vor der Feuerwache stecken blieb. Verlegen schaute er hinter sich zu Martin hinauf.

»Sei ehrlich. Du hast noch nie eine Kreatur aus der Nähe gesehen oder sie gar umgebracht, oder?« Martin schickte verzweifelt ein paar Gebete in den Himmel, bekam aber keine Antwort. Weder von Bernd noch von oben. Dafür war er sich plötzlich sicher: Der Kerl war viel zu dämlich, als dass er irgendetwas im Schilde führen könnte.

»Da kommt schon einer«, sagte Bernd aufgeregt, noch bevor sie den Boden erreicht hatten.

»Erste Regel, Bernd: Wenn die Kreaturen in der Nähe sind, leise sprechen. Die haben ein Gehör wie ein Luchs. Die hören vielleicht sogar deinen Herzschlag. Schau einfach zu und lerne.« In einem Spielfilm wäre er jetzt über das Geländer auf den Boden gesprungen und hätte sich mutig der älteren Frau entgegengestellt. Seiner Erfahrung nach wäre er aber beim Aufkommen umgeknickt, hätte sich den Fuß verstaucht und wäre somit ein leichtes Opfer geworden. So drückte er sich also wenig elegant an Bernd vorbei und wartete geduckt am Fuß der Treppe, bis sie ihn erreicht hatte.

Die Frau trug ein fleckiges weißes Sommerkleid ohne Ärmel. Ihre Haut war faltig und stark vertrocknet, beinahe schon mumifiziert. Die dunklen Haare hingen ihr wirr ins Gesicht und ihre scheinbar weit aufgerissenen Augen waren nur die Folge der Verwesung. Die dünne Haut der Augenlider war im Laufe der zwei letzten Jahre längst vertrocknet und abgebröckelt. Ebenso waren die Lippen bereits fast nicht mehr vorhanden. Dass sie keine Vorderzähne mehr besaß, war Martin kein Trost. Er hatte gesehen, was die kräftigen Kiefer dieser Kreaturen auch ohne Zähne auszurichten in der Lage waren.

Hinter sich hörte er heftige Würgegeräusche. Bernd hatte zweifelsohne das erste Mal in seinem Leben eine der Kreaturen direkt vor sich. Viel blieb in diesem Moment nicht von seinen frechen Sprüchen übrig. Martin konzentrierte sich aber lieber auf sein Gegenüber. Jede Kreatur war anders, sagte er sich immer wieder. Ablenkung oder Lässigkeit bedeutete den eigenen Tod. Diesem Leitsatz verdankte er bis jetzt, dass er noch am Leben war.

Die Frau hob ihre Arme, als wollte sie ihn umarmen, und stakste langsam auf ihn zu. Bernd prüfte seinen Stand. Den linken Fuß nach vorn, den rechten quer. Die Eisenstange lag locker in seiner linken Hand, während er mit der rechten am hinteren Ende fest zupackte.

»Du musst den Stoß von unten nach oben führen. Die Stange ist schwer. Zuschlagen kannst du dir damit sparen, das würde nichts bringen. Du musst den Schädel mit der Spitze unterhalb des Kinns durchstoßen. Dort triffst du nur auf Weichteile. Die Kreatur ist meistens sofort erlöst.« Martin wusste nicht, ob Bernd überhaupt zuhörte oder noch mit Kotzen beschäftigt war. Es war ihm auch egal. Im Prinzip sagte er seinen Text – zumindest im Geiste – sowieso immer wie ein Mantra auf. Nachlässigkeit bedeutete den Tod. Hochkonzentriert wartete er auf den richtigen Augenblick.

»Da kommen noch zwei«, sagte Bernd.

Für einen flüchtigen Augenblick wanderte sein Blick an der Frau vorbei und suchte die neue Gefahr. Tatsächlich kamen dort zwei weitere Untote auf die Wendeltreppe zugewankt. Martin fluchte leise. Beinahe hätte er den Augenblick verpasst. Er stieß die Eisenstange von schräg unten nach oben, direkt zwischen Kehle und Kiefer der Frau. Mit einem lauten Knacken löste sich die Schädeldecke am Hinterkopf und der improvisierte Spieß schaute für eine Sekunde hervor. Martin zog ihn sofort zurück und sicherte die Umgebung. Die Frau jedoch fiel der Länge nach einfach zur Seite.

»Möchtest du auch mal?« Bernd war neben Martin getreten und betrachtete mit kalkweißem Gesicht den Körper der Frau zu ihren Füßen. »Mach es genau wie ich. Von unten nach oben. Nimm den Linken. Los.« Es half ja nichts. Irgendwann musste er es ja doch lernen. Bernd griff sich seine Eisenstange, die immer noch tief im Boden steckte und stellte sich dem linken Untoten in den Weg. Dabei hielt er sie in Brusthöhe quer vor seinem Körper.

»Hast du nicht zugesehen?«, schimpfte Martin leise und ließ dabei die beiden Kreaturen nicht aus den Augen. Er packte Bernd an den Schultern und drehte ihn um neunzig Grad. Dann wies er ihn an, die Stange korrekt zu halten, bevor er sich seinem eigenen Ziel zuwandte. Er nahm extra einige Meter Abstand zu Bernd. Sein Gegenüber war etwas eher heran. Er wiederholte dieselbe Prozedur wie bei der Frau ein paar Augenblicke zuvor. Der Mann hätte vermutlich ihr Ehemann sein können. Das Alter würde zumindest passen. Obwohl … so genau konnte er das bei dem Verwesungszustand auch nicht mehr bestimmen. »Von unten nach oben.« Wieder ein lautes Knacken, und der Mann sank erst auf die Knie und dann nach vorn auf das kaum noch vorhandene Gesicht.

Martins Blick ging sofort nach links. Die Haltung war einigermaßen okay. Bernd zitterte am ganzen Leib, dann stieß er zu. Die Eisenstange stach mitten durch die Brust, zerschmetterte dabei das Rückgrat und flog hinter dem Körper in hohem Bogen mindestens drei Meter weit, bevor sie zitternd in der Grasnarbe stecken blieb. Ungläubig starrte Bernd auf seine leeren Hände. Durch die bandagierte linke Hand hatte er die Stange nicht richtig festhalten können, deshalb hatte ihm der Schwung die Stange aus der Hand gerissen. Sein Gegner dagegen ging zwar direkt vor Bernds Füßen in die Knie, aber der Untote war noch lange nicht tot. Mit den Armen packte er Bernds Füße und zog ihn mit einem Ruck zu sich heran. Mit einem erschreckten Aufschrei fiel Bernd nach hinten. Verzweifelt versuchte er, seine Füße aus dem Klammergriff des lebenden Leichnams zu befreien.

Martin verdrehte die Augen und trat schnell hinzu. Er stellte sich über den toten Körper und hob, das richtige Ziel suchend, seine Stange etwas an. Der Kopf des ehemaligen Menschen drehte sich weit nach hinten und starrte mit leeren Augenhöhlen zu ihm hinauf, als Martin sich entschieden hatte. Langsam setzte er die Stange auf die Stelle hinter dem Ohr, fast am Ansatz des Rückgrats und drückte sie mit dem Gewicht seines Oberkörpers einfach hinein. Die Stange trat aus der rechten Augenhöhle wieder aus und steckte im Boden. Der Körper dagegen erschlaffte für immer.

»Jetzt hoch mit dir. Für heute war das genug.« Er zog seine eigene Eisenstange aus dem Schädel des Untoten heraus und griff sich noch nach der von Bernd, bevor er den am ganzen Leib schlotternden Jüngling zurück zur Wendeltreppe scheuchte.

7

»Kannst du denn noch Auto fahren?«, flachste Mirjam, als sie Dennis dabei zusah, wie er versuchte, den Schlüssel in das Zündschloss zu stecken.

Für die Umsetzung von Dennis' Plan hatten sie keine zwanzig Minuten gebraucht. Eine der alternativen Beschäftigungen gegen die Langeweile, der sie im vergangenen Jahr nachgegangen waren, beinhaltete das Sortieren der Habseligkeiten der verstorbenen Nachbarn. Alle Bücher, die sie finden konnten, wanderten in ihre neu geschaffene Bibliothek in der eigenen Wohnung. Jedwede Form von Kleidung, Geschirr, Haushaltswaren und so weiter wurde ordentlich im Kaufhaus untergebracht. Die Möbel der Nachbarn wurden zu Brennholz verarbeitet und im Restelager aufbewahrt. Ohne Strom war das Leben im vergangenen Winter hart gewesen, auch wenn er erstaunlich mild ausgefallen war. Aber die ganze Sortierarbeit zahlte sich am Ende aus. Mirjam wusste auf Anhieb, wo die Autoschlüssel des Amarok zu finden waren. Als hätte sie geahnt, dass sie irgendwann gebraucht werden würden.

Der schwarze Pickup von Spenglers gegenüber hatte Dennis schon immer angelächelt. Er stand genau neben ihrem eigenen alten Skoda Octavia, den sie gar nicht erst zu starten versuchten. Die Batterie hatte selbst die wenigen Minusgrade im letzten Winter garantiert nicht überlebt.

Triumphierend drehte Dennis den Schlüssel im Schloss bis zur ersten Raste. Die Cockpitbeleuchtung glomm sofort in einem dunklen Orange und mehrere leise Glockentöne erklangen. Dennis drehte sich gerade zu Mirjam, um mit ihr ein High Five auszutauschen, als aus den Lautsprechern plötzlich die Bässe eines Rocksongs dröhnten. Erschrocken zog Dennis den Schlüssel sofort aus dem Zündschloss. Eines der Dinge, die man vermeiden sollte, war Krach. Das hatten sie anhand einiger Tests mit den Nachbarn herausgefunden. Bevor Dennis einen weiteren Versuch wagte, studierte er das Panel der HiFi-Anlage. Dann drehte er erneut die Zündung und schaltete die Anlage sofort aus. Das Wummern des Motors allein sorgte bereits für Unwohlsein, sowohl bei Mirjam als auch bei Dennis.

»Wage es ja nicht, jetzt auch noch den Motor aufheulen zu lassen.«

»Das musst du mir nicht sagen, Schatz.« Dennis legte den ersten Gang ein und ließ die Kupplung langsam kommen. Ohne zu rucken, rollte der Wagen langsam aus der Parkbucht.

»Zuerst zur Polizeiwache. Gleich rechts runter.«

Dennis sah zu Mirjam hinüber, ohne sich über die Anweisung zu beschweren. Natürlich, sie war mindestens genauso nervös wie er. Ganz automatisch setzte er den Blinker und fuhr langsam in Richtung der Polizeiwache. Während er Ausschau nach ungewöhnlichen Dingen auf der linken Seite hielt, tat Mirjam dasselbe auf der rechten Seite.

»Dort.« Mirjams Hand lag plötzlich auf seinem Arm und Dennis bremste sofort. Er folgte ihrem Blick und sah sofort, was sie meinte. Hinter einem der Fenster des Nachbargebäudes im Erdgeschoss stand ein Zombie und starrte hinaus. Er hob seine Hände und drückte sie gegen das Glas. Sein Mund öffnete sich. Deutlich waren die zwei Zahnreihen zu erkennen. »Fahr weiter«, sagte Mirjam deprimiert.

Die Toten jagten nicht nur ihr Angst ein. Es hatte beide Überwindung gekostet, ihren jeweils ersten Zombie zu töten. Dennis hatte vor der Katastrophe viele Horrorromane gelesen, in denen vor allem die Unbedarften und Zaghaften als Erste ihr Leben aushauchten. Deshalb hatte er unerbittlich darauf bestanden, dass auch Mirjam es schaffte, ihren Ekel zu überwinden. Nur dann würde auch sie in dieser neuen Welt die Chance haben, zu überleben. Ihnen jetzt hier in freier Wildbahn zu begegnen, war aber eine ganz andere Hausnummer, als es das kontrollierte Umbringen von wehrlosen Zombies in ihrer Festung war.

Langsam gab er wieder Gas und fuhr unter der Bahnunterführung hindurch. In einer leichten Linkskurve führte die Straße direkt am Bahnhof Falkenaue vorbei.

Was sie jetzt nicht mehr sehen konnten, war, wie der Untote aus dem Nachbarhaus es schaffte, das Fensterglas zum Bersten zu bringen. Eine der herunterfallenden Glasscherben fuhr der Kreatur durch das Gesicht und trennte die Reste der vertrockneten Nase ab. Auch seine linke Hand fiel der Scherbe mit einem sauberen Schnitt zum Opfer. Sie fiel erst auf das Fensterbrett und dann in den Vorgarten. Aber der Untote jammerte nicht, sondern beugte sich, ohne auf die restlichen aufrecht stehenden Glasscherben zu achten, nach vorn und versuchte, sie mit der anderen Hand zu erreichen. Dabei zerschnitt er sich den Brustbereich und schwarzes klebriges Blut lief, genau wie aus seinem Armstumpf, an seinem Körper hinab. Aber auch das kümmerte ihn nicht. In seinem Bestreben, an seine Hand zu kommen, beugte er sich immer weiter nach vorn und fiel schlussendlich aus dem Fenster. Direkt hinter ihm erschienen am Fenster seine verstorbene Gattin und zwei halbwüchsige Söhne des Paares, die gleichfalls den Drang verspürten, den ungewöhnlichen Geräuschen von draußen zu folgen.

Zwei Querstraßen und zwei Ecken weiter erreichte der VW Amarok die Polizeiwache. Es war fast zeitgleich mit dem Auen-Carrée erst ein Jahr vor dem Zusammenbruch eingeweiht worden. Der weiße zweistöckige Kasten mit der breiten Treppe an der Front war hässlich wie die Nacht, was für allerlei Diskussionen in den städtischen Foren gesorgt hatte. Dennis erlaubte sich deshalb, herzhaft zu lachen.

»Warum lachst du?«, fragte Mirjam prompt.

»Erinnerst du dich an den einen Kommentar? Dass in so einem Kasten wohl nur Zombies arbeiten könnten?«

Sie blieben noch eine Weile sitzen und beobachteten die Umgebung. Dennis hatte den Motor abgestellt, um den Lärm auf ein Minimum zu reduzieren. Nach zehn Minuten waren sich beide sicher, dass sie von außen keine Gefahr zu erwarten hatten. Was sie allerdings in der Polizeiwache finden würden, musste sich erst noch erweisen.

»Nimm du die Lanze.« Dennis zog sie von der Ladefläche und reichte sie ihr. Der Stab war aus geriffeltem Aluminium und sehr stabil. Am vorderen Ende waren nebeneinander zwei dreißig Zentimeter lange, dünne Stahlstifte eingesetzt. Der eine verlief gerade, der andere war zu einem Halbkreis gebogen. Und beide waren spitz. Er selbst bewaffnete sich mit einer stabilen Eichenholzlatte von der Größe eines Baseballschlägers, durch die er schon vor längerer Zeit mehrere Nägel getrieben hatte. Miriam hatte ihn eigentlich zu Brennholz verarbeiten wollen.

Sie stiegen die vier Betonstufen bis zur gläsernen Eingangsfront hinauf. Auf zehn Metern Breite konnten sie in einen großen Vorraum schauen. Sofort sträubten sich bei beiden die Nackenhaare. Im Inneren standen reglos drei Männer. Der korpulenteste von ihnen kam Dennis irgendwie bekannt vor. Den blauen Uniformhemden nach zu urteilen, waren alle drei Polizisten.

»Wir lassen sie einzeln herauskommen. Einen nach dem anderen.«

Mirjam nickte. Meistens hatte sie an Dennis' Plänen immer etwas auszusetzen gehabt. In diesem Fall jedoch war sie froh, dass er überhaupt einen hatte. Sie selbst zitterte vor Aufregung und konnte kaum einen klaren Gedanken fassen.

Dennis zog die Tür auf und schlug mit seinem Schläger zweimal gegen den Türrahmen. Nicht fest. Gerade so, dass die Zombies aufmerksam wurden. Träge setzten sich alle drei in Bewegung. Der Dicke trat als Erster durch die Tür nach draußen und Dennis schloss sie sofort wieder. Der Untote drehte sich auf der Stelle, hob seine Arme und wankte wieder zurück auf Dennis zu. Die Stahlspitze war so stabil und dünn, dass Mirjam keinen nennenswerten Widerstand spürte, als sie dem Polizisten von hinten in den Kopf stach. Die Wirkung hätte aber effektiver nicht sein können. Der Zombie knickte auf der Stelle ein. Nur weil die Stahlspitze noch in seinem Hinterkopf steckte, kippte er nicht nach vorn.

»Ich komme nicht drauf, aber ich möchte wetten, dass wir schon einmal das Vergnügen hatten.«

»Quatsch nicht.« Vom Erfolg beflügelt, brannte Mirjam beinahe darauf, den Nächsten vor die Lanze zu bekommen.

Deutlich konnte Dennis das Funkeln in ihren Augen sehen. Er zuckte mit den Schultern und öffnete erneut die Tür. Diesmal waren es zwei, die sich nahezu gleichzeitig hindurchdrängten. Dennis hatte keine Chance, sie voneinander zu trennen. Er trat drei Schritte zur Seite und wartete darauf, was sie tun würden. Die beiden Polizisten waren noch relativ jung gewesen. Große muskulöse

Kerle, mit denen er vor dem Zusammenbruch sehr ungern zusammengestoßen wäre. Er war zwar selbst nicht schlecht gebaut, immerhin hatte er im vergangenen Jahr viel Zeit gehabt zu trainieren, aber die beiden waren eher von der Kategorie Wrestler. Auch wenn Haut und Muskeln schon sehr ausgetrocknet waren, die Stiernacken und die Oberarme unter den Hemden waren immer noch beeindruckend mächtig.

Mirjam stieß einen angstvollen Schrei aus, als sich beide Monster ihr zuwandten.

»Nimm als Erstes den rechts von dir«, rief Dennis und trat hinter den anderen. Der Mann war mindestens einen Kopf größer als er, aber der kahlgeschorene Hinterkopf bot ein perfektes Ziel für seinen improvisierten Knüppel. Er zögerte nicht länger, holte über seinen eigenen Kopf hinweg aus und schlug mit aller Kraft zu. Durch die Wucht des Aufpralls torkelte der Mann nach vorn und Dennis verlor den Kontakt zu seiner Waffe. Die Nägel am vorderen Ende waren zwar in den Schädel des Zombies eingedrungen, aber offenbar nicht tief genug. Der Koloss stand nach wie vor aufrecht und drehte sich nun zu ihm um. Die Nägel in der Holzlatte hielten diese in Position.

Auch Mirjam hatte Schwierigkeiten, ihre Lanze, wie bei dem Dicken zuvor, ins Ziel zu bringen. Ihr Gegner fuchtelte mit seinen Armen vor ihr herum und verhinderte so, dass sie zustechen konnte. Langsam musste sie immer weiter zurückweichen.

Dennis gefror das Blut in den Adern. Panisch sah er sich nach einer alternativen Waffe um. Zum Glück waren Zombies alles andere als schnell. So lange man sich nicht von ihnen in eine Ecke drängen ließ, konnte man ihnen immer ausweichen. Kritisch würde es nur werden, wenn mehrere von ihnen einen umzingelten oder man eine Wand im Rücken hatte. Beides war hier nicht der Fall. Sein Blick fiel auf den Dicken. Er hatte einen Waffengurt umgeschnallt und ein Pistolenholster an der Hüfte. »Lock ihn weiter weg. Geh die Treppe langsam hinunter«, rief er ihr zu.

»Leichter gesagt als …« Sie stieß einen spitzen Schrei aus, als sie feststellte, dass unter ihrem Hacken bereits die Treppe begann. Schnell lief sie die Stufen hinunter und wartete darauf, dass ihr Gegner ihr folgte.

Dennis schlug einen Haken um seinen Gegner und schlitterte fast auf den am Boden liegenden dicken Polizisten zu. Er öffnete flink das Holster und zog die Pistole heraus. Eine seiner Gaben war es, unbekannte Technik in Windeseile begreifen zu können. Hinzu kam, dass er unzählige Krimis und Thriller gesehen hatte. Auch wenn er noch nie eine echte Waffe in der Hand gehabt hatte, brauchte er nur zwei Sekunden, um die Funktionsweise zu ergründen. Ein langer schmaler Hebel unterhalb des Schlittens mit der Aufschrift »Sicher« war nach unten zu legen. Mit der Linken zog er den Schlitten nach hinten und schob ihn dann wieder nach vorn. Er stellte sich breitbeinig hin, streckte den Arm aus und fasste mit der Linken zusätzlich an den Kolben der Pistole. Er zielte auf den Kopf des Polizisten, der in nur noch zwei Metern Entfernung auf ihn zustakste und zog den Abzug durch.

Wie oft hatte er sich darüber amüsiert, wenn vor allem Frauen in Filmen oft als Dummchen dargestellt wurden, wenn sie das erste Mal eine Waffe abfeuerten. Die Wirkung war längst nicht so, wie er erwartet hatte. Sein Ziel hatte er getroffen, wenn auch wesentlich höher, als er anvisiert hatte. Der Zombie war auf der Stelle zusammengesackt, aber durch den Rückstoß hatte er beinahe das Gefühl, als wäre ihm der Arm abgerissen worden. Und der Knall war so laut, dass er meinte, seine Trommelfelle wären geplatzt. Im Augenblick hörte er nur noch einen hochfrequenten Pfeifton. Dennoch ließ er erleichtert die Waffe sinken, die er immer noch mit beiden Händen umklammert hielt und drehte sich zu Mirjam. Sie hatte ihren Gegner immer noch nicht erledigt und war mittlerweile bis zu ihrem Auto zurückgewichen. Schnell lief Dennis die Stufen hinunter und versuchte, auf die Höhe von Mirjam zu kommen. Die Pistole hielt er dabei krampfhaft umklammert, aus Angst, sie nicht wieder genauso greifen zu können. Er zielte und schoss ein weiteres Mal einem Zombie eine Kugel durch den Schädel.

»Das war knapp.« Mirjam und Dennis fielen sich in die Arme. Beide zitterten am ganzen Leib.

»Das ist nicht ganz so einfach gewesen, wie wir dachten. Aber immerhin haben wir jetzt drei Pistolen.« Dennis versuchte, Mirjam zu beruhigen, aber auch sein Herz schlug ihm bis zum Hals. Zwei Minuten lang gönnten sie es sich, nach der Aufregung einfach nur eng umschlungen an den Amarok gelehnt zu stehen.

»Wenn das unser zukünftiges Leben sein soll«, sagte Mirjam nach einer Weile, »weiß ich nicht, ob wir das lange durchstehen werden.«

»Wir haben das hier geschafft, also werden wir auch alles Weitere schaffen.« Dennis war zuversichtlich. Mit einer Pistole in der Hand sah für ihn die Welt schon erheblich rosiger aus. »Gehen wir jetzt noch rein und schauen uns um?«

Mirjam nickte. Sie war noch nicht davon überzeugt, dass jetzt alles gut werden würde, aber sie war dennoch fest entschlossen, alles in ihrer Macht Stehende dafür zu tun. »Ich nehme den Haken aber mit.«

Diesmal nickte Dennis. Er bückte sich zuerst zu dem Polizisten am Boden und schnallte ihm den Waffengurt ab. Wie er war, warf er ihn auf die Ladefläche des Amarok. Dann ging er zu dem Dicken und dem Polizisten, den er zuerst erschossen hatte, und brachte deren Gurte ebenfalls zum Auto.

Mirjam beobachtete derweil durch die Scheibe den Vorraum der Wache. »Alles ruhig. Wenn wir Glück haben, waren das die Einzigen.« Sie zog die Tür auf und ließ ihrem Mann den Vortritt.

Dennis hatte, so wie er es in Filmen immer gesehen hatte, die Arme angewinkelt und hielt die Pistole sehr dicht vor seinem Kopf. Er hatte keine Ahnung, wie viele Patronen noch im Magazin waren, aber mehr als die zwei Schüsse, die er abgegeben hatte, sollten ja wohl drin sein. Er versuchte, immer in die Richtung zu schauen, in die er zielte oder dorthin zu zielen, wohin er schaute.

»Du siehst aus, als würdest du in einem billigen Krimi mitspielen«, konnte sich Mirjam nicht verkneifen.

»Ich kann dir ja beim nächsten Mal einfach nur zuschauen, wie du einem Zombie den Garaus machst«, frotzelte er zurück. Aber innerlich war er froh, dass Mirjam die Angelegenheit mit einer gewissen Prise Humor nahm.

Im Vorraum der Wache standen vier Reihen mit jeweils fünf Stühlen senkrecht zur Fensterfront. Genau gegenüber war eine Breite Durchreiche – ein offenes Schiebefenster in ein dahinter gelegenes Großraumbüro. Links neben dem Fenster gab es eine Tür, die aber nur einen Knauf besaß. Dennis rüttelte kurz daran, um sicherzustellen, dass sie wirklich nicht zu öffnen war. Dann schob er einen der Metallstühle vor das Fenster, stieg hinauf und schlüpfte durch die Durchreiche. Sekunden später öffnete er die Tür von innen und ließ Mirjam in das Büro hinein.

Die etwa zehn Schreibtische sahen aus, als hätte gerade noch jemand an ihnen gearbeitet. Nur die Bildschirme waren dunkel. In der hintersten Ecke führte eine Tür auf einen Korridor, der rechts von ihnen an der Wand zum Vorraum endete. Mehrere Türen gingen von dem Korridor ab. Sie untersuchten jedes einzelne Büro, konnten aber nichts Interessantes finden. Erst als sie sich der linken Seite des Korridors zuwandten und das Treppenhaus in den zweiten Stock entdeckten, wurde es interessanter. Dennis meinte, sich erinnern zu können, dass in einem Fernsehbericht die Waffenschränke der einzelnen Beamten im Bild gewesen waren. Und die Schränke, vor denen sie jetzt standen, sahen genauso aus.

»Eine Pumpgun findest du hier aber nicht. Die Schränke sind alle viel zu klein. Außerdem sind das schon fast kleine Stahltresore. Ohne Brecheisen bekommen wir die nicht auf.«

Dennis nickte resignierend. Sie durchsuchten die Wache noch eine halbe Stunde nach brauchbaren Dingen, bevor Dennis zugeben musste, dass sie hier nicht mehr viel erreichen würden. »Ich denke, wir fahren zurück und beenden unseren ersten Außeneinsatz für heute.« Er war enttäuscht und froh zugleich. Einerseits hatten sie nicht die Waffen erbeutet, die er sich erhofft hatte. Außerdem war er sich nicht mehr so sicher, ob Schusswaffen tatsächlich Teil der Lösung sein konnten. Andererseits hatten sie wenigstens etwas erbeutet und drei weitere Zombies erledigt. Blieben allerdings immer noch etwas über sieben Milliarden.

8

Martin hatte getobt. Selbst Dalina, die sonst um keine Widerworte verlegen war, hielt sich mit Kommentaren zurück. Nicht einmal sie hatte damit gerechnet, dass jemand nach zwei Jahren Zombiecalypse noch so ahnungslos war und vor allem fahrlässig mit seinem eigenen Leben und dem von anderen umgehen könnte.

Bernd war im Moment nicht nur ein Häufchen Elend, weil er bei seinem ersten Zusammentreffen mit einem Zombie dem Tod gerade noch so von der Schippe gesprungen war. Er fürchtete tatsächlich, dass Martin ihm noch weitere Finger abschneiden würde. Womöglich gleich unterhalb des Kehlkopfes. »Natürlich habe ich schon mit Zombies zu tun gehabt«, beteuerte er tapfer weiter. »Aber so nahe bin ich ihnen noch nie gekommen.«

»Und von Potsdam bis hierher ist dir kein einziger über den Weg gelaufen?«

Bernd zuckte mit den Schultern. Er saß auf dem Bett und ließ den Kopf hängen. Nur wenn er direkt von Martin angesprochen wurde, hob er sein verheultes Gesicht an.

»Vielleicht ist er einfach ein Glückskind.« Dalina wollte ihren neuen Schützling nicht verteidigen. Bernds Geschichte kam nun auch ihr unglaubwürdig vor. Sie hatte sich von seinen markigen Sprüchen blenden lassen und das war ihr sichtlich peinlich. Sonst hätte sie ihn mehr vor Martin in Schutz genommen.

»Glückskinder gibt es nicht, das haben wir doch erlebt, Dalina. Alle werden irgendwann gebissen.«

Als Dalina mit verkniffenen Lippen zustimmend nickte, wurde sich Bernd vielleicht vollends bewusst, dass er ohne Schutz in dieser Welt nicht überleben würde. Zu seiner verheulten Leichenblässe gesellte sich noch ein Blick der Verzweiflung, der hilfesuchend von Dalina zu Martin und wieder zurückwanderte.

»Erzähl mir mehr über Potsdam. Nach deiner Schilderung geht es dort doch allen gut. Warum bist du dann abgehauen?«

»Na ja, gut ist relativ. Alle müssen sehr hart arbeiten. Wir beackern den Gemüsegarten und hüten das Vieh. Ganz so wie im Mittelalter. Und wer nicht spurt, bekommt Schläge.«

»Das ist doch aber kein Grund, einfach abzuhauen. Meinst du etwa, dass man sein Essen umsonst bekommt?« Martin zeigte sich wegen der beschriebenen Zustände nicht entrüstet. Da hatte er in Berlin schon ganz andere Dinge zu sehen bekommen. Unter anderem deswegen waren er und Dalina von dort weggegangen.

»Das sagt ja niemand. Aber der Oberst hält uns wie Vieh. Zu essen bekommen wir fast nichts. Alles, was wir produzieren, geht an die Wachen. Und dann …« Bernd schluckte. »Dann sind da noch die anderen Dienste.«

Wie er das sagte, ließ Martin seine Meinung über Bernds Notwendigkeit, zu fliehen, revidieren. Vielleicht war es dort doch so, wie er es in Berlin erlebt hatte. Der ärgste Feind des Menschen waren nicht die Zombies, wie die meisten die Untoten nannten. Es war der Mensch selbst. Einer Kreatur konnte er mit etwas Geschick und seiner mittlerweile zweijährigen Erfahrung entkommen. Aber mit den hinterhältigen Gemeinheiten eines größenwahnsinnigen Möchtegern-Anführers zurechtzukommen, bedeutete entweder, es ihm gleichzutun oder einfach heimlich zu verschwinden. Er und Dalina hatten sich für die zweite Möglichkeit entschieden.

»Mit anderen Diensten meinst du bestimmte Sachen?«, vergewisserte sich Dalina. »Ich meine … sexueller Natur?« Ihrem Gesichtsausdruck nach hielt sie das Thema für ganz besonders wichtig. Abgesehen davon, dass Dalina sich für sich selbst bereits sehr gut zur Wehr gesetzt hatte, musste einer von Emres Leuten die leidvolle Erfahrung machen, dass Dalina überhaupt keinen Humor besaß, wenn es um sexuelle Belästigung ging. Sie hatte einen von ihnen nach Strich und Faden verprügelt, weil er sich an ein kleines Mädchen herangemacht hatte. Ganz zu schweigen von dem Kerl, der sie direkt angemacht hatte.

Bernd sagte nichts. Brauchte er auch nicht. Die Tränen, die er sich erneut aus den Augenwinkeln drückte, waren Beweis genug.

»Wie kommen eure Bewacher mit der Situation außerhalb zurecht?« Martin wollte unbedingt das Thema wechseln. Es war ihm zum einen unangenehm und zum anderen sah er, dass in Dalina die Wut hochzukochen begann.

»Wir leben in einer alten Kaserne. Der Oberst hat uns gleich nach dem Zusammenbruch aufgenommen. Seine Soldaten haben mehrere Zäune gesetzt, Mauern ausgebessert und dafür gesorgt, dass es innerhalb der Mauern sicher ist.«

»Wie viel Mann hat er denn?«, wollte Martin wissen. Anhand ergebener Gefolgsleute ließ sich sehr leicht die Macht abschätzen, die ein Anführer besaß. Fünf Mann konnten sehr leicht zwanzig Leute terrorisieren. Aber ein wirklicher Faktor wären sie nicht.

»Es waren einmal achtzig Soldaten. Davon sind jetzt etwa noch die Hälfte dabei. Die meisten sind desertiert oder aus anderen Gründen nicht mehr von ihren Außeneinsätzen zurückgekehrt. Aber für jeden Soldaten, der ausfällt, drückt er einem, den er für fähig genug hält, eine Waffe in die Hand. Das sind aber meist die, die dann als Nächste ersetzt werden müssen.«

»Und dir ist bei der Verlustrate nicht in den Sinn gekommen, wie gefährlich es ist, sich mit den Kreaturen zu befassen?« Martin hatte kopfschüttelnd zugehört.

»Das waren doch nur ein paar. In Potsdam stehen vor der Kaserne wenigstens zehntausend.«

»Zehntausend? Mein Gott. Was hat der Oberst angestellt, dass sich so viele dort versammelt haben?«

»Sie veranstalten hin und wieder Zielschießen. Manchmal wirft er Granaten in die Menge. Vor allem, wenn sich die Zombies in Bereichen aufhalten, in denen sie der Kaserne gefährlich werden könnten. Er lockt sie damit nach vorn, wo die massiven Mauern sie aufhalten können.«

»Der ist doch komplett bescheuert«, stimmte Dalina Martins verzweifeltem Kopfschütteln bei. Das Thema der sexuellen Belästigung verblasste angesichts dieser Information. »Egal, wie viele er auch in die Luft sprengt, für jeden, den er tötet, lockt er doch zwei weitere an.«

»Wie viele Menschen sind insgesamt in der Kaserne?«

»Etwas über zweihundert, schätze ich.«

»Und wie bist du da herausgekommen?«

»Es gibt einen langen Gang, den die Teams bei ihren Außeneinsätzen nutzen. Der führt praktisch unter den Zombies hindurch.«

»Und der wird nicht bewacht?«

»Doch.« Bernd lächelte das erste Mal seit Langem wieder. »Von mir.« Aber wenn er gedacht hatte, dass Dalina und Martin den Witz gut fanden, hatte er sich getäuscht.

»Das ist genauso verantwortungslos wie deine blöden Sprüche gestern Abend.« Martin fielen so nach und nach wieder Bruchstücke des Vorabends ein. Er war schon ziemlich angetrunken gewesen, als Bernd ganz unverhofft in der Gaststätte aufgetaucht war und frech ein Bier verlangt hatte. Schon damit war er bei ihm unten durch gewesen. Aber kurz zuvor hatte er sich mit Dalina kräftig in der Wolle gehabt. Sie wollte nicht länger im Ort bleiben. Es war ihr schlicht zu langweilig. Als Bernd das Blaue vom Himmel zu lügen begann, war es ihm irgendwann zu viel geworden. Er hatte das Messer, mit dem er die ganze Zeit über herumgespielt hatte, einfach nur in die Luft geworfen. Dummerweise kam Bernd auch nicht auf die Idee, seine Hand wegzuziehen. Ein weiterer Hinweis darauf, dass es mit seinen angeblichen Heldentaten nicht so weit her war. Martin konnte sich nicht erinnern, jemals so viel Alkohol intus gehabt zu haben. Wahrscheinlich resultierte sein Filmriss genau aus dieser Tatsache. »Als Wachposten bist du der Herr über die Leben dieser zweihundert Menschen. Jeder Fehler, den du begehst, hat unmittelbare Konsequenzen für die anderen, auf die du aufpassen sollst. Ganz egal, was für ein Arsch dein Oberst ist. Ganz egal, was er dir angetan hat.«

»Ach Quatsch«, verteidigte sich Bernd. »Man steht nur Wache hinter einer Eisentür, die nur nach außen zu öffnen ist. Zombies betätigen doch keine Klinken. Oder?«

Martin schaute zu Dalina, die genauso entsetzt war wie er. »Freundchen, wenn du wüsstest, was wir schon alles erlebt haben. Die Kreaturen kommen vielleicht nicht auf die Idee, eine Klinke zu drücken und an der Tür zu ziehen, aber der Zufall lässt sich nicht beeinflussen.«

9

Bis zu ihrer Festung wären es mit dem Auto eigentlich nicht einmal fünf Minuten gewesen. Dennis nutzte jedoch die Gelegenheit und fuhr einen riesigen Umweg. Mirjam schwieg dazu. Vielleicht, weil sie genauso neugierig war, zu erfahren, wie es in der Umgebung aussah. Oder weil sie ihren Kopf gegen die Seitenscheibe gelegt hatte und es gar nicht so richtig mitbekam. Der Adrenalinspiegel war während der Durchsuchung der Polizeiwache bereits wieder auf ein normales Niveau gefallen. Jetzt schien er bei ihr sogar darunter zu liegen.

»Du wirst jetzt nicht depressiv, oder?« Besorgt sah Dennis abwechselnd auf die Straße und dann zu Mirjam hinüber. Die Ampeln waren außer Betrieb und die Wahrscheinlichkeit, auf andere Fahrzeuge zu treffen, eher gering. Dennoch hielt er sich penibel an die Straßenverkehrsordnung. Er wusste auch nicht, wieso. Vielleicht, weil es die letzten Regeln waren, die für ihn einen Sinn ergaben. Sie hatten gerade drei Polizisten getötet und kein schlechtes Gewissen dabei empfunden. Das war so weit vom Befolgen von Regeln entfernt, wie es nur ging.

»Nein, ich bin nicht depri. Aber ich vermisse die alte Zeit.«

»Und das soll nicht depri sein? Sei doch froh darüber, dass wir das Schlimmste überstanden haben. Dass wir noch am Leben sind und nicht zu den armen Schweinen gehören, die jetzt tot in ihren Wohnungen umherlaufen. Vielleicht bis ans Ende aller Tage.«

»Ach«, schnaufte Mirjam und richtete sich in ihrem Sitz auf. »Die merken ja nichts davon. Aber bist du dir sicher, dass wir das Schlimmste hinter uns haben?«

Dennis antwortete nicht sofort, weil er einem Auto ausweichen musste, das quer mitten auf der Straße stand. Die Türen waren auf beiden Seiten offen, aber weit und breit war niemand zu sehen. »Steht vermutlich schon seit dem Zusammenbruch so. Der Fahrer ist längst tot.«

»Schau mal da. Wieder hinter den Fenstern.«

»Das wird oft so sein. In den Kleinstädten sind die Menschen alle nach Hause gegangen. In Berlin, München oder Hamburg eher in die U-Bahn-Schächte.«

»Warum?«

»Entweder hatten sie es weiter bis nach Hause und haben es nicht mehr rechtzeitig geschafft oder sie wussten, dass sie dort nicht allein sein müssen. Vielleicht? Sind auch nur Vermutungen. Hier laufen so wenige Zombies frei herum, da hätten wir uns wahrscheinlich gar nicht so lange zu Hause verkriechen müssen. Im Nachhinein ärgere ich mich schon beinahe darüber.«

»Oder es ist so ruhig, weil wir nicht auf der Straße herumgelaufen sind«, korrigierte sie ihren Mann. »Schau mal nach vorn.«

Dennis war so langsam gefahren, dass der Wagen beim Bremsen die Stoßdämpfer nicht einmal belasten musste. Er presste die Lippen aufeinander und starrte zu der Kreuzung vor ihnen. Dort lösten sich seine ganzen Vermutungen gerade in Wohlgefallen auf. »Auf den ersten Blick sieht es aus, als würde ein mittelalterlicher Mob einem Monster hinterherjagen. Wobei jagen im Zusammenhang mit Zombies metaphorisch gemeint ist«, versuchte er zu scherzen. Aus der Seitenstraße waren bislang etwa zwanzig schlurfende Gestalten auf ihre Route eingebogen. Und wie es aussah, waren das noch längst nicht alle.

»Dabei ist das jetzt aber wohl eher umgekehrt. Jetzt jagen die Monster die Menschen. Was willst du tun? Zurückfahren und einen anderen Weg suchen?«

Dennis schüttelte den Kopf. »Nein. Zum einen hält der Wagen das aus, wenn ich einfach durch sie hindurchfahre. Zum anderen will ich wissen, wie viele noch kommen könnten.«

»Bist du dir sicher?« Mirjam machte es Dennis nach und schnallte sich an. Dann stemmte sie ihre Füße auf den Boden und hielt sich am Türgriff fest.

Dennis drückte eine Taste neben dem Schaltknüppel und legte dann den Gang wieder ein. »Offroad«, murmelte er, dann gab er Gas. Der Motor des Pickups brummte etwas tiefer als zuvor und schien auch nicht so schnell zu beschleunigen, wie er gedacht hatte. Dafür spürte Dennis förmlich die Kraft, die der Wagen jetzt zu liefern bereit war. Die dreißig Meter bis zur Kreuzung schaffte der schwere Amarok dennoch in fünf Sekunden.

Die Zombies sahen den Wagen zwar auf sich zurasen, machten aber keine Anstalten, zur Seite zu springen. Sie besaßen weder einen Selbsterhaltungstrieb noch genügend Intelligenz dafür. Mit ausgestreckten Armen wankten sie der Quelle des Lärms entgegen. Sie hörten und sahen ein lohnendes Ziel. Dass sie keine Chance gegen das zwei Tonnen schwere, über fünf Meter lange, fast zwei Meter breite und genauso hohe Geschoss hatten, interessierte sie überhaupt nicht. Der Wagen pflügte förmlich ohne nennenswerten Widerstand durch die Gruppe hindurch. Wer nicht unter den Wagen geriet, um dann von den schweren Reifen überrollt zu werden, wurde nach rechts und links über die Kotflügel geschleudert.

Mirjam stieß einen spitzen Schrei aus. Die verzerrten und vertrockneten Gesichter der Kreaturen schienen ihnen beim Vorbeifliegen direkt in die Augen zu starren. Das Ganze dauerte nur drei Sekunden, dann waren sie durch die Gruppe hindurch. Einen winzigen Augenblick lang konnte Dennis einen Blick in die Querstraße werfen. Diesen Anblick würde er, genau wie die fliegenden Körper der Zombies, wohl sein Leben lang nicht mehr vergessen. So weit die Straße einsehbar war, hatte er Hunderte von Zombies gesehen. Einzeln, in kleinen Pulks oder als nebeneinander laufende Kette.

»Wo kommen die alle her?« Mirjam stand kurz davor, einen hysterischen Anfall zu bekommen. Gehetzt blickte sie immer wieder nach hinten. Die meisten Zombies, die sie auf der Kreuzung über den Haufen gefahren hatten, waren gerade dabei, wieder aufzustehen. Nur ganz wenige, die mit dem Kopf irgendwo angeschlagen waren, blieben reglos liegen. »Sie kommen hinter uns her.«

»Die Pistolenschüsse waren bestimmt kilometerweit zu hören. Die standen vielleicht irgendwo herum und haben darauf gewartet, dass sie etwas sehen oder hören.«

»Lass uns nach Hause fahren«, wimmerte Mirjam. Sie hatte die Hände vors Gesicht geschlagen und weinte.

»Das geht nicht. Dann locken wir …«

»Ich will nach Hause!«, schrie sie.

Dennis hätte sie gern beruhigt, sagte aber nichts. Er würde nach Hause fahren, aber nicht sofort. Er fuhr stur geradeaus, in der Hoffnung, dass es ihr nicht auffallen würde. Zwei Kilometer weiter hielt er an einer Kreuzung, von der er wusste, dass er auf dieser Straße auch wieder nach Hause finden würde. Er betätigte den elektrischen Fensterheber auf seiner Seite, nahm die Pistole, die er sich zwischen die Beine gelegt hatte, in seine linke Hand und hielt sie aus dem Fenster in die Höhe.

Mirjam sah wortlos zu und wischte sich die Tränen aus dem Gesicht. Sie ahnte, was ihr Mann vorhatte und dass sein Vorhaben durchaus sinnvoll war. Trotzdem zuckte sie bei jedem Schuss heftig zusammen und sah ihn böse an. »Und wenn dadurch noch mehr von denen auf uns aufmerksam werden?«

»Wir werden morgen in das Auen-Carrée gehen und uns mit Vorräten eindecken. Wir nehmen mit, so viel wir können. Dann sind wir einfach wieder leise.« Dennis war sich selbst nicht sicher, ob das so funktionieren würde. Die aufgeschreckten Zombies würden die Stadt belagern, nach ihnen suchen und sie vermutlich auch finden. Irgendwann würden aber auch die neuen Vorräte zur Neige gehen. Ob sie dann noch einmal so viel Glück haben würden wie jetzt, stand in den Sternen.

10

Martins Stimmung am nächsten Morgen hätte schlechter kaum sein können. Bernd hatte sich die ganze Nacht über unruhig hin und her gewälzt und war mehrfach schreiend aufgewacht. Sicherlich eine Kombination aus Albträumen und Schmerzen in seiner linken Hand. „Wenn er heute Nacht wieder Ärger macht, setze ich ihn vor die Tür.“

Ob er seine Drohung wahr machen würde, bezweifelte Dalina jedoch. Dazu hatte Martin ein viel zu weiches Herz. Sie selbst hatte dagegen geschlafen wie ein Baby und war jetzt frisch und ausgeruht. So lange sie denken konnte, hatte sie mit Männern der übelsten Sorte das Zimmer geteilt und entsprechend ein dickes Fell. Jetzt strotzte sie nur so vor Tatendrang. „Wenn du dich nicht fit fühlst, kannst du zur Abwechslung mal nur meine Rückendeckung sein.“ Dalina lehnte sich mit dem Rücken an das Geländer der Wendeltreppe und schaute auf Martin herab, der auf der obersten Treppenstufe hockte und seinen Kopf in die Hände gestützt hatte.

„Ich bin mir nicht sicher, ob wir heute wirklich rausgehen sollten. Wir sind hier relativ sicher. Ist nicht so bequem wie im Gasthof, aber immerhin.“

„Komm schon. Du weißt doch genau, je länger wir warten, desto schwieriger wird es, alle Zombies zu erwischen. Und irgendwann rächt sich das. Ich will da raus und Schädel einschlagen.“

Martins Lachen hörte sich eher gequält als erheitert an. „Fang nicht schon wieder mit dieser Macho-Scheiße an, Dalina. Das wird dich irgendwann den Kopf kosten.“

„Okay. Wie wäre es damit: Die Vorräte der Feuerwache sind wirklich sehr bescheiden. Uns bleibt kaum etwas anderes übrig, als uns entweder im Gasthof oder dem kleinen Krämerladen etwas zu besorgen.“

„Gar nichts zum Essen hier?“

„Wenn du dich von Bifis oder Chips ernähren willst, bitte. Aber die letzte Dose Thunfisch habe ich vorgestern aufgemacht. Dafür habe ich einen Gaskocher entdeckt, der noch funktioniert.“ Dalinas Plan war perfide, aber wirksam. Martin hatte seit zwei Tagen keinen anständigen Bissen mehr gehabt. Die Zeiten, in denen man bei McDonalds vorfahren konnte, waren lange vorbei. Entsprechend waren sie es gewohnt, dass Schmalhans Küchenmeister war. Aber gar nichts essen können ging auch nicht.

In den größeren Städten waren die Supermärkte in der Regel jene Orte, an denen sich die Überlebenden sammelten und ihre Schätze gegen Eindringlinge – Zombies wie Menschen – verteidigten. Was zählte, war die Macht des Stärkeren. Das war einer der Gründe, warum er mit Dalina zusammen Berlin verlassen hatte. Hier auf dem Land dagegen gab es selten große Supermärkte. Hier gab es tatsächlich noch so etwas wie einen Tante-Emma-Laden. Die Bestände darin würden ausreichen, zwei oder drei Personen für ein bis zwei Jahre am Leben zu erhalten. Und in den Häusern gab es sicher auch noch die eine oder andere Vorratskammer, die man plündern konnte. Das alles änderte aber nichts an der Tatsache, dass sie nichts davon hierhatten.

„Bernd bleibt aber hier. Er soll von hier oben aus zuschauen, lernen und uns gegebenenfalls warnen."

„Ich sage ihm Bescheid." Dalina lächelte zufrieden. Sie wusste ganz genau, wie sie Männer zu etwas überreden konnte.

11

»Mach leiser«, knurrte Dennis.

Mirjam hatte das Brecheisen aus Bequemlichkeit gegen die Wand gelehnt, anstatt es auf dem Boden abzulegen. Das scheppernde Geräusch, als es an der Wand entlangrutschte und dann auf dem Beton aufschlug, war an sich gar nicht sonderlich laut. Aber in der Stille, die momentan ringsherum herrschte, dennoch bestimmt Hunderte Meter weit zu hören.

Statt ihm zu antworten, verzog Mirjam das Gesicht zu einer Grimasse und spreizte ihre Finger als Entschuldigung. Sie wusste selbst, dass Fahrlässigkeit in dieser Welt den Tod bedeuten konnte. Glücklicherweise war hier an der Rückseite des Auen-Carrées weit und breit kein Zombie zu sehen.

Entgegen ihrem ursprünglichen Plan, die Dinge, die sie finden würden, in großen Mengen abzutransportieren, hatten sie beschlossen, zunächst nur eine Erkundungstour zu starten. Die hundert Meter oder anderthalb Querstraßen von ihrem Heim bis hierher hatten sie deshalb leise zu Fuß zurückgelegt. Das wummernde Motorengeräusch des Amarok wirkte offenbar wie ein Magnet auf Zombies. Anders war das vermehrte Auftreten vor ihrem Haus am frühen Morgen und dem Vormittag nicht zu erklären.

Von der dritten Etage ihrer Festung aus hatten sie das vergangene Jahr über nur gelegentlich einen der Untoten ohne Ziel auf der Straße vorbeitorkeln sehen. So viele auf einem Haufen wie am Vortag am anderen Ende von Falkenaue zu sehen, war eine gänzlich neue Erfahrung, die sie liebend gern aus ihrem Gedächtnis streichen wollten. Dagegen waren die drei, die sie heute Morgen beobachtet hatten, geradezu harmlos.

»Ich wollte doch nur schauen, ob sich ein Versuch hier lohnt«, flüsterte sie. »Wenn das ein Stahlrahmen ist, bekommen wir die Tür sowieso nicht auf.«

»Natürlich wird das ein Stahlrahmen sein. Wir hatten doch auch gesagt, dass wir als Einstieg eines der Fenster benutzen wollen. Wozu schleppe ich schließlich die Leiter mit?«

»Und wenn es hier einfacher gegangen wäre? Dann hättest du dich wohl kaum darüber beschwert.«

Beide waren angespannt und nervös. In Anbetracht der Situation, in der sie sich seit einem Jahr befanden – in der sich die ganze Welt befand, korrigierte sich Dennis in Gedanken –, hatten sie jedoch alles recht gut unter Kontrolle. Im Grunde hatte die Katastrophe ihren Zusammenhalt noch gefestigt. Das verflixte siebte Jahr hatten sie jetzt hinter sich. Die gelegentlichen Kabbeleien untereinander waren dem Dauerstress geschuldet, aber nichts, was ihnen Sorgen bereitete.

Von der Kreuzung vor ihrem Haus bis zur Querstraße, an der das Einkaufscenter gebaut worden war, waren sie vorsichtig und langsam immer in der Mitte der Straße gelaufen. Während Dennis die große dreiteilige Aluminiumleiter schleppte, hatte Mirjam neben dem Brecheisen nur einen Haufen Beutel zu tragen. Bei jedem Schritt klapperte die Leiter, was ihm von Mirjam mehrfach einen bösen Blick eingebracht hatte. Deshalb hatte sie seine Bemerkung jetzt auch verdient, fand er.

Das Center war ein moderner zweigeschossiger Bau aus Stahl und Glas. Auf über zweiundzwanzigtausend Quadratmetern Verkaufsfläche würde man alles finden, was das Herz begehrte, hatte die Werbung gelautet. Tatsächlich hatte ein Jahr nach der Eröffnung, zum Zeitpunkt der Katastrophe, noch gut ein Viertel der Ladenflächen leer gestanden. Einhundert Meter lang und etwa achtzig Meter breit war das Gebäude. Das Parkhaus dahinter war dagegen mit seinen achtzig mal vierzig Metern relativ klein. Ihr Ziel waren aber kaum die Drogerien oder der Zeitungsladen im Erdgeschoss, sondern der Lebensmittelmarkt im hinteren Teil und im Obergeschoss.

Über die Zufahrt für die Lieferanten waren sie zur weniger schmuckvollen rechten Seite des Gebäudes gelangt. Das Tor mit dem Stahlgitter stand offen, sodass sie problemlos an das Gebäude herankamen. Die drei schweren Rolltore, an die Lkw rückwärts heranfahren konnten, um zu entladen, hatten sie eigentlich ignorieren wollen. Die wären nicht nur zu schwer gewesen, um sie zu zweit anzuheben, sie hätten auch nicht sehen können, ob es dahinter nicht vielleicht von Zombies wimmelte. Auch den Zugang über das Parkhaus hatten sie verworfen. Wenn sie die großen automatischen Glastüren aufbrechen würden, ginge das garantiert nicht ohne entsprechenden Lärm vonstatten. Außerdem war die Gefahr groß, dass sie die Türen nicht mehr verschließen könnten.

Dennis hatte extra die Leiter mitgenommen, weil oberhalb des Vordaches über diesen Rolltoren mehrere Fenster einen leichten Zugang versprachen.

»Was glaubst du? Sind dadrinnen auch welche?« Mirjam versuchte, mit Smalltalk ihre eigene Angst zu übertünchen.

Dennis stellte, so leise es ging, die Leiter ab und schob die beiden Verlängerungen in die Höhe. Dann lehnte er sie gegen das Vordach. »Keine Ahnung. Das werden wir ja sehen.«

Die Länge der Leiter reichte gerade so, um auf das Vordach zu kommen. Als beide es über die wacklige Konstruktion nach oben geschafft hatten, zog Dennis die Leiter nach oben. Dabei veranstaltete er einen Heidenlärm, gegen den das umfallende Brecheisen wie sanfte Musik aus einem Fahrstuhl klang. Aber anders ging es nicht, deshalb sagte Mirjam auch nichts dazu.

Erneut stellte Dennis die Leiter auf. Diesmal reichte es, sie nur aufgeklappt unter das Fenster zu stellen. Mirjam gab ihm das Brecheisen nach oben. Um das blau umrandete Fenster aufzubrechen, brauchte er nur Sekunden. Nur hineinschauen konnte er nicht. Das Fenster war von innen mit einer matten Folie als Sichtschutz beklebt.

»Da sind zwei«, merkte Mirjam trocken an und zeigte hinunter zur rückwärtigen Zufahrt. »Das Klappern der Leiter hat sie wohl angelockt.« Sie spürte den Kloß in ihrem Hals, als sie an den Rückweg dachte. Es war eine Sache, einem einzelnen Zombie geplant und auf Augenhöhe gegenüberzutreten, aber eine völlig andere, wenn man es mit mehreren von einer Leiter aus zu tun bekam.

»Shit«, fluchte Dennis im selben Augenblick und stieg schnell einige Leiterstufen hinab, ohne den Blick vom Fenster abzuwenden. »Hier auch.«

Über ihnen lehnte sich eine der Kreaturen weit aus dem Fenster, um nach ihm zu langen. Das strähnige, lange Haar klebte ihm im Gesicht. Deutlich war der weiße Kittel mit dem roten Kragen zu erkennen, der den Mann als ehemaligen Mitarbeiter des Marktes auswies. Noch bevor Dennis die letzten Sprossen bis nach unten geschafft hatte, bekam der Zombie Übergewicht und kippte aus dem Fenster – genau auf Dennis' Arme, mit denen er sich an der Leiter festhielt. Vor Überraschung schrie er laut auf, ließ die Leiter los und fiel nach hinten zurück auf das Vordach. Der Zombie kam quer auf seinen Oberschenkeln zum Liegen und kannte keine Schrecksekunde. Während Dennis noch benommen zu verstehen versuchte, wie aus solch einer harmlosen Situation ein Kampf auf Leben und Tod werden konnte, zerrte der lebende Tote an Dennis' Oberkörper. Der Gestank verfaulenden Fleisches war eine der Hauptwaffen der Zombies. Auch wenn sie diesen natürlich nicht absichtlich einsetzten, aber man konnte sich ihm nicht entziehen, wenn sie einem so dicht auf die Pelle rückten.

Der Zombie machte sich keinesfalls die Mühe, sich etwas zu erheben, vielleicht das Gewicht auf seine Knie zu verlagern oder mit den Armen abzustützen. Das hätte bedeutet, von der Beute abrücken zu müssen. Hatten Untote ein Ziel vor Augen, so bedeutete das für sie, immer nur nach vorn zu gehen. Deshalb stellte er sich auch relativ ungeschickt dabei an, Dennis' Fleisch vor seine Zähne zu bekommen.

»Schatz, schnell! Nimm das Brecheisen«, rief er seiner Frau zu und deutete mit dem Kopf in Richtung der Leiter zu seinen Füßen.

Die Mirjam von vor einem Jahr hätte in diesem Moment versucht, vor Angst ihre Faust zu verschlucken, hätte geschrien und wäre weggerannt. Die Mirjam von heute dagegen handelte eiskalt. Für in die Hand beißen, heulen und mit den Zähnen klappern war später noch Gelegenheit. Hoffentlich. Mit schnellen Schritten rannte sie um die am Boden miteinander Ringenden herum und suchte nach dem Brecheisen.

Dennis' linker Arm war unter dem Unterkörper des Zombies eingeklemmt. Deutlich konnte er die hervortretenden Hüftknochen spüren. Mit dem rechten versuchte er verzweifelt, ihn am Kragen davon abzuhalten, weiter an ihm hochzurutschen, ohne dass er gleichzeitig in seinen Arm beißen konnte. Er stemmte seine Füße angewinkelt auf den Boden, um sich und den Zombie etwas anzuheben und seinen Arm freizubekommen.

Drei Sekunden später erschlaffte der Körper des lebenden Toten auf Dennis. Mirjam hatte ihm wie ein Golfspieler das scharfkantige gebogene Vorderteil des massiven Metallstücks seitlich in die Schläfe getrieben. An dieser dünnen Stelle des Schädels boten die Knochen kaum einen Widerstand. Da Mirjam voll durchgezogen hatte, hob sich die Schädelplatte vom Hinterkopf ab und flog einige Meter weiter, bis über die Kante des Vordaches. Eine zähe schwarze Flüssigkeit, die wohl einmal menschliches Blut gewesen war und graue Fetzen von Gehirnmasse quollen aus dem geöffneten Schädel heraus.

Dennis gelang es, den Zombie von sich herunterzurollen. Er zitterte am ganzen Leib. So nahe war er dem Tod noch nicht gekommen.

»Hat er dich …?« Mirjam hielt das Brecheisen weiterhin krampfhaft mit beiden Händen fest und schaute Dennis fragend an, als er sich mühsam hochrappelte. Er schüttelte den Kopf.

»Nein. Nicht einmal ein Kratzer vom Sturz.« Er trat einen Schritt auf sie zu, legte ihr eine Hand auf den Arm und küsste sie auf die Stirn. »Danke«, setzte er mit belegter Stimme noch hinzu.

Ein paar Minuten lang sahen sie schweigend und nebeneinanderstehend vom Vordach auf die beiden Zombies, die dort auf sie warteten. Sie waren stehen geblieben und starrten stoisch zu ihnen herauf, als wüssten sie, dass sie nur lange genug ausharren müssten, um ihre Zähne in das Fleisch ihrer potentiellen Opfer versenken zu können.

»Wir sollten jetzt reingehen. Und vielleicht suchen wir auch einen anderen Ausgang. Oder?«

»Ich könnte ihnen von der Leiter aus in den Kopf schießen.«

»Und dann weitere anlocken? Bist du irre? Wir wollen uns doch sicher öfter hier eindecken. Wenn du alle Zombies der Gegend mit Schüssen hier…«

»Ja. Ist ja gut«, lenkte er ein. »Die Pistolen bleiben nur für den absoluten Notfall.«

Mit immer noch zitternden Beinen stiegen sie zu dem nun offenen Fenster hinauf.

12

Sie hatten Bernd aufgetragen, keinesfalls zu rufen oder sich anderweitig bemerkbar zu machen, wenn er ihnen etwas mitteilen wollte. Sie würden alle paar Sekunden zu ihm nach oben zur Feuertreppe schauen und seine Handzeichen zu deuten wissen.

»Da! Da drüben!«, sagte Bernd trotzdem heiser.

Martin drehte sich wütend um und schaute zurück. Wie wild fuchtelte Bernd mit den Armen und zeigte nach links, in die Richtung, in die sie sowieso gehen wollten, sobald sie die kopfsteingepflasterte Straße überquert hätten. Auf der Seite, auf der die Feuerwache stand, schloss sich an das Grundstück zum Markt hin ein Wohnhaus aus den Vierzigerjahren an. Der Bürgersteig war schmal und die kleine Querstraße dahinter erst im letzten Augenblick einsehbar. Auf der gegenüberliegenden Seite standen dagegen kleine Häuser mit Vorgarten. Es war vernünftig, auf die andere Seite zu wechseln.

»Das ist jetzt nicht sein Ernst, oder? Am liebsten würde ich zurückgehen und ihm eine in die Fresse hauen.«

»Beruhige dich. Erinnere dich daran, wie du warst, als wir uns kennengelernt haben«, flüsterte Dalina. »Du warst keinen Deut besser.«

»Aber ich hatte niemanden, der mir gesagt hat, was ich tun soll und was nicht.«

»Du hattest mich.«

Zwei Jahre zuvor

Am Morgen waren die Nachrichtensendungen voll von Berichten aus aller Welt gewesen, was aber kaum jemanden interessiert hatte. Im Büro war das Thema gerade einmal eine Randnotiz gewesen. Viel wichtiger war den meisten Kollegen die dralle neue Sekretärin aus dem Nachbarbüro gewesen.

Auf dem Heimweg dann der Schock. Martin hatte im vordersten Wagon Platz genommen. Bis Halemweg war noch alles ganz normal gewesen, abgesehen davon, dass alle voll Ekel auf die überall angebrachten kleinen Werbemonitore starrten, auf denen im Wechsel auch Nachrichten gezeigt wurden. Kurz vor dem Bahnhof Siemensdamm stoppte der Zug im Tunnel. Es dauerte geschlagene fünf Minuten, bis der Zugführer völlig verstört über die

Lautsprecher verkündete, er könne nicht weiterfahren. Auf dem gesamten Bahnsteig wurde gekämpft.

»Mein Gott. Dann fängt es jetzt hier auch an?«, hatte ein älterer Bauarbeiter gemurmelt. Er hatte seine Aktentasche fester an sich gedrückt und ein altes Klapphandy gezückt. Aber niemand konnte gerade telefonieren, wie ein schneller Blick in die Runde zeigte.

Über die Lautsprecher war kurz erneut der Zugführer zu hören, dass er sich jetzt informieren wolle. Er sehe gerade einen Kollegen dem Zug entgegenlaufen. Kurz darauf waren Schreie aus dem Zugführerstand zu hören und plötzlich begann sich der Zug wieder in Bewegung zu setzen.

»Er hat mich gebissen. Verdammt. Er hat mich gebissen«, schallte es aus den Lautsprechern.

Aber darauf achtete schon kaum noch jemand. Alle Fahrgäste hingen auf der linken Seite und betrachteten durch die Fenster mit Entsetzen das Chaos, das auf dem Bahnsteig herrschte. Selbst in der Hauptverkehrszeit hatte der Bahnhof schon seit vielen Jahren nicht mehr so viele Menschen auf einmal gesehen. Dicht an dicht umringten schwerverletzte, blutende Menschen andere, die mit Papierkörben, Aktentaschen oder bloßen Händen versuchten, sie auf Abstand zu halten. Als der Zug mit kaum mehr als Schrittgeschwindigkeit durch den Bahnhof fuhr, wandten sich viele von ihnen dem Zug zu. Martin sah mit eigenen Augen, wie ein Mann seines Alters und seiner Statur einen Schritt auf den Zug zumachte und wohl mit dem Fuß zwischen den Wagon und der Bahnsteigkante geriet. Es krachte, als er einige Meter mitgeschleift wurde. Dann verschwand der Zug im Tunnel Richtung Rohrdamm. Im Abteil herrschte jetzt Chaos. Alle schrien, Frauen wie Männer. Die entsetzlichen Bilder würden sich in die Köpfe jedes Einzelnen brennen. Wie wild hämmerten einige gegen die Fenster und Türen, als der Zug weder an den Bahnhöfen Rohrdamm, Paulsternstraße noch am Bahnhof Haselhorst hielt. Dabei schien hier alles in Ordnung zu sein. Kurz bevor sie in den Bahnhof Zitadelle einfuhren, erlosch das Licht und der Zug bremste. Das Wimmern und Schreien der gut dreißig Fahrgäste schwoll erneut an.

Nach zehn Minuten in fast völliger Dunkelheit – nur die Notbeleuchtung spendete ein geisterhaftes dunkelblaues Licht – zerrten zwei junge Männer eine der Türen manuell auf. Wenigstens drang nun etwas frische Luft herein.

»Seid mal ruhig, Leute. Ruhe!«, rief einer der beiden laut. Als nach einigen Sekunden endlich die gewünschte Ruhe einkehrte, konnten sie alle die weit entfernten Schreie und Schüsse hören.

Schüsse? In Berlin? »Wir sollten hierbleiben. Hier sind wir in Sicherheit«, hatte Martin gemurmelt und sich genau wie der Bauarbeiter auf dem Sitz gegenüber an seine Aktentasche geklammert. Unsicher starrte er in die Runde. Den meisten ging es nicht anders. Niemand hatte Lust, nach draußen zu gehen, um sich umzusehen.

Weitere zwanzig Minuten warteten sie. Kaum einer redete. Gelegentlich tuschelten die beiden jungen Männer leise miteinander, machten sich wohl gegenseitig Mut oder stachelten sich an, hatte Martin noch genervt gedacht. Am hinteren Ende des Abteils stand plötzlich eine junge Frau auf. Sie war vielleicht sechzehn oder siebzehn Jahre alt. Die Tasche auf ihrem Schoß ließ sie achtlos fallen. Sie beugte sich langsam zu der alten Frau hinab, die ihr gegenüber saß. Diese wartete arglos darauf, dass die Jüngere etwas sagen würde. Doch stattdessen biss sie ihr ohne Anlass einfach das rechte Ohr ab.

Die entsetzten Schreie im Abteil, das Blut, der irre Blick der jungen Frau, die sich sofort dem nächsten Fahrgast zuwandte und ihm durch die Jacke in den Arm biss – und dennoch verharrte Martin auf seinem Platz und betrachtete mit offenem Mund die Szene. Vier oder fünf Fahrgäste flohen an ihm vorbei in Richtung des vorderen Endes des Abteils. Die junge Frau, deren Gesicht blutverschmiert war und die ältere Dame, die von ihr als Erste gebissen worden war, kamen mit ausgestreckten Armen den Gang entlang. Doch Martin rührte sich immer noch nicht. Kurz bevor die junge Frau ihn erreichte und sich zu ihm herunterbeugen konnte, fegte der Handgriff eines Regenschirms an seinem Kopf vorbei und traf das Mädchen mitten ins Gesicht. Es knackte laut, als das Nasenbein brach und sie zwei Meter zurücktaumelte. Aber anstatt sich vor Schmerzen das Gesicht zu halten oder gar zu Boden zu gehen, wandte sich das Mädchen der langbeinigen Blondine zu, die mit ihrem Regenschirm zugeschlagen hatte. Sie trug hautenge blaue Jeans und einen modischen roten Blazer. Ihre Füße steckten in verdammt hohen weißen Pumps. Sie schien direkt einem Modemagazin entsprungen zu sein, und Martin wunderte sich, warum sie ihm nicht schon viel eher aufgefallen war. Sie musste wohl auf seiner Seite hinter der Seitenblende der nächsten Tür gesessen haben. Das wäre doch mal ein Gesprächsthema für den nächsten Tag im Büro, dachte er völlig irrational.

Die Blonde hämmerte den Regenschirm von oben auf das Mädchen herab. Erneut knackte es. Diesmal war es jedoch der Griff, der einfach abbrach. Aber das Mädchen ging wenigstens in die Knie. Die ältere Frau stapfte an dem Mädchen vorbei und versuchte, die Blondine ebenfalls zu umarmen. Der Bauarbeiter fasste sich endlich ein Herz, stand auf und drückte die Alte mit beiden Armen auf das andere Ende der Bank, auf der Martin saß.

Das Mädchen am Boden umklammerte dafür plötzlich ein Bein des Bauarbeiters. Sie neigte den Kopf ein wenig und bevor jemand reagieren konnte, versenkte sie ihre Zähne in dessen Oberschenkel. Das Brüllen des Mannes würde Martin sein Leben lang nicht vergessen können. Genauso wenig den Anblick der Blondine, die ihren zerbrochenen Regenschirm umdrehte und dem Mädchen das spitze Ende in das linke Auge rammte.

So hatte er Dalina das erste Mal erlebt. Ohne Skrupel hatte sie noch drei weitere dieser Kreaturen, inklusive dem Bauarbeiter, getötet. Sie übernahm die Führung, ohne bei auch nur einem der verbliebenen Fahrgäste auf Widerspruch zu treffen, und scheuchte alle aus dem Zug bis zum Bahnhof. Die meisten Fahrgäste versuchten, oberirdisch zu Fuß an ihr Ziel zu kommen. Martin dagegen war bei Dalina geblieben, die keine Anstalten machte, den Bahnhof zu verlassen. Auch die beiden jungen Männer, Hasan und Cem, die von Dalinas Kaltblütigkeit tief beeindruckt waren, blieben im Bahnhof zurück.

»Wir bleiben erst mal hier, bis sich oben alles beruhigt hat«, hatte die Blondine vorgeschlagen, die sich als Dalina vorgestellt hatte.

»Du bist voll krass drauf, Blondie. Das ist mein voller Ernst. Aber hierbleiben kannste knicken. Wir sollten eher durch den Tunnel gehen. Hier gibt es nur den einen Ausgang. Altstadt und Rathaus haben mehrere. Da kenn ich mich auch aus.«

Dalina zuckte kurz zusammen, als sie die Bezeichnung Blondie vernommen hatte. »Das mit dem hier unten Weitermarschieren geht in Ordnung. Aber wenn einer von euch noch einmal Blondie zu mir sagt, ramme ich ihm den Absatz meines Schuhs durch das Auge. Ich bin Dalina.«

13

»Ich kann mich gut an deine erste Begegnung mit den Zombies erinnern.«

»Daran musst du mich aber nicht erinnern. Ich träume sowieso schon jede Nacht davon.« Martin war ein klein wenig beleidigt. Die Schockstarre, in die er damals verfallen war, gehörte nicht zu seinen Sternstunden. Natürlich würde er heute nicht hier stehen, wenn Dalina nicht gewesen wäre. Sie waren damals alle noch Greenhorns gewesen. Außer ihr, wie es schien. Wobei … Dalina in der fahlen Notbeleuchtung des Tunnels mit ihren Pumps fluchend über die Schwellen des Gleises stolpern zu sehen, zeugte auch nicht gerade von intelligenter Vorausschau ihrerseits, dachte er grinsend.

»Was ich damit sagen will: Sei nicht so hart zu ihm.«

»Ich bin nicht hart zu ihm. Die Welt ist es. Und wenn er Fehler macht, ist sie es auch zu uns, Dalina. Das weißt du genau.« Endlich konnte Martin die beiden Gestalten ausmachen, vor denen Bernd sie mit seinem Ruf warnen wollte. »Ich nehme den Linken, du den Rechten.«

Dalina nickte und hob die angespitzte Stahlstange etwas an. Martin ging noch drei Schritte weiter nach links, mitten auf die Straße. Dann schnalzte er einmal leise mit der Zunge. Das reichte in der Regel, um in der Nähe befindliche Kreaturen auf sich aufmerksam zu machen. Wenn irgend möglich, immer die anderen kommen lassen. Möglichst nicht entgegengehen.

Zwei Jahre zuvor

»Mein Name ist Martin Pralak. Mein Name ist Martin Pralak. Mein Name ist Martin Pralak«, murmelte er leise ständig vor sich hin. Martin hatte die Arme fest um seine Beine geschlungen und wippte ständig vor und zurück. In der Dunkelheit des U-Bahn-Schachtes hatte er längst jegliches Zeitgefühl verloren. Bis hierhin hatten sie sich verkrochen, als es immer schlimmer geworden war. Heute prügelte jeder auf jeden ein. Menschen gingen grundlos aufeinander los. Er hatte Kinder gesehen, die sich in Horden auf ältere Menschen warfen und sie bei lebendigem Leibe zerfleischten. Er hatte die Spitze eines Regenschirms tief in das Auge eines jungen Mädchens eindringen sehen. Nicht im Fernsehen, nicht im Kino, sondern keine zwei Meter von sich entfernt.

»Martin?« Dalina hatte sich zu Martin gebeugt und legte ihm eine Hand auf die Schulter. »Die Jungs wollen jetzt weiter. Kommst du mit oder hast du mit deinem Leben bereits abgeschlossen?«

Martin hörte auf, mit dem Oberkörper vor und zurück zu wippen, und sah Dalina aus großen Augen an. Er hatte sich nie als Angsthase gesehen, aber was er heute erlebt hatte, war einfach weit jenseits dessen, was ein Mensch ertragen konnte, hatte er sich eingeredet. Mit einem Mal wurde ihm jedoch bewusst, dass er nicht allein war. Und die anderen hatten sich nicht wie er in ein Schneckenhaus zurückgezogen. Im Gegenteil: Die blonde Dalina hatte ihm das Leben gerettet. Die beiden Türken feixten bereits wieder, als wäre das alles nicht passiert. Warum sollte er also nicht auch damit klarkommen? Er schloss kurz die Augen und stellte sich vor, er hätte den Regenschirm gehabt.

»Wenn du hierbleibst, kommen dich irgendwann die Zombies holen, Alter. Ich bin übrigens Cem. Und das ist Hasan.«

Martin begann langsam zurück in die Wirklichkeit zu finden. Er öffnete die Augen und ergriff Cems Hand. »Ich bin Martin. Martin Pralak.«

»Ich weiß, Alter. Haste ja oft genug gesagt.«

Martin lief rot an. Im Halbdunkel des Bahnhofes merkte das außer ihm aber niemand. »Ich war wohl eine Zeit lang nicht so ...«, stotterte er verlegen.

»Schon gut, Martin.« Die Frau, die sich als Dalina vorgestellt hatte, zeigte in den Tunnel. »Die Jungs meinen, wir sollten durch den Tunnel bis zum Rathaus Spandau vorlaufen.«

»Und wenn ein Zug kommt?«

»Kein Strom, kein Zug«, mischte sich Hasan ein. »Aber hier sollten wir echt nicht bleiben, weißt du? Und oben herrscht Mord und Totschlag. Also, ab in den Tunnel.«

Cem und Hasan sprangen bereits vom Bahnsteig auf die Gleise. Bevor sie jedoch ganz in dem rechteckigen Tunnel verschwanden, blieben sie noch einmal stehen und warteten. Ganz so weit her war es dann also doch nicht mit ihrem Mut, dachte Martin. Er sprang ebenfalls vom Bahnsteig und streckte beide Arme nach oben, um Dalina zu helfen.

»Das ist wirklich galant von dir, aber ich bin schon ein großes Mädchen«, wehrte sie ihn ab. Sie hockte sich auf ein Knie, stützte sich mit einem Arm ab und sprang die fast anderthalb Meter seitlich herunter.

Martin zuckte die Schultern und trat zur Seite. »Wo ist dein Regenschirm?«, fragte er, weil er gerade feststellte, dass sie ohne jegliche Waffen waren.

»Steckt noch in einem der Zombies. Zu weit reingestoßen.«

»Das ist nicht lustig. Und sag nicht Zombies. Diese armen Kreaturen können bestimmt nichts dafür. Ist bestimmt irgendein Virus.«

»Eben. Zombies«, bekräftigte Dalina, als wäre damit alles gesagt.

»Ich hab ein Schweizer Armeetaschenmesser dabei«, meldete Hasan und kramte es aus einer seiner Taschen hervor.

Dalina lachte hell auf, denn sie schätzte das Modell als fünfundzwanzig Euro Version von Amazon ein. »Ich hätte ja wenigstens ein anständiges Stilett bei euch erwartet, Hasan.« Damit er sich nicht zu sehr beleidigt fühlte, legte sie ihm eine Hand auf den Unterarm und zwinkerte ihm lächelnd zu. Trotz der spärlichen Beleuchtung schien er die Geste als Scherz verstanden zu haben, und lachte nun ebenfalls.

Martin hatte keine Ahnung, wie oft er die Strecke in den letzten Jahren schon mit dem Auto, dem Bus, der Bahn oder sogar auf der Straße zu Fuß zurückgelegt hatte. Einige Hundert Male bestimmt. Aber so weit war sie ihm noch nie vorgekommen. Beinahe eine Stunde hatten sie gebraucht, was unter anderem damit zu tun hatte, dass Dalina sich weigerte, ihre Pumps auszuziehen. Dutzende Male stolperte sie und genauso oft hatten sie Martin, Hasan oder Cem aufgefangen, bevor sie lang hinschlagen konnte. Aber sie hielt verbissen bis zum Ende durch.

Kurz bevor sie die Station erreichten – auch hier war alles dunkel und nur durch Notlicht schemenhaft zu erkennen –, hörten sie wieder Schüsse.

»Maschinengewehrfeuer, eindeutig«, meinte Cem.

»G36-Sturmgewehr«, ergänzte Hasan.

»Woher wisst ihr das?« Martin bezweifelte, dass die beiden Jungs schon jemals ein Maschinengewehr in der Hand gehabt hatten.

»Battlefield, Rainbow Six und so.« Beide Jungs nickten sich grinsend zu.

Auf dem Bahnsteig war plötzlich Bewegung. Ein Mann fuchtelte mit einem dicken Aluminiumrohr herum und versuchte, drei andere Männer auf Abstand zu halten. Keiner von ihnen machte den Eindruck, als würden sie zu den Kreaturen gehören, die sie jetzt mehrfach beobachtet hatten. Es sah eher wie ein normaler Raubüberfall aus. Was sie einander zuriefen, war nicht zu verstehen, dazu hallte es zu sehr.

»Bleibt zurück«, kommandierte Dalina und zog Cem an die Wand des Tunnels. »Wir wissen noch nicht, wer von ihnen im Recht ist und wer nicht.«

Martin schüttelte den Kopf. Das war seine Chance, seine Schlappe ein wenig wettzumachen. Er wollte helfen. »Dann sollten wir sie fragen.« Bevor Dalina etwas sagen konnte, kletterte Martin auf den Bahnsteig hinauf. »'n Abend die Herren. Kann ich helfen? Da oben geht die Welt unter und ihr habt nichts Besseres zu tun, als euch gegenseitig zu verdreschen?« Alle vier Männer waren keine Hänflinge. Es waren große, kräftige Kerle und Martin bereute im selben Augenblick seine Courage.

»Was mischst du dich ein? Verzieh dich.«

»Die glauben, ich bin für das Virus verantwortlich.« Der Mann mit der Stange in der Hand klang nicht besonders ängstlich, hatte Martin den Eindruck. Kunststück. Die Stange war über einen Meter lang und lag offenbar gut in der Hand. Im Dämmerlicht hatte Martin so eine Ahnung, dass es sich dabei um eine Querstange eines Geländers handelte. Jedenfalls sah die zerbrochene Plastikmanschette am vorderen Ende so aus.

»Waren Sie kürzlich in Delhi oder Bangkok?«, frage Martin. Er hatte am Morgen schon in Berichten gehört, dass dort Ähnliches wie hier passiert war. Als der Mann erwartungsgemäß verneinend den Kopf schüttelte, hob Martin beide Hände und legte seinen Kopf schief. »Dann kann er auch nicht dafür verantwortlich sein, oder?«

»Er hat geprahlt, er wäre Chemiker und dass so etwas passieren musste«, schimpfte einer der Männer zur Verteidigung.

»Und deshalb geht ihr euch gleich an die Gurgel? Um einen genau jener Männer umzubringen, die vielleicht an einer Lösung des Problems arbeiten könnten? Abgesehen davon, dass die Krankheit wohl eher biologisch ist und ein Chemiker wohl kaum etwas damit zu tun haben kann? Ihr habt alle ein Rad ab.« Martin hatte natürlich keinen blassen Schimmer, ob das stimmte, was er sagte. Er zog sich die Erklärung gerade aus den Fingern.

»Biologie. Chemie. Alles dasselbe. Du hast nicht gesehen, was wir gesehen haben.«

Martin lachte. Diskussionen waren sein Element. Das konnte er sehr gut. Mit wenigen Worten die Argumente anderer entkräften. Die drei Männer schienen plötzlich verunsichert. »Ihr solltet euch jetzt trollen. Ich wünsche euch viel ...«

»Martin! Vorsicht!« Dalinas Ruf ließ ihn zusammenzucken.

Die drei Männer waren nicht wegen Martins Gerede verunsichert. Martin und der Mann, den er zu verteidigen versucht hatte, drehten sich um. Ein halbes Dutzend der Kreaturen kam in diesem Augenblick die Treppe heruntergestolpert. Alle hatten zerfetzte Kleidung am Körper, die von Blut durchtränkt war. Sie waren ganz offensichtlich mehrfach gebissen worden. Der vorderste Infizierte, ein junger Mann, kaum älter als Cem und Hasan, sah am schrecklichsten aus. Ihm fehlten Lippen und Nase. Die beiden Zahnreihen öffneten sich langsam und schnappten schnell wieder zu, bevor das Spiel von vorn begann. Alle Kreaturen hatten gierig die Arme nach vorn ausgestreckt und auch die letzte erreichte nun den Bahnsteig. Keine fünf Meter von Martin entfernt kamen sie ihnen auf breiter Front entgegen. Die drei Männer, die nun hinter Martin und dem Mann, dem er hatte helfen wollen, standen, drehten sich auf dem Absatz um und rannten zum anderen Ende des Bahnsteigs davon.

Martin wich langsam zurück. Er war unbewaffnet und hatte gesehen, was ihm blühte, wenn er sich beißen ließe. Der Chemiker jedoch schien keine Furcht zu haben. Er schwang erneut seine improvisierte Waffe und trat dem Vordersten zwei Meter entgegen. Er holte weit über den Kopf aus und ließ sie dem Lippenlosen mit voller Wucht auf den Schädel krachen. Wie eine reife Melone zerplatzte der Schädel und das Blut und die Gehirnmasse spritzten nach allen Seiten. Das Rohr jedoch war eben nur ein dünnwandiges, hohles Aluminiumrohr. Sicherlich etwas verstärkt, aber eben nur aus Aluminium. Das vordere Drittel knickte augenblicklich ab und machte die Waffe buchstäblich mit einem Schlag unhandlich und damit wertlos. Der Mann versuchte noch einen ähnlichen

Schlag zur rechten Seite und traf den Kopf des Mannes, der ihn von dort bedrängte, aber sofort langte ein Armpaar von der linken Seite nach ihm. Zwei Sekunden später wurde er unter den Körpern der Untoten schier begraben. Seine fürchterlichen Schreie hallten von der hohen Decke und den Wänden des Bahnhofes wider.

Dalina, Cem und Hasan waren bereits auf den Gleisen weiter in Richtung des nächsten Tunnels gelaufen, als Martin sich ihnen voller Entsetzen anschloss und vom Bahnsteig zurück auf die Gleise sprang.

Niemals auf eine Gruppe dieser Kreaturen zugehen, nahm er sich vor. Niemals! Immer schön kommen lassen. Einen erledigen und dann Rückzug.

Heute

Martin wartete auf den richtigen Augenblick. Die Eisenstange in seiner Hand war für ihn mittlerweile eine vertraute Waffe geworden. In Berlin hatte man sehr viel mit Schusswaffen experimentiert. Eine Zeit lang hatte man an fast jeder Straßenecke immer mal wieder ein Gewehr finden können. Wie wenig ihren Besitzern diese Waffen genutzt hatten, konnte man an ihrer schieren Zahl ablesen. Ganze Kompanien von Soldaten hatte die Regierung in den Straßen Berlins verheizt. Die Gangs, die sich nach und nach zum Selbstschutz gebildet hatten, nutzten die Waffen deshalb auch eher für den Kampf gegen ihresgleichen. Es war wie das Wettrüsten der Großmächte zu Zeiten des Kalten Krieges. Wer sich gegen andere Gangs nicht wehren konnte, ging einfach unter. Der Haken an der Nutzung von Feuerwaffen war aber ganz eindeutig der Krach, den man damit unweigerlich produzierte. Denn die Kreaturen hatten ein ausgezeichnetes Gehör.

Die, die ihn nun bedrängte, war einmal ein alter Mann gewesen. Schon bevor er zum Untoten wurde, hatte er kaum mehr als aus Haut und Knochen bestanden. Jetzt hing ihm das wenige Fleisch in Fetzen von den Unterarmen. Die Reste eines einfachen Unterhemdes verdeckten die stark hervortretenden Rippen des Mannes kaum. Martin hatte mit jeder dieser Kreaturen Mitleid. Während er aus den Augenwinkeln beobachtete, wie Dalina wieder einmal kurzen Prozess machte, gewährte er dem Mann vor sich eine letzte Sekunde extra auf diesem Planeten. Dann stach er mit einem kurzen schnellen Stoß die Eisenstange durch den Halsansatz schräg nach oben. Wichtig war, dass man das Nervenzentrum traf. Man war sich noch nicht einig geworden, ob Kleinhirn, Stammhirn, Amygdala oder Thalamus, aber irgendwo in diesem Bereich musste der Treffer für ein perfektes Ergebnis sitzen.

Er sah zu Dalina hinüber, noch bevor die Kreatur ganz zu Boden gesunken war. Sie wischte gerade ihre Eisenstange am Körper ihres Opfers sauber. Ein Verhalten, das er schon seit zwei Jahren missbilligte, aber bei Dalina immer nur ein Schulterzucken hervorrief. Für sie waren diese Kreaturen einfach keine Menschen mehr. Es waren Zombies und damit weniger wert als nichts. Martin hatte es längst aufgegeben, sie belehren zu wollen. Respekt gegenüber den Toten würde sie in diesem Leben wohl nicht mehr haben.

Beide nickten sich aufmunternd zu. Dann setzten sie ihren Weg fort.

14

Mirjam und Dennis waren über die Kantine oder den Aufenthaltsraum der Mitarbeiter des Marktes in das Center gelangt.

»Es stinkt bestialisch«, sagte Mirjam angwidert. Und das wollte schon etwas heißen. Die Zeit nach dem Zusammenbruch war längst nichts mehr für zartbesaitete Nasen. Selbst in ihrer Wohnung stank es. Im Verhältnis zu früher natürlich.

»Was hast du erwartet? Ich schätze, dass es im Markt selbst noch viel schlimmer sein wird. Nach einem Jahr ist ein Großteil der Lebensmittel mit Sicherheit ein wenig über das Verfallsdatum hinaus. Zumindest das, was nicht verpackt ist.«

Die meisten der acht oder neun Tische und den dazugehörigen Stühlen waren kreuz und quer verschoben, einige sogar umgestürzt. Vorsichtig, um nicht über einen von ihnen zu stolpern, durchquerten sie den Raum.

»Offenbar hat der Marktleiter, dem du die Schädeldecke abgehoben hast, das letzte Jahr damit verbracht, hier zu randalieren.«

»Ich stelle mir das gerade vor«, lachte sie, hob die Arme und simulierte einen der Untoten, indem sie langsam durch die Tischreihen spazierte und merkwürdige Geräusche von sich gab. Sie kam dabei der offenen Tür, die hinaus in einen dunklen Flur führte, immer näher. Ein Stuhl fiel scheppernd um.

»Schatz«, beschwerte sich Dennis sofort leise. »Mach keine Faxen.« Der Körperkontakt mit einem der Zombies steckte ihm noch in den Knochen. Zu Scherzen war er noch nicht wieder aufgelegt. »Wir müssen erst nachsehen, ob noch weitere im Gebäude sind.«

»Angsthase.« Mirjam lief weiter mit ausgestreckten Armen auf die offene Tür in der Ecke des Raumes zu.

»Mirjam. Hör jetzt auf mit dem Scheiß. Nimm …«

Mirjam machte einen Satz rückwärts und stolperte über den Stuhl, den sie selbst gerade erst umgeworfen hatte. In der offenen Tür stand eine Frau, mit dem gleichen weiß-roten Kittel wie der vermeintliche Marktleiter einen getragen hatte.

Dennis nahm das Brecheisen fester in die Hand und stürmte auf die Zombie-Frau zu, bevor sie sich über seine eigene hermachen konnte. Doch sein mit Wucht ausgeführter Schlag von oben auf ihren Schädel ging etwas daneben. Das schwere Eisen riss ihr zwar das halbe Gesicht samt Ohr weg, aber weil er damit nicht gerechnet hatte, rutschte ihm seine Waffe aus der Hand und landete hinter der Untoten scheppernd auf dem Boden. Geistesgegenwärtig hob er seinen Fuß und trat ihr einmal in den Unterleib, um sie von sich wegzustoßen. Händeringend sah er sich nach einer anderen Waffe um.

Mirjam versuchte derweil, auf Händen und Füßen rückwärts aus der Reichweite von ihrem Mann und dem Zombie zu kommen. »Nimm einen Stuhl und drück sie gegen die Wand.« Ihre Stimme drohte vor Panik beinahe zu brechen. Von ihrer ausgelassenen Stimmung noch wenige Augenblicke zuvor war plötzlich nicht mehr viel übrig.

Dennis hätte jetzt am liebsten die Walther aus seinem Hosenbund gezogen und kurzen Prozess gemacht. Aber einerseits wussten sie nicht, was sich im Center noch an Zombies herumtrieb, die ohne Zweifel sofort Jagd auf sie machen würden, zum anderen war die Zahl der Patronen, die ihnen zur Verfügung standen, begrenzt. Sechs Magazine zu je sechs Schuss besaßen sie, von denen bereits einige fehlten. Dennis nahm sich tatsächlich einen der orangefarbenen Plastikschalenstühle, hielt ihn sich vor die Brust und drang damit auf die Untote ein. Sie versuchte zwar, mit ihren Armen über den Freischwinger hinweg nach ihm zu greifen, doch

Dennis schob sie langsam, aber unaufhörlich zurück gegen die Wand neben der Tür. Es waren nur drei oder vier Schritte. Der Zombie stolperte mehr rückwärts, als dass er lief, und verlor beim letzten Meter bis zur Wand das Gleichgewicht. Der Kopf flog nach hinten, genau auf einen der spitzen Dorne einer an der Wand befestigten Kleiderhakenleiste. Mit einem schmatzenden Geräusch senkte sich der schmale Metalldorn, an den die Mitarbeiter vor dem Zusammenbruch vermutlich ihre Kittel aufgehängt hatten, unmittelbar unterhalb des Schädelansatzes in ihren Nacken.

Einige bange Augenblicke lang glaubten Mirjam und Dennis, der Zombie würde sich wieder vom Kleiderhaken lösen können. Er zappelte wild mit den Armen, kam aber nicht auf die Idee, sich selbst wieder auf die Füße zu stellen. Dann hätte er sich vermutlich mühelos aus seiner Situation befreien können, denn der Dorn konnte nicht tief in den Schädel eingedrungen sein. Aber die wilden Bewegungen erlahmten, als irgendwelche Nervenstränge schlussendlich doch noch rissen.

»Scheiße, Mirjam. Tu das nie wieder, ja?« Dennis ließ seinem Zorn freien Lauf. Das hatte vermutlich weniger damit zu tun, dass Mirjam das Herumalbern nicht hatte sein lassen können, sondern eher mehr mit dem erneuten Schrecken, dem sie beide ausgesetzt gewesen waren. Ein Jahr lang hatten sie in relativer Sicherheit verbracht. Abgesehen von den paar Wochen, in denen sie nach dem ersten Schock die Nachbarwohnungen zombiefrei gemacht hatten, hatten sie die Monster immer nur aus der Ferne gesehen. Ihnen einzeln und unter kontrollierten Bedingungen gegenüberzutreten, war zwar zu Beginn eine eklige, aber dennoch bewältigbare Aufgabe gewesen. Sie hatten jede einzelne Aktion sorgfältig durchgeplant und dann ausgeführt. Da war das Herumalbern nach einer Weile auch ein psychologisches Ventil, um Dampf abzulassen. Hier, in dieser neuen Umgebung, durften sie sich das auf keinen Fall erlauben. Zumindest, bis sie einen besseren Überblick über die Gesamtsituation besaßen.

»Gib mir eine der Taschenlampen«, meinte er kurz angebunden. Vermutlich, weil er selbst genau wusste, dass jedes weitere negative Wort aus seinem Mund auch ihre Stimmung nicht verbessert hätte. Eine depressive oder wütende Mirjam konnte er nicht gebrauchen.

Mirjam presste schuldbewusst die Lippen zusammen und kramte aus dem kleinen Rucksack, den sie auf ihrem Rücken trug, die beiden Stabtaschenlampen heraus. Eine davon reichte sie ihrem Mann.

Dennis lauschte erst angestrengt in die Dunkelheit des Ganges, schaltete dann seine Lampe ein und leuchtete mit vorgebeugtem Oberkörper beide Seiten des Ganges ab. »Beide Seiten sind frei. Wäre im Gang ein weiterer Zombie, wäre er jetzt längst hier. Aber es hilft nichts, wir müssen vorankommen.« Damit trat er mutig in den nur zwei Meter breiten Gang und leuchtete ihn aus, so weit das Licht der kleinen Lampe reichte.

Der Boden war im Gegensatz zur Kantine mit einem typischen Velours-Teppich für Büros ausgelegt. Das war gut, machte es doch ein leises Vorankommen möglich. Zu seiner Linken war der Gang praktisch unmittelbar zu Ende. Direkt nebenan gab es noch eine weitere Tür und das war es dann auch. Rechts dagegen verschwand der Gang in der Dunkelheit. Er hatte keine eigenen Fenster und nur schemenhaft waren auf der Seite des Aufenthaltsraumes weitere Türen zu erkennen.

»Das sind bestimmt alles Büros. Die sollten wir vorerst meiden. Ich will erst sehen, ob sich für uns der Aufwand lohnt.«

Dennis nickte. Mirjam hatte recht. Warum sollten sie das Risiko eingehen und Türen öffnen, um sich Aktenschränke oder Ähnliches anzusehen, wenn irgendwo weiter hinten der Zugang zum Schlaraffenland auf sie wartete. Allein der Gedanke an eine komplette Büchse Ravioli ließ ihm das Wasser im Munde zusammenlaufen. Das ganze vergangene Jahr über, seit dem Zusammenbruch, hatten sie ihre Rationen immer weiter gestreckt. Wasser aus der Leitung gab es genauso wenig wie Strom. Deshalb hatten sie das Regenwasser gesammelt und mit offenem Feuer gekocht. Wenn überhaupt. Oft genug gab es nur etwas aus dem schier unerschöpflichen Vorrat an Reistafeln einer Nachbarin.

»Also gut. Hinter uns kann ja kaum etwas sein. Du läufst ein paar Meter hinter mir und behältst mich im Auge. Wenn ich angegriffen werde, drehst du dich sofort um und läufst. Hast du mich verstanden?«

»Ich soll dir nicht helfen kommen?«, fragte Mirjam zweifelnd.

»Nein. Denn wenn das passiert, nehme ich ebenfalls die Beine in die Hand. Der Gang ist aber zu eng, wenn wir hier beide rennen müssen. Deshalb ist es besser, wenn du einen kleinen Vorsprung hast.«

Mirjam war nicht enttäuscht, dass er sich weniger darum sorgte, dass sie in Sicherheit war, wie sie zuerst dachte. Im Grunde hatte er ja recht damit. Dennoch wäre sie am liebsten neben ihm marschiert. Zum einen, um ihn moralisch zu stärken, zum anderen, um ihren Fehler – im Fall der Fälle – so schnell wie möglich wiedergutmachen zu können. Denn sein Tonfall war noch nicht wieder so, wie sie es gewohnt war. Trotzdem beschloss sie, in nächster Zeit alles zu tun, was er sagte. Schließlich wollte sie ihren alten Dennis wiederhaben. Während Dennis also einige Meter vorausging, blieb Mirjam erst einmal stehen. Als er fünf oder sechs Meter Vorsprung hatte, lief sie langsam hinterher.

»Hier ist eine Metalltür auf der linken Seite«, vermeldete er nach dreißig Metern.

Hastig schloss Mirjam zu ihrem Mann auf und leuchte den Türrahmen zusätzlich aus. »Und hier ist ein Grundrissplan«, jauchzte sie leise über den Fund. Links von der zweiflügeligen roten Brandschutztür mit den großen schwarzen Griffen hing ein Plan im DIN-A3-Format in einem simplen Glashalter ohne Rahmen an der Wand.

»Wir sind hier.« Dennis deutete mit dem Zeigefinger auf einen roten Punkt.

Der Plan zeigte die schematische Darstellung der beiden Etagen des Marktes. Die zweite Etage war von der Grundfläche her beinahe dreimal so groß wie der Teil im Erdgeschoss. Den Rest nahmen die kleinen Einzelhändler und Ketten ein. Eingezeichnet waren die Positionen der Feuermelder, Feuerlöscher, Sprinkleranlagenanschlüsse und vieles mehr. Eben alles, was sicherheitsrelevant und für Laien deshalb kaum verständlich war.

Mit dem Finger zeigte Mirjam auf die untere Kante des oberen Grundrisses. »Hinter dieser Türe ist ein Zwischenlager und von dort aus geht es in den Verkaufsraum.« Aufgeregt legte sie ihren Arm um Dennis’ Hals und küsste ihn auf die Wange.

»Wir sollten erst mal abwarten, Schatz.« Dennis’ Stimme klang schon viel versöhnlicher, fand Mirjam und packte deshalb noch einen Kuss auf den Mund obendrauf. »Ist ja gut. Ich hab dir ja verziehen«, sagte er leise lachend. »Ich sag ja nur, dass wir uns nicht zu früh freuen sollten.«

»Miesepetriger Sack.« Mirjam tat nur so, als schmollte sie und stupste ihren Mann mit der Faust gegen den Oberarm. »Nun mach schon. Mach die Türe einfach einen Spalt weit auf, dann werden wir ja sehen, was dahinter ist.«

Dennis nickte und legte erst seine flache Hand und ein Ohr an die Türe, um zu lauschen. Als er nichts hörte, drückte er die Klinke der linken Metalltüre nach unten und schob sie ein paar Zentimeter weit auf. Die schweren Brandschutztüren besaßen offenbar auch eine gute Gummidichtung. »Boah. Ich hätte nicht gedacht, dass es für diesen Gestank hier noch eine Steigerung gibt. Aber das ist ja wirklich unerträglich«, flüsterte er.

Mirjam war ebenfalls blass geworden. »Hilft aber nichts.« Sie klemmte sich die Taschenlampe kurzerhand zwischen die Knie und zog ihr Shirt aus. Dann legte sie es sich über Mund und Nase und verknotete es hinter ihrem Kopf. Dass sie nun obenherum völlig nackt war, sah sie dabei ganz entspannt. Außer ihrem Mann gab es wohl kaum jemanden, der ihr etwas wegschauen konnte.

Dennis konnte sich zwar ein Grinsen nicht verkneifen, nickte aber und tat es ihr gleich. Trotz der Diät hatten sie sich, so weit es ging, mit Training fit gehalten. Dennis redete sich gern ein, dass sie alle beide nie besser ausgesehen hatten. Nur eine anständige Dusche konnten sie natürlich vertragen. Aber Muskelprotze waren sie beide nicht. Im Gegenteil. Etliche Rippen waren deutlich zu sehen. Im Grunde unterschied sie lediglich der Verstand von einem Zombie.

Er drückte erneut die Klinke herunter und öffnete die Türe. Dahinter war es lange nicht so dunkel wie im Gang. Offenbar drang etwas Licht durch die Oberlichter auf dem Dach. Eine Tatsache, die er wohlwollend zur Kenntnis nahm. Dennoch gab es natürlich viele dunkle Ecken, aus denen sie jederzeit das Grauen anspringen könnte. Er lauschte erst noch einmal und drückte die Türe schließlich ganz auf.

15

Die Tür des kleinen Krämerladens aufzubrechen, war eine seiner leichtesten Übungen. Die Eisenstange als Brecheisen hielt die alte Holztür mit dem Fenstereinsatz keine fünf Sekunden auf. Das laute Krachen und Splittern des Holzes würde jeden Zombie im Umkreis von fünfzig Metern anlocken. Deshalb blieben Dalina und er zunächst auf der Straße stehen und warteten.

»Was du gesagt hast, als du mich überredet hast, abzuhauen und hier unterzutauchen …«, plauderte Dalina, während sie aufmerksam die Umgebung beobachtete. »Dass alle Zombies in Richtung der stärksten Aktivitäten wandern, selbst wenn sie davon weder etwas hören noch sehen können … ich meine, so richtig überzeugt war ich von deiner Theorie am Anfang nicht. Aber mittlerweile glaube ich, dass da doch was dran ist. Warum sonst sind hier so wenige unterwegs?«

»Wenn du allen umherlaufenden Zombies genügend Zeit gibst, werden sie sich irgendwann an dem Ort versammeln, an dem die meisten Lebenden existieren. Vorausgesetzt, sie werden nicht durch etwas in ihrer Nähe abgelenkt. Als würden sie von den vielen schlagenden Herzen magisch angezogen werden.« Martin hatte diese Theorie viele Male allen möglichen Menschen angepriesen, war aber meistens ausgelacht worden. »Meiner Meinung nach haben die Menschen die größten Überlebenschancen, wenn sie sich in kleinen Gruppen überall verteilen. Dann gibt es auch keine größeren Ansammlungen von Zombies. Was in Berlin gerade abgeht, war ja schon schlimm. Aber was Bernd von Potsdam berichtet hat, bestätigt meine Theorie.«

»Deshalb sage ich es ja. Und deshalb will ich mir das auch anschauen.«

»Ich hab es befürchtet. Und warum?«

»Wir kennen Herden von bis zu zweihundert Zombies. Und die sind schon kaum beherrschbar. Eine Herde aus zehntausend Zombies? Die hält doch nichts auf. Egal, wie viele dieser Oberst auch abknallt. Irgendwann ist seine Munition alle. Und egal, wie dick die Mauern auch sind, hinter denen sie Schutz gesucht haben, irgendwann werden sie unter dem Druck brechen. Wenn es dort für die Zombies nichts mehr zu holen gibt, werden sie sich einem anderen Ziel zuwenden. Und ich will einfach wissen, welches Ziel sie als Nächstes haben werden, um mich in die entgegengesetzte Richtung absetzen zu können.«

Martin lachte. Dalina war die Erste, die seine Theorie nicht nur glaubte, sondern auch verstand, was er damit hatte sagen wollen. Das war einer der Gründe, warum er von Berlin fortwollte. Ihr sogenannter Anführer war nicht mehr als ein Idiot, der sinnlos in der

Gegend herumgeballert und so immer mehr der Kreaturen angelockt hatte. Leider hatte er die stärkeren Argumente auf seiner Seite gehabt. Nämlich Männer, Waffen und genügend Arroganz, seine Ansichten auch durchzusetzen. Das Einzige, was er nicht besessen hatte, waren Skrupel. Berlin zählte vor dem Zusammenbruch mehr als drei Millionen Einwohner. Schlappe ein Prozent davon hatten die erste Welle des Virus überlebt.

Zwei Jahre zuvor

»Das sind Dalina und Martin«, stellte Cem sie vor. Sie alle waren überglücklich, sich nach einem stundenlangen Marsch auf vermeintlich sicherem Terrain zu befinden. Bis zuletzt hatte Cem immer wieder behauptet, dass sie bei Emre in Sicherheit sein würden.

»Ihr seid bislang nicht infiziert, gekratzt oder gebissen worden.« Das war eine Feststellung, keine Frage.

Der Mann, den Cem als Emre vorgestellt hatte, entsprach perfekt dem Klischee eines Rockers einer der großen Biker-Gangs. Bierbauch, Lederweste und ein Rauschebart bis fast zum Bauchnabel. Sein Händedruck war fest und sollte gleich zeigen, wer hier das Sagen hatte. Unmittelbar hinter ihm standen zwei kaum weniger beeindruckende halbe Kopien von ihm. Der eine mit feuerrotem Haar sowie Schnauz- und Kinnbart, der andere mit Glatze und einem blonden Walrossbart. Beide trugen lässig ein Sturmgewehr. Der eine auf die Hüfte gestützt, der andere in der Armbeuge. Martin meinte, ein G36 wiederzuerkennen, was vor ein oder zwei Jahren wegen seiner Unzuverlässigkeit in den Medien gewesen war.

»Das sind Karl und Stevie.« Emre deutete Martins Blick und stellte seine beiden Begleiter vor. »Die beiden sind alles, was von den Dark Sharks übrig ist.« Für einige Sekunden verfinsterte sich Emres Blick.

Vor vierundzwanzig Stunden hätte Martin noch die Straßenseite gewechselt, wenn ihm Emre oder einer seiner Männer auf der Straße entgegengekommen wären. Jetzt war er heilfroh, sich ihm anschließen zu können.

Der Weg vom Bahnhof Rathaus Spandau aus bis hierher war der reinste Spießrutenlauf gewesen. Die Kreaturen waren zwar langsam, aber ausdauernd. Martin hatte es geschafft, zwei von ihnen den Schädel mit einer Schaufel einzuschlagen, die er am Bahnhof aus einem Sandhaufen gezogen hatte. Dalina dagegen hatte in der gleichen Zeit drei mit den Hacken ihrer Pumps ausgeschaltet, die sie im Tunnel endlich ausgezogen hatte. Der Bahnsteig am Rathaus war mit toten Körpern übersät gewesen, denen man in den Kopf geschossen hatte. Ohne mit der Wimper zu zucken, hatte sie einer weiblichen Leiche die Sneakers von den Füßen gezogen. Selbst Cem und Hasan hatten sich zu wehren gewusst und zusammen drei der Kreaturen getötet. Dabei kam einmal sogar das Schweizer Taschenmesser zum Einsatz. Insofern war Martins Erfolg nur noch gewöhnlich. Überleben konnte nur, wer sich zu wehren wusste.

Einzelne Kreaturen zu besiegen, war nicht sonderlich schwer, wenn man sich ihnen stellte. Hatte man es jedoch mit mehreren zu tun, half nur noch Weglaufen. Die Strecke bis zur Falkenhagener Straße mussten sie mehr oder weniger im Dauerlauf überwinden, aber immer, wenn sie ein paar der lebenden Toten abgehängt hatten, waren ihnen neue entgegengekommen. Martin kannte die Gegend von früher. Hier um die Ecke hatte er mal gearbeitet. Das war zwar schon über zehn Jahre her, aber es kam ihm alles noch sehr vertraut vor. Bis auf den eilig errichteten Bauzaun, der von einer Hauswand zur anderen reichte. Zur Stabilisierung waren unmittelbar dahinter Autos quergestellt worden. Mit dem halben Dutzend Toten im Nacken und den zwanzig vor ihnen, hatte Martin bereits fast mit seinem Leben abgeschlossen. Da waren Emre, Karl und Stevie aufgetaucht. Von den Autodächern aus hatten sie mit ihren Gewehren auf die Untoten, die ihnen zu Nahe zu kommen drohten, das Feuer eröffnet. Ganze drei hatten sie mit ihrem Feuerwerk letztlich erledigt, was bei der Zahl der Schüsse einem eher traurigen Ergebnis gleichkam. Dennoch hatte der Krach, den die drei dabei veranstalteten, dafür gesorgt, dass sie wohlbehalten in das umzäunte Gelände gelangen konnten.

»Krass, Alter.« Cem begrüßte Emre wie einen Bruder. Erst ein Handschlag, dann wurden die Körper gegeneinandergedrückt und zum Schluss noch ein tiefer Blick in die Augen, als sie Stirn auf Stirn legten. »Wer hat sich das mit dem Bauzaun ausgedacht?«

»Die Bundeswehr hat gestern Vormittag alle auf die Straße getrieben. Zombies wurden sofort exekutiert. Karl hatte die Idee, den Lkw seines Chefs mit den Zaunelementen heranzuholen. Die Soldaten haben ihn noch zum Teil aufgestellt, bevor die Kerle entweder gebissen wurden oder einfach verschwunden sind. Den Rest haben wir in Eigenregie gemacht.«

Martin und Dalina waren beeindruckt. Wozu der Mensch fähig sein konnte, hatten sie selbst bereits bewiesen. Nur durch Einfallsreichtum hatten sie eine Überlebenschance. Innerhalb von nur zwei Tagen war die menschliche Zivilisation, wie sie sie kannten, am Ende. Das hieß aber nicht, dass es so bleiben musste.

»Hast du eine Ahnung, wie das alles passieren konnte?« Martin hatte kaum die Hoffnung, dass er den Grund für den Zusammenbruch von Emre erfahren würde. Umso überraschter war er, als Emre nickte.

»Das Virus ist zuerst in Südostasien aufgetreten. Das war vor drei Tagen. Man vermutet, dass es aus einem chinesischen Genlabor stammt und irgendwie nach draußen gelangt ist. Ob absichtlich oder aus Versehen und ob das die Wahrheit oder nur Propaganda ist, werden wir wohl nie erfahren. Von dort aus hat es sich in Windeseile in die ganze Welt ausgebreitet. Es ist wahnsinnig aggressiv und verbreitet sich auf zwei verschiedenen Wegen. Einige wenige Menschen sind so anfällig dafür, dass sie bereits sterben und mutieren, wenn sie das Virus selbst in geringster Menge einfach durch die Luft oder simplen Körperkontakt in sich aufnehmen. Das ist auch der Grund für die rasend schnelle Verbreitung. Vermutlich haben wir mittlerweile alle geringe Mengen des Virus im Blut, sind aber deshalb wohl auch leidlich immun dagegen. Die Toten wachen bereits nach wenigen Augenblicken wieder auf und sind sofort auf der Suche nach lebendem Gewebe. Die meisten Menschen fallen jedoch der Seuche durch eine Infizierung ihres Blutes zum Opfer. Wenn man gekratzt oder gebissen wird. Da zieht man sich wohl eine höhere Dosis rein.« Emre lachte, als hätte er einen guten Witz erzählt. »Wenn wir nur lange genug durchhalten, sollte uns selbst ein Kratzer nicht mehr jucken.«

»Woher weißt du das alles?« Dalina grinste mit dem Wolf, hatte Martin das Gefühl. Sie fand den Spruch genauso wenig lustig wie er. Aber Emre schien im Moment nun mal ihre beste Chance zu sein.

»Aus dem Radio. Da lief auf einigen Sendern ein aufgezeichneter Text als Warnung in Dauerschleife. Sogar noch Stunden, nachdem die Kraftwerke ausgefallen waren. Aber kommt erst mal rein.«

Emre führte sie ein Stück die Straße entlang. Die meisten Häuser schienen alle in den Dreißigerjahren des letzten Jahrhunderts gebaut worden zu sein. Viele Fassaden waren zwar in letzter Zeit neu verputzt und gestrichen worden, das hatte aber Sprayer nicht davon abgehalten, sich an den Wänden zu vergehen. Die großen Laubbäume zu beiden Seiten der Straße spendeten ein wenig Schatten. Alles sah relativ idyllisch und normal aus.

Nach fünfzig Metern führte sie Emre durch die Toreinfahrt eines Neubaus aus den Achtzigerjahren in einen Hinterhof. Und dort war nichts mehr normal.

Früher hatte es hier sicher mehrere typische Berliner Hinterhöfe gegeben. Nach dem Krieg war die riesige Fläche aber nicht mehr neu bebaut, sondern ein eigentlich schöner Park angelegt worden. Eigentlich deshalb, weil nun mehrere provisorische Zelte auf der grünen Wiese standen, zwischen denen sich die übrig gebliebenen Bewohner der Falkenhagener Straße tummelten. Direkt hinter dem Durchgang konnten Autos unter dem Park in eine Tiefgarage fahren. Die Kronen zweier großer Laubbäume wuchsen schon beinahe ineinander und ringsherum ragten die Brandmauern der Nachbarhäuser in die Höhe. Nur an dem Haus, das sie gerade unterquert hatten, gab es Balkone und Fenster. Zu sehen war dort aber niemand. Der rechteckige Platz war knapp dreißig Meter breit und fast doppelt so tief. Mehr als halb so groß wie ein Fußballfeld.

»Wir haben alle Bewohner hier in Sicherheit gebracht. Der einzige richtige Zugang ist der Hauseingang hier. Das Stahltor ist massiv. Im Notfall können wir an diesem Ort also eine ganze Weile ausharren.

»Und Wasser und Verpflegung?« Martin bezweifelte, dass man die über einhundert Menschen mehr als eine Woche lang hier einsperren und verpflegen könnte. Er war als Logistiker in einem Großhandel tätig gewesen und ahnte, was dafür an Mengen nötig war.

»Wir dehnen den Sperrkreis auf der anderen Seite gerade bis zum Supermarkt um die Ecke aus. Meine Jungs müssen aber langsam vorgehen, sodass es keiner dieser Zombies hineinschafft.«

»Heißt das, da sind noch mehr Leute?«, wollte Dalina wissen, die genauso ungläubig die Menschenmenge vor sich beobachtete.

Die meisten, die sie sehen konnte, waren alte Menschen und Kinder.

»Ich habe zwanzig Männer dafür abgestellt.«

»Warum sind die Menschen alle hier? Warum bleiben sie nicht in ihren Wohnungen?«

»Ich will alle unter Kontrolle haben. Wenn sich einer in einen Zombie verwandelt, dann so, dass ich es mitbekomme. Ich will nicht Angst haben müssen, dass mir so ein Beißer entgegenkommt, wenn ich eine Tür öffne.«

Emres Wunsch nach Sicherheit strotzte nur so vor Unlogik. Denn wenn hier auch nur ein Zombie entstehen sollte, wäre es um das Idyll vermutlich geschehen. Die Seuche neigte dazu, sich innerhalb von Minuten zu verbreiten. Bei so vielen Leuten auf engstem Raum war die Katastrophe praktisch vorprogrammiert. Vor allem, da es sich bei vielen um ältere Menschen handelte. Es brauchte nur einer von ihnen einen Herzinfarkt zu bekommen. Die anfängliche Euphorie, sich endlich in Sicherheit zu befinden, wich einem beklemmenden Gefühl der Angst.

»Okay, Emre. Wie können wir helfen?« Cem, der sie hierhergeführt hatte, kam sich in den letzten Minuten wie das fünfte Rad am Wagen vor. Während Dalina und Martin rechts und links von Emre standen, liefen er und sein Freund Hasan noch hinter Karl her. Stevie war als Wache am Zaun zurückgeblieben.

»Cem, mein Freund. Ich hab hier irgendwo deinen kleinen Bruder gesehen. Keine Ahnung, ob es hier noch jemanden aus deiner Familie gibt.« Das war ein deutlicher Hinweis, dass Cem sich zu trollen hatte. Hasan hatte das im Gegensatz zu Cem auch verstanden und zog ihn an der Schulter etwas zur Seite. Mit einem beleidigten Gesichtsausdruck Cems zogen beide von dannen.

»Die Zahl Erwachsener, die uns hier zur Verfügung steht, ist ziemlich begrenzt. Die meisten sind entweder sehr alt oder sehr jung. Die, die ich als Bautrupp losgeschickt habe, sind alle nicht viel älter als Cem. Ich brauche aber ein paar echte Männer.« Dabei sah er Martin auffordernd an. »Wir haben noch ein paar Gewehre. Meinst du, du kannst damit umgehen?«

Martin blickte hilfesuchend zu Dalina. Natürlich konnte Emre nicht wissen, dass von ihnen beiden Dalina viel kaltblütiger gehandelt hatte als er. Selbst Hasan und Cem hatten sich besser angestellt. Eine Waffe hatte er noch nie in der Hand gehabt. Viel eher würde er Dalina zutrauen, damit umgehen zu können. Aber Dalina sagte nichts. Sie verzog nicht einmal die Mundwinkel, weil Emre sie gar nicht erst in Betracht zu ziehen schien. »Ich kann es versuchen. Aber sind Schusswaffen nicht eher kontraproduktiv? Ich meine, klar, als letztes Mittel. Aber man schießt einen ab und lockt damit drei weitere dieser Kreaturen an. Oder?«

»Karl zeigt dir, wie es geht. Die sollen nur kommen. Wir haben den Soldaten zwei große Kisten mit zweitausend Schuss Munition abgenommen.«

Martin nickte zustimmend, enthielt sich aber eines weiteren Kommentars. Emre praktisch an den Kopf zu werfen, dass sie für die drei Kreaturen am Zaun gerade wenigstens fünfzig Schuss verbraucht hatten, hielt er im Moment nicht für sinnvoll. Allein in Berlin gab es im Moment vermutlich an die drei Millionen Zombies. Emre jetzt darauf hinzuweisen, hätte ihn wahrscheinlich sofort wieder vor den Zaun befördert.

Heute

»Dalina, du weißt, ich halte dich für eine der cleversten und abgebrühtesten Personen, die es noch gibt. Vor dem Zusammenbruch hättest du mich zwar keines Blickes gewürdigt und ich müsste eigentlich deshalb schwer beleidigt sein, dennoch verstehst du es, in den entscheidenden Augenblicken das Richtige zu tun. Aber was du da vorhast, ist schlicht und ergreifend einfach Wahnsinn.«

Als nach ein paar Minuten des Wartens und Beobachtens keine weitere Kreatur aufgetaucht war, öffneten sie vorsichtig die Tür des Tante-Emma-Ladens. Wie gewohnt lag über allem eine dicke Staubschicht. Das war wichtig, denn daran konnten sie erkennen, dass sie seit zwei Jahren die Ersten waren, die sich hier aufhielten. Weder lebende noch tote Menschen waren in letzter Zeit an diesem Ort gewesen.

»Klar. Ich mache vieles aus dem Bauch heraus. Ich gebe zu, ich will das auch wegen des Thrills machen, aber trotzdem finde ich es wichtig und richtig. Vor allem wegen der Kids dort.«

Während sie miteinander plauderten, zogen beide Leinenbeutel aus ihren Taschen, die sie ständig dabeihatten. Man konnte schließlich nie wissen, wann es etwas zum Einsammeln gab. Es war zwar kein vollwertiger Supermarkt, aber die Auswahl war ganz beachtlich. Sie steckten zielgerichtet nur bestimmte Dinge in die Beutel. Sie plünderten nicht, sie bedienten sich. Martin hatte von Anfang an Wert darauf gelegt, zivilisiert mit dem Eigentum anderer umzugehen. Weniger, weil sie vielleicht irgendwann einen Anspruch darauf geltend machen konnten, sondern vielmehr, weil es sich einfach nicht gehörte. Nur so viel nehmen, wie man brauchte, das gab Nachfolgenden ebenfalls eine Überlebenschance.

Natürlich hatten Emre und seine Männer einen Scheiß auf seine Meinung gegeben. Aber Dalina, mit der er zusammen häufig auf Exkursion gegangen war, hatte sie akzeptiert. Am Anfang fand er Dalinas Verhalten verwunderlich. Schließlich wusste sie besser als er, wie der Hase zu laufen hatte. Erst im Laufe der Zeit ging ihm auf, dass sie ihn neben sich haben wollte, weil er so anders war. Eben ein Mann mit Prinzipien. Solche Sachen wie die, dass er die Kreaturen nicht als Zombies bezeichnen wollte oder dass er lieber in aller Stille agierte, statt wild in der Gegend herumzuballern. Wie sie ihm das bereits zu Beginn angesehen haben konnte, entzog sich aber seiner Kenntnis.

»Also gut. Ich begleite dich.« Im Grunde hatte er ihr alles zu verdanken. Nicht nur sein Leben. »Ich schulde dir schließlich etwas.«

16

Was Mirjam als Zwischenlager bezeichnet hatte, war ein Hochregallager, voll mit Paletten, auf denen in Folie eingeschweißte Waren lagerten. Mirjams und Dennis' Augen hatten gleichermaßen zu leuchten begonnen. Selbst wenn drei Viertel der Produkte mittlerweile verdorben sein sollten, wovon sie nach einem Jahr noch lange nicht ausgehen mussten, konnten sie sich allein mit diesen Sachen die nächsten Jahre ausreichend versorgen. Das Lager war genauso lang wie der Gang, auf dem sie hierhergekommen waren. Rechts ging er noch sieben oder acht Meter weiter. Zu beiden Seiten des Lagers war in drei Etagen übereinander eine Palette neben der anderen abgestellt. Natürlich würden sie niemals die Unmengen an Katzenstreu gebrauchen können, aber das Getränkelager hinten links und die Palette mit einem Aufsteller voll mit Schoko-Osterhasen rechtfertigte jedes Risiko, das sie dafür eingegangen waren. Dennis ärgerte sich sofort, dass sie diesen Trip nicht schon viel früher gemacht hatten.

»Allein die Palette mit Dosengerichten reicht für ein ganzes Jahr.«

»Lass uns schnell die Verkaufsräume der oberen Etage absuchen. Dann blockieren wir die Lauftreppe, für den Fall, dass sich unten Zombies herumtreiben. Wir schaffen es sowieso nicht, alles abzusuchen. Anschließend kümmern wir uns um das da.« Dennis hätte sich zwar am liebsten sofort über die Waren hergemacht, aber Sicherheit ging vor.

Gegenüber der Feuertür, die er nicht ins Schloss fallen ließ, sondern nur anlehnte, war ein breiter Durchgang, der mit einem durchsichtigen Vorhang aus dicken Plastikstreifen jedem Kunden eindeutig zeigte: Hier hat nur Personal Zutritt. Dahinter war es genauso schummrig wie im Lager. Die Umrisse der Verkaufsregale konnten sie nur erahnen. Zu zweit drückten sie ein paar der Plastikstreifen zur Seite und beobachten von dort aus eine Weile die riesige Fläche.

»Du willst verhindern, dass möglicherweise Zombies von unten nach oben kommen können?«, fragte Mirjam. Dennis nickte. »Eine Idee, wie wir das anstellen?«

Vor dem Zusammenbruch hatten sie das Center intensiv genutzt. Es lag verführerisch nahe an ihrem Zuhause. Deshalb hatten sie die grobe Aufteilung noch im Kopf. Hier im hinteren Drittel der oberen Etage endeten die vier über dreißig Meter langen Laufbänder, über die die Kunden mit ihren Einkaufswagen von einer Etage zur anderen hatten wechseln können. Ihr Weg führte die Kunden gegen den Uhrzeigersinn einmal um diesen Punkt herum. Rechts war die hauseigene Bäckerei, links gab es Haushaltswaren. Dann ging es im neunzig Grad Winkel links hinunter. Dort fand man Schreibwaren, Bettbezüge, Kleinmöbel, Bekleidung und vieles mehr.

»Wir schieben mit dem Hubwagen hier jeweils eine Palette auf die Laufbänder.«

»Sehr gut. Am besten die Küchentücher. Falls jemand versucht, drüberzuklettern, bricht alles zusammen und das macht bestimmt so viel Krach, dass wir gewarnt werden«, nickte Mirjam. »Später können wir das noch besser durchplanen, aber für den Anfang wird das genügen. Kannst du mit den Dingern umgehen?«

Mirjam war vor dem Zusammenbruch Mediengestalterin und Webdesignerin gewesen. So ein gelbes Ding, vor dem sie gerade standen, mit den beiden Zungen auf kleinen Rollen, das man mit dem langen Griff steuern und hin und her schieben konnte, hatte sie schon Hunderte Male irgendwo gesehen, sich aber nie über die Funktionsweise Gedanken gemacht.

Statt zu antworten, probierte Dennis es einfach aus. Er klappte den Griff zu sich heran, der an einem Gelenk mit den beiden Zungen verbunden war. »Wie bei einem Wagenheber«, murmelte er und zog das Gefährt ein Stück hinter sich her, bis vor eine Palette Katzenstreu. Er schlug den Griff ein wenig ein und schob die beiden Zungen direkt unter die entsprechenden Öffnungen der Palette. Langsam hob und senkte er den Griff mehrmals, wie bei einer Pumpe. Mit leisem Quietschen hoben sich die Zungen so weit an, dass die ganze Palette angehoben wurde. Dennis hatte Mühe, die schwere Last aus seiner Position unterhalb des Regals hervor- und hinter sich herzuziehen. Glücklicherweise packte Mirjam kurzerhand mit an. In der Stille hörten sich die mit Kunststoff ummantelten Metallrollen durch das Gewicht der Palette wie das Donnergrollen eines Gewitters an. »Lass uns schnell machen«, meinte er. »Damit locken wir sie erst recht nach hier oben.«

Mirjam hatte schon bei dem quietschenden Geräusch der Hydraulik angestrengt in den Verkaufsraum gestarrt und nickte deshalb erleichtert. Die beiden Begegnungen, die sie heute bereits hatten, reichten ihr erst einmal. »Die Laufbänder sind ein Stück weit weg. Willst du nicht erst vier Paletten nach draußen holen, damit es nachher schneller geht?«

»Dann müsste ich jedes Mal erst umständlich hin und her manövrieren. Wir ziehen die Erste erst mal bis nach vorn. Du hältst die Umgebung rechts von uns im Auge, ich links.«

»Alles klar. Dann los.«

Die Planer des Marktes hatten den Durchgang vom Lager unmittelbar vor den breiten Gang gelegt. Im Prinzip mussten sie also nur dreißig Meter geradeaus und dann ein paar Meter nach links. Das Licht ihrer Taschenlampen tanzte vor ihnen über den Boden und die Regale und verursachte bei beiden nahezu Angstzustände. Die Palette mit dem Katzenstreu wog an die Tausend Kilogramm oder sogar mehr. Einmal in Bewegung gesetzt, lief der Wagen danach fast von allein. Aber Dennis hatte nach wenigen Metern bereits einiges an Tempo drauf und am Ende seine liebe Mühe damit, das Gefährt rechtzeitig zum Stehen zu bekommen. Einige Meter zu weit und gerade noch rechtzeitig, bevor er in eines der Regale krachte, ließ er den Hubwagen ein Stück weit ab, sodass das Holz der Palette auf dem Boden schleifen und bremsen konnte. Anschließend stemmte er sich mit aller Kraft gegen das Gewicht und schob es langsam wieder in die entgegengesetzte Richtung. Im richtigen Augenblick schlug er das Gelenk ein, als würde er mit dem Auto rückwärts einparken. Er schob den Hubwagen einige Meter weit auf das rechte der beiden mittleren Laufbänder und betätigte zufrieden den Auslöser für die Hydraulik am Griff. Mit einem lauten Quietschen senkte sich die Palette auf das Band, das gut dreißig Meter weit in die Dunkelheit des Erdgeschosses führte. Dann lauschten sie und beobachteten einige Augenblicke lang die Umgebung.

»Scheint alles ruhig zu sein. Vielleicht haben wir tatsächlich das Glück und das restliche Center ist frei von Zombies«, frohlockte Mirjam.

»Ich würde mir das wünschen, aber der Ausbruch begann mitten am Tag an einem Dienstag. Zwei Angestellte hatten wir ja schon. Nach den ersten Meldungen aus Berlin sind natürlich viele nach Hause gerannt, aber bestimmt nicht alle.« Als nach drei Minuten nichts zu hören oder zu sehen war, zog Dennis den Hubwagen vom Laufband und holte die zweite Palette.

Mirjam folgte mit einigem Abstand. An einem Regal blieb sie stehen. Hier wurde, ordentlich sortiert, eine riesige Auswahl an Kochutensilien angeboten. Mirjam nahm einen Pfannenwender vom Haken und versuchte, das Preisetikett zu lesen. Kopfschüttelnd hängte sie ihn wieder ordentlich auf und nahm dafür einen Fleischklopfer. Einen mit einer Schneide auf der Rückseite. Dann hastete sie Dennis hinterher. Triumphierend hielt sie ihn hoch. »Liegt gut in der Hand.«

Dennis lachte. Auch seine Stimmung besserte sich mit jeder Minute, in der sie nicht von einem Zombie attackiert wurden. In ihm reifte mittlerweile ein Plan, von dem er hoffte, auch Mirjam überzeugen zu können. Er war sich nicht sicher, ob sie so begeistert davon sein würde.

17

Bernd trottete missmutig und mit etwas Abstand hinter Dalina und Martin her. Seine Begeisterung, den ganzen Weg nach Potsdam schon wieder zurückzulaufen, hielt sich in Grenzen. Aber eine Wahl hatte ihm Martin nicht gelassen. Jedenfalls keine, die ihm besser gefiel, als sie zu begleiten. Die Alternative hatte ihm Martin in bunten Farben ausgemalt. Vor allem Rot kam dabei in allen Variationen vor. »Und warum nehmen wir kein Auto?«, maulte er schon nach ein paar Hundert Metern laut, als sie am Ortseingang an einem ordentlich abgestellten weißen Ford Transit mit einem Firmenlogo an der Seite vorbeikamen.

»Erstens: schrei nicht so. Gewöhn dir das gleich ab. Wenn wir in eine Gegend mit erhöhter Zombiedichte kommen, ist das dein Todesurteil.« Seufzend schüttelte Dalina den Kopf. Auch ihr ging Bernd mit seiner naiven Art langsam auf den Zeiger. »Zweitens: Das hier ist kein Film, in dem wir mal eben ein Auto kurzschließen können. Da gibt es eine Menge Hindernisse zu überwinden. Wegfahrsperre, leere Batterie oder altes Benzin zum Beispiel. Es gehört eine Menge Glück dazu, einen Wagen zu finden, der fährt. Wenn du keine Schlüssel hast, musst du ein Seitenfenster einschlagen. Auch der Motor macht Krach. Und Krach lockt Zombies an. Verstanden?«

»Es lohnt den Aufwand einfach nicht«, fügte Martin hinzu, ohne die Gegend aus den Augen zu lassen. »Das meiste Benzin in den Autos ist mittlerweile verdorben. Und die beiden kalten Winter haben die Batterien ausgelaugt.«

»Das habe ich doch gesagt«, schimpfte Dalina in Martins Richtung.

»Krieg dich wieder ein, Dalina.« Schon den ganzen Vormittag über hatte Dalina an allem, was er sagte oder tat, etwas auszusetzen gehabt. Ein wenig erinnerte ihn ihr Verhalten an seine Freundin, die jetzt irgendwo in Berlin sicher auf der Jagd nach Menschenfleisch war. Natürlich war Dalina nicht immer gut gelaunt, aber so schlecht drauf wie heute war sie eher selten.

Zwei Jahre zuvor

»Es wird immer gefährlicher«, murmelte Martin Dalina zu. »Heute haben wir wieder drei Leute verloren.«

Sie saßen mit über vierzig anderen im Innenhof ihres Domizils am Lagerfeuer und lauschten Emre, der ihre Zukunft wieder einmal in den rosigsten Farben ausmalte. Er sprach von Chancen; von einem Wiederaufbau; von Supermärkten in der näheren und weiteren Umgebung, die es zu plündern galt, um all die hungrigen Mäuler zu stopfen.

In den letzten vier Wochen hatten sie die beiden kleinen Discounter in den Nachbarstraßen heimgesucht und alles herangeschafft, was essbar war. Den Plan, die zombiefreie Zone um den ganzen Häuserblock herum auszudehnen, hatte Emre sehr schnell wieder aufgegeben. Die Vorräte an den Metallzaunelementen hatten nicht einmal annähernd gereicht, eine sichere Grenze zu ziehen. Im Gegenteil: Sie hatten die Grenze zur Altstadt hin sogar um zwanzig Meter zurücknehmen müssen. Dort versuchten mittlerweile wenigstens fünfzig Untote, die Sperre zu überwinden.

Mühsam war es Martin mit Dalinas Hilfe gelungen, Emre und seine Männer endlich davon zu überzeugen, wenigstens innerhalb des Sperrkreises auf die halbautomatischen Waffen zu verzichten. Die Schüsse lockten ganz automatisch immer mehr der lebenden Toten an. Als Alternative hatte Dalina die Markierungsstangen auf dem Baufahrzeug vorgeschlagen. Wahrscheinlich erinnerte die Stange sie an ihren Regenschirm, der ihr hervorragende Dienste geleistet hatte. Die anderthalb Meter langen roten Eisenstangen hatten am hinteren Ende sogar so etwas wie ein Rapier und waren vorne richtig spitz. Damit konnte man sehr leise einen Zombie mit einem einzigen Stich ausschalten.

»Zeig es mir.« Emre hatte das gedrehte Eisen skeptisch angesehen und es dann Martin zugeworfen.

Völlig überrascht hatte Martin die schwere Stange aufgefangen und verunsichert zu Dalina geblickt. Die aber lächelte und nickte ihm aufmunternd zu. Martin trat an den Bauzaun, der auf ihrer Seite von mehreren quergestellten Autos gehalten wurde und legte die Spitze in eine der groben Maschen. Sofort wandten sich ihm einige der Kreaturen zu. Die Maschen des Zauns waren groß genug, dass die Arme der Untoten bis zu den Ellenbogen hindurchpassten. Martin musste nur warten, bis einer der Köpfe in die Nähe der Stange kam. Dann stieß er sie mit einem Ruck nach vorn. Der ältere Herr, der sogar noch seine Nickelbrille auf der Nase hatte, war – abgesehen von der völlig verschmutzen Kleidung – von einem gesunden Menschen nicht zu unterscheiden. Rein äußerlich besaß er keinerlei sichtbare Verletzungen – bis Martin die Stange durch sein linkes Auge stieß. Schwarzes Blut schoss aus der Wunde wie ein Sturzbach und lief an seinem Körper herab. Als er die Stange wieder zurückzog, sackte er auf die Knie, während die Hände des Toten über seinem Kopf in den Maschen hängenblieben.

Von der Effizienz sichtlich beeindruckt, nahm Emre eine weitere Stange von der Ladefläche hinter ihnen und wog sie erneut abschätzend in der Hand. »Das funktioniert auch, um den Viechern den Schädel einzuschlagen«, meinte er grinsend und schwang die Stange wie ein Samurai sein Katana über dem Kopf.

»Sag nicht Viecher«, murmelte Martin. Ihn laut zurechtzuweisen, wagte er nicht. In der letzten Woche hatte er einen seiner eigenen Männer mit einem Holzknüppel windelweich geprügelt, weil er das letzte Bier ausgetrunken hatte. Emre war sehr impulsiv und nachtragend, so viel hatten er und Dalina schon mitbekommen.

»Und? Hast du etwa Angst?«, fragte Dalina.

»Natürlich. Du etwa nicht?«

»Nein.«

»Wer es glaubt«, spottete Martin und zog schnell einen Ast aus dem Feuer, auf dem er eine trockene Scheibe Brot aufgespießt hatte, um sie zu rösten.

»Ehrlich nicht. Ich weiß, was ich kann. Und Emre weiß das auch. Und natürlich weiß er es auch von dir. Die ganzen Leute, die er als seine Helferlein um sich geschart hat, sind alle nicht halb so viel wert wie einer von uns beiden.«

»Tu nicht so, als wären wir für ihn unentbehrlich. Wenn es ihm gefällt, schlägt er auch dir den Schädel ein, ganz egal, was für tolle Einfälle du hast.« Martin verstummte, weil Emre bei seiner Ansprache um das Lagerfeuer auf ihre Seite herumgekommen war.

»Unsere beiden Genies hier …« Ihr türkischstämmiger Anführer in der Lederkluft zeigte auf Dalina und Martin und schaute in die Runde. »… tuscheln schon wieder, als hätten sie einen neuen Plan ausgeheckt. Oder?«

Martin presste ertappt die Lippen aufeinander und wagte nicht, zu Emre aufzusehen. Ganz offenbar hatte er mitbekommen, dass sie sich unterhalten hatten, während er seine Ansprache hielt. Dalina dagegen stand lässig auf und lächelte Emre herausfordernd an.

Martin hätte am liebsten die Hände über dem Kopf zusammengeschlagen.

»Ganz recht, Emre«, sagte Dalina laut in die Runde. »Martin und ich haben erörtert, wie wir unsere Zuflucht sicherer machen können.«

Emre nickte und war plötzlich wieder Feuer und Flamme. Bislang waren die Ideen, die seine beiden Genies produziert hatten, immer hilfreich gewesen. So hatte er bereits wieder vergessen, dass er sie eigentlich für ihr störendes Verhalten maßregeln wollte. »Lass hören.«

»Das ist noch unausgereift. Das lohnt sich noch nicht.« Dalina stammelte zwar nicht, aber Martin konnte ihr ansehen, dass sie keine Ahnung hatte, was sie auf die Schnelle aus dem Hut zaubern sollte.

Mitgefangen heißt mitgehangen, dachte er und biss noch einmal in das vier Wochen alte Brot, das geröstet gar nicht mal so schlecht schmeckte. Dann erhob er sich langsam und lächelte Emre an. Als er zu sprechen begann, hatte er noch keine Ahnung, wie der Satz enden würde. »Wir haben uns gedacht, dass wir auf dem Hof, mit dem Zugang von der Straße, sehr gefährdet sind. Was wäre, wenn wir die Durchfahrt komplett verschließen? Sehr lange werden die Zäune sowieso nicht mehr halten.«

»Und wie sollen wir dann rein- und rauskommen?« Emre schüttelte grinsend wegen dieser dämlichsten aller Ideen den Kopf.

»Na dort. Durch die Wand.« Martin zeigte zur unverputzten Brandmauer der Rückseite des Altbaus der parallel verlaufenden Straße. Die Idee war ihm zwar spontan gekommen, aber beim Stöbern in der Nachbarschaft hatte er schon vor ein paar Tagen über diese Möglichkeit nachgedacht. »Dahinter sind Lager und Werkstatt einer Tischlerei. Und davor ist ein hoher, fest im Boden verankerter Metallgitterzaun mit einem Schiebetor. Seitlich kommen wir problemlos durch die Häuser zu anderen Ausgängen. Und Material zum Bauen finden wir dort auch in rauen Mengen. Ganz davon abgesehen, dass wir unsere Leute in der Lagerhalle auch trocken unterbringen können. In zwei Monaten ist Herbstbeginn, wollte ich nur mal dran erinnern.« Er steckte sich den Rest des Brotes in den Mund und wartete darauf, dass Emre seine Kinnlade wieder hochbekam. Ein wenig genoss Martin die momentane Stille. Vor allem, weil er aus den Augenwinkeln Dalinas grinsendes Gesicht sah. Er war stolz auf sich selbst, denn die Idee war wirklich nicht dumm.

Heute

»Bist du wegen irgendetwas sauer?«, fragte er vorsichtig und beäugte kritisch die Häuser zu ihrer Rechten. Die Landstraße von Darbow in Richtung Potsdam zog sich hier schnurgerade bestimmt zwei Kilometer lang hin. Bislang hatten rechts und links nur Wiesen, unterbrochen von kleinen Waldstücken, die Landschaft dominiert. Seit sie eine Stunde zuvor Darbow verlassen hatten, waren das die ersten Häuser. Vermutlich ein Gehöft des örtlichen Bauern. Und wo es Häuser gab, waren die armen Kreaturen nicht weit.

»Ach, ich weiß nicht.« Dalina quengelte etwas herum. Auch sie blickte in Richtung der vier kleinen Häuser, die hundert Meter abseits der Straße standen. Dann blickte sie kurz zu Bernd zurück, der gelangweilt mittlerweile fast zehn Meter hinter ihnen hertrottete. »Ist nur so ein Gefühl, aber langsam nervt mich der Kleine genauso wie dich.«

Dalina sprach schon immer leise. Das gewöhnte man sich in dieser Welt besser recht schnell an, wenn man vorhatte, länger zu überleben. Martin hatte aber zusätzlich das Gefühl, dass sie darauf achtete, dass Bernd das nicht hörte. Das verwunderte ihn etwas, weil sie sonst kein Problem damit hatte, anderen ihre Meinung zu sagen. »Woher der plötzliche Sinneswandel?«, fragte er erleichtert.

»Am Anfang dachte ich noch: mein Gott, wie süß. Der ist so herrlich naiv, aber man kann ihm das alles sicher noch beibringen. Mittlerweile glaube ich aber eher, dass er entweder unglaublich gerissen ist und uns etwas vorspielt oder er ist wirklich so dumm. In beiden Fällen geht für uns eine Gefahr von ihm aus. Wir sollten also unbedingt aufpassen.«

Martin nickte langsam. An die Möglichkeit, dass Bernd nur eine Rolle spielte, hatte er noch nicht gedacht. Wenn dem so war, dann war er wirklich gut darin. So gut, dass sogar der Verlust seiner Finger ihn nicht davon abgehalten hatte, weiterzumachen.

»Scheiße!«

»Was?«

»Zombies.« Dalina zeigte auf das Feld in Richtung der Häuser.

Martin hatte keine Ahnung, was der tote Bauer in diesem Jahr angepflanzt hatte, aber das Grünzeug war gerade so hoch, dass die Köpfe der beiden Kreaturen, die auf sie zuliefen, kaum darüber hinausragten.

»Bernd«, rief Martin verhalten. »Nimm die Beine in die Hand. Jetzt wird gejoggt.«

Kreaturen waren langsam, aber ausdauernd. Ihnen einfach davonzulaufen, bis sie die Witterung verlieren würden, war auch nicht das Problem. Nur wenn sie stehen blieben, würden sie herankommen. Zwei Einzelgänger wären normalerweise bewältigbar, aber hier, wo zu beiden Seiten der Landstraße das Grünzeug alles verdeckte, was noch nachkam, war es keine Option, stehen zu bleiben. Wenn nämlich statt der beiden plötzlich zwanzig von ihnen auf die Straße treten würden, dann konnten sie nur noch beten.

18

»Was hältst du davon, wenn wir hierher übersiedeln, statt uns nur mit Lebensmitteln einzudecken? Hier gibt es genug zu essen, um uns bis zum Ende aller Tage zu versorgen.« Dennis hatte die letzte Palette auf das Laufband geschoben und war erleichtert, dass sich trotz des Lärms immer noch kein Zombie blicken ließ. Das war ein überaus gutes Zeichen, wie er fand. Immerhin werkelten sie jetzt seit beinahe einer Stunde hier herum.

»Okay.« Mirjam fühlte sich wie ein Kind in einem Spielwarenladen und wartete darauf, endlich von der Leine gelassen zu werden.

»Einfach so? Ich hatte eigentlich Einwände von dir erwartet.«

»Wieso? Besser können wir es doch gar nicht treffen. Schleppen wir eben ein paar unserer Habseligkeiten hierher, statt die Lebensmittel in unsere Wohnung.«

Dennis war sichtlich erleichtert. Das Einkaufscenter hatte nicht diesen Festungscharakter wie das Wohnhaus. Hier gab es so wahnsinnig viele Ecken, hinter denen alles Mögliche lauern konnte. Außerdem liebte Mirjam ihre Wohnung heiß und innig.

»Wir richten es uns in den Büros schön ein. Nicht mal unser Bettzeug müssen wir hierherholen. Im Erdgeschoss war doch irgendwo noch so ein Matratzenladen, wie in unserem Haus.« Voller

Begeisterung schwärmte Mirjam davon, es sich hier wohnlich zu machen.

Die nächsten beiden Stunden machte sie bereits detaillierte Pläne, bei denen Dennis sich fragte, wieso er glauben konnte, sie könnte ein Problem damit haben. Jetzt sorgte er sich schon mehr, dass das alles viel zu schnell ging. Noch hatten sie nicht einmal das Obergeschoss wirklich gesichert. Einige Büros standen noch aus. Ganz zu schweigen davon, dass das Erdgeschoss noch Terra incognita war. Zwei Stunden lang hatten sie auf der Etage in jeden Winkel geschaut, waren mehrfach im Kreis um den Zugang von unten herumgegangen.

»Der einzige Haken ist, dass es hier permanent so düster ist. Die paar Oberlichter lassen nur am Tag schummriges Licht herein.« Genüsslich langte Dennis wieder in die Tüte mit den feurig scharfen Chips. Noch waren die Haltbarkeitsdaten der meisten luftdicht verpackten Lebensmittel nicht abgelaufen. In vier oder fünf Jahren sah die Sache dann schon anders aus. Ihm gruselte bei dem Gedanken, Jahre oder gar Jahrzehnte hier verbringen zu müssen.

»Hast du mal aus dem Fenster geschaut?«

Dennis trat neben seine Frau und folgte mit seinem Blick ihrem ausgestreckten Zeigefinger. Ein gutes Dutzend Zombies trottete ziellos in der Lieferantenzufahrt umher. »Verdammt. Wo kommen die alle her? Vorhin waren es doch nur zwei oder drei.«

»Die spüren, dass wir hier sind. Wir haben einmal zu viel Krach gemacht. Angefangen mit der Schießerei gestern, dem Auto, dem Brecheisen und dann der Leiter. Nicht zu vergessen meine Schreie, als wir angegriffen wurden.« Mirjam analysierte ihre Vergehen völlig leidenschaftslos. Sie schien sich bereits damit abgefunden zu haben, hier nicht mehr herauszukommen. Eine Zeit lang, beobachteten sie die Zombies. »Wir hätten das Tor hinter uns schließen sollen.«

»Aber sie kommen trotzdem nicht rein. Zumindest hier hinten nicht.«

»Aber ein bisschen mehr Abstand hätte nicht geschadet.«

Dennis nickte. »Viele der Zombies zeigen bereits Anzeichen der Verwesung. Ich hoffe, dass die in ein paar Jahren so weit fortgeschritten ist, dass sich das Problem von allein erledigt«, sagte er hoffnungsvoll und widmete sich wieder seinen Chips.

»Also gut, dann bleiben wir also hier. Ich gehe jetzt einkaufen. Möchtest du mich begleiten?«

Dennis schüttelte sich kurz bei dem Gedanken, was dieser Satz früher für ihn bedeutet hatte. Mirjam ging gern shoppen und er hatte es immer gehasst, sie dabei begleiten zu dürfen. Jetzt jedoch war es nicht nur sicherer, alles zu zweit zu machen. Er wollte auch selbst gern wissen, wie es unten aussah.

19

Es waren nur die zwei Kreaturen gewesen, die hinter ihnen aus dem Feld auf die Straße getreten waren. Das hatten sie beim Zurückschauen nach ein paar Hundert Metern festgestellt und waren außer Atem stehen geblieben.

»Okay, Bernd. Du bist noch mal dran. Das ist die Gelegenheit, um zu üben.« Martin stützte sich schwer atmend auf seine Eisenstange und sah Bernd auffordernd an. Die beiden Untoten kamen mit ein paar Metern Abstand nacheinander auf sie zugewankt. Beide waren einmal junge, kräftige Männer gewesen, die nun bleich wie farbloses Kerzenwachs waren. Nur ein paar dunklere Flecken auf den Wangen, die stieren Blicke und die Art, wie sie sich bewegten, gaben einen Hinweis darauf, dass sie bereits tot waren.

Dalina stellte sich, ohne ein Wort zu sagen, neben Martin und beobachtete, wie Bernd sich in Position brachte. Er gab sich zumindest Mühe, es so zu machen, wie Martin es ihm gezeigt hatte. Das mussten beide anerkennen. Als er der vorderen der beiden Kreaturen seine Eisenstange von unten nach oben unterhalb des Kopfes in den Kiefer stach, sprang er auch noch merkwürdigerweise etwas in die Höhe. Das tat dem Effekt zwar keinen Abbruch, denn der Treffer war sauber gesetzt und erfüllte den angestrebten Zweck, aber komisch sah es schon aus, was Bernd da tat. Dalina zumindest konnte sich ein Grinsen nicht verkneifen und Martin ließ sich zu einem verzweifelten Kopfschütteln hinreißen.

»Das kann man nicht spielen, Dalina. Er ist, wie er ist. Ich hoffe, er fängt sich noch etwas, was seine Art angeht.«

»Das muss er.«

Bei der zweiten Kreatur stellte er sich zunächst etwas weniger linkisch an. Allerdings musste er auch ein zweites und drittes Mal zulangen. Dass ein Stich nicht auf Anhieb saß, passierte auch Martin und Dalina gelegentlich. Wichtig war dann, nicht in Panik zu geraten, den Stab ein zweites Mal anzusetzen und den Stich zu wiederholen. Bernd entschied sich etwas hektisch dafür, erst mit der Stange – wie mit einen Vorschlaghammer – von oben herab zuzuschlagen. Die Kreatur ging daraufhin tatsächlich in die Knie, war aber noch nicht am Ende. Aus der Kopfwunde des Untoten ergoss sich träge eine zähe, schwarz glänzende Flüssigkeit über sein Gesicht. Martin und Dalina hatten diese Körperflüssigkeiten mittlerweile schon so oft gesehen, dass sie der Anblick kaum noch ekelte. Sie dachten einfach nicht mehr lange über solche Sachen nach. Weil Martin als unbeteiligter Zuschauer diesmal den Vorgang aus einem ganz anderen Blickwinkel betrachtete, kam ihm aber gerade der Ansatz einer Idee in den Sinn.

Die Arme des Untoten versuchten immer noch, sein Opfer zu erreichen, und bekam es auch an den Beinen zu packen. Bernd stach sein Eisen daraufhin von oben durch das Loch im Schädel, das sein erster Hieb hinterlassen hatte. Triumphierend drehte er sich mit einem Freudenschrei zu seinen beiden Mentoren um.

»Wenn du dann auch deine verbalen Ausbrüche unter Kontrolle bekommst, kann aus dir noch ein passabler Zombiekiller werden«, lobte Dalina Bernd, als dieser näher herangetreten war. Verschämt nickte er.

»Mir kommt gerade ein ganz merkwürdiger Gedanke. Keine Ahnung, ob man damit was anfangen kann, aber das, was wir im Allgemeinen als das Blut der Untoten bezeichnen, ist vielleicht das, was sie zu Untoten macht.«

Dalina lachte. »Natürlich«. Was denn sonst?«

»Nein. So meine ich das nicht. Was, wenn diese schwarze Flüssigkeit ein komplexer Organismus ist, der sie als Untote wandeln lässt?«

»Du meinst, dass die lebenden Toten auch intelligent sind?«

»Dass sie besser sehen, hören und riechen als lebende Menschen, wissen wir schon. Aber ansonsten war es das doch. Ich bin kein Wissenschaftler, aber nach meinem Wissen und Verständnis verwest ein toter Körper schon nach relativ kurzer Zeit. Es muss also etwas sein, was das verhindert oder zumindest aufschiebt.«

»Aber dazu braucht es keine Intelligenz.« Dalina widersprach eigentlich nicht. Martin hatte öfter solch merkwürdige Ideen. Allerdings erwiesen sie sich im Nachhinein oft als goldrichtig. »Ich frage mich bloß, was diese Erkenntnis für eine Rolle spielen sollte?«

»Eben. Aber es würde doch wunderbar zu meiner Theorie passen, dass sich die Untoten gemeinsam gegen die Lebenden wenden. Dass sie sich zusammentun, um auch die letzten Lebenden noch zu den Ihren zu machen. Wie eine Schwarmintelligenz.«

Dalina war schockiert. Ja, es passte schon zu seiner Annahme, aber ein kollektives Bewusstsein? Bislang waren sie immer davon ausgegangen, dass der Zustand des Untotseins die Folge einer Virus-Erkrankung war. »Du meinst, dass die Seuche in Wirklichkeit ein geplanter Angriff ist? Dass unsere Chancen, zu überleben, drastisch schlechter sind als bisher angenommen? Ist es das, was du mir damit sagen willst?« Martin antwortete nicht. »Schönen Dank auch, Martin.« Dalina drehte sich um und lief weiter auf dem Weg Richtung Potsdam.

Bernd hatte nur Bahnhof verstanden und sah verwirrt von Martin zu Dalina und wieder zurück. »Hab ich was falsch gemacht?«

20

»Wir kontrollieren erst die Zugänge nach draußen. Wenn sich draußen immer mehr von denen versammeln, will ich sicherstellen, dass sie nicht nur zufällig gegen eine eigentlich offene Glastür drücken müssen, um schneller drinnen zu sein als wir schauen können.«

Mirjam nickte und wartete darauf, dass Dennis die Palette mit dem Katzenstreu weit genug nach oben gezogen hatte, sodass sie sich an ihr vorbeiquetschen konnten. Aus der Haushaltswarenabteilung hatten sie sich fünf große batteriebetriebene Lampen besorgt, die man auf Metallbügeln normalerweise als Warnlichter hinter liegengebliebenen Autos aufstellen konnte. Mit ihnen hofften sie, im Erdgeschoss wenigstens etwas Licht ins Dunkel zu bekommen. Mirjam hatte den Fleischklopfer gegen eine kleine Axt getauscht und Dennis vertraute weiter auf das Brecheisen, mit dem er ihnen überhaupt erst den Zugang zum Center verschafft hatte. Erst hatte er den Bootshaken noch vermisst, aber in den teilweise engen Gängen hätte er vielleicht auch hinderlich sein können. Im Hosenbund auf dem Rücken hatte er als allerletzte Rettung noch eine der Walther-Pistolen stecken. Zwei volle Ersatzmagazine in den Hosentaschen vervollständigten seine Ausrüstung.

»Was hältst du davon, ein paar von den Motorradschlössern mitzunehmen?«, fragte Mirjam. »Damit können wir die Türen zusätzlich sichern.«

Dennis hielt das für eine gute Idee. Das Regal mit dem Zweirad- und Autozubehör war nicht weit. Er nickte und spurtete um die Ecke, während Mirjam nun eine der Lampen nach unten richtete. Das grellweiße LED-Licht streute weit, schaffte es aber nicht, auch das Ende des Laufbandes zu erhellen. Langsam ging sie die schräge Rampe hinunter. Etwa in der Mitte der ganzen Länge kletterte sie über den Handlauf, um mit der Lampe den Bereich der unteren Etage auszuleuchten. Auch jetzt half das nur wenig. Das Licht reichte nicht weit genug, aber immerhin konnte sie erkennen, dass das Rollgitter, das den Discounter vom Rest des Centers trennte, nicht ganz heruntergelassen war. Der Spalt reichte etwa bis auf Hüfthohe. Ob das nun gut oder schlecht war, da war sich Mirjam noch nicht sicher. Gut, weil sie dann auch problemlos die anderen Geschäfte auskundschaften konnten. Schlecht, weil das nur eine unzureichende Barrikade gegen Zombies war.

»Mirjam.«

Der erschrockene Ruf von Dennis, der wieder am oberen Ende des Laufbandes aufgetaucht war und seine Frau nirgends entdecken konnte, ließ Mirjam das Problem auf später schieben. »Ich bin hier«, rief sie halblaut und wedelte mit der Lampe in Dennis' Richtung.

Dennis kam das Band heruntergehastet. Über den rechten Arm hatte er sich eine ganze Reihe Fahrrad- und Motorradschlösser gehängt. Einige mit PVC überzogene Ketten und modernere starre Drahtschlösser. Dennis ersparte sich einen Kommentar. Sein böser Blick für Mirjams Vorpreschen reichte aus. Sehr wahrscheinlich hätte er auch nicht gewartet, gestand er sich selbst ein.

»Das Rollgitter ist nicht ganz unten«, teilte sie ihm ihre Entdeckung mit. »Können die Zombies eigentlich auch in die Hocke gehen und absichtlich irgendwo drunter durchkrauchen?«

Dennis zuckte mit den Schultern. »Zum Glück sind sie relativ dämlich. Wenn die mit dem Kopf irgendwo dagegenlaufen, glaube ich nicht, dass sie merken, dass sie auch darunter durchkriechen können. Jedenfalls nicht absichtlich. Das wird was anderes sein, wenn einer von ihnen hinfällt.«

Gemeinsam erreichten sie das untere Ende des Laufbandes und standen sofort mitten in der Gemüseabteilung. Nichts davon war noch genießbar. Das gesamte Grünzeug war mittlerweile verrottet und von einer dicken Schimmelschicht überzogen. Von den Melonen stob eine Wolke Fliegen auf, als sie daran vorbeiliefen. Sie gingen gegen den Uhrzeigersinn um die Laufbänder herum in Richtung der Kassen und der Rollgitter. Dennis' Blick blieb an dem Regal mit den Softdrinks hängen. Er grinste und griff sich zwei der roten Cola-Büchsen. Eine reichte er an seine Frau weiter. Gemeinsam öffneten sie die Dosen. Das laute Zischen ließ sie zunächst zusammenzucken und innehalten. Gebannt lauschten sie, ob es irgendwo eine Reaktion gab.

»Wenn hier Zombies wären, hätten wir doch schon längst irgendetwas gehört. Meinst du nicht auch?«

»Ich denke auch. Wir sollten jetzt schnell machen. Als Erstes zum Haupteingang. Dann kontrollieren wir die beiden Seitentüren zur Straße und zum Parkhaus auf der rechten Seite. Immer schön in der Mitte des Gangs bleiben. Einverstanden?«

Mirjam nickte zur Bestätigung und packte ihre Axt fester. Dann drückten sie sich an den Warenbändern der Kassen vorbei, bückten sich unter dem Rollgitter hindurch und lauschten erneut in die Dunkelheit. Der Markt hinter ihnen nahm ungefähr ein Drittel der Fläche im Erdgeschoss ein. Der Zugang war an die dreißig Meter breit. Der Gang vor ihnen, der mit einer leichten Biegung nach rechts bis zur Straße führte, maß etwas mehr als fünf Meter. In kurzen Abständen standen in der Mitte Sitzbänke oder Pflanzkübel. Am Markt selbst knickte der Gang im rechten Winkel ab, bevor er am Ende in einem weiteren Gang, parallel zum Hauptweg, ebenfalls zur kleinen Eingangshalle führte. Dennis schätzte, dass etwa fünfundzwanzig Geschäfte direkt am Hauptgang lagen und weitere zwanzig am Nebengang. Und alle mussten sie kontrollieren. Aber als Erstes wollte er unbedingt sicherstellen, das der Haupteingang verschlossen war. Strom gab es zwar nicht, deshalb war er sich sicher, dass die Türen sich wohl kaum von allein öffnen würden, aber inwieweit sie dem Dagegengrücken eines Zombies standhalten konnten, das war die große Frage. Es wäre sonst nur eine Frage der Zeit, bis sie den ersten unerwarteten Gast begrüßen dürften.

Während sie den Gang entlanghasteten, tanzten die Lichter ihrer Lampen über die Glasflächen der Shops. Die meisten waren geschlossen. Offenbar hatten die Inhaber oder Angestellten zumindest noch die Zeit dafür gefunden, ihre Geschäfte ordnungsgemäß zu verschließen. Selbst im Angesicht der Panik verbreitenden Nachrichten und dringenden Aufrufe, sich nach Hause zu begeben, schien niemand die deutschen Tugenden vergessen zu haben. Dennis lachte still in sich hinein. Natürlich. Auch er hatte sein Büro ordentlich verlassen.

»Da vorn wird es hell. Machen wir die Lampen aus«, schlug Mirjam vor.

Durch die Glaskuppel über der Eingangshalle fiel ausreichend Tageslicht auf die kleine Freifläche. Und durch die drei nebeneinanderliegenden doppelten Glastüren ebenfalls. In dem Raum zwischen den äußeren und inneren Türen stierten ihnen sechs tote Augen entgegen. In dem Moment, in dem sie aus der Dunkelheit in das Licht traten, reagierten die Zombies prompt mit erhöhter Aktivität. Sie pressten ihre Hände gegen das Glas und in der Stille waren deutlich stöhnende Laute zu hören. Das kannten sie bereits aus ihrem Wohnhaus. Die Zombies waren zwar nicht in der Lage, echte Worte zu artikulieren, das hielt sie aber nicht davon ab, sich zu äußern. Und auch wenn sie sich vermutlich selbst untereinander nicht verstanden, reagierten andere darauf.

»Wie eine Mausefalle. Die sind durch die erste Tür und konnten nicht wieder zurück. Die Türen nach draußen sind wahrscheinlich abgeschlossen. Und an einer Tür zu ziehen, um sie zu öffnen, darauf kommen die Zombies nicht.« Dennis trat dicht an die Türschleuse heran und betrachtete mitleidig den jungen Blonden mit der dicken schwarzen Brille und dem hellblauen Shirt. Sein Name war ihm entfallen, aber Dennis wusste, dass er in dem Handyladen hier im Center gearbeitet hatte. Noch ein paar Wochen vor dem Zusammenbruch hatte der junge Mann ihm bei Problemen mit seinem Smartphone geholfen. Nun lag es mit leerem Akku bereits seit Monaten in irgendeiner Ecke ihrer Wohnung. Aber ohne Strom war es ohnehin wertlos. »Erlösen wir sie oder lassen wir sie eingesperrt?«, wollte er von Mirjam wissen.

»Ich denke, wir sollten kein unnötiges Risiko eingehen.« Mirjam hatte die Situation vor dem Polizeirevier im Hinterkopf und scheute sich davor, die drei herauszulassen. »Bring einfach die Schlösser an. Dann können sie auch nicht zufällig wieder herein.«

Dennis nickte. Er hatte schon vermutet, dass seine Frau vor einer unnötigen Konfrontation zurückschrecken würde. Im Prinzip war er ja der gleichen Meinung. Auf der anderen Seite fühlte er sich trotzdem unwohl bei dem Gedanken, nur durch eine dünne Glastür von ihnen getrennt zu sein.

»Außerdem können wir dann an den Dreien den körperlichen Verfall der Zombies beobachten.«

Wieder nickte Dennis. Das war ein Argument. Er nahm eines der Fahrradschlösser – eine dicke Kette, die mit einer roten Ummantelung aus Kunststoff ausgestattet war – und legte sie um die beiden halbrunden Türgriffe der ersten Flügeltür. Die Kette schepperte gegen das Glas der Tür und sofort wurden die drei Zombies unruhig. Sie drückten ihre Hände, den Körper und das Gesicht gegen die Tür, knurrten und sahen Dennis direkt in die Augen. Aus ihren halboffenen Mündern kam ein kehliges Knurren, als wüssten sie bereits, dass sie ihr Gefängnis wohl kaum jemals wieder verlassen würden.

»Dennis.« Mirjams erstickter Ausruf ließ Dennis erschrocken innehalten. »Hast du mal nach draußen geschaut?«

Ihr ausgestreckter Arm zeigte an den drei Untoten in der Schleuse vorbei auf die Straße. Auch Dennis wich die Farbe aus dem Gesicht. Zwar undeutlich, aber trotzdem unübersehbar kamen dort draußen dreißig, vierzig oder noch mehr Zombies auf die Türen zu. Es war mittlerweile etwas dunkler geworden und Dennis war verblüfft, wie viel Zeit bereits vergangen war. »Lass uns schnell die anderen Türen sichern und dann nichts wie weg hier. Vielleicht verlieren sie das Interesse, wenn sie hier niemanden mehr sehen.«

Mirjam nickte und nahm ihrem Mann eines der Schlösser ab. Ohne die Gefahr von draußen aus den Augen zu lassen, sicherten sie die beiden verbliebenen Türen und zogen sich in den Markt zurück.

21

Es war Abend geworden, als Bernd plötzlich sehr unruhig wurde. Mit gerunzelter Stirn beobachtete Martin, wie er sie plötzlich überholte und etwas zu suchen schien. Schließlich blieb er vor einem der Hinweisschilder stehen und wartete, bis seine Begleiter zu ihm aufgeschlossen hatten. »Nur noch zwei Kilometer. Weiter sollten wir heute Abend nicht mehr gehen.«

Rechts und links endeten die Felder abrupt an einer einige Hundert Meter breiten, massiven Wand aus Nadelbäumen. Die Straße führte ab hier also mitten durch einen dichten Wald. Aber noch war es ausreichend hell, sodass sie recht weit sehen konnten. Und genau wie fast auf dem ganzen Weg, war weit und breit kein einziger Zombie zu entdecken.

»Weil?« Dalina war sich nicht sicher, ob Bernd nicht übertrieb. Zwei Kilometer waren noch eine ganz schöne Strecke und wenn sie die Straße in die Richtung schaute, in die sie gehen mussten, endete der Wald wohl nach knapp zweihundert Metern ähnlich abrupt, wie er hier begann. Dahinter zumindest schien alles hell zu sein. Auf der anderen Seite ließ sein fahriges Verhalten sie schon etwas stutzig werden. Bislang hatte der Junge eher durch sein großspuriges Verhalten geglänzt, nicht mit der für diese Welt nötigen Vorsicht. Wenn er also plötzlich doch so etwas wie Respekt vor dieser Situation aufbrachte, schien er auch eine gehörige Portion Angst zu haben.

»Ab hier wird es dann wirklich gefährlich. Hinter dem Wald beginnt es.«

»Du willst sagen, dass die gefährliche Zone um die Kaserne beinahe zwei Kilometer breit ist? Wie hast du es dann herausgeschafft, ohne mit einem von ihnen konfrontiert zu werden?« Martin hielt sich selbst manchmal für übervorsichtig, aber so kurz vor dem Ziel nicht weiterzugehen, obwohl bis zum Sonnenuntergang noch über eine Stunde Zeit war, leuchtete ihm nicht ein.

»Ich zeige euch was.« Ohne eine Erwiderung abzuwarten, ging Bernd am Rand des Waldes über das Feld auf einen Strommast zu, der knapp Hundert Meter von der Straße entfernt lag. Die Kabel führten über den Wald hinweg in Richtung ihres Ziels.

Dalina und Martin sahen sich an und zuckten synchron mit den Schultern, dann folgten sie ihm. Manchmal war es wirklich besser, auf jemanden zu hören, der sich auskannte.

Zwei Jahre zuvor

»Bereust du es, Cem und Hasan gefolgt zu sein?«, fragte Martin Dalina leise.

Sie hatten es sich nebeneinander in der Tischlerei in einer Ecke so bequem wie möglich gemacht. Um sie herum lagen Dutzende ihrer Leidensgenossen und schliefen bereits. In einer Tonne vor dem offenen Rolltor loderte ein Feuer, das von den Wachen am Leben gehalten wurde. Der Herbst war nass und die meisten hätten das Tor am liebsten geschlossen gesehen, aber Emre hatte verfügt, dass es grundsätzlich offen zu bleiben hatte. Für den Fall eines Ausbruches in der Gruppe sollten alle genügend Möglichkeiten haben, sich zu verteilen. Daran war an sich nichts Falsches. Die Idee beruhte ursprünglich auch auf Martins Einfall, aber das war vor vier Wochen gewesen, als das Wetter es noch erlaubte, unter freiem Himmel zu schlafen. Emre störte das wenig. Er hatte sich in einem der Büros eingerichtet. Mit einem kleinen Gasofen, der ihm angenehme Temperaturen verschaffte.

Einen Vorfall hatte es seit ihrem Umzug in die Tischlerei gegeben. Eine ältere Frau war gestorben und sofort als Untote wieder erwacht. Emre selbst hatte der Frau mit einer Machete den Kopf abgetrennt, bevor sie Unheil anrichten konnte. Niemand wusste so genau, wo er sie herhatte, aber das war auch egal. Die meisten hatten sich gewünscht, dass er sie in dem Augenblick nicht besessen hätte.

»Bereut? Nein. Immerhin sind wir noch am Leben.« Dalina flüsterte ebenfalls. Weniger, weil sie Angst davor hatte, dass eine der Wachen etwas aufschnappen würde, als vielmehr, um die anderen nicht zu stören, die bereits schliefen. »Aber wenn mich Stevie noch einmal mit den Augen auszieht, ist es mir egal, ob er die rechte Hand von Emre ist. Dann reiß ich ihm die Eier ab.«

Martin nahm ihr das ohne den geringsten Zweifel ab. In den vergangenen zwei Monaten hatte sie ein ums andere Mal ihre Qualitäten bewiesen. Und Emre und seine Spießgesellen mussten mittlerweile mitbekommen haben, dass sie sich mit Dalina eine knallharte Kämpferin ins Haus geholt hatten, die mühelos die meisten von ihnen in die Tasche stecken konnte. Dennoch sah es eher so aus, als würden sie Dalina trotz allem nicht wirklich ernst nehmen. Das fing bei der Aufgabenverteilung an, bei der sie zwar nicht an die Kochtöpfe geschickt wurde, aber selten an die vorderste Front. Und es hörte selten bei anzüglichen Bemerkungen auf. Einem von Emres Männern hatte sie zwei seiner Finger gebrochen, als sie, ganz zufällig natürlich, an eine Stelle rutschen wollten, an denen sie, Dalinas Meinung nach, nichts zu suchen hatten. Emre hatte nur gelacht und dem am Stolz und der Hand Verletzten auch noch eine heftige Schelle verpasst.

»Ich finde, Emre ist hoffnungslos damit überfordert, für uns eine neue Zukunft aufzubauen. Er ergeht sich nur in seinen Allmachtsfantasien.«

»Eine neue Zukunft? Spinnst du? Bevor wir an so etwas denken können, müssen wir erst einmal lange genug überleben. Sein diktatorischer Führungsstil stört mich gar nicht so sehr, solange er die richtigen Ratschläge befolgt. Da draußen sind etliche Gruppen, die uns ohne seine harte Hand sehr bald den Garaus machen würden.«

»Was natürlich vollkommener Mist ist. Wir sollten uns besser alle zusammentun, statt uns gegenseitig das Leben schwerzumachen.« Martin war sich aber im Klaren darüber, dass die anderen Gruppen das nicht zwingend genauso sahen. Im Gegenteil: Auch dort herrschten Typen, die ähnlich wie Emre gestrickt waren. Und solange einer von ihnen meinte, einen Vorteil für seine Gruppe herausschlagen zu können, würde es auch kaum Frieden geben.

»Unsere Gruppe ist im weiten Umkreis die beste Möglichkeit, um zu überleben. Gewöhn dich daran.«

Martin lachte heiser. »Deshalb ist unsere Gruppe auch auf sechzig Leute geschrumpft.«

»Sei doch froh. Umso weniger Menschen müssen wir versorgen.«

Martin schüttelte entsetzt den Kopf. Die Gefühlskälte, mit der Dalina den Verlust von fast vierzig Menschenleben abtat, passte ihm nicht. Er glaubte zu wissen, dass sie das nicht wirklich so meinte. Dalina gab – wahrscheinlich auch aus Selbstschutz – nur vor, so knallhart zu sein. Aber er hatte sie auch trauern sehen. Nicht weinen. Keine einzige Träne war bei ihr geflossen. Sie hatte später nur andächtig bei jedem Kameraden, den sie verloren hatten, dagestanden, die Lippen zusammengepresst und kein Wort gesagt. Das war ihre Form der Trauer.

»Könnt ihr nicht mal die Klappe halten?«, murrte Hasan genervt, der rechts von Martin lag.

Seit Cems Tod in der vergangenen Woche war er sehr still geworden. Von dem ständig feixenden und nie um einen Spaß verlegenen jungen Türken, der sie mit Cem von der U-Bahn bis hierhergebracht hatte, war nicht mehr viel übrig. Welch Wunder, dachte Martin. Cem war Hasans Dalina gewesen. Er selbst würde sich vermutlich genauso in sein Schneckenhaus zurückziehen, wenn ihr etwas passieren würde. »Hasan …«, setzte Martin zu ein paar tröstenden Worten an, als er jäh von Schüssen unterbrochen wurde. Um sie herum sprangen die Menschen sofort auf und versuchten, weiter im Inneren der Werkshalle irgendwo Deckung zu finden. In dieser Welt hatte niemand einen festen Schlaf.

»Die Schüsse kommen nicht von uns.« Karl, einer von Emres Unterführern, hatte sich hinter den Pfeiler an der Toreinfahrt gestellt und versuchte, mit seinem Gewehr im Anschlag, in der Dunkelheit etwas zu erkennen. »Das sind die 13585er.«

So nannte sich eine der feindlichen Banden. Der Name war überall als Graffiti an Hauswänden zu finden und war eigentlich nur die Postleitzahl der ganzen Gegend. Emres Versuch, einen Hai als »Tag« zu nutzen, war dagegen gründlich in die Hose gegangen. Keiner von ihnen war grafisch versiert genug, etwas Vernünftiges an eine Wand zu bringen. Also ließ man es am Ende ganz sein.

Dalina und Martin huschten zu ihm hinüber und postierten sich in seinem Rücken. Über seine Schulter hinweg sah Dalina nach draußen, aber bis auf das gute Hundert Zombies vor dem massiven Metallgitterzaun konnte sie nichts erkennen. Zwischen der Werkshalle und dem Zaun gab es einen großen asphaltierten Parkplatz. Martins Vorschlag, hierher zu übersiedeln, war seine bislang beste Idee gewesen. Der Zaun war zwar nur schulterhoch, aber fest in eine Umfassungsmauer einzementiert. Er endete auf beiden Seiten an den Brandmauern der Nachbarhäuser. Selbst eintausend Zombies hätten ihn nicht einreißen können. Abgesehen davon, dass auf der schmalen, kopfsteingepflasterten Straße davor kaum so viele auf einmal Platz gehabt hätten. Als Ein- und Ausgang benutzten sie nach wie vor den alten Zugang in der Falkenhagener Straße. Die Zombies dort hatten sie in mühevoller Kleinarbeit auf diese

Seite gelockt oder erlöst. Die wenigen Einzelgänger, die sich gelegentlich noch dorthin verirrten, stellten für die Außenteams kein Problem dar.

»Wie kommst du darauf?«

»Wer soll es denn sonst gewesen sein?«

»Das wäre das erste Mal, dass sie uns hier direkt angreifen. Hast du denn gesehen, woher die Schüsse kamen?« Dalina ging nicht weiter auf Karls Vermutung ein. Sicherlich, die 13585er waren der wahrscheinlichste Gegner, aber es gab auch andere. Letztlich war es aber egal.

»Wasn hier los?« Emres noch vom Schlaf trunkene Stimme hallte durch die Halle. Bis auf die paar Schüsse, die alle geweckt hatten, und das ständige Knurren und Stöhnen der Zombies vor dem Zaun, war es ansonsten still dort draußen. Karl setzte ihren Boss mit wenigen Worten ins Bild. »Die machen nur Stunk, diese Ratten«, schimpfte Emre, der sich vor allem um seinen nun fehlenden Schlaf Sorgen machte. »Wir sollten sie mit Stumpf und Stiel endlich ausrotten.«

Martin schloss, unsichtbar für alle, verzweifelt die Augen und lehnte den Hinterkopf an den Pfeiler. Noch vor wenig mehr als zwei Monaten waren alle beteiligten Personen ganz normale Menschen gewesen. Familienväter, Dachdecker, Kellnerinnen, Programmierer, Straßenkehrer und was die Gesellschaft sonst noch zu bieten hatte. Vor zwei Monaten noch hatten sich alle auf der Straße gegrüßt oder schlimmstenfalls ignoriert. Aber jetzt? Jetzt gingen sie aufeinander los, im Kampf um die wenigen verbliebenen Ressourcen. Jetzt versuchte man, einander zu töten. »Was, wenn das nur eine Ablenkung war?« Entsetzt stellte er fest, dass ihm diese Möglichkeit überhaupt in den Sinn gekommen war. Das bedeutete wohl auch, dass er das selbst so geplant hätte. »Ich meine, sie werden wohl kaum durch die Horde von Untoten da draußen versuchen, uns zu überrennen.«

Dalina wartete nicht darauf, dass Emre, Karl oder Martin zu einer Entscheidung gelangten. Sie huschte, mit ihrer Eisenstange in der Hand, weg vom Werkstor und suchte das Loch auf, dass sie von der anderen Seite in die Rückwand der Tischlerei geschlagen hatten. Genau wie Martin hatte sie sich einer Schusswaffe bislang erfolgreich verweigert.

Emre hatte sie ausgelacht, ließ sie aber gewähren. Gegen Zombies waren die Hieb- und Stichwaffen tatsächlich die bessere Wahl. Deshalb hatte er sich auch die Machete beschafft. Aber gegen lebende Menschen halfen nun einmal nur Schusswaffen.

Emre brauchte ein paar Sekunden, bis er Martins Befürchtung in seiner ganzen Konsequenz aufgefasst hatte. Als er endlich begriffen hatte, zeigte er auf mehrere Männer und bedeutete ihnen, Dalina zu folgen.

Martin dagegen hatte nicht vor, sich einzumischen. Er blieb hinter seinem Pfeiler stehen und wartete. Sollten sich die anderen darum kümmern. Er sah zu Hasan hinüber, der hinter einer schweren Bandsäge auf dem Boden saß und gelangweilt mit dem Finger Linien in den Staub und Dreck zeichnete, als ginge ihn das alles nichts an.

Heute

»Wenn wir da hinaufklettern und hier unten kommen plötzlich ein paar der Kreaturen an, sitzen wir in der Falle.« Martin bezweifelte, dass Bernds Idee sonderlich clever war. Sie standen am Fuß des Strommastes, dessen vier Stahlträger fest in Zementsockeln verankert waren und gut dreißig Meter in die Höhe ragten. Jeder dieser Stahlträger war durch Querträger mit seinem Nachbarn verbunden. Wäre da nicht der große Querholm am oberen Ende des Gebildes gewesen, an dem die Stromkabel bis zum nächsten Turm weitergereicht wurden, hätte es eine Miniaturausgabe des Berliner Funkturms sein können. Bernd hatte bereits ein paar Meter der Sprossenleiter erklommen, die ab seiner Position von einem halbrunden Käfig ummantelt wurde, damit niemand so leicht von oben herunterfallen konnte.

Dalina sah sich noch einmal nach irgendwelchen Gefahren um, zuckte mit den Schultern und folgte Bernd. Martin dagegen wartete länger. Dalina war bereits mindestens zehn Meter über ihm, als er sich endlich entschieden hatte, seinen Fuß auf die unterste Sprosse zu setzen.

Bereits in zwanzig Metern Höhe gab es eine winzig kleine Plattform. Außer einem kleinen Schaltkasten war hier sonst nichts. Etwas außer Atem schaute Martin von der letzten Stufe nach oben zu Dalina, die bereits über die Baumwipfel hinweg in Richtung ihres Ziels starrte. Verwundert nahm er zur Kenntnis, dass er sie wohl noch nie so erschrocken gesehen hatte. Mit offenem Mund und einer Hand über den weit aufgerissenen Augen, um die tief stehende Sonne etwas abzudecken, schaute sie über Martins Rücken hinweg in Richtung Potsdam.

Als er sich umdrehte, glaubte er, seinen Augen nicht trauen zu können.

22

»Hier kommen wir nicht wieder heraus.« Dennis starrte mit zusammengezogenen Augenbrauen und fest zusammengepressten Lippen aus dem Fenster des Büros nach unten in den Hof. Selbst hier traten jetzt mehr als ein Dutzend Zombies wie in Trance beinahe auf der Stelle. Ohne äußere Einflüsse bewegten sie sich kaum. Trotzdem schienen sie immer zu wissen, wo sich lebendes Fleisch zu befinden schien, denn fast alle sahen zu ihnen herauf.

»Zumindest nicht lebend«, pflichtete ihm Mirjam bei. »Aber was soll's. Wir müssen nicht mehr rationieren. Wir haben eine sichere Bleibe und können sogar im Sommer aufs Dach und uns sonnen. Wenn du jetzt noch den Generator zum Laufen bekommst, können wir sogar Filmabende abhalten. Die DVD-Sammlung in der Technik-Abteilung ist gigantisch.«

Dennis sah die Sache längst nicht so pragmatisch wie seine Frau. Sicher, für einige Zeit war ihr Standort der Himmel auf Erden. Aber wie würde es wohl in ein paar Jahren aussehen? Ohne Abwechslung würden sie sich vermutlich irgendwann auf den Wecker gehen. Und würden die Zombies vielleicht irgendwann einen Weg hineinfinden? Wenn nach einer Woche schon über fünfzig um das Center strichen, wie viele würden es in einem Jahr sein? Würden die Glastüren auch dem Druck von Hunderten standhalten? Wenn sie erst mal im Center waren, würden sie die Zombies kaum davon abhalten können, nach oben zu kommen. Und dann wären sie von ihren Vorräten abgeschnitten. Dass sie in die Büroräume eindringen könnten, hielt Dennis zwar für mehr als unwahrscheinlich, aber sie durften niemals unachtsam sein. All das sprach er nicht laut aus. Seine Paranoia behielt er lieber für sich. Er gönnte Mirjam ihre Euphorie. »Das mit dem Generator bekomme ich hin.

Der Heizöltank ist voll. Ich zapfe was davon ab und benutze es als Dieselersatz.«

»Das funktioniert?«

»Denke schon. Einer meiner Kollegen hat immer geprahlt, dass er sein Auto gelegentlich mit Heizöl betankt. Wäre billiger. Allerdings hat er später auch geflucht, als sein Katalysator kaputtging. Wird also nicht ewig halten.«

Die vergangenen zwei Wochen über hatten sie die Büros umdekoriert. Sie hatten jetzt einen Fitnessraum; ein Schlafzimmer mit den modernsten und teuersten Matratzen, die sie im Matratzenladen im Erdgeschoss hatten finden können; einen Wohn- und Aufenthaltsbereich, mit modernen Couchelementen aus dem Nagelstudio und Regale voll mit Büchern. Die Kantine hatten sie dagegen zum Speisesaal und Vorratsraum erklärt und begonnen, lang haltbare Lebensmittel einzulagern.

Bei ihren Streifzügen durch das Center waren sie schließlich im unteren Lager nicht nur auf weitere Paletten gestoßen, auf denen verpackte Konserven lagerten, sondern Dennis hatte in einer Ecke zwei scheinbar noch nie benutzte, kompakte Stromgeneratoren gefunden. Die transportablen kleinen Kraftwerke würden ihnen das erste Mal seit einem Jahr ermöglichen, Strom zu benutzen. Und das Erste, was Mirjam dazu einfiel, war Fernsehen zu schauen, dachte Dennis amüsiert. Dennoch freute auch er sich schon darauf.

Das größte Ärgernis für beide war und blieb aber die Klo-Situation. In ihrer alten Behausung war es relativ einfach gewesen, die Eimer am anderen Ende des Hauses einfach aus dem Fenster hinaus zu entleeren. Hier dagegen würden sie an den einzigen sicher zugänglichen Fenstern auch leben. Und keiner von beiden hatte Interesse daran, eine Jauchegrube direkt unter dem Schlafzimmerfenster zu haben. Deshalb hatte Dennis einen Weg auf das Dach gesucht und gefunden. Allerdings war der Weg über eine Leiter relativ umständlich.

»Aber vorher müssen wir noch weitere Sicherheitsmaßnahmen umsetzen.« Er riss sich von dem deprimierenden Blick nach draußen los und wandte sich zur Tür. »Als Erstes die Tür zum Parkhaus.« Rechts vom Markt gab es im Erdgeschoss noch eine kurze Ladenzeile mit vier Geschäften, an deren Ende der Zugang zum Parkhaus lag. Dort gab es zwar ein Rollgitter, das von oben herabgelassen werden konnte, aber dieses stand offen, und ohne Strom und den entsprechenden Schlüssel konnten sie das nicht ändern. Die Schwingtür aus Glas dahinter ließ sich nur mit Stoppern aus Gummi fixieren und das war keine ausreichend sichere Option. »Ich denke, ich versuche, eine Palette mit den Metallregalteilen davor zu platzieren. Das scheppert ausreichend laut, dass wir es überall im Markt hören können, wenn jemand versucht, dort hindurchzukommen.«

Mirjam nickte. »Wir sollten uns den Weg aber nicht zu sehr verbauen. Für den Fall, dass wir doch irgendwann mal hier herauswollen oder müssen.«

»Da stehen nur ein alter Golf und ein Subaru. Wahrscheinlich die Autos der beiden Mitarbeiter.« Die beiden Zombieleichen hatten sie vom Vordach hinunter zu den anderen Zombies geworfen. Der Anblick war beiden auf Dauer zuwider gewesen. »Der Amarok wäre mir lieber.« Wehmütig dachte Dennis an das Kraftpaket, das nur wenige Hundert Meter entfernt stand und doch unerreichbar war. Der Amarok würde nun, wie alles andere auch, vor sich hin rotten.

»Denkst du etwa daran, den Wagen zu holen?« Mirjam deutete erschrocken Dennis' träumerischen Blick als mögliches Gedankenspiel in diese Richtung. »Damit lockst du nur noch mehr von denen an.«

»Nein, daran habe ich eigentlich nicht gedacht.« Dennis sah in Mirjams erschrockene Augen und grinste. »Auf der anderen Seite wäre es das bessere Fluchtfahrzeug. Und solange die Zahl der Untoten noch überschaubar ist …«

Mirjam schlug Dennis leicht mit der Faust gegen den Oberarm. »Denk nicht mal im Traum daran«, schimpfte sie, als sie bemerkte, dass er sie nur auf den Arm nahm. »Das Center gehört jetzt komplett uns. Wage es nicht, unser Traumschloss aufs Spiel zu setzen.«

23

»Herr Oberst. Zasinskis Trupp ist immer noch überfällig.« Hauptfeldwebel Klein hätte in der alten Zeit zunächst erst schneidig und militärisch korrekt gegrüßt und dann gewartet, bis er vom befehlshabenden Offizier dazu aufgefordert worden wäre, seine Meldung zu machen. In Anbetracht ihrer Situation tat das heute keiner mehr.

Die alte Rangordnung war ihnen zwar geblieben – der Oberst war immer noch der Oberst –, aber ansonsten kümmerte sich niemand mehr um die Kleiderordnung oder die Einhaltung militärischer Etikette. Abgesehen vom Oberst, der nach wie vor auf eine ausgiebige Körperhygiene und einen tadellosen Sitz seiner Uniform wert legte.

Der hagere, beinahe zwei Meter große Mann trug seine graue Uniformjacke mit Koppel und behielt die Hände hinter dem Rücken verschränkt, während er sich langsam zum Feldwebel umdrehte. »Gibt es Beobachtungen?«, fragte er knapp und verbarg damit seine Besorgnis. Zasinski war einer seiner erfahrensten Männer und er würde ungern zukünftig auf ihn verzichten wollen. Trotzdem kam es für einen leitenden Offizier wie ihn nicht infrage, diese Sorge mit seinen Untergebenen zu teilen. Ein Offizier hatte unbedingt Zuversicht auszustrahlen, so schwer es ihm auch fallen mochte.

Klein schüttelte den Kopf. »Nicht wirklich. Die Herde dreht sich im Moment in genau die Richtung, in der Leutnant Zasinski mit seinen Leuten sein müsste. Das könnte Zufall sein oder aber auch eine Folge von Killhandlungen.«

»Sagen Sie nicht immer Killhandlungen, Klein. Wir sind im Krieg. Da wird gekämpft.«

»Mit Verlaub, Herr Oberst. Das Wort habe nicht ich erfunden, sondern der Leutnant.« Klein kratzte sich die juckende Haut unter seinem Dreitagebart. »Unabhängig davon sollten wir die Gelegenheit nutzen und die Sperranlagen auf der Ostseite säubern und in Stand setzen. Solange sich die Herde westlich herumtreibt, meine ich.«

Oberst Panitz nickte. Zum einen war das ständige Ausbessern der weitestgehend offenen Ostseite wichtig und zum anderen konnten ihre Aktivitäten der Herde den Weg dorthin weisen und seinem möglicherweise in Bedrängnis geratenem Leutnant genug Luft verschaffen, sich wieder zu ihnen durchzuschlagen. Das war zwar nur eine vage Hoffnung, aber die starb bekanntlich immer zuletzt. »Machen Sie das. Nehmen Sie ein paar von den älteren Kids mit und beobachten Sie, wie die sich machen. Vielleicht ist der eine oder andere dabei, den wir in unsere Reihen aufnehmen können.«

Klein tippte sich mechanisch mit zwei Fingern gegen die Stirn und verließ, ohne ein weiteres Wort zu verlieren, das Büro. »Kinder«, murmelte er wenig begeistert auf dem Flur vor sich hin. »Die Hosenscheißer sollten bei der Gartenarbeit bleiben. Da machen sie was Sinnvolles.« Er verließ den dreistöckigen Kasernenbau und lief über den Vorplatz zu dem kleinen Containerdorf, in dem die verbliebenen Menschen untergebracht waren, die nicht mit dem Sichern der Anlage oder dem Stöbern außerhalb betraut wurden. Vor zwei Jahren war hier noch alles aus den Nähten geplatzt. Über fünfhundert Zivilisten hatte der Oberst Zuflucht geboten.

Die Soldaten dagegen bewohnten den Kasernenbau aus der Kaiserzeit. Zusätzlich beherbergte das alte Backsteingebäude noch die beiden Wissenschaftler, die seit dem Zusammenbruch im hermetisch abgeschlossenen hinteren Teil ihre Experimente mit den Zombies machten. Klein schauderte bei dem Gedanken daran, was sich dort abspielte. Die beiden waren gleich zu Beginn ihres Einsatzes in luftdichten Anzügen mehr oder weniger angeliefert worden. Was genau sie taten, entzog sich seiner Kenntnis. Nicht, dass er es nicht in Erfahrung hätte bringen können. Er wollte es gar nicht erst wissen.

Als die Truppe die ersten Ausfälle zu verzeichnen hatte, wurden nach und nach vor allem die Älteren aus den Containern dienstverpflichtet. Mittlerweile war die Zahl derjenigen, die in den Containern untergebracht waren, auf unter zweihundert gesunken. Und die meisten waren kaum älter als vierzehn, fünfzehn oder sechzehn Jahre.

»Wenn Zasinski tatsächlich wegbleibt, bist du nach dem Oberst der Ranghöchste. Verdammter Dreck. Vielleicht sollte ich auch bei der erstbesten Gelegenheit machen, dass ich von hier wegkomme«, murmelte er weiter vor sich hin. »Streckler!«, brüllte er nach dem Gefreiten, der eigentlich vor den Containern hätte Wache schieben sollen, aber nirgends zu sehen war. Erst als Klein schon fast an der offenen Tür des vordersten Containers ankam, trat der Gefreite daraus hervor. Grinsend schaute er dem Feldwebel entgegen und zog den Reißverschluss seiner Hose nach oben. »Verdammt, Streckler, du notgeiler Pädophiler. Nicht während der Wache«, schimpfte Klein, der zu seiner Wut auf den Auftrag des Obersten noch gegen den Drang ankämpfen musste, den Gefreiten zu verprügeln. Er selbst hasste es, wenn die wenigen verbliebenen echten Soldaten mit den Mädchen und Jungs herummachten. Aber auf Geheiß des Obersten war dieses Verhalten zur Aufrechterhaltung der Moral durchaus legitim, solange die intime Beziehung auf Freiwilligkeit beruhte. Eine Vorgabe, die so wenig zu beweisen war, wie der Ursprung der Seuche, die fünfundneunzig Prozent der Weltbevölkerung befallen hatte.

Klein trat an dem Gefreiten vorbei und warf einen Blick in den Container. Gleich rechts schauten auf einem Feldbett unter einer groben Wolldecke die nackte Schulter und der Hinterkopf eines Mädchens hervor. »Ich reiß dir die Eier ab, wenn sie sich bei mir beschwert«, sagte er laut genug, dass sie es auch hören musste. Er gab sich aber nicht der Illusion hin, dass die Kleine den Schneid aufbringen und es auch tun würde. Viele der älteren Mädchen hatten sich ihrem Schicksal längst ergeben und boten ihre Dienste mittlerweile tatsächlich freiwillig an – gegen eine entsprechende Bezahlung in Form von Schokolade oder ähnlichen Kleinigkeiten, die die Soldaten auf ihren Plünderungen in der Umgebung erbeuteten. »Wir sollen an der östlichen Umzäunung die Zombies erlösen, die sich dort verhakt haben. Du sollst eine Gruppe von älteren Jugendlichen anleiten. Schaffst du das?«

Streckler bekam das Grinsen nicht aus dem Gesicht. Ob dabei seine sadistische Ader hervorkam, wenn er die Jugendlichen beim Abstechen von Zombies beobachten konnte oder ob er noch die Nachwirkungen seiner sexuellen Eskapade verspürte, konnte Klein nicht sagen. Es war ihm auch egal. Aber Streckler war einer der abgebrühtesten verbliebenen Gefreiten, die er noch besaß. Und er konnte den Jugendlichen tatsächlich etwas beibringen.

Nicht alle Soldaten, die in den letzten beiden Jahren verschwunden waren, hatten ihr Leben verloren. Die meisten waren eher desertiert, wollten ihr Glück lieber woanders suchen, als bei einem ihrer Meinung nach verrückten Oberst, der die Stellung unbedingt halten wollte. Und das nur, um seine Wissenschaftler nach einer Lösung suchen zu lassen.

Dabei war die Kaserne im weiten Umkreis der eigentlich sicherste Ort, den es geben konnte. Das sechshundert mal zweihundert Meter große Gelände war ringsherum von einer dicken Backsteinmauer umgeben. Kleine Türmchen an den Ecken und den Mitten der langen Kante gaben der Kaserne das Aussehen eines

Gefängnisses. Abgesehen davon, dass es, außer dem großen Gebäude im Inneren, nur noch einige Flachbauten für Fahrzeuge und die Ansammlung an Containern gab. Die anderen Gebäude hatten den Zweiten Weltkrieg nicht überstanden und waren abgerissen worden. Jahrzehntelang war das Gelände entweder gar nicht oder nur von einer Panzerkompanie der russischen Freunde der NVA genutzt worden und nach der Wende wieder in Vergessenheit geraten. Erst der Oberst hatte die strategischen Möglichkeiten der Kaserne erkannt und war mit ihrer Kompanie bei Ausbruch der Seuche hier eingezogen. Die Wohnhäuser südlich der Kaserne hatte er sprengen und planieren lassen, um ein weithin einsehbares Schussfeld zu bekommen. Die Bewohner, so sie denn noch nicht der Seuche zum Opfer gefallen waren, hatte er in die Kaserne geholt.

Östlich der Kaserne hatte er ein großes Feld mit einem massiven Stahlgitterzaun umgeben lassen, um langfristig die Versorgung mit Lebensmitteln zu sichern. Davor wiederum waren Hunderte von Stacheldraht-Verhauen in Ringen um das Feld gezogen, die die Zombies daran hindern sollten, überhaupt bis an den Zaun zu kommen. Und genau dorthin sollte Streckler die Jugendlichen führen, um sie im Umgang mit Waffen zu schulen und gegen die Zombies antreten zu lassen, die sich im Stacheldraht verfangen hatten.

24

»Mein Gott, ist das übel.« Gut zehn Meter über den höchsten Baumwipfeln hatten sie einen guten Ausblick in Richtung Potsdam. Martin reichte den kleinen Feldstecher an Dalina weiter, damit auch sie das Geschehen besser beobachten konnte.

Gleich hinter dem Wäldchen gab es erneut nur Felder in alle Richtungen. Aber mitten auf dem Feld an der Straße in Richtung Potsdam lagen eine ummauerte Fläche und ein einzelnes großes Backsteinhaus abseits von der Mitte. Kaum zu erkennen waren dagegen die Dutzenden weißen Frachtcontainer, die zum Teil von der Mauer verdeckt wurden. Dafür konnten Martin und Dalina um die linke und hintere Ecke der Umfassung deutlich den Grund dafür sehen, weshalb Bernd nicht weitergewollt hatte.

»So viele Menschen sind selbst auf der Fanmeile am Brandenburger Tor selten gewesen.« Martin schluckte schwer bei dem Gedanken, dass das alles Untote waren, die wie eine schwerfällige Masse um die Mauern der Kaserne herumwogten. Dicht an dicht, wie die Zeitlupenversion eines Vogelschwarms. Zumindest das Gros. Einige Hundert verteilten sich auch um die Mauer herum, aber in Anbetracht der großen Masse fielen sie kaum ins Gewicht.

»Ich hab ja gesagt, zehntausend wenigstens.«

»Das sind weit mehr als zehntausend«, korrigierte Dalina.

»Gezählt hat sie natürlich nie jemand. Und ja, von hier oben sieht man natürlich besser als von einem der Wachtürme.«

»Sollte es nicht genügen, ein paar große Bomben unter die Menge zu werfen?« Selbst Martin bekam es, angesichts der Masse der Untoten, mit der Angst zu tun, und suchte nach irrationalen Möglichkeiten, einem solchen Heer Herr zu werden. »Man könnte doch auch einen Tankwagen zur Explosion bringen. Alle verbrennen.«

»Hat der Oberst probiert. Also das mit den Bomben zumindest. Hat nichts gebracht. Sie zu verbrennen hilft auch nicht. Es trifft vielleicht erst ein paar Hundert, aber am nächsten Tag sind immer neue hinzugekommen. Ab und zu werfen die Wachen ein paar Handgranaten in die Menge. Wenn sich zu viele am vorderen Tor versammeln und die Gefahr besteht, dass sie es aufdrücken könnten.«

Sprachlos schauten sie dem Schauspiel eine Zeit lang zu. Die Masse glitt langsam an der Mauer entlang um die Ecke herum, die von ihrer Position aus auf der anderen Seite der Kaserne lag.

»Jetzt wäre ein günstiger Zeitpunkt«, sagte Bernd. »Andererseits wird es bald dunkel. Durch die ständigen Neuankömmlinge besteht immer die Gefahr, auf einen oder mehrere von denen zu treffen.«

»Ich dachte, du bist noch nicht so oft in direkten Kontakt mit den Zombies gekommen.« In Dalina war wieder das Misstrauen erwacht, dass Bernd ihnen vieles nur vorspielte.

»Ich wiederhole nur, was ich von den Wachen aufgeschnappt habe.«

»Wir sollten es uns hier tatsächlich für die Nacht bequem machen.« Vor ein paar Minuten hatte Martin noch Bedenken gehabt, auf den Mast zu steigen. Durch die Masse an Untoten, die vor ihnen lag, hielt er es jetzt aber für die bessere Option. »Wenn wir am Waldrand kampieren, würde ich vermutlich kein Auge zubekommen.«

Sie machten es sich auf der drei mal drei Meter großen Plattform einigermaßen bequem. Im Stehen konnten sie sich gut am Geländer festhalten. Wenn sie sich hinlegten, verhinderte dagegen nur eine zwanzig Zentimeter hohe Metallblende, dass sie versehentlich über die Kante in die Tiefe stürzen konnten.

Der Sommer war vorbei, deshalb kam die Dunkelheit relativ schnell. Schlafen konnte Martin dennoch nicht. Mit hinter dem Kopf verschränkten Armen starrte er in den klaren Nachthimmel. Seit die Menschheit nicht mehr pausenlos Schadstoffe in die Luft abgab, hatte sich die Atmosphäre deutlich erholt. Durch die Dunkelheit ringsherum konnte er klar und deutlich die Millionen von funkelnden Sternen beobachten, die sich wie ein Band quer über das Firmament zogen. Er wurde nicht müde, einfach so dazuliegen und den Himmel anzustarren. Nebenbei lauschte er den regelmäßigen Atemgeräuschen seiner Partnerin und hatte ein Auge auf die Umgebung.

»Als ich noch klein war, waren meine Eltern mit mir in der Karibik im Urlaub«, murmelte Bernd nach einer Weile leise. »Da konnten wir das auch sehen.«

Eigentlich wollte Martin genervt antworten, dass er die Klappe halten sollte, aber das war der erste normal gesprochene Satz, den er von ihm zu hören bekam. Nicht laut, nicht polternd oder großspurig. Einfach ein Junge, der sich an dem erfreute, was er sah. Deshalb beschloss Martin auch, nicht zu antworten.

»Pst.«

Ein Klaps auf die Schulter ließ ihn erschrocken hochfahren. Die Schwärze am Himmel war einem trüben Grau gewichen und am östlichen Firmament bahnten sich die ersten roten Sonnenstrahlen ihren Weg. Martin brauchte einen Augenblick, um zu begreifen, dass er doch eingeschlafen war. Dalina hatte ihn leise geweckt, um ihn auf etwas aufmerksam zu machen. Ohne ein weiteres Wort zu sagen, zeigte sie nur mit dem Finger in Richtung Boden. Martin beugte sich nach links und schaute über die Kante. Unter ihnen hindurch marschierte eine kleinere Horde Untoter in Richtung der Kaserne.

»Nachschub für die Herde«, flüsterte er und nickte in Richtung Bernd, der zwischen ihnen lag.

Dalina legte Bernd eine Hand auf die Schulter und rüttelte ihn etwas. Als Bernd erschrocken hochfuhr und etwas sagen wollte, legte sie die Hand auf seinen Mund und bedeutete ihm, still zu sein. Mit Handzeichen machte sie ihm klar, was unter ihnen gerade passierte. »Wo kommen die her?«, fragte Dalina nach einer Weile flüsternd. »Denen hätten wir doch auf unserem Weg gestern begegnen müssen, so langsam wie die sind.«

»Muss nicht sein. Die laufen doch querfeldein. Kommen bestimmt aus Berlin. Wir können von Glück reden, dass wir nicht da unten übernachtet haben.«

Dalina schmunzelte. »So viel zum Vertrauen, oder?«

Martin nickte verkniffen und klopfte Bernd anerkennend auf die Schulter, der nicht so recht wusste, womit er das verdient hatte. »Also, was machen wir jetzt? Hast du genug gesehen, Dalina? Können wir jetzt zurück nach Darbow?«

»Nein. Ich will näher heran. Zu dem Zugang, von dem Bernd gesprochen hat. Vielleicht kommen wir ja hinein.«

Martins Augen verengten sich zu schmalen Schlitzen. »Bist du lebensmüde? Endlich sind wir Emre los, da willst du dich wieder so einem Hohlkopf anschließen?«

»Nein, das nicht, aber ich will den Kindern dadrinnen die Möglichkeit geben, dem Oberst den Rücken zu kehren. Außerdem hoffe ich, dass wir von ihm vielleicht ein bisschen mehr über den Ausbruch der Seuche in Erfahrung bringen können, als wir schon wissen.«

»Und wie willst du das anstellen? Und vor allem, was willst du mit den Kindern dann machen? Wo willst du mit ihnen hin? Dein Altruismus in allen Ehren, Dalina, aber das ist eine blöde Idee.«

»Von dir hätte ich am allerwenigsten erwartet, dass du etwas dagegen hast, die Kinder zu retten«, sagte Dalina beleidigt. »Und wie ich das anstellen werde? Keine Ahnung. Aber ich baue darauf, dass ich den Oberst von einer Last befreie.«

»Du befreist ihn von billigen Arbeitskräften. Versteh mich nicht falsch, Dalina. Ich bin der Erste, der in Not geratene Kinder retten würde, aber das wird nie und nimmer funktionieren.«

Dalina schnaubte lachend. »Oh doch. Du weißt, ich kann sehr überzeugend sein.«

Ein Jahr zuvor

Dalina hielt die Luft an und steckte ihren Kopf tief in die Plastikschüssel voll kaltem und klarem Wasser. Es gab zwar auch zwei Waschbecken, aber da kein Wasser mehr aus den Leitungen kam, mussten sie sich mit aufgefangenem Regenwasser behelfen. Mit den Fingern massierte sie intensiv ihre Kopfhaut und sorgte dafür, dass auch möglichst viel von ihrer Lockenpracht mit dem Wasser in Berührung kam. Noch mit dem Gesicht im kühlen Nass suchte sie mit der rechten Hand das Handtuch, dass sie sich bereitgelegt hatte, als sie spürte, wie jemand von hinten an sie herantrat. Sehr dicht herantrat. Deutlich konnte sie Hände an ihrer Hüfte und etwas anderes an ihrem Hinterteil spüren. Dalina war sich sehr genau im Klaren darüber, was gerade passierte, verlor aber keineswegs die Fassung. Und das, obwohl sie nur einen einfachen Slip am Körper trug. Deshalb spürte sie das erigierte Geschlechtsteil des Kerls hinter sich deutlich durch seine Jeans hindurch.

Sie nahm das Handtuch in aller Seelenruhe und legte es sich über den Kopf. Mit einer geübten Drehung fixierte sie es um ihre nassen Haare herum und richtete sich langsam etwas auf. Die fremden Hände fuhren derweil an ihrem nackten Oberkörper nach oben in Richtung ihrer Brüste, und über ihre rechte Schulter spürte sie den keuchenden Atem eines bärtigen und unrasierten Mannes. Stevie, dachte Dalina. Wer sonst. Offenbar hatte er aus seinen gebrochenen Fingern nicht gelernt.

»Wenn du deine Finger sofort von mir nimmst, breche ich sie dir nur noch einmal. Wenn nicht, würdest du dir wünschen, du wärst tot, du Drecksau«, sagte Dalina gefährlich leise. Dabei stützte sie die Hände neben die Plastikschüssel und drückte sich etwas gegen ihn. Stevie schnaufte und genoss es, dass sein ganzer Körper nun dicht an Dalinas lag. Ihre Hüfte hatte zur Werkbank kaum Spiel, deshalb beugte sie ihren Kopf langsam weit nach vorn und schleuderte ihn plötzlich mit einem Ruck nach hinten, als sie spürte, dass Stevies Kopf die Seite wechselte. Mit einem knackenden Geräusch traf ihr eingewickelter Kopf seine Nase.

Augenblicklich ließ er von ihr ab und torkelte zwei Schritte rückwärts. Mit den beiden Händen, die eben noch Dalinas Brüste betatscht hatten, hielt er sich die blutende Nase. Unter seinen Händen hervor tropfte Blut auf den roten Schnauzbart. Seine Halbglatze mit dem Haarkranz aus langem, rotem Haupthaar glänzte verschwitzt im Licht der Gaslaterne, die Dalina auf den Waschtisch mit den eingelassenen Becken neben sich stehen hatte. Sie machte keinerlei Anstalten, ihre Blöße zu bedecken, sondern drehte sich provozierend zu ihm hin und stemmte die Hände in die Hüften. »Ich hab dich gewarnt, Stevie. Schau noch mal genau hin, denn es ist vielleicht das Letzte, was du zu sehen bekommst.« Dabei nahm sie die Eisenstange, die sie immer in ihrer Nähe behielt, in die Hände und zeigte mit ihr drohend auf ihn.

Der ehemalige Rocker war aufgrund der effektiven Gegenwehr für einige Sekunden zu konsterniert, um zu reagieren. Ungläubig starrte er auf seine blutüberströmten Hände. Dass Dalina jetzt wirklich Ernst machte und tatsächlich bereit war, ihn auf der Stelle umzubringen, realisierte er noch nicht einmal, als sie ihm die Stange tatsächlich unter das Kinn setzte und ihn böse anfunkelte.

»Das ist nicht dein Ernst, Blondie«, höhnte er grinsend, und wollte die Stange mit einer lässigen Bewegung zur Seite wischen. Er scheiterte daran, weil Dalina den Druck auf die Stange erhöhte. Die scharfe Spitze stach Stevie bereits durch die obere Hautschicht und ließ ihn auch an dieser Stelle bluten. »Nimm das Ding weg«, blökte Emres rechte Hand zornig. Mit beiden Händen griff er nach der Stange und wollte sie von sich wegschieben. Gleichzeitig wich er etwas nach hinten aus, aber Dalina folgte ihm und erhöhte den Druck. »Ich bring dich um, du Schlampe.« Stevies Halbglatze glänzte immer mehr. Der Schweiß brach ihm jetzt in Strömen aus. Vor allem, weil er die Tür in seinem Rücken spürte und verzweifelt versuchte, den Druck der Eisenstange zu verringern.

Der Waschraum war nicht groß. Außer ihnen beiden war niemand hier. Als Stevie anfing, laut zu schreien, wurde hinter ihm die Tür aufgerissen und er stolperte rücklings aus dem Bad auf den Boden. Endlich außerhalb der Reichweite von Dalinas Waffe, bekam sein Ego sofort wieder Oberwasser. Laut fluchend wälzte er sich auf die Seite und stand auf. Die junge Frau, die die Tür aufgerissen hatte, bekam von Stevie eine Ohrfeige, die sie zu Boden schleuderte. Dann wandte er sich wieder Dalina zu. Ein Fehler, den er nicht einmal mehr bereuen konnte. Dalina rammte ihm wie angedroht die Eisenstange durch den Unterkiefer ins Kleinhirn.

Stevie konnte nicht einmal mehr die Augen verdrehen und fiel mit weit nach hinten gebogenem Kopf auf die Knie. Als Dalina die Stange mit einem Ruck herauszog, kippte er einfach zur Seite.

»Er hat sich verwandelt«, behauptete sie später Emre gegenüber, der verlangte, dass sie Rechenschaft über ihre Tat ablegte.

»Wieso sollte er sich verwandelt haben?« Emre glaubte ihr natürlich kein Wort. Dass Stevie lüstern hinter jedem Mädchenrock her war, wusste er ganz genau. Und dass Dalina ihm vor Wochen bereits einmal die Finger gebrochen hatte, bestärkte ihn in der Annahme, dass sie nicht die Wahrheit sagte. Stevie war nicht nur einer seiner ältesten Kumpel, er war auch ein recht guter Schütze gewesen, der ihm nun im Kampf gegen die Staakener fehlen würde. Deren Hoheitsgebiet grenzte nun, seit der Vernichtung der 13585er, unmittelbar an ihres.

»Er ist wohl gestürzt. Seine Nase blutete. Frag das Mädchen, sie wird es dir bestätigen.« Dalina log, ohne rot zu werden. Das Mädchen hatte nicht viel mitbekommen und würde dennoch ihre Geschichte bestätigen. Dafür hatte sie gesorgt, indem sie ihr gegenüber von Beginn an behauptet hatte, Stevie hätte sich verwandelt. Sie würde es einfach nicht besser wissen.

Heute

»Und er hat dir nie verziehen, dass du ihn belogen hast.«

»Er hat mir nie verziehen, dass ich seinen besten Freund umgebracht habe. Das ist etwas anderes. Dennoch hat er mich nicht dafür zur Rechenschaft gezogen.«

Martin war sich ziemlich sicher, dass Emre Dalina nicht am Leben gelassen hatte, weil sie ihn besonders clever belogen hatte. Er hatte nur endlich eingesehen, wie wertvoll sie für die Gemeinschaft war, denn von da an betraute er Dalina immer öfter mit gefährlichen Aufgaben, für die er bis dahin ausschließlich Männer eingesetzt hatte. Und sie erledigte ihre Aufgaben gut. »Also gut. Wie willst du vorgehen?«

»Wo liegt der geheime Eingang?«, fragte sie stattdessen Bernd, ohne auf Martins Frage einzugehen.

»Kann man von hier nicht sehen. Aber parallel zum Waldrand verläuft ein Entwässerungsgraben. Eine Brücke führt darüber hinweg. Unter dieser Brücke ist ein Abwasserrohr mit einem Gitter.«

Dalina nickte zum Zeichen, dass sie den Eingang finden würde. »Ihr bleibt hier. Wenn ich mit meinem Spiegel Zeichen gebe, antwortet ihr mir ebenso.«

Martin wusste, was sie meinte, verstand aber den Sinn nicht. Reflektierende Spiegel waren in Zeiten ohne Smartphone oder Funkgerät das perfekte Mittel, um über große Entfernungen miteinander zu kommunizieren. Dazu musste man aber vorher ausmachen, was diese Zeichen zu bedeuten hatten.

»Es geht nur darum, zu beweisen, dass ich noch Leute außerhalb habe, die ihm ans Bein pissen können, wenn mir etwas passiert«, erklärte Dalina endlich. »Ich werde ihn ein bisschen erpressen, das ist alles.« Sie lächelte erst Bernd und dann Martin an, klopfte Martin auf die Schulter und stieg über die Leiter nach unten. »Da kommen zwei Nachzügler.«

Martin sah auf der anderen Seite über die Plattform nach unten. Sorgen machte er sich aber nicht. Dalina war erfahren genug, mit zwei der Kreaturen allein zurechtzukommen. »Sieh zu und lerne«, sagte er zu Bernd und stützte sich mit beiden Unterarmen schon beinahe gelangweilt auf das Geländer.

Dalina beeilte sich etwas, die letzten Stufen bis zum Boden hinunterzukommen, bevor die beiden Männer in Uniform heran waren. Sie trugen die Reste von Tarnanzügen am Leib, die an vielen Stellen aufgerissen waren. Die beiden schienen gleich von einer ganzen Horde Untoter attackiert worden zu sein, die an ihnen herumgezerrt und die Kleidung dabei zerrissen hatte. Ein Untoter allein hätte nicht so viel kaputt machen können. Außerdem schienen sie noch nicht lange zur anderen Seite zu gehören. Zum einen, weil ihr Verwesungszustand noch nicht so weit fortgeschritten war, zum anderen, weil zwei Untote mit denselben Uniformen in einem ähnlichen Zustand immer noch nebeneinanderher liefen. Das war mehr als ungewöhnlich.

»Warum hält Dalina die Stange quer zum Körper?«, fragte Bernd sofort, weil ihm Martin das gänzlich anders gezeigt hatte.

»Nun, da kommen zwei von der Sorte gleichzeitig. Würde sie sich nur auf einen konzentrieren, könnte sie der andere unbehelligt angreifen. Sie muss die beiden also zunächst voneinander trennen«, dozierte Martin, als würde er gerade die Abseitsregel erklären. »Sie wird beiden sehr schnell einen Schlag verpassen, in der

Hoffnung, wenigstens einen in die Knie zu zwingen. Dann kann sie sich in aller Ruhe zunächst der größeren Gefahr zuwenden.«

»Und wenn sich beide unbeeindruckt zeigen?«

»Dann gibt es noch mal was auf die Ohren. Was glaubst du denn?«

25

Hartmut Streckler hielt sich keineswegs für einen Sadisten. Und schon gar nicht für pädophil. Die Welt war jetzt eben so. Klar, vor zwei Jahren hätte er jeden, der kleine Mädchen schief anschaute, kräftig eins in die Fresse gegeben. Aber die Werte, die damals gegolten hatten, gab es einfach nicht mehr. Jeder versuchte heute, das Beste aus seiner Situation zu machen. Und Nadine war immerhin schon siebzehn. So, wie er die Sache sah, nutzte sie ihn mindestens ebenso aus wie er sie.

Relativ willkürlich hatte er die ersten acht Kids, die er zu fassen bekam, durch das Gartentor auf das Gemüsefeld geführt. Erst dachten sie, dass sie zu einer außerplanmäßigen Ernte abkommandiert würden. Der Blumenkohl war schließlich bald so weit. Als er aber jedem eine der langen Stangen, die am Durchgang der Mauer angelehnt waren, in die Hand drückte, ahnten sie wohl bereits, dass sie diesmal eine andere Aufgabe bekommen sollten.

Hinter dem großen Garten – so groß wie ein Fußballfeld – waren die weitläufigen Sperranlagen zu sehen, die verhindern sollten, dass die Zombies ihre Lebensmittelreserven beschädigen konnten. Ganz außen zog sich in einem großen Bogen ein drei Meter breiter Wehrgang, den die Pioniere in aller Eile mit ihren Bulldozern in den weichen Sand gegraben hatten. Er war nicht sonderlich tief, kaum mehr als anderthalb Meter, aber er verhinderte, dass die Herde als Ganzes bis zum Stacheldraht vorrücken konnte. Es kam zwar vor, dass der Graben gelegentlich so voll mit Zombies war, dass andere über die Köpfe ihrer untoten Kollegen einfach hinweglaufen konnten, aber die Masse der Herde wurde durch diesen Graben um das Feld herumgeführt. Die wenigen, die es bis zu den auseinandergezogenen Stacheldrahtrollen schafften, blieben dort unweigerlich hängen. In der ganzen Zeit hatte es kein einziger Zombie bis an den Metallzaun geschafft.

»Wir werden heute einmal testen, was ihr so draufhabt.« Seine Kids waren in Reih und Glied vor ihm angetreten und machten große Augen. Die sechs Jungs und zwei Mädchen im Alter von dreizehn bis sechzehn Jahren waren bislang wohlbehütet aufgewachsen. Noch nie waren sie einem Zombie näher als die vielleicht zwei Dutzend Meter vom Feld bis zu den Stacheldraht-Verhauen gewesen.

Hartmut Streckler hatte sich nie die Mühe gemacht, sich die Namen der Jungs zu merken. Auch von den beiden Mädchen wusste er sie nicht genau. Die eine hieß wohl Lyra, was er nur behalten hatte, weil er den Namen wirklich schön fand. »Euch kann nichts passieren, wenn ihr meine Anweisungen befolgt. Zielt mit den Lanzen auf den Kopf und stecht zu. Dann geht ihr einen Schritt zurück und weiter zum nächsten. Verstanden?« Der Umgang mit Lanzen war für einen Berufssoldaten wie ihn eigentlich unter seiner Würde. Er musste allerdings zugeben, dass ihr Einsatz einerseits nichts für Weicheier und andererseits durchaus effektiv war. Er selbst hätte lieber seine Glock benutzt, aber der Oberst hatte aufgrund der langsam schwindenden Vorräte verfügt, dass Schusswaffen nur noch im Notfall und gezielt einzusetzen waren.

Zaghaft nickten die Kids. Zum einen waren sie ganz heiß darauf, endlich gegen Zombies antreten zu können, auf der anderen Seite waren sie sich sehr wohl bewusst, dass ein Fehler sie das Leben kosten konnte.

Streckler schaute durch die senkrechten Streben des Metallzauns auf die Fläche mit dem Stacheldraht, der Zombies in größeren Mengen niemals aufhalten konnte. Einzelne dagegen verfingen sich bereits nach wenigen Metern in dem mit Dornen besetzten Draht. Da sie keinen Schmerz kannten, schoben sie die Drahtrollen so weit vor sich her, bis sie nicht mehr genügend Kraft aufbringen konnten, um weiterzugehen. Als Folge hingen sie nun in einem Gewirr von durcheinanderhängendem Stacheldraht fest. Knapp vierzig waren es diesmal. So viele wie selten zuvor. Ihre Aufgabe war es, die Toten zu erlösen, auf einen Haufen zusammenzutragen und zu verbrennen.

Durch ein schmales Tor im Metallzaun scheuchte er seine Schützlinge auf das Vorgelände. Ängstlich und mit gesenkten Lanzen liefen sie im Gänsemarsch zu den parallel zum Metallzaun ausgelegten Stacheldrahtrollen. Wenn sich eine Lücke auftat, kamen sie eine Reihe weiter. Die Drähte waren auf vier bis fünf Meter auseinandergezogen und am jeweiligen Ende durch simple Holzpfosten fixiert. Zombies, die hineinliefen, zogen die Ringe so weit auseinander, wie der Draht nachgab. Am Ende hatten sich die Dornen so tief in Kleidung und Fleisch verfangen, dass sie kaum noch vor- und zurückgehen konnten.

»Immer schön Abstand halten. Achtet darauf, sie immer vor euch zu haben. Niemals einen auslassen, nur weil ein anderer näher zu sein scheint«, rief er nach vorn.

Die Anwesenheit von lebendem Fleisch und die Geräusche, die Streckler und die Kids von sich gaben und erzeugten, ließ die Zombies unruhig werden. Sie knurrten und versuchten, ihren vermeintlichen Opfern entgegenzugehen, was ihnen aber nicht gelang.

»Wie ist dein Name?«, fragte Streckler den vordersten und größten der Jungs. Er zitterte vor Angst, genauso wie die etwas jüngeren, die hinter ihm marschierten.

»Ralf«, kam es leise zurück.

»Versuch ihm die Lanze in den Mund zu stecken, Ralf. Und keine Angst, sie ist lang genug, dass er dich mit seinen Armen nicht erreichen kann.« Vorausgesetzt du Tölpel passt auf und gehst rückwärts, wenn er dir noch ein Stück entgegenkommt, dachte Streckler. »Augen oder Ohren gehen auch. Hauptsache, du kommst mit der Lanze in den Schädel.«

Streckler hasste es, einen Kindergarten beaufsichtigen zu müssen. Er sah es schon kommen, dass sich eines der Kids vor Panik im Stacheldraht verfing und die Zombies, laut nach Mama schreiend, zur Raserei bringen würde. Deshalb lief er hinter allen her. Natürlich würde er alles versuchen, um den Kids zu helfen, ob es nun um den Umgang mit den Zombies ging oder falls sie in Gefahr geraten sollten. Aber die wichtigste Regel in dieser Zeit war: Hilf erst dir selbst und dann den anderen. Schließlich war sich jeder selbst der Nächste.

Kopfschüttelnd sah er zu, wie Ralf umständlich und langsam mit der langen Lanze hantierte. Erst verfing sie sich hinter ihm im Stacheldraht, dann hielt er sie viel zu weit vorne fest. Hartmut Streckler korrigierte ihn mehrfach, bis Ralf die Lanze endlich auf den Kopf des Zombies ausgerichtet hatte. Im Prinzip war es jetzt einfach. Die Arme des Zombies hingen im Stacheldraht fest. Er konnte sie nicht einmal zur Abwehr anheben. »Und jetzt zustechen. Mit einem Ruck.«

Ausgeschlossen, dass der Zombie ahnte, was ihm blühte. Aber in derselben Sekunde, in der Ralf zustechen wollte, schaffte es der Untote, einen Schritt nach vorn und etwas zur Seite zu kommen. Die Lanze steckte zwar im Mund, durchstieß aber lediglich die Wange und schlitzte das Gesicht auf der rechten Seite bis zum Ohr auf. Die anderen Kids traten erschrocken einen Schritt zurück. Und ganz wie es Streckler befürchtet hatte, verfingen sich mehrere im Stacheldraht und begannen zu schreien.

»Behaltet die Nerven. Ruhe«, zischte Streckler. Jetzt auch noch zu schreien, wäre höchst gefährlich, denn die anderen Zombies wurden bereits noch unruhiger. »Setz noch einmal an, Ralf.«

Eines musste er Ralf lassen: Er tat durchaus, was man ihm sagte. Es war noch keine Routine in seiner Aktion, aber dieses Mal stellte er sich schon besser an. Ohne auf eine weitere Aufforderung zu warten, stach er ganz plötzlich zu. Der Erfolg war durchschlagend. Der Zombie sackte auf der Stelle zusammen und rührte sich nicht mehr.

»Gut gemacht, Ralf. Jetzt gleich noch den Nächsten, dann lässt du jemand anderen nach vorn, okay?« Genervt dachte er daran, dass das noch die einfachste Arbeit war. Er bezweifelte, dass die Kids am Ende kräftig genug sein würden, um die Leichen vom Stacheldraht zu befreien, zusammenzutragen und in Brand zu stecken. Vor allem das Zusammentragen würde wohl an ihm hängenbleiben.

Eine Stunde lang zogen sie von Zombie zu Zombie und erlösten einen nach dem anderen. Das Einsammeln konnten sie später erledigen. Zuerst ging es darum, jede Gefahr zu eliminieren.

Als sie etwas mehr als die Hälfte der Zombies geschafft hatten, kam Hauptfeldwebel Klein hinzu. Wortlos sah er eine Weile zu. Dann nickte er und sagte: »In spätestens einer halben Stunde ist die Herde herum. Dann müsst ihr hier weg sein.«

Streckler verstand. Wenn die Herde sie hier erblicken oder wittern würde – sie wussten immer noch nicht genau, wie die Sinne der Zombies funktionierten –, konnten sie in ihrer Raserei in größerer Zahl den Graben überwinden und allein durch ihre Masse den Stacheldraht niederwalzen. Ob der Stahlzaun dann noch hielt, war fraglich. Der Gemüsegarten wäre dann vermutlich passé. »Alles klar. Ich sammle die Kids gleich ein und komme dann nach.« Klein nickte zufrieden und verschwand wieder in Richtung der Kaserne. Streckler aber grinste ihm noch eine Weile hinterher. Da schien der liebe Gott doch ein Einsehen zu haben, dachte er. Denn nun musste er sich nicht um die Beseitigung der toten Körper kümmern.

»Kids«, rief er deshalb froh gelaunt, aber etwas zu laut. »Wir machen Schluss für heute. Ihr habt ganz anständige Arbeit geleistet.« Streckler hatte nicht vor, auch nur eine Minute länger als unbedingt nötig hierzubleiben. Routinemäßig ging sein Blick nach links, zur Ecke der Kaserne, an der die Herde wohl bald auftauchen würde und erschrak. Die Herde war längst aufgetaucht und marschierte bereits in den Graben vor dem Stacheldraht. Von wegen, in einer halben Stunde. Natürlich passten kaum mehr als drei oder vier von ihnen nebeneinander hinein, weshalb das Gros auch außerhalb des Grabens lief. Aber wenn sie die dreihundert Meter bis zu ihrer Position herum waren, und sie wären immer noch hier, würden zehn- oder zwanzigtausend gleichzeitig versuchen, über den Graben zu kommen. In kürzester Zeit wäre dieser verstopft und immer mehr Zombies würden letztendlich einfach über die Leiber oder Köpfe ihrer Kameraden den Graben überwinden.

»Los jetzt! Ralf, Benny!«, rief er. »Macht, dass ihr reinkommt. Sofort. Tommy und …« Streckler fiel der Name des Jungen nicht ein. Der kleine, etwas fülligere Junge hatte noch keinen einzigen Zombie erledigen können. Zweimal hatte er es versucht, aber jedes Mal abgebrochen. Während die anderen gehorchten und im Zickzack um die Verhaue herum auf ihn zukamen, blieb er einfach stehen und schaute enttäuscht zu ihm herüber. Seine Lanze hatte er senkrecht neben sich auf den Boden gestellt. »Komm, Kleiner. Du kriegst ein anderes Mal deine Chance«, versuchte Streckler, ihn dazu zu bewegen, sich in Bewegung zu setzen. Aber der Kleine reagierte nicht. Trotzig stand er einfach so da.

»Kevin.« Ralf hatte gemerkt, dass einer seiner Freunde nicht gehorchen wollte. Hin und her gerissen zwischen seiner Angst vor den Zombies und der Loyalität einem Freund gegenüber, machte er nach einigen Sekunden kehrt.

Streckler konnte nicht verstehen, was Ralf zu Kevin sagte. Der vielleicht Vierzehnjährige warf seine Lanze von sich und verschränkte bockig die Arme. Wenn er so bockig gewesen war, dachte Streckler, hatte ihm sein Vater eine Schelle verpasst. Das hatte zwar auch kein bisschen seine Meinung geändert, aber in Erwartung einer weiteren hatte er zumindest vorübergehend getan, was sein Vater verlangte. Nicht, dass er es ihm nicht später mit doppelter Münze heimgezahlt hätte, aber in dieser Situation war ein kurzfristiger Erfolg vielleicht besser als nichts.

Fluchend lief er den anderen Kids entgegen, die sich an ihm vorbei in Richtung des Metallzauns drückten. Sein Blick ging hinüber zur Herde. Die Zahl war in den letzten zwei Wochen gigantisch angewachsen. Sie hatten längst aufgegeben, ihre Zahl zu bestimmen. Es spielte auch gar keine Rolle, ob es zehn- oder zwanzigtausend waren. Waren die schneller geworden? Streckler schwitzte, als hätte er einen halbstündigen Dauerlauf hinter sich.

»Ralf, Kevin! Schnell, wir müssen hier weg.« Er packte den Kleinen einfach am Kragen und zerrte ihn hinter sich her. Kevin aber dachte gar nicht daran, aufzugeben. Er trat mit den Füßen, schlug mit den Armen um sich, kratzte und spuckte, was das Zeug hielt. Dazu schrie und heulte er wie ein Kleinkind. So etwas hatte Streckler noch nie erlebt. Er drehte sich um und schlug Kevin wütend mit der Faust ins Gesicht. Bewusstlos sackte der Junge in sich zusammen. »Tut mir leid, aber dafür haben wir keine Zeit, mein Kleiner.« Dann lud er sich den Jungen auf die Schulter. Er meinte es wirklich nur gut. Keine zwanzig Meter hinter ihnen versuchten die ersten Zombies, den Wehrgang zu verlassen. Einigen gelang es sogar, den meisten jedoch nicht – noch nicht. Er scheuchte Ralf durch das Labyrinth aus Stacheldraht vor sich her. Erstaunlicherweise regte sich der Körper des Jungen auf seiner Schulter bereits wieder. Dabei hatte er doch ziemlich fest zugeschlagen. Streckler hatte gedacht, dass er noch eine halbe Stunde bewusstlos sein müsste. Mindestens.

Das erste Warnzeichen waren seine Nackenhaare, die sich mit einem Mal sträubten. Dann hörte er das charakteristische Zähneklappern, wenn Zombies ihre Kiefer auf- und zuklappten. Verdammt! Er hatte wohl zu fest zugeschlagen und den Jungen damit ungewollt umgebracht. Er versuchte noch, Kevin von sich zu schleudern, doch seine Hände krallten sich in seinem Tarnanzug fest und seine Kiefer fanden ein Ziel. Streckler spürte noch den Biss an seinem Trapezmuskel am Hals. Dann gab es da nichts mehr.

26

Fast genau so, wie Bernd es beschrieben hatte. Sie hätte das Rohr, das unter der Straße hindurchführte, vielleicht nicht unbedingt als Brücke bezeichnet, aber direkt neben dem Betonrohr, das unter der Straße hindurchführte, mündete ein weiteres aus dem Erdreich kommend. Beide waren etwa zwei Meter im Durchmesser. Der große Unterschied zwischen den beiden war das rostige Gitter vor dem einen. Hinter dem Gitter wiederum konnte Dalina eine weiße gemauerte Wand mit einer darin eingelassenen Tür sehen, die einen Spalt weit offen stand. Vorsichtig rutschte sie die Böschung hinunter. Das Gitter war an einem Scharnier beweglich und ließ sich problemlos aufziehen und quietschte nicht einmal. Es wurde gepflegt. Soweit stimmte Bernds Beschreibung also auch. Dalina zog die Tür auf und starrte direkt in das erschrockene Gesicht eines knapp zwanzigjährigen Mädchens. »Keine Panik. Ich bin kein Zombie. Ich würde gern mit dem Oberst reden«, sagte sie schnell, bevor die Kleine auf dumme Ideen kommen konnte.

»Wie … wer?«, stotterte sie.

»Bernd hat mir erzählt, was hier los ist. Du kennst Bernd?«

Das Mädchen nickte. »Natürlich. Aufschneider-Bernd.«

Dalina grinste. Also hatte er auch hier schon große Töne gespuckt. Aber zumindest war sie sich jetzt sicher, dass er ihnen nichts vorgespielt hatte. »Bringst du mich zum Oberst?«

»Ich darf hier nicht weg. Aber folge einfach dem Gang. Geht nur geradeaus«, sagte sie und drückte zweimal kurz auf einen an der Wand angebrachten Klingelknopf. »Das heißt: Freund kommt.«

Dalina fluchte innerlich. Sie wäre viel lieber unangemeldet aufgetaucht. Jetzt, so stand zu vermuten, würde am Ende des Tunnels ein Empfangskomitee bereitstehen. Die Überraschung würde groß sein. »Wie weit ist das?« Der Tunnel vor ihr war ein schwarzes Loch. Sie konnte weder eine Deckenbeleuchtung ausmachen noch hatte sie eine Taschenlampe dabei. Das einzige Licht, das es hier gab, war das Tageslicht, das durch die offene Tür hereinfiel.

»Anderthalb Kilometer werden es schon sein. Deine Augen gewöhnen sich dran. Der Weg ist auch völlig frei. Leg die Hand einfach an die Wand und marschier los. Am Ende gibt es dann Licht.«

Das Mädchen zog die Tür wieder bis auf einen Spalt zu und setzte sich auf einen Hocker direkt dahinter.

Dalina schluckte. Eine andere Wahl hatte sie nicht. Also legte sie die Fingerspitzen an die Wandung des Rohrs und marschierte los. Sie vertraute darauf, dass es wirklich keine Hindernisse geben würde. Die Eisenstange ließ sie deshalb wie einen Degen am Gürtel hängen. Um ihn als Blindenstock zu benutzen, war er auf Dauer zu schwer.

Am Anfang zählte sie noch ihre Schritte und drehte sich zum Eingang um, einfach um ein Gefühl dafür zu bekommen, wie weit sie schon war. Aber der Gang beschrieb eine leichte, fast unmerkliche Biegung und der Eingang geriet außer Sicht. Schon nach wenigen Dutzend Metern war es zunächst stockdunkel. Ab dann schienen sich ihre Augen aber langsam an die Dunkelheit zu gewöhnen, denn nun konnte sie vage die Markierungen wahrnehmen, die jemand mit lumineszierender Farbe an die Wand gepinselt hatte. Das half ihr ein wenig. Nach einer gefühlten Ewigkeit tauchte am Ende ein kreisrunder, heller Fleck vor ihr auf.

»Zasinski?«, hörte sie jemanden schon von Weitem laut fragen.

Zur Sicherheit antwortete sie sofort und deutlich. Nicht, dass man sie noch für einen Zombie hielt, der sich in den Gang verirrt hatte. »Nein. Mein Name ist Dalina. Ich möchte den Oberst sprechen.«

Das Erstaunen war am Ende des Ganges offenbar groß, denn zum einen erlosch das Licht und zum anderen antwortete niemand. Dalina ging dennoch ruhig weiter und meinte, noch einige Meter bis zum Ziel zu haben. Deshalb war sie überrascht, dass sie schon fast mit der Nasenspitze die Tür berührte, als diese wieder geöffnet wurde. Bis sich Dalinas Augen auf das grelle Licht aus dem Raum hinter dem Mann in der offenen Tür eingestellt hatten, konnte sie nur eine schwarze Silhouette ausmachen. Dann erkannte sie einen Soldaten, mit auf dem Rücken verschränkten Armen, im braun-grünen Tarnanzug der Bundeswehr. Das Einzige, das ihn im ersten Moment von einem Soldaten eines Werbeplakats der Bundeswehr unterschied, waren der Vollbart und die schmalzigen, langen Haare, die unter dem bordeauxroten Barett auf seinem Kopf hervorlugten. Erst aus der Nähe betrachtet machte die Uniform des Soldaten einen teilweise derangierten Eindruck.

»Woher kennen Sie den Zugang zu dieser Anlage?«, blaffte er sie an.

Keine Begrüßung. Kein Vorstellen. Dalina wollte als vertrauensbildende Maßnahme zunächst bei der Wahrheit bleiben. »Wir haben einen jungen Mann namens Bernd aufgegriffen, der uns von diesem Ort erzählt hat. Dass hier zehntausend Zombies herumlaufen, fanden wir so unglaublich, dass wir uns gern mit Ihnen über Erfahrungen austauschen wollten.« Und schon fing sie an zu flunkern, ärgerte sie sich kurz. Aber es machte zumindest das einander Vorstellen etwas einfacher. »Mein Name ist Dalina und ich vertrete eine größere Gruppe Überlebender in Spandau.«

Statt weitere Worte zu verlieren, trat der Soldat zur Seite und bedeutete ihr, einzutreten. Im Gegensatz zu dem dunklen Gang war der Raum, den Dalina betreten hatte, strahlend hell erleuchtet, und sie kniff geblendet die Augen zu schmalen Schlitzen zusammen, bis sie sich endgültig an die Helligkeit gewöhnt hatten. Voller Erstaunen registrierte sie, dass hier elektrisches Licht benutzt wurde. Zwei weitere Soldaten standen, mit in die Armbeuge gelegten automatischen Waffen, auf der Seite. Auch ihre Uniformen hinterließen bei ihr einen eher vernachlässigten Eindruck. Der Raum war klein, schmucklos und vollgestellt mit allerlei abgelegtem Zeug. Die Wände bestanden aus Klinkersteinen. Ein ganz normaler Keller. Vermutlich des großen Kasernengebäudes, das sie vom Strommast aus gesehen hatten. Eine Treppe führte steil nach oben und der Soldat zeigte wortlos hinauf.

Zehn Minuten und mehrere Treppen später fand sie sich in einem Büro wieder, wie sie es seit zwei Jahren nicht mehr zu sehen bekommen hatte. Hier herrschte eine beunruhigende Normalität, die eigentlich längst der Vergangenheit angehörte. Ein großer Schreibtisch mit einem Laptop darauf, der noch funktionierte, wie Dalina mit einem Blick feststellte. Aktenschränke; eine Uhr an der Wand, deren Sekundenzeiger sich bewegte; Portrait- und Familienfotos an den Wänden, auf dem Sideboard an der Wand und auf dem Schreibtisch. Dalina war einen Augenblick lang sprachlos.

»Setzen.« Der Befehl des Soldaten ließ keinen Raum für Spekulation, denn seine beiden Begleiter und er ließen sie keine Sekunde lang aus den Augen.

Nach kurzer Zeit wurde die Tür, durch die sie selbst eben erst in das Büro getreten war, forsch geöffnet und ein großer, hagerer

Kerl mittleren Alters trat von der Seite an sie heran. Im Gegensatz zu seinen Männern machte er einen äußerst gepflegten Eindruck. Die graue Uniformjacke passte tadellos. Das Gesicht war glatt rasiert und die wenigen verbliebenen weißen Haare auf dem Kopf auf Stoppellänge gekürzt.

»Danke, meine Herren.« Der Oberst bedeutete den Soldaten mit einem Nicken, sich zu entfernen. Der, der Dalina in Empfang genommen hatte, fühlte sich aber nicht angesprochen und blieb stur hinter ihr stehen. »Oberst Panitz.« Er reichte Dalina die Hand und verhinderte, dass sie zur Begrüßung aufstand. »Wie ich höre, möchten Sie uns einen Freundschaftsbesuch abstatten?« Er ging um den Schreibtisch herum und setzte sich.

»Mein Name ist Dalina. Ja, das stimmt.«

»Nur Dalina?«

»Das ist richtig. Eine Familie, mit dessen Namen ich mich schmücken könnte, gibt es nicht mehr«, bestätigte sie.

»Also gut. Reden wir Tacheles, Fräulein Dalina.« Dalina verzog für eine Sekunde die Mundwinkel. Fräulein klang fast so beleidigend wie Blondie, aber sie beherrschte sich. Darin war sie meisterhaft. »Sie sind doch nicht hier, weil Sie unbedingt meine Hand schütteln wollten?«

Dalina nickte. Der Mann war ihr nicht sympathisch, aber zumindest kam er sofort zur Sache. »Das stimmt. Zum einen möchte ich wissen, warum sie zugelassen haben, dass sich dort draußen eine so gewaltige Herde an Zombies versammeln konnte. Sie können nicht so naiv sein und glauben, dass Sie die Zombies ewig davon abhalten können, hier einzudringen.«

»Das ist mir klar. Und?«

»Mir ist zu Ohren gekommen, dass Sie hier viele Jugendliche haben.«

»Das mag sein. Und?«

»Diese Jugendlichen sollen sexuell missbraucht werden. Eine Praktik, die ich auch in diesen Zeiten missbillige.«

»Und?«

Dalina platzte fast der Kragen. Der Oberst unternahm nicht einmal den Versuch, ein derartiges Verhalten abzustreiten. Ein deutliches Zeichen dafür, dass Bernd die Wahrheit erzählt hatte. »Ich möchte Sie bitten, mir diese Jugendlichen zu überlassen, um sie an einen Ort zu bringen, an dem sie frei und ungezwungen lernen können, in dieser neuen Welt zurechtzukommen.«

»Lassen Sie mich raten, Dalina. Sie sind in Ihrer Kindheit selbst Opfer derlei Gewalt geworden und möchten nun den Samariter spielen. Aber Sie unterliegen dem Trugschluss, dass die Jugendlichen überall auf der Welt sicherer wären als hier. Es gibt keine Sicherheit. Nirgendwo. Die Kids leisten, wenn sie es selbst wollen, ihren Beitrag zur Aufrechterhaltung der Moral der Truppe. Das ist das eine. Das andere ist, dass unser Projekt hier die letzte Bastion der Bundesregierung darstellt, eine Lösung für die Seuche zu finden.«

Dalina hörte den verbliebenen Soldaten hinter sich leise keuchen. Ganz offenbar stimmte er der Definition des Obersten nicht zu einhundert Prozent zu.

»Sie wollten etwas sagen, Klein?«

»Mit Verlaub, Herr Oberst. Vierzig Soldaten und fünfzig zwangsrekrutierte Zivilisten in Uniform. Wie sollen wir eine Bastion sein?«

Dalina drehte sich amüsiert zu dem Soldaten und schaute ihn von unten herauf an. Ein Hauptfeldwebel, wenn sie den Winkel mit der Raute darüber auf der Schulterklappe richtig deutete, der während eines Verhörs einem Oberst widersprach, der ihn eigentlich entlassen hatte. Das war nicht nur interessant, das zeugte auch von einem nicht sonderlich starken Gehorsam gegenüber dem Vorgesetzten. Bei dem Oberst hätten eigentlich längst die Alarmglocken schrillen müssen, aber er nahm die Widerworte seines Untergebenen einfach gelassen hin.

»Vielleicht mag es so aussehen, Klein. Aber ein Teil unserer Aufgabe besteht darin, die Meute von Zombies hier zu binden. Und diese Aufgabe haben wir bislang mit Bravour erfüllt.« Dalina runzelte die Stirn. Zombies an einen Ort zu locken, war dämlich und der Feldwebel sah das offenbar genauso. »Jetzt, wo Zasinski nicht zurückzukehren scheint, muss ich sie ohnehin besser über unsere Aufgabe ins Bild setzen, Klein.« Der Oberst machte eine kurze Pause und suchte offenbar nach der richtigen Formulierung. »Je mehr Zombies wir hier versammeln, desto weniger treiben sie sich woanders herum.«

»Ihnen ist aber schon klar, dass selbst fünfzigtausend auf einem Fleck nur ein Bruchteil aller darstellt? Berlin hatte zum Schluss über drei Millionen Einwohner. Dort haben wir es nur mit Herden von fünfzig bis hundert zu tun, und die sind schon kaum handlebar. Und davon gibt es dort Dutzende, wenn nicht Hunderte.«

»Ich weiß. Und nun stellen Sie sich einmal vor, die zehn- oder zwanzigtausend, die hier vor Ort sind, würden in Berlin, Potsdam und Umgebung herumstreunen. Würden Sie sagen, dass Sie auch mit den zusätzlichen Zombies zurechtgekommen wären?«

Das würde erklären, dachte Dalina, warum das Örtchen Darbow, bis auf wenige Ausnahmen, fast zombiefrei gewesen war. Nur die, die irgendwo eingesperrt waren, hatten bislang nicht den Weg hierher gefunden. Und genauso sah es vermutlich in der näheren Umgebung aus. »Angenommen, das hat tatsächlich den Effekt, den Sie sich erhoffen. Was ist das Endziel? Und erzählen Sie mir nicht, dass Sie das hier vollkommen selbstlos für die wenigen Überlebenden veranstalten.«

»Nein, natürlich nicht. Wenn Sie wollen, zeige ich es Ihnen gleich. Aber lassen Sie mich erst noch zu dem anderen Punkt Stellung beziehen.« Der Oberst sah dem Thema entsprechend ernst drein. »Wenn man die Gepflogenheiten der Vergangenheit als Maßstab anlegt, nutzen wir die Menschen aus, ohne Frage. Aber wir alle müssen Opfer bringen, ob es uns nun gefällt oder nicht. Meine Männer sind mir zu Dutzenden davongelaufen und wenn ich sie nur halten kann, wenn sie ihre Freizeit ihren Gelüsten entsprechend verbringen können, dann muss das eben so sein. Ich versichere Ihnen, dass die Jungen und Mädchen, die sich dafür hergeben, dies freiwillig tun. Ich habe drakonische Strafen denjenigen angedroht …«

Dalina hielt es nicht mehr auf ihrem Stuhl. Sie stützte sich mit der Rechten auf dem Schreibtisch ab und brachte ihr Gesicht ganz dicht an den Oberst heran. »Sie haben recht, Oberst. Ich habe meine eigenen Erfahrungen mit derlei Freiwilligkeit gemacht. Deshalb stinken mich diese Ausreden auch dermaßen an. Ich sage Ihnen deshalb eins: Ich gehe nicht von hier fort, ohne die Kids zu fragen, wer mich begleiten will. Dann werden wir ja sehen, wie freiwillig Ihre Dienstleistungen sind. Und bevor Sie auf dumme Ideen kommen: Meine Leute draußen sind im Besitz zweier Stinger-Raketenwerfer. Damit können wir ein schönes Loch in Ihre wunderbare Mauer reißen.«

Der Oberst war nicht zurückgezuckt. Er lächelte freundlich und zeigte auf den Stuhl. Als sie keine Anstalten machte, sich zu setzen, riss der Feldwebel sie rabiat zurück.

»Fräulein Dalina. Mir ist sehr wohl bewusst, was Sie unserer Mauer damit antun könnten, auch wenn es sich bei einer Stinger um eine Boden-Luft-Rakete handelt. Aber zum einen bezweifle ich, dass Sie den Schneid aufbringen, die Menschen, die Sie eigentlich vor was weiß ich retten wollen, der Gefahr eines Zombieangriffes aussetzen. Und zum anderen gehe ich nicht davon aus, dass Sie tatsächlich im Besitz einer Stinger sind. So ein schweres Gerät trägt man in Zombie-Land wohl eher nicht spazieren. Oder irre ich mich da?«

»Lassen Sie es drauf ankommen«, fauchte Dalina. So schnell wollte sie nicht aufgeben.

»Sei es, wie es sei. Als Friedensangebot bin ich bereit, Sie mit den Jugendlichen reden zu lassen. Und wenn ein kleiner Teil tatsächlich den Wunsch äußert, zu gehen, dann will ich dem nicht im Weg stehen. Ich möchte aber auch sicher sein, dass Sie begreifen, wie wichtig unsere Arbeit hier ist.« Der Oberst stand auf und zog seine Uniformjacke glatt. »Hauptfeldwebel Klein. Ich werde Fräulein Dalina jetzt unser Labor zeigen. Sehen Sie bitte zu, dass sich die Jugendlichen in …« Er sah auf die Uhr an der Wand und schürzte die Lippen. »… sagen wir, einer Stunde im Containerdorf einfinden.« Der Oberst trat hinter seinem Schreibtisch hervor und war schneller an der Türklinke als der Feldwebel, obwohl dieser kaum zwei Meter von der Tür entfernt stand. Ganz offenbar rang er mit sich, ob er dem Befehl Folge leisten sollte.

»Oberst. Einige Kids trainieren gerade das Exekutieren von Zombies. Ich würde Sie deshalb gern in das Labor begleiten.«

»Dafür ist später auch noch Zeit, Feldwebel. Ich verspreche, dass ich Sie genauso umfassend informiere wie Fräulein Dalina. Tun Sie also, was ich Ihnen gesagt habe.«

27

»Sie müsste längst dort sein.« Unruhig sah Bernd immer wieder nach unten.

Dort bewegten sich drei Zombies nicht von der Stelle und starrten zu ihnen nach oben. Andere waren, ohne sie zu beachten, weitermarschiert, aber diese drei waren durch irgendetwas auf sie aufmerksam geworden und verharrten unter dem Strommast wie festgenagelt. Martin machte sich deswegen noch keine Gedanken. Ihn beschäftigte vielmehr, was in der Kaserne passierte. Durch den Feldstecher hatte er eine Gruppe beobachtet, die sich um im Stacheldraht festhängende Kreaturen zu kümmern schien. Eine nach der anderen wurde erlöst. Wirkliche Details konnte Martin zwar nicht erkennen, aber dem Anschein nach waren es Jugendliche, die sich zum Teil äußerst linkisch dabei aufführten. »Du hast kein solches Training bekommen?«, fragte er Bernd und reichte ihm das Glas.

»Da ist Ralf. Nein. Ich schätze, dem Oberst gehen langsam die Leute aus.«

»Mit einem solchen Training hätte er bereits viel früher beginnen müssen. Dann hättest du gewusst, wie du dich einer Kreatur gegenüber zu verhalten hast.«

Eine Zeit lang beobachten sie abwechselnd das Lager und wie die Untoten immer weiter an der hinteren Umfassungsmauer und schließlich um die Ecke an dem extra eingezäunten großen Garten entlangflossen.

»Eigentlich sollten die schon längst weg sein, um die Kreaturen nicht unnötig zu provozieren«, murmelte Martin. »Das bisschen Stacheldraht hält die doch nicht auf.«

»Da ist noch ein Graben davor. Kann man von hier aus schlecht sehen.«

»Auch das dürfte bei der Masse kein Hindernis sein. Ein paar Hundert kann man damit aufhalten, aber nicht mehrere Tausend. Erst recht nicht, wenn ihre Aufmerksamkeit geweckt ist.« Plötzlich konnten sie aus der Entfernung Schüsse vernehmen. Etwas das Martin überhaupt nicht verstand. Besser wäre es immer, einfach in Deckung zu gehen und still zu sein.

»Die Zombies fangen an zu rasen.« Bernd hatte das Fernglas an den Augen und versuchte zu erkennen, was dort passierte. »Du hast recht. Die laufen einfach über ihre hingefallenen Kameraden drüber hinweg.«

»Selbst wenn Hunderte zu Boden gehen müssen, um über Sperren hinwegzukommen, hält das die Masse nicht auf. Und die meisten, über die hinweggetrampelt wird, stehen anschließend auf, als wäre nichts geschehen. Solange der Schädel nicht zermatscht wird, laufen die auch weiter, obwohl ihnen Gliedmaßen fehlen.«

28

Nachdem Klein Streckler gesagt hatte, dass es vorerst genug sei und er sich mit seiner Gruppe bei den Containern einfinden solle, war er zum hinteren Wachturm geschlendert. Die Herde schien wohl heute besonders schnell unterwegs zu sein. Über Funk hatte er die Nachricht bekommen, dass sie die nördliche Mauer heute in Rekordzeit passiert hatten, und er wollte sich vergewissern, dass die Wache nicht übertrieben hatte.

Der Eckturm mit der Wendeltreppe hatte nicht einmal eine Tür. Die zwanzig Metallstufen führten direkt in eine drei Meter durchmessende Kanzel aus Stahl und Glas. Perfekt wäre es gewesen, wenn die Mauern mit Wehrgängen ausgestattet gewesen wären, aber dafür hatte die Zeit bei der Umrüstung der Kaserne nicht mehr gereicht. Innerhalb von nur einer Woche hatten sie die erforderlichen Baumaßnahmen durchgeführt: neue Mauern gezogen und alte verstärkt; den eineinhalb Kilometer langen Tunnel im Boden versenkt; ein Labor im Kasernengebäude eingerichtet; Vorräte, Waffen und Munition herangeschafft; die Häuser der Umgebung evakuiert und plattgemacht und vieles mehr. Während der ganzen Zeit mussten die Arbeitsmaßnahmen von schwer bewaffneten Kräften beschützt werden, dennoch hatte es viele Verluste gegeben. Von der über zweihundert Mann starken Kompanie waren am Ende kaum mehr als einhundertzwanzig vollkommen entkräftete Männer und Frauen übrig geblieben. Und selbst davon waren im Laufe der vergangenen zwei Jahre viele desertiert oder den Zombies zum Opfer gefallen.

Klein erreichte die Kanzel, in dem ein Wachposten mit einem G36-Sturmgewehr auf den Knien gelangweilt nach draußen schaute. Als er seinem Blick folgte, erschrak er. Das Hauptkontingent der Herde war bereits um die Ecke der Kaserne herum. »Verdammt«, bellte er den jungen Mann von den Hilfskräften an. »Ich dachte, die Herde wird die Ecke erst noch erreichen.« Sein Blick ging nach rechts in den Garten und zum Graben. Selbst dort wogte bereits eine unübersehbare Masse an untoten Leibern. Normalerweise bewegte sich ein Zombie mit kaum mehr als einem Meter pro Minute. Dass sie auch schneller konnten, wenn die Gier nach Menschenfleisch sie packte, konnte man gerade sehr gut beobachten. Wie befürchtet, drängte die Herde in Richtung der östlichen Mauer. Der Graben und der Stacheldraht waren nur für die Vordersten der Herde ein Hindernis. Die nachrückenden Massen stiegen, ohne Rücksicht zu nehmen, einfach über die Feststeckenden hinweg. Wie bei einer Massenpanik in einem Fußballstadion, dachte Klein. Mit dem Unterschied, dass die meisten der zu Boden Getrampelten am Ende wieder aufstehen und sich den anderen erneut anschließen würden. Zurückbleiben würden einzig und allein diejenigen, deren Köpfe nur noch ein einziger Matschhaufen waren.

Klein zückte sein Funkgerät und drückte den Sendeknopf. »Alarm! Alarm! Alle verfügbaren Kräfte sofort an die Ostmauer!« Die Kanzel ragte ein klein wenig über die Mauer hinaus, deshalb konnte er das hintere Tor gut einsehen, das vom Garten in die Kaserne führte. Am äußeren Ende des Gartens sah er zwei Nachzügler der Jugendgruppe. Vermutlich Streckler und einen der Jungs. Warum sie immer noch am äußeren Zaun standen, statt bei den restlichen Kids, konnte er nicht genau ausmachen. »Turm nordwestliche Ecke. Ein paar Böller zur Ablenkung bitte. Wir müssen die Herde in die entgegengesetzte Richtung locken.« Klein staunte gerade, wie sehr er seinen neuen Job bereits verinnerlicht hatte. Noch am Vortag wären die ganzen Entscheidungen, die er gerade wie selbstverständlich fällte, in Zasinskis Aufgabenbereich gefallen. »Sag mir Bescheid, wenn das Gros der Herde wieder nach Norden zieht.« Ohne eine Bestätigung abzuwarten, sprang er die Wendeltreppe mit großen Sätzen wieder herunter und hastete über den Innenhof zurück zum hinteren Tor.

Aus mehreren Richtungen kamen Kameraden angerannt, die dasselbe Ziel hatten wie er. Als er das sperrangelweit geöffnete Tor fast erreicht hatte, rannten gerade zwei der Jugendlichen schreiend auf den Innenhof – dicht gefolgt von einem Dutzend Zombies. Klein wurde blass. »Schließt das Tor, verdammt!«, brüllte er und zog seine Pistole aus dem Halfter. »Kümmert euch erst um das Tor!« Einige Soldaten legten gerade lieber auf die eingedrungenen Untoten an, als dafür zu sorgen, dass keine weiteren folgen konnten. Jede Sekunde zählte. Denn wenn ein Dutzend die

Sperren durchbrochen hatten, würden weitere folgen. Und ob sie auch mit einhundert fertig werden würden, bezweifelte Klein.

Er erreichte die Mitte zwischen den beiden Torflügeln aus Stahl. Auf beiden Seiten stemmten sich bereits Kameraden dagegen, aber von außen wurde ebenfalls gedrückt. Noch immer gab es einen schmalen Spalt und in jeder Sekunde rutschte ein weiterer Untoter hindurch. Sie torkelten erst ziellos auf Klein zu, bis sie das Ächzen und Stöhnen der Männer am Tor vernahmen. Klein zielte mit seiner Waffe nicht auf die Zombies, die ihm am nächsten waren. Erst musste er seine Kameraden schützen. Nur wenn sie weiterhin versuchten, das Tor zu schließen, konnte die Katastrophe noch abgewandt werden.

Wie er es die vergangenen beiden Jahre gelernt hatte, zielte er auf die Köpfe der Zombies und zog den Abzug durch. Nicht jeder Schuss war ein Treffer und er musste langsam zurückweichen, weil mehrere Zombies ihm zu nahe kamen. Das erhöhte nicht unbedingt seine Trefferquote. Auch andere Kameraden eröffneten das Feuer. Für einige Sekunden sah es so aus, als könnte das Tor geschlossen werden, doch dann geschah das Unfassbare. Der Druck von außen war zu groß. Die Soldaten sprangen von den Türen weg und zogen sich Richtung Innenhof zurück.

Am ersten Tag seiner Verantwortung diese Entscheidung treffen zu müssen, schmerzte ihn sehr. Obwohl er sich keinerlei Schuld daran gab, hatte er keine Wahl. »Rückzug! Raus aus den Wehrtürmen! Alle in das Gebäude! Die Kaserne ist verloren!«, schrie er mehrfach in das Funkgerät, während er sich herumwarf und in Richtung der Wohncontainer rannte. Dort standen etliche Jugendliche und starrten ihm mit offenen Mündern entgegen. Er packte eines der älteren Mädchen, das er als eine der beiden zu identifizieren glaubte, die mit Streckler an den Stacheldraht-Verhauen gewesen waren, rabiat im Nacken und schob sie vor sich her. »Macht, dass ihr in das Gebäude kommt, wenn ihr noch weiterleben wollt! Los!«, brüllte er die anderen an.

Aus allen Richtungen kamen jetzt Soldaten, Hilfskräfte und Jugendliche angerannt. Fast zweihundert Menschen lebten aktuell in der Kaserne und alle wollten gleichzeitig in das alte Backsteingebäude. Für kurze Zeit staute sich alles vor dem Eingang, während die Front der Zombies langsam immer näher rückte. Eisern hielt Klein das Mädchen gepackt. Auch wenn sich am Ergebnis jetzt nichts mehr ändern ließ, wollte er wissen, warum und wieso das so schnell passieren konnte. Die Einzige, von der er Antworten erwarten konnte, war das Mädchen.

»Die Kaserne ist verloren!«, hörte er jemanden rufen.

»Ich brauche Munition!«

»Geht das da vorn nicht schneller?«

Eingekeilt zwischen bestimmt einhundert Leuten, die in das Gebäude hineinwollten, ließ sich Klein dennoch Zeit, um über die Köpfe der anderen einen Blick zurückzuwerfen. Weniger als zwei Minuten hatte es gedauert, bis der Platz um die Wohncontainer und das Kasernengebäude angefüllt war mit sich bewegenden Leichen. Pausenlos wurde geschossen und geschrien. Die Zombies waren so dicht an der Menschenmenge, dass es ihnen mehrfach gelang, einen der Soldaten, die sich ihnen tapfer mit dem Gewehr entgegenstellten, zu überwältigen. Die Zombies waren rasend vor Blutdurst. Noch nie in den vergangenen zwei Jahren hatte Klein ein ähnliches Verhalten beobachtet. Und er hatte an wenigstens einem Dutzend Außeneinsätzen teilgenommen.

Direkt hinter dem Eingang, an der Stirnseite des Gebäudes, lag das Treppenhaus. Dort stauten sich die Menschen und starrten angsterfüllt durch die großen Fenster in den Hof, statt weiterzugehen und Platz zu machen. Klein gelang es, das Mädchen durch die Tür hindurchzudrücken und schärfte einem Soldaten ein, sie mit seinem Leben zu beschützen. Dann drehte er sich wieder um und stellte sich von außen neben die Tür. Mit seiner P12, einer 45er Halbautomatik von Heckler & Koch mit zwölf Schuss im Magazin, visierte er jene Zombies an, die im Moment am gefährlichsten zu sein schienen. Ein Magazin hatte er bereits am Tor verbraucht. Eines hatte er eingesetzt. Zwei weitere hatte er noch in einer Beintasche in Reserve.

Im Gegensatz zur Situation am Tor nur wenige Minuten zuvor, handelte er jetzt ruhig und besonnen. Fast jeder Schuss war ein echter Treffer. Die Leichen stapelten sich bereits vor der äußersten Linie der Soldaten, was es zusätzlich leichter machte, weil die Zombies diesen Wall erst überwinden mussten. Er versuchte zu ignorieren, dass sich unter den Zombies mittlerweile auch Kameraden befanden, mit denen er eben noch Seite an Seite gekämpft hatte.

Endlich löste sich der Stau langsam auf und bis auf wenige Soldaten waren alle im Gebäude verschwunden. Klein tippte den Männern vor sich auf die Schulter, zum Zeichen, dass sie sich nun weiter zurückziehen konnten. Er klappte die beiden nachträglich angebrachten Eisengitter vor die Tür und verankerte die Bolzen im Boden. Zumindest hier würde kein Zombie hindurchkommen.

Im Treppenhaus starrten ihn alle über das Geländer hinweg still an. Ein paar weinten zwar leise, aber ansonsten sagte niemand ein Wort. Keiner wusste so recht, was jetzt zu tun war – auch Klein nicht. Er hatte noch keine Zeit gefunden, sich mit den sicherlich bestehenden Notfallplänen zu beschäftigen. Dafür entdeckte er den Soldaten, dem er das Mädchen überantwortet hatte und kämpfte sich zu ihnen durch. »Sucht euch einen Platz und wartet. Der Oberst wird uns bestimmt gleich sagen, wie es weitergeht.« Es gehörte zu seinem Job, Zuversicht zu verbreiten. Doch welche Optionen sie jetzt noch hatten, wusste er selbst nicht.

29

»Es gibt noch vier weitere wie diesen über das gesamte Bundesgebiet verteilt. Es waren einmal sechs, aber zu zweien gibt es seit Monaten keinen Kontakt mehr. Über zwei Dutzend Einrichtungen waren ursprünglich in Angriff genommen worden.« Seufzend schloss er die Bürotür hinter sich und wies ihr mit dem Arm die Richtung, in die er zu gehen gedachte. »Wir stehen alle über einen Satelliten-Uplink miteinander in Verbindung und können auf diese Weise wissenschaftliche und andere Informationen austauschen.«

Dalina folgte und lauschte Oberst Panitz mehr aus Höflichkeit denn aus wirklichem Interesse zum Labor. Natürlich registrierte sie trotzdem jede neue Information, die mit der Seuche zu tun hatte, aber sie interessierte sich im Moment eigentlich mehr dafür, was die Jugendlichen ihr zu sagen haben würden. Mit Schaudern dachte sie an ihre eigene Kindheit, Mitte der Neunzigerjahre, in Dsjarschynsk. Nach außen ein rückständiger, biederer, bäuerlicher Vorort von Minsk, aber hinter den Kulissen – zumindest in den Kreisen, in denen sie aufgewachsen war – ein schrecklicher Ort, um Kinder großzuziehen. Das Wort Mädchenhandel umschrieb es nicht einmal annähernd. Sie war wie Ware hin und her geschoben worden. Selbst das Vieh auf dem Bauernmarkt in der Kosmonavtov Gasse hatte ein besseres Leben gehabt. Zwar hatten ihr vielleicht nur die Erfahrungen, die sie in jener Zeit gemacht hatte, ermöglicht, den Zusammenbruch zu überleben, das war für sie aber noch lange kein Grund, ähnliche Schicksale zu ignorieren. Es gab andere Wege, um in dieser Zeit zurechtzukommen.

Der Oberst führte sie einen langen Gang bis fast zum anderen Ende des Gebäudes. Dabei dozierte er beinahe ununterbrochen, welche Leistungen seine Kompanie während und nach dem Zusammenbruch vollbracht hatte. Das war anerkennenswert. Vor allem, dass jemand in der oberen Führungsetage die Weitsicht besessen hatte, das alles in Angriff zu nehmen. Dalina hatte auch gefragt, wer den Auftrag dazu erteilt hatte, aber auf diese Frage hatte der Oberst nur ausweichend geantwortet. Der Kanzler war es wohl jedenfalls nicht.

»Die Mittel für dieses Unternehmen kamen aus einem Sonderfond. Sonst wäre niemals rechtzeitig die Bewilligung der Gelder rechtzeitig durchgegangen. Als der Auftrag kam, waren die ersten Mitglieder des Bundestags bereits selbst Opfer der Seuche geworden. Nichtsdestotrotz haben wir den Auftrag ausgeführt. Und ich bin stolz auf meine Männer.«

»Aber um das Ganze anzustoßen, muss doch jemand gewusst oder zumindest geahnt haben, was da auf uns zukommt. Die ersten Meldungen über den Ausbruch der Seuche können zu dem Zeitpunkt kaum älter als achtundvierzig Stunden gewesen sein.«

Der Oberst nickte bedächtig. Ganz offenbar war das ein Fakt, der auch ihm schon durch den Kopf gegangen war. Warum auch nicht, dachte Dalina. Blöd ist er nicht, sonst wäre er wohl kaum Oberst geworden.

»Ich kann nur vermuten, dass der Ausbruch irgendwo lokal bereits sehr viel früher aufgetreten ist, als wir wissen. Eine Möglichkeit ist natürlich auch, dass einer der Geheimdienste eines befreundeten Landes zu diesem Zeitpunkt bereits mehr als alle anderen wusste.«

Als er befreundetes Land sagte, horchte Dalina auf. Die Formulierung klang so, als wüsste der Oberst mehr darüber, glaubte es aber selbst nicht so recht. »Befreundetes Land?«, hakte sie nach.

»Es gibt – gab – nun mal Nachrichten- oder Geheimdienste, deren Informationen unbedingt zu trauen ist, auch wenn sie noch so abstrus erscheinen. Die erste Meldung mit einer dringlichen Warnung kam von den Briten«, rückte er dann heraus. »Das war noch, bevor in Europa die ersten Fälle aufgetreten sind.«

»Sie meinen, dass die Engländer möglicherweise sogar damit zu tun hatten?«

Der Oberst antwortete nicht auf die direkte Frage. »Die Informationen waren zumindest eindringlich genug, dass in einigen Ländern die entsprechenden Stellen hellhörig geworden sind. Die Amis zum Beispiel haben wohl schon einen Tag, bevor die ersten Meldungen durch die Nachrichten geisterten, jeglichen Flug- und Schiffsverkehr unterbunden. Und zwar mit allen Mitteln. Trotzdem ist die Seuche auch dort ausgebrochen. Die letzten Meldungen auf CNN sprachen von überall auftretenden Mobs in den Straßen von Chicago bis Los Angeles. Also ganz so wie bei uns.«

Dalina hätte gern mehr erfahren und den Oberst gefragt, was er darüber dachte, aber offenbar wollte er sich nicht in weiteren Spekulationen ergehen. »Ich bin ganz erstaunt, dass Sie mich herumführen und nicht mit Informationen geizen«, musste Dalina einfach mal loswerden. »Ich meine, Ihre Männer wissen scheinbar weniger als ich jetzt.«

Der Oberst lächelte. »Was ich Ihnen zeige und erzähle, sind ja keine Staatsgeheimnisse, denn einen Staat gibt es nicht mehr. Das hier geht alle Menschen etwas an, die es noch gibt. Es sind wenig genug. Würde es meine Leute interessieren, bräuchten sie nur fragen. Einige Männer glauben doch tatsächlich, dass die beiden dort drinnen Experimente mit den Zombies anstellen.« Der Oberst machte eine Pause und schaute nachdenklich auf die staubigen Stufen des Treppenhauses, das sie gerade hinaufgingen. »Hören Sie. Ich bin sehr an einer Zusammenarbeit mit Menschen von außerhalb der Kaserne interessiert. Deshalb kommt mir Ihr Besuch tatsächlich sehr gelegen. Sie sind seit dem Zusammenbruch leider die Erste, die uns hier besucht.«

»Stimmt. Es wäre von Beginn an wichtig gewesen, dass sich die einzelnen Enklaven zusammentun, statt sich gegenseitig zu bekämpfen.«

»Ich weiß. Die Außenteams haben mir davon berichtet. Schrecklich. Aber wann immer sie Kontakt aufnehmen wollten, wurden sie angegriffen. Entweder von Menschen oder von Zombies.«

Dalina wusste, was er meinte. Sie konnte sich an mehrere Begebenheiten erinnern, bei denen Emre lieber erst hatte schießen lassen, anstatt zu reden.

Der Korridor, durch den der Oberst sie letztendlich geführt hatte, endete abrupt vor einer halbfertig weiß getünchten Wand mit einem großen Panoramafenster. Die Wände des Korridors längs zum Gang waren an dieser Stelle einfach abgerissen worden. Dafür teilte über die ganze Breite des Gebäudes eine neue Wand die Etage in zwei Sektionen. Dalina konnte nur raten, wie groß die Fläche hinter dieser Wand war. Überall waren die Folgen einer improvisierten und in aller Eile nur zur Hälfte fertiggestellten Installation zu erkennen. Die Ränder um das Fenster waren nicht verputzt, sondern nur mit Hartschaum aufgefüllt. Auf der rechten Seite klebten noch die Reste einer Bauplane. Und an der Wand eines nur noch zur Hälfte existierenden Zimmers hinter Dalina standen noch eine Leiter und Farbeimer.

»Sie müssen entschuldigen, aber wir hatten nie die Muße, es hübscher zu gestalten.«

»Wo ist denn der Zugang?«, wunderte sich Dalina. Sie schaute nach rechts und links, aber überall war nur eine glatte Wand zu sehen.

»Es gibt keinen. Das Labor ist hermetisch abgeriegelt. Sie hantieren dort drinnen schließlich mit dem gefährlichsten Virus, das die Menschheit jemals heimgesucht hat. Und das Verrückte ist, dass die beiden dadrinnen wohl zu den letzten Menschen auf Erden gehören, die noch nicht den geringsten physischen Kontakt mit dem Virus selbst hatten.« Der Oberst klopfte mit dem Knöchel gegen das blau getönte Fenster. Dem Geräusch nach zu urteilen Panzerglas oder zumindest sehr dick.

»Und wie werden die Leute dadrin versorgt?«

»Das Projekt ist auf drei Jahre angelegt. Entsprechend sind Vorräte eingelagert. In etwa einem Jahr müssen sie dann entscheiden, ob sie das Risiko eingehen wollen, zu uns nach draußen zu kommen.«

»Und wenn nicht?« Dalina war fassungslos. »Lassen Sie die Leute dann dort drin verhungern? Und was auch immer die dadrin machen, was kann Schlimmeres freigesetzt werden, als nicht schon hier draußen durch die Luft schwirrt?«

Der Oberst zuckte zuerst nur mit den Schultern. »Die beiden sind freiwillig dort drin. Es geht auch weniger darum, ob sie eine Gefahr für uns werden könnten. Eher ist das Gegenteil der Fall. Wenn man die Infektionsrate durch die Luftkontamination zugrunde legt, wird einer von beiden mutieren. Oder keiner. Oder beide. Wir wissen es nicht genau. Zumindest im Moment noch nicht.«

»Und was machen die dort drinnen nun?«

»Die Gensequenzierung ist längst abgeschlossen. Nun versuchen sie, Teile des identifizierten Erbgutes des Virus in das menschliche Genom einzuschleusen.«

»Und wozu? Wollen die Zombies werden?«

»Natürlich nicht. Bislang gibt es keine Impfung gegen das Virus, weil eigentlich jeder Kontakt mit menschlichem Blut die Krankheit sofort ausbrechen lässt. Das Virus setzt sich auf bestimmte Marker. Ist der Marker von dem Virus aber scheinbar schon besetzt, befällt er den Körper nicht erneut. Der Ansatz ist also, dem Virus vorzugaukeln, dass hier nichts mehr zu holen ist.«

»Sie sagen das so, als billigen Sie dem Virus eine gewisse Intelligenz zu.«

»So zumindest sind die Ergebnisse der Forschung«, bestätigte er und lauschte kurz. Auch Dalina meinte, Schüsse zu hören. Aber da der Oberst keinerlei Anzeichen von Besorgnis zeigte, schien das offenbar normal zu sein. »Es gibt kein individuelles Bewusstsein«, setzte er seine Rede fort. »Eher ein kollektives, das über Botenstoffe in der Luft kommuniziert. Ein Grund, warum das Virus bei ihnen ausbrechen könnte, sobald sie mit der Luft hier draußen konfrontiert werden. Aber Doktor Mintzer und Doktor Honke können Ihnen das gleich viel besser erklären.«

Dalina war schockiert. Indirekt bestätigte es beinahe Martins Vermutung. Durch die Glasscheibe hindurch sah sie zwei ältere Männer mit fleckigen weißen Laborkitteln auf sie zukommen.

»Doktor Honke ist der Mann mit dem Vollbart«, stellte Oberst Panitz ihn vor. Dann drückte er einen Knopf, der rechts vom Fenster angebracht war. »Hallo, Doktoren. Ich möch…«

Die Wissenschaftler fuchtelten aufgeregt mit den Händen. Das ließ Oberst Panitz verwundert den Finger von der Gegensprechanlage nehmen, damit sie hören konnten, was sie zu sagen hatten.

»… nicht mitbekommen, was draußen los ist, Oberst?«, kam es krächzend und blechern aus dem kleinen Lautsprecher. »Die Zombies haben das Osttor überrannt.«

30

Dalina fand es nicht verwunderlich, dass sie mit einem Mal beim Oberst abgemeldet war. Die Nachricht, dass die Zombies den Innenbereich der Kaserne geflutet hatten, ließ nicht nur seine Gesichtszüge entgleiten – Oberst Panitz verlor für ein paar Sekundenbruchteile die Kontrolle über seinen ganzen Körper. Hätte Dalina ihn nicht gestützt, wäre er der Länge nach hingefallen. Offenbar hatte er nicht mit solch einem Vorfall gerechnet. Ohne sich für ihre Hilfe zu bedanken, stürzte er davon. Dalina ließ ihn gehen. Sie hatte sich ohnehin den Weg zum Tunnel gemerkt und würde auch allein wieder nach draußen finden. Keinesfalls würde sie länger als nötig in dieser Falle bleiben. Aber die Gelegenheit, mit den Wissenschaftlern zu reden, wollte sie sich auch nicht entgehen lassen. Leid tat es ihr vor allem für die Jugendlichen, doch in dem wahrscheinlich nun herrschenden Chaos konnte sie für sie sowieso nichts tun. »Der Oberst hat gemeint, das Virus sei intelligent. Sind sie sich da sicher?« Es gab nur einen Knopf an der Gegensprechanlage, den sie drücken musste, um mit den Wissenschaftlern zu sprechen.

»Intelligent ist nicht das richtige Wort«, kam die Antwort. Die Wissenschaftler hatten sich beide etwas beruhigt. Ihnen war wohl klar geworden, dass ihnen dort drinnen keine unmittelbare Gefahr drohte. »Aber sie agieren zu zielgerichtet, um nicht zentral von irgendwo gesteuert zu werden.«

»Auf einer Skala von eins bis zehn, wobei eins eine Stubenfliege und zehn der Mensch ist, wo ordnen sie das Virus denn ein?«

Die beiden Männer sahen sich nicht einmal an und antworteten synchron: »Zwei.«

»Das ist nicht sonderlich viel.« Dalina war eigentlich erleichtert.

»Nur, wenn Sie noch nicht versucht haben, mit einer Stubenfliege im Zimmer einzuschlafen«, versuchte Doktor Mintzer zu scherzen. »Auf jeden Fall ist es erheblich mehr, als man von einem Virus erwarten dürfte. Aber das ist nicht das Entscheidende.

Zu dem Virus selbst existiert eine weitere Komponente in Form von mikroskopisch kleinen Sporen. Sie sind es, die ursächlich für die erste Infektion über die Luft verantwortlich sind und in ihrer Gesamtheit als tumbe Intelligenz zu existieren scheinen. Struktur und Form des Genoms des Virus lassen außerdem darauf schließen, dass es nicht irdischen Ursprungs ist.«

Dalina klappte die Kinnlade herunter. Im Scherz hatte es öfter Debatten darüber gegeben, woher das Virus seinen Ursprung hatte. Im Allgemeinen war man der Ansicht, dass es von den Chinesen stammte, weil es zuerst auf dem asiatischen Kontinent ausgebrochen war. Ob es unbeabsichtigt oder absichtlich freigesetzt wurde, darüber schieden sich die Geister. Dass das Virus aber außerirdisch sein würde, darauf war niemand ernsthaft gekommen. »Und das können Sie beweisen?«

»Wem gegenüber sollten oder könnten wir das? Wenn Sie darauf anspielen, ob jemand unsere Theorie unterstützen würde, natürlich. Jeder, der auch nur etwas Ahnung von DNA hat, kann es sehen. Üblicherweise sind alle DNA-Stränge rechtsdrehend. Das hängt mit der Anordnung der Basenpaare zusammen und ist auf der Erde universell. Die DNA des Zombie-Virus ist dagegen linksdrehend.«

»Was es auch so schwierig beziehungsweise unmöglich macht, das entscheidende Gen in die menschliche DNA einzubauen«, fügte der andere Wissenschaftler hinzu.

Dalina verstand nur Bahnhof. Sie hielt sich selbst zwar für hochintelligent, hatte aber nie genug Schulbildung genossen, um diese Intelligenz auch im naturwissenschaftlichen Bereich zu nutzen. Sie war eher eine Praktikerin mit einem gesunden Menschenverstand. »Das lässt das plötzliche Auftreten des Virus überall auf der Welt in einem anderen Licht erscheinen. Ist das also ein Angriff Außerirdischer?«

Die beiden Wissenschaftler lachten lautlos, weil Dalina vergessen hatte, den Finger vom Knopf zu nehmen. Mintzer zeigte auf Dalinas Finger und drückte dann seinen eigenen Knopf.

»Eher nicht. Das Virus kam sehr wahrscheinlich mit einem Kometen auf die Erde und war vermutlich viele Millionen Jahre unterwegs. In der ersten Phase haben es praktisch alle Menschen relativ gleichzeitig in sich aufgenommen. Wie eine Welle mikroskopisch kleiner Sporen verbreitete es sich innerhalb weniger Stunden über die ganze Erde. Die Reproduktionsrate des Virus ist wirklich gigantisch. Der menschliche Körper hat allerdings sofort damit begonnen, Antikörper dagegen zu bilden. Die Menschen, bei denen das Virus irgendwie in die Blutbahn gelangt ist, bevor das Immunsystem eine gewisse Resistenz entwickelt hat, haben sich verwandelt. Sei es, weil sie Nasenbluten hatten oder sich geschnitten haben. Vielleicht auch schon, wenn man einfach das Pech hatte, sich im falschen Augenblick auf die Zunge zu beißen. Fundierte Aussagen dazu lassen sich aber ohne eine empirische Datenanalyse nicht treffen. Dazu müssten wir Hunderte von nicht infizierten Menschen dem Virus unter kontrollierten Bedingungen aussetzen. Und unseres Wissens nach sind wir beide wahrscheinlich die letzten Menschen auf Erden, die als Probanden zur Verfügung stünden. Ab einem bestimmten Zeitpunkt war der Mensch gegen diese Form des Ausbruchs also immun, weil die Massierung des Virus in der Luft dennoch zu gering ist. In der Blutbahn vermehrt es sich jedoch enorm, weswegen ein Biss durch einen Verwandelten eine sehr viel größere Menge überträgt. Dagegen kann auch die Immunisierung nichts mehr ausrichten. Das Virus jedenfalls, auch wenn es bereits in die Blutbahn gelangt ist, entfaltet seine tödlichen Eigenschaften erst, wenn es wiederum Kontakt mit diesen freischwebenden Sporen hat. Deshalb vermuten wir eine steuernde Zentrale.«

Dalina nickte. Das deckte sich auch mit ihren eigenen Beobachtungen. Es erklärte nämlich, wieso einige Menschen zu Zombies wurden, ohne zuvor gebissen worden zu sein.

Das Schießen wurde gerade um einiges lauter und intensiver. Fast so, als würde bereits innerhalb des Gebäudes geschossen. Und das konnte ein Problem für sie werden, denn ihr Fluchtweg lag im Keller. Nervös schaute sie den Flur entlang und dann wieder zu den beiden Wissenschaftlern.

»Gehen Sie nur«, sagte Doktor Mintzer aufmunternd, der merkte, dass es Dalina zur Flucht drängte.

»Was wird aus Ihnen?«

»Machen Sie sich um uns keine Sorgen. Unsere Lebenszeit ist auch vorher schon begrenzt gewesen. Würden wir diese Räume verlassen …«

»Statt zu versuchen, gegen das Virus im Blut vorzugehen, haben Sie denn auch versucht, diese Sporen direkt anzugreifen? Ich meine, wie reagieren sie auf Hitze oder Kälte? Oder wenn es biologische Komponenten sind, sind sie vielleicht anfällig für eine Krankheit?«

Die beiden Wissenschaftler sahen sich mit offenen Mündern an. So hochintelligent sie auch waren, auf so eine Idee waren sie einfach nicht gekommen. Dalina konnte beinahe sehen, wie über den Köpfen der beiden riesige Glühbirnen aufleuchteten.

»Nicht das Virus bekämpfen, sondern den Auslöser abschirmen«, hörte Dalina noch aus der Gegensprechanlage.

Das war nicht exakt das, was sie meinte, aber ganz offenbar hatte sie die beiden dennoch auf eine Idee gebracht. Dann hatte Doktor Honke den Finger vom Knopf genommen und es war still geworden. Nicht einmal Schüsse waren noch zu hören. Dalina sah noch einmal zu den beiden Wissenschaftlern, die sie, wie Oberst Panitz kurz zuvor, einfach links liegen ließen und angeregt miteinander diskutierten. Dalina zuckte mit den Schultern und wandte sich dann zum Gehen.

31

Emres Wut war, auch drei Wochen nach der Flucht seiner beiden Genies, noch immer nicht verflogen. Martin und Dalina waren dafür verantwortlich, dass mit Karl und Stevie auch die letzten Brüder seines alten Chapters das Zeitliche gesegnet hatten. Schon das konnte er ihnen nicht wirklich verzeihen. Emre hatte aber auch ihren Wert für sich und die Gruppe erkannt und deswegen gute Miene zum bösen Spiel gemacht. Martins Ideenreichtum und Dalinas kompromisslose Art zu kämpfen, waren für das Überleben der Gruppe wichtig gewesen. Aber statt ihre Pflichten der Gruppe gegenüber zu erfüllen, hatten sie sich lieber aus dem Staub gemacht und ihn hängen lassen.

In den vergangenen zwei Jahren hatte er zwar versucht, mit neuen Leuten die Dark Sharks wieder aufleben zu lassen – ganz in der Tradition der alten Rocker-Clubs hatte er gleich fünf neue Brüder zu sogenannten Prospects erklärt –, aber es war einfach nicht dasselbe. Die Jungs kleideten und benahmen sich zwar oberflächlich wie Rocker, beherrschten aber nicht einmal die einfachsten Begriffe. Geschweige denn, dass sie die altehrwürdigen Regeln befolgten. Zugutehalten musste er ihnen aber, dass sie ihm ausnahmslos alle gefolgt waren, als er die Gemeinschaft verlassen hatte, um sich an Martin und Dalina zu rächen.

Ein schlechtes Gewissen wegen der zurückgebliebenen vierzig Kinder, Erwachsenen und Alten hatte er nicht. Die Gemeinschaft war stabil und jeder hatte seine Aufgabe. Sie mussten nun selbst die Entscheidungen für ihre Sicherheit und Versorgung treffen. Emre war sich aber auch sicher, dass ein Teil der Menschen nicht böse darüber gewesen sein dürfte, dass er gegangen war.

»Chef, wir haben jetzt den ganzen Bereich nördlich von Berlin abgegrast. Viel weiter können sie nicht gekommen sein.«

Emre verzog bei der Anrede die Mundwinkel zu einer Grimasse. Er war Präsident, verdammt noch eins. Diesen Hornochsen das einzutrichtern, hatte er längst aufgegeben.

Sie hatten die Harleys ein Stück außerhalb von Falkenaue an den Straßenrand gestellt und auf dem Koffer von Ahmeds Trike die Gebietskarte von Brandenburg ausgebreitet. »Falkenaue ist zu groß, da werden sie nicht sein. Martin hat immer von einer kleinen Ortschaft gesprochen, zu der er uns lotsen wollte.« Emre fuhr mit dem Finger über die Karte und zeigte wahllos auf die kleineren Orte nordwestlich von Berlin und Falkenaue. »Die hier haben wir alle. Wir werden uns jetzt also wieder von der Berliner Stadtgrenze aus in westliche und südwestliche Richtung vorarbeiten, bis wir in den Bereich hinter Potsdam kommen.«

»Das sind noch mal drei Wochen, Boss.«

»Und? Ein Problem damit?« Emre funkelte Stefan böse an. Der schlacksige Kerl mit der Designer-Lederjacke hatte sich zwar verwegen ein rotes Bandana um den Kopf gelegt und seit Wochen nicht mehr rasiert, aber unverkennbar war er vor der Katastrophe ein biederer Verkäufer-Typ gewesen, der sich nie zuvor auf ein Motorrad gesetzt hatte. Es fehlte ihm, wie den anderen auch, jene Unterwürfigkeit einem Präsidenten gegenüber, die ein Mitglied eines Chapters normalerweise zu leisten hatte. Aber Emre war sich im Klaren darüber, dass er nehmen musste, was er bekommen konnte. »Wir fahren von hier aus in zwei Dreiergruppen durch Falkenaue. Ahmed, du nimmst Stefan und Rüdiger mit. Ihr nehmt die Rathausstraße und klappert den östlichen Teil ab. Überall, wo sie sich verstecken könnten. Also Rathaus, Discounter und andere große, einzeln stehende Gebäude. Wir nehmen den westlichen Bereich. Wir treffen uns dann am Einkaufscenter.«

Die erste Hälfte ihrer Suche hatte Emre darauf geachtet, dass sie alle beieinanderblieben. Dabei hatte er weniger daran gedacht, dass seine Männer eine schlagkräftige Hilfe gegen die Zombies sein könnten, als vielmehr daran, sie im Zweifel opfern zu können, um selbst mit heiler Haut davonkommen zu können. Da dachte er ganz pragmatisch. Aber dann waren ihnen im Umland so verdammt wenige Zombies über den Weg gelaufen, dass er Martin auch dafür schon wieder verfluchen konnte. Der Kerl hatte scheinbar einfach immer recht. Und das nervte Emre zusätzlich.

Natürlich. Wann immer sie mit ihren knatternden Maschinen irgendwo angehalten hatten, lockte das die ortsansässige Untoten-Meute aus ihren Löchern hervor. Er und seine Jungs hatten sich nicht über zu wenig Arbeit beklagen können. Aber im Vergleich zu den Zuständen in Spandau, war die Angelegenheit geradezu ein Spaziergang.

»Ihr wartet dort auf uns, falls ihr eher da seid«, schärfte er Ahmed mit einem durchdringenden Blick noch einmal ein, als er sein Bein über den Tank seiner Harley hob. Die fabrikneuen Modelle hatten sie sich aus einer Nobelschmiede in Spandau organisiert. Der ursprüngliche Besitzer hatte dabei kein Mitspracherecht bekommen und sein untotes Leben unter einer Hebebühne ausgehaucht, als Emre seinen Kopf zermatscht hatte. Er nickte Sven und Clemens zu und gab Gas.

32

»Hörst du das?«

Mirjam und Dennis lagen auf dem Dach des Einkaufscenters und genossen die möglicherweise letzten anständigen Sonnenstrahlen des Jahres. Das vergangene Jahr über hatten sie, verglichen mit dem Jahr davor, im puren Luxus verbracht. Als Alleinherrscher über ein Einkaufscenter, mit nahezu unendlich vielen Ressourcen, kam einfach keine Langeweile auf. Dennis hatte es sogar geschafft, mithilfe von LED-Weihnachtslichterketten, die er überall aufgehängt hatte, den Markt bei Bedarf zu erleuchten. In einer schier endlosen Plackerei hatten sie zahllose Regale leer geräumt, abgebaut und sie als Sperren überall im Markt wiederaufgebaut. Selbst wenn die Untoten es schaffen würden, die Türen im Eingangsbereich zu überwinden, steckten sie zunächst in einem

Irrgarten aus stabilen Metallregalen fest. Unzählige Fallen, vorsorglich platzierte Waffen, Hindernisse ohne Ende. Man konnte behaupten, Mirjam und Dennis hatten das Einkaufscenter zu einer nahezu uneinnehmbaren Festung ausgebaut. Die Aktivitäten im Inneren hatten zwar dafür gesorgt, dass um das Einkaufscenter herum mittlerweile an die zweihundert Zombies patrouillierten, aber Sorgen bereitete ihnen das jetzt nicht mehr.

Dennis wollte Mirjams Frage im ersten Augenblick als Paranoia abtun, als auch ihm das knatternde Geräusch von Motorrädern auffiel. Ein Geräusch, das ihnen bereits seit zwei Jahren nicht mehr untergekommen war. »Verdammt. Mit Besuch habe ich ja nun gar nicht gerechnet«, grummelte er. »Hoffentlich haben wir Glück und unsere Privatarmee da draußen hält die unliebsamen Besucher davon ab, hier reinzukommen.«

Im Froschgang stakste er über den Kies des Flachdaches an die Kante und warf vorsichtig einen Blick darüber hinweg. Die Motoren liefen gerade im Leerlauf. Die Unbekannten waren offenbar stehen geblieben und berieten ihr Vorgehen. »Es sind drei übel aussehende Gesellen. Die will ich wirklich keinesfalls hier drin haben«, flüsterte er unnötigerweise zu Mirjam, die sich neben ihn gehockt hatte.

»Rocker. War ja klar, dass ausgerechnet das gröbste Gesindel die Katastrophe überlebt. Wenn die es hier hineinschaffen sollten, sehe ich schwarz für eine sorgenfreie Zukunft«, stimmte Mirjam ihrem Mann zu. »Können wir was tun, um das zu verhindern?«

»Zunächst einmal müssen sie durch die Zombie-Versammlung hindurch. Zu dritt werden die damit ihre Probleme haben. Auf jeden Fall sollten wir im Auge behalten, was sie vorhaben. Ich habe kein Problem damit, mein Haus zu schützen, wenn es sein muss.«

Die drei Rocker hatten ihre Maschinen etwa fünfzig Meter die Straße rauf Richtung Bahnhof zum Stehen gebracht. Die Motoren tuckerten im Leerlauf, was einige der Zombies dazu bewegte, sich den Neuankömmlingen zuzuwenden. Alle drei Rocker waren auf ihren Sätteln sitzen geblieben und beratschlagten offenbar, was sie tun sollten.

Dennis würde nie verstehen, was echte Motorrad-Fans an diesen hohen Lenkern fanden. Es gab für ihn kaum eine unbequemere Haltung, als den Rücken krumm vorzubeugen und mit lang ausgestreckten Armen einen Lenker festzuhalten, der allein durch die

Haltung nur sehr wenig Spiel erlaubte. Vor allem während einer Zombie-Apokalypse gab es kaum ein schlechteres Fortbewegungsmittel als eine Harley Davidson. Zu laut und zu unbequem. Und dennoch dachte Dennis mit Wehmut an die Zeit zurück, als der Besitz eines Motorrads für ihn die Erfüllung aller Träume gewesen wäre. Er grinste und zog sich etwas von der Kante zurück. »Ich hole einen Feldstecher und die Pistolen. Bin gleich zurück. Du passt auf, falls die sich irgendeinen Scheiß einfallen lassen.«

Mirjam nickte, ohne ihre Augen von den drei Typen in den Lederklamotten zu nehmen. Der Größte und Dickste fuhr seine Harley dicht an die Hauswand der anderen Straßenseite. Zwanzig Meter von der Bordsteinkante entfernt schaltete er die Zündung seiner Maschine aus und stieg ab. Die anderen beiden ließen dagegen ihre Motoren laut aufheulen. Sie gebärdeten sich mit einem Mal wie wild, fuhren enge Kreise und schrien laut. Mirjam erkannte recht schnell, was die Männer damit bezweckten. Niemals im Leben hätte sie gedacht, dass ihr das Abrücken der Zombie-Meute missfallen könnte. Aber voller Entsetzen musste sie dabei zusehen, wie sich ein großer Teil der Zombies den knatternden Motorrädern zuwandte und den Vorplatz des Einkaufscenters verließ. »Dennis«, murmelte sie leise. »Beeil dich!«

33

»Sie hätte sich doch längst wieder hier melden müssen.« Martin saß mit Bernd immer noch auf dem Plateau des Strommastes und versuchte, durch das Fernglas etwas zu erkennen. Dalina war vor über drei Stunden aufgebrochen. Fast zeitgleich mit ihrem Eintreffen dort waren die Untoten in die Kaserne eingebrochen. Dass sie damit etwas zu tun gehabt haben könnte, bezweifelte Martin zwar, aber es war doch ein merkwürdiger Zufall. Der einzige Lichtblick bestand für Martin im Moment darin, dass sie Dalina das Gebäude nicht hatten verlassen sehen. Außerdem hatte sich scheinbar eine ganz erkleckliche Zahl Menschen in Sicherheit bringen können. Nun wurde das Gebäude zwar belagert, aber selbst wenn man sie dort im Moment gegen ihren Willen festhielt, sprach alles dafür, dass sie sich trotzdem in Sicherheit befand – vorerst. »Egal, was Dalina gesagt hat, ich gehe ihr hinterher. Wer weiß, vielleicht wartet sie nur darauf. Begleitest du mich?« Martin widerstrebte es,

Bernd allein zurückzulassen. Er hätte ihn lieber unter seiner Aufsicht. Zumal sich unter ihnen bereits wieder fünf der Kreaturen versammelt hatten und zu ihnen starrten. Aber zwingen wollte er Bernd nicht. Es würde garantiert auch nicht ungefährlich sein.

»Ich begleite dich. Du verläufst dich doch sonst.«

Da war er wieder, dachte Martin belustigt, trotz der angespannten Situation. Gerade mal ein paar Stunden lang hatte es Bernd geschafft, seine großspurige und angeberische Art im Zaum zu halten. »Also gut. Kannst du, ohne herunterzufallen, auf einem der Querträger zur gegenüberliegenden Seite des Mastes klettern und etwas Krach machen? Dann kann ich hier gefahrlos runter und die armen Seelen von ihrem Leiden erlösen.«

»Natür…«, wollte sich Bernd in die Brust werfen, hielt jedoch inne, als Martin ihm eine Hand auf den Arm legte. »Klar. Ich gebe mein Bestes.«

Bernd stieg einige Stufen die Leiter hinunter und wechselte unterhalb der Plattform auf einen der waagerechten Träger. Dann balancierte er vorsichtig erst bis zum rechten tragenden Pfeiler, umrundete ihn und rutschte von dort den Träger, der im schrägen Winkel nach unten führte, ganz sachte hinab. Martin hielt sich bereit, für den Fall, dass er doch den Halt verlieren und hinunterfallen würde. Aber Bernd machte seine Sache tatsächlich vernünftig. Als er nur noch knapp oberhalb der Reichweite der Untoten am diagonal gegenüberliegenden Pfeiler angekommen war und mit seiner Eisenstange die Kreaturen zu sich lockte, huschte Martin schnell und leise die Leiter hinunter. Alle fünf Kreaturen standen mit dem Rücken zu ihm und versuchten, an Bernd heranzukommen, der jetzt nur noch Schmatzgeräusche von sich gab. So vermied er es, weitere Untote anzulocken. Er war also doch lernfähig.

Martin brach eine seiner eigenen Regeln und trat an die sicherlich mal hübsch anzusehende Untote heran, die rechts außen stand. Die rhythmisch schnappenden Geräusche, wenn die Kreaturen ihre Kiefer aufeinanderschlagen ließen, setzten für ein paar Sekunden aus, als sie hinter sich ein neues Ziel ausmachten. Alle fünf drehten sich synchron zu Martin um. Die Frau in dem Sommerkleid hätte sich nur nach vorn fallen lassen müssen und hätte Martin sofort in die Arme genommen. Der Stahl, den er ihr gekonnt durch den Unterkiefer in das Gehirn rammte, unterband diesen Reflex sofort. Martin tat noch etwas, was er sich üblicherweise nie erlaubte, aber er hatte keine andere Wahl, wenn er seine Eisenstange schnell wiederhaben wollte. Er trat der nun toten Untoten gegen den Bauch, zerrte die Stange wieder aus dem Schädel und stolperte prompt rückwärts. Dabei machte er unliebsame Bekanntschaft mit einem Stahlträger, der schräg am Sockel des senkrechten Pfeilers befestigt war. Sein Kopf dröhnte wie eine Glocke und er war nahe daran, das Bewusstsein zu verlieren. Doch schon waren zwei der Untoten gleichzeitig bei ihm.

Es mit beiden aufzunehmen, hätte in einem Desaster geendet. Martin hatte solch eine Situation bereits Dutzende Male erlebt. Egal, für wen er sich entschied, die andere Kreatur würde ihn beißen. Deshalb warf er sich mit einer Hechtrolle links an den beiden vorbei, stand sofort wieder auf und zog der einen Kreatur das hintere Ende der Stange über den Schädel. Das erlöste sie zwar nicht, ließ sie aber rückwärts straucheln. Der nächste Stahlträger war dieses Mal weit genug entfernt, deshalb trat er noch weitere zwei Schritte zurück und verfuhr mit der nächsten Kreatur auf gewohnte Weise. Ansetzen, warten, zustechen. Dann drehte er sich zur Sicherheit erst um, bevor er unter dem Mast hervortrat und den nächsten Untoten erwartete. Hinter den drei verbliebenen sah er, wie Bernd sich von dem Querträger herunterhängen ließ und seine Eisenstange dem hintersten Untoten von hinten durch den Schädel bohrte, kaum dass er den Boden berührte. Es sah nicht elegant aus und Martin wäre es anders angegangen, aber das Resultat war das, was zählte. Die Stange trat nur wenige Zentimeter durch die Stirn heraus. Bernd hatte seinen Stoß also wohldosiert gesetzt. Nicht so, wie beim ersten Mal, als seine Waffe in hohem Bogen weggeflogen und zitternd im Rasen steckengeblieben war.

Martin stach erneut zu, trat rückwärts und wartete auf die letzte Kreatur. Genau wie die beiden, die Dalina einige Stunden zuvor an der gleichen Stelle erlöst hatte, trug der Mann eine Uniform. Abgesehen von der Bisswunde am Hals und dem Blut auf seiner Uniform sah er noch relativ frisch aus. Der Mann konnte noch nicht lange untot sein. Während er mit ausgestreckten Armen auf Martin zustapfte, trat Bernd von hinten an ihn heran und stach zu. Wie er es ihm beigebracht hatte, von schräg unten nach oben. Das Resultat war aber nicht wie erhofft. Der Soldat drehte sich in derselben Sekunde nur ein ganz klein wenig und Bernds Stahl verfehlte den anvisierten Punkt um einen Zentimeter.

»Shit«, fluchte Bernd, als der Soldat sich jetzt ganz zu ihm umdrehte und ihm dabei die Stange aus der Hand riss. Sie steckte einige Zentimeter tief in seinem Nacken.

Martin sprang vor und schlug der Kreatur seine Eisenstange seitlich in die Kniekehlen. Es war keine Zeit, vernünftig zu zielen und ihr gleich den Garaus zu machen. Bernd war wie angewurzelt stehen geblieben und wäre anderthalb Sekunden später in die Reichweite der Arme gekommen. Jetzt sackte der Soldat erst einmal nach vorn auf seine Knie. Martin war Bernds Stange im Weg, deshalb schlug er nun mit aller Kraft das Ende seiner eigenen Eisenstange mit den beiden Bügeln auf den Schädel des Untoten. Die Wucht des Schlages trieb das Metall auf der ihm zugewandten Seite tief in den Schädel hinein. Ein breiter Spalt tat sich auf, der von der Schädeldecke bis zum Unterkiefer reichte und einen Blick auf das von schwarzem Blut durchtränkte Gehirn erlaubte. Aber selbst diese schwere Verletzung besiegelte noch nicht das Ende des Untoten. Unsicher versuchte er, wieder auf die Beine zu kommen. Als er weit vornübergebeugt das zweite Bein belasten wollte, knickte er in Martins Richtung um. Der erste Schlag hatte offenbar das linke Knie nachhaltig zerschmettert. Mitleidig trat Martin vorsichtig an den nun auf dem Rücken liegenden Soldaten heran, dessen ausgestreckte Arme beinahe flehentlich den finalen Stoß herbeizusehnen schienen. Er setzte seine Stange genau auf das rechte Auge und zögerte nicht, sie mit seinem Körpergewicht in den Schädel zu drücken. Augenblicklich endete das Stöhnen und die Arme sanken herab.

Suchend schaute sich Martin sofort um, aber eine weitere Gefahr schien es im Moment nicht zu geben. »Gute Arbeit«, lobte er Bernd, der kalkweiß, aber zufrieden gerade seine Eisenstange aus dem Nacken des Soldaten zog. Martin schaute über Bernds linke Schulter und sah in einiger Entfernung ein paar weitere Kreaturen auf sie zuwanken. »Da kommen noch ein paar. Lass uns keine Zeit verschwenden.«

»Bist du sicher? Über zehntausend vor uns und jetzt noch welche hinter uns. Die könnten uns ganz schön in die Zange nehmen.«

»Ich weiß. Aber ich lass Dalina nicht hier zurück.«

Bis zur Straße waren es keine hundert Meter, die Martin mit forschem Schritt ansteuerte. Bernd schaute ihm erst hinterher, als hätte sein Mentor den Verstand verloren. Dann holte er ihn mit einem kurzen Sprint ein. Die Straße durch das Stück Wald war frei von Kreaturen.

»Zum Glück neigen die Untoten dazu, den direkten Weg zu nehmen. Es interessiert sie nicht, ob sie einige Meter weiter bequemer hindurchkommen könnten«, erklärte er ganz leise, als er Bernds suchenden Blick wahrnahm. »Bis auf die paar, die uns gerade hier haben verschwinden sehen, laufen alle auch durch das dichteste Unterholz, wenn sie ein Ziel vor Augen haben. Das heißt aber nicht, dass sie nicht plötzlich direkt um uns herum auftauchen könnten, wenn wir ihre Aufmerksamkeit erregen. Deshalb immer schön leise sein.«

Das Waldstück war nur ein paar Hundert Meter tief und die Straße führte sie in einem sanften Bogen nach rechts. Bei der Hälfte konnten sie bereits ihr Ziel sehen: die kleine Brücke und einige Hundert Meter weiter die schmale Linie der Kasernenmauer, mit ihren aufgesetzten Türmchen. Eine riesige Staubwolke lag über dem ganzen Areal. Die Bäume rechts und links der Straße standen dicht und ließen kaum einen Sonnenstrahl hindurch. Nur über der Straße war ein Stück weit der Himmel zu sehen. Ansonsten herrschte allgemeine beklemmende Düsternis.

Martin war in einen leichten Trab verfallen. Er wollte das Waldstück durchqueren, so schnell es ging. Bernd lief locker neben ihm her und kam, im Gegensatz zu ihm, noch nicht einmal außer Atem. Die Zeit seit dem Zusammenbruch hatte Martin erheblich fitter werden lassen, trotz der zeitweise mangelhaften Ernährung. Aber auch er wurde nun einmal älter. Noch hatte er die Vierzig zwar nicht überschritten, die Siebzig würde er aber unter den Bedingungen, wie sie im Moment herrschten, kaum erreichen können. Nur wer gesund war und sich wehren konnte, würde auf Dauer überleben können. Seine Hoffnung lag darin, einen Ort zu finden, an dem man ohne zu kämpfen alt werden konnte. »Langsamer«, keuchte er, als sie sich dem Waldrand näherten. Der Baumbestand endete abrupt. Quer zu den letzten Bäumen zog sich nach beiden Seiten hin ein schmaler Entwässerungskanal. Mehr als ein paar Pfützen hatten sich aber nicht darin gesammelt.

»Der Zugang ist gleich neben der Brücke.«

Auf der weiten Freifläche strebten, aus allen Richtungen kommend, Untote langsam in Richtung der Kaserne. Wenigstens Hundert, schätzte Martin, konnte er auf dieser Seite sehen. Potsdam lag auf der anderen Seite noch etwas näher. Gut möglich also, dass von dort kommend noch sehr viel mehr unterwegs waren. Ihn gruselte bei dem Gedanken, wohin sich die Masse wenden würde, wenn die Kaserne ihre Attraktivität für sie verlieren würde.

Bernd rutschte vorsichtig die drei Meter tiefe Böschung hinunter und zog das Gitter auf. »Hier ist Bernd. Jemand da?«

Martin beobachte argwöhnisch eine Gruppe von zehn bis zwölf Untoten, die in knapp fünfzig Metern Entfernung aus dem Wald ins Freie getreten waren und nun unschlüssig vor dem Graben verharrten. Bernd hatte wirklich nicht laut gesprochen, dennoch schauten ein paar von ihnen in seine Richtung. Andere rutschten und fielen mehr die Böschung herunter. Sie würden eine Weile brauchen, aber es irgendwann schaffen, auf der anderen Seite die Böschung wieder hinaufzukommen. Um aus der Sicht der Kreaturen zu kommen, folgte er Bernd, der in diesem Augenblick durch eine Tür hinter dem Gittertor in einem Rohr verschwand. Martin hörte leise Stimmen, also war Bernd nicht allein.

»Nicht schießen. Ich komme auch herein.« Aus Erfahrung wusste Martin, dass man sich auf fremdem Terrain möglichst schnell als Mensch ausgeben sollte. Wer schwieg, konnte leicht für einen der Untoten gehalten werden. Hinter der Tür war es fast dunkel. Nur das hereinfallende Tageslicht erhellte den Raum spärlich. Langsam gewöhnten sich seine Augen daran. Er sah Bernd mit einer jungen Frau reden und gestikulieren.

»Sie hat noch nicht einmal etwas davon mitbekommen, dass die Kaserne verloren ist«, erklärte er. »Das ist übrigens Tamara. Tamara, das ist Martin.«

»Was ist? Lässt sie uns durch?« Martin schaute sich unauffällig um, konnte aber keine Waffen entdecken. Selbst wenn Tamara es gewollt hätte, aufhalten würde sie niemanden können. Nicht einmal einen Spieß, um sich Untoter zu erwehren, hatte sie dabei. Martin erinnerte sich an Bernds Kommentar, dass er selbst hier nur Wache hatte sitzen sollen. Es ging nicht darum, zu kämpfen.

»Man weiß am anderen Ende schon, dass wir kommen. Tamara hat den Klingelknopf gedrückt.« Bernd deutete mit dem Kinn in Richtung eines Türklingelknopfes.

Zwei miteinander verdrehte dünne Klingeldrähte verschwanden von dort in der Dunkelheit der Röhre vor ihnen. Und genau aus dieser Dunkelheit erklang plötzlich der Lärm von vielen sich bewegenden Menschen. Der Schein von Taschenlampen geisterte über die Wände und Sekunden später waren auch die Lampen selbst zu sehen, als die Träger um eine Kurve näher kamen.

»Ugh«, stöhnte Bernd. »Das ist ja mal ein Empfangskomitee.«

Zwei schwerbewaffnete Soldaten verharrten kurz bei Bernd, Martin und Tamara, und leuchteten ihnen mit den Lampen in die Gesichter. Dann gingen sie wortlos an ihnen vorbei, öffneten die Tür und traten ins Freie, gefolgt von einer zunächst endlos scheinenden Menschenkette, die im Gänsemarsch und eine Hand auf der Schulter des Vordermannes ebenfalls dem Ausgang entgegenstrebten. Die Kreaturen fielen Martin ein und er beeilte sich, so schnell wie möglich nach draußen zu kommen. Er ahnte, dass mit Maschinenpistolen ausgerüstete Soldaten auch dazu neigen würden, sie zu benutzen. Er drückte sich an den Menschen vorbei und kam gerade hinzu, als einer der Soldaten tatsächlich auf eine der Kreaturen anlegte, die am Kamm der Böschung stand und herunterstarrte.

»Nicht schießen.« Martin sagte es leise, aber eindringlich. »Ich mache das.« Der Soldat hatte ihn gehört und trat einen Schritt zur Seite. Martin hob seine Eisenstange in Hüfthöhe und lockte die Kreatur mit leisem Schnalzen an. Wie erwartet, stürzte sie prompt die Böschung herab und landete in einer der Pfützen. Die Kreatur schien noch eine Behandlung in einem Krankenhaus bekommen zu haben. Am Körper trug der Mann nur ein zerschlissenes Leibchen und um Stirn und Unterarmen dicke Verbände. So, als hätten Ärzte noch versucht, Verletzungen zu versorgen. Die Kreatur war vermutlich also bereits seit zwei Jahren tot.

Martin wartete, bis sie ihren durchnässten Oberkörper aufgerichtet hatte, dann stieß er ihr die Eisenstange frontal durch das Gesicht. Erneut hatte er, entgegen seiner sonstigen Gewohnheiten, eher schnell und instinktiv, statt ruhig und geplant gehandelt. Aber schon drängten sich aus dem Tunnelrohr die ersten Menschen in das Tageslicht. Und Martin wusste oberhalb der Böschung noch eine unbekannte Anzahl weiterer Kreaturen. Er legte den Zeigefinger auf die Lippen und gemahnte damit alle Neuankömmlinge, möglichst still zu sein. Dann kraxelte er die Böschung hinauf und lugte nach allen Seiten. »Wie viele Menschen kommen jetzt noch?

Und wo ist Dalina?«, fragte er den Soldaten, der langsam neben ihn gerobbt kam und ebenfalls in die Runde schaute.

»Du meinst die Blonde? Die kommt mit dem Hauptfeldwebel. Etwa vierzig bis fünfzig, schätze ich.«

34

»Wir werden die Kaserne aufgeben müssen. Da geht kein Weg dran vorbei.« Hauptfeldwebel Klein bedrängte den Oberst schon beinahe körperlich und versuchte so, ihn von seiner Entscheidung, die Stellung zu halten, abzubringen. »Wir können unmöglich über einen längeren Zeitraum so viele Menschen hier auf engstem Raum unterbringen und versorgen.«

Dalina tat der Oberst schon fast leid. Praktisch alle seine Männer hatten sich gegen ihn gewandt. Allen voran der Hauptfeldwebel. Niemand hatte Lust, der Durchhalteparole des Obersten zu folgen. Dazu waren zu wenige Mauern zwischen den Zombies und den Überlebenden. Etwas weniger als einhundertfünfzig Menschen hatten sich in das Gebäude retten können. Laut dem Oberst waren die Vorräte und der Platz zwar ausreichend, um einige Wochen lang problemlos überleben zu können, wie er sich aber die Zeit danach vorstellte, konnte er nicht erklären.

»Sie tun gefälligst, was ich Ihnen auftrage, Hauptfeldwebel. Sie stehen immer noch im Dienst der Bundeswehr der Bundesrepublik Deutschland.«

Für Dalina bestand der Oberst viel zu spät auf seine Befehlsgewalt seinen Untergebenen gegenüber. Ihrer Überzeugung nach war in Notsituationen eine funktionierende Hierarchie eine absolute Notwendigkeit. Deshalb hatte sie gegen Emres Führungsstil auch nie viel auszusetzen gehabt. Voraussetzung für den Gehorsam von Untergebenen waren allerdings auch vernünftige Entscheidungen der Führung. Da hatte Emre sicher nicht alles richtig gemacht, aber insgesamt hatte er dafür gesorgt, dass es der Gruppe den Umständen entsprechend gut ging. Hätte es Martin nicht so sehr von dort weggezogen, wäre sie also wahrscheinlich immer noch in Spandau.

Genau wie sie gegenüber Emre gehorsam war, waren es auch die Soldaten gegenüber dem Oberst. Wer bislang noch nicht desertiert war, besaß offenbar noch Vertrauen in seine Entscheidungen.

Das hielt die Männer aber nicht davon ab, diese Entscheidungen jetzt infrage zu stellen. Ein Umstand, der in einer funktionierenden Hierarchie nicht aufgetreten wäre. Auf der anderen Seite sah sie es selbst genauso wie der Hauptfeldwebel. In der Kaserne zu bleiben, war auf Dauer Selbstmord. Natürlich kamen die Zombies nicht ohne Weiteres hinein, aber es war nur eine Frage der Zeit, bis den Untoten irgendwann der Zugangstunnel auffallen würde. Und dann säßen sie in der Falle. Für sich selbst hatte Dalina sowieso beschlossen, nur noch den Disput abzuwarten und sich dann so schnell wie möglich vom Acker zu machen. Martin würde auf dem Strommast wie auf Kohlen hocken und sich Sorgen machen. Dass die Mauern der Kaserne gefallen waren, hatte er mit Sicherheit bereits mitbekommen.

Dalina war auf dem Weg in den Keller dem Feldwebel über den Weg gelaufen, der mit drei anderen Soldaten gerade ein junges Mädchen aushorchte. Die Kleine war aber vor Tränen kaum in der Lage, ein vernünftiges Wort herauszubringen. Deshalb hatte sich Dalina kurzerhand zwischen sie und die Soldaten gestellt, sie dann in den Arm genommen und getröstet. Maya hieß die Kleine. Kaum sechzehn Jahre war sie alt und machte in den verdreckten Klamotten und mit dem verheulten Gesicht einen ziemlich verwahrlosten Eindruck. Dalina wollte nicht vorschnell von ihrem Aussehen auf die Lebensverhältnisse der Jugendlichen in der Kaserne ableiten. Das konnte auch nur eine Folge der dramatischen letzten halben Stunde sein.

»Es ging alles so schnell. Der Streckler hat Kevin mit der Faust ins Gesicht geschlagen und ihn sich über die Schulter gelegt«, hatte die Kleine unter Tränen hervorgebracht. »Wahrscheinlich zu fest, denn Kevin hat den Streckler gebissen. Dann hat der Streckler die beiden Wachposten am Tor angefallen. Einer hat ihm in den Kopf geschossen, aber das Tor ließ sich nicht mehr schließen. Und dann war auch schon die Horde heran.«

»Das geht auf ihre Kappe, Klein.« Der Oberst war zu der Gruppe getreten und hatte der Erklärung des Mädchens ebenso still gelauscht wie die anderen. »Sie sollten die Ausbildung leiten und nicht die Sache delegieren.«

»Mit Verlaub, Herr Oberst. Es spielt keine Rolle, wer daran schuld ist. So habe ich den Befehl nicht interpretiert. Das Kind ist in den Brunnen gefallen, deshalb sollten wir jetzt überlegen, wie wir weiter vorgehen.«

Dalina war mit der Kleinen auf die Seite getreten und hörte dem Streit der beiden ranghöchsten Soldaten nur mit einem Ohr zu. »Maya, hast du einen Überblick, wer von deinen Freunden es ins Gebäude geschafft hat? Euer Freund Bernd hat mir von eurem Leben hier erzählt. Ich bin sowieso mit der festen Absicht hierhergekommen, euch hier herauszuholen. Deshalb wäre jetzt die beste Gelegenheit dieses Vorhaben auch umzusetzen.«

»Ein paar habe ich gesehen«, nickte sie. »Aber ob alle bereit sind, die Kaserne zu verlassen, kann ich nicht sagen.«

»Würdest du die anderen suchen, einsammeln und zum Tunneleingang in den Keller bringen, während ich mit dem Oberst hier über eure Zukunft verhandle?«

»Was soll ich den anderen sagen? Wo gehen wir denn hin?«

»Wir haben einen einigermaßen ruhigen und sicheren Ort, an dem wir euch beibringen können, wie man überlebt.«

»So was wie die Kaserne?«

»Nein. Hoffentlich nicht. Dort gibt es nur sehr wenige Zombies. Es gibt keine dicken Mauern, die uns Schutz bieten. Wir haben nur unseren Verstand. Auf jeden Fall wird es besser sein als das hier.«

Während Dalina mit Maya flüsterte, waren der Oberst und der Feldwebel immer lauter geworden. Sie stritten nun ganz offen über die verschiedenen Strategien. Dalina drückte Maya unauffällig weg von den Männern, damit sie ihre Aufgabe erledigen konnte, und stellte sich dann neben den Feldwebel. »Meine Herren. Es gibt noch eine dritte Möglichkeit«, unterbrach sie die beiden Streithähne. Verwundert starrten alle zu Dalina. Der Oberst schien schon fast vergessen zu haben, dass der ungebetene Gast überhaupt noch anwesend war. »Was halten Sie davon, wenn wir beides realisieren?«

»Wie meinen Sie das?«

»Das liegt doch auf der Hand. Der Herr Oberst will hierbleiben, die Zombies binden und die Wissenschaftler weiter beschützen. Gleichzeitig ist die Gruppe an Menschen im Gebäude ohne Zweifel zu groß, um hier sicher über einen längeren Zeitraum zu leben. Deshalb schlage ich vor, dass wir einen Teil der Menschen bereits mit uns nehmen und eine neue Basis errichten. Dorthin kann dann der Rest übersiedeln, wenn es nötig werden sollte.«

»Sie denken dabei schon wieder an die Jugendlichen«, stellte der Oberst fest. »Dieser Vorschlag ehrt Sie und ich hätte tatsächlich nichts mehr dagegen, wenn alle Zivilisten das Haus verlassen würden. Doch im Wesentlichen geht es hier um meine Männer. Ich werde nicht zulassen, dass auch nur einer von ihnen seinen Posten verlässt.«

Das säuerliche Gesicht von Hauptfeldwebel Klein sprach Bände. Es ging ihm um seine eigene Sicherheit, um die seiner Männer und vielleicht sogar um die des Obersten. Die Kids waren ihm eigentlich egal. Unabhängig davon, wie sich der Oberst entscheiden würde, für seinen eigenen oder Dalinas Vorschlag, er wäre der Gelackmeierte. Schützenhilfe bekam er in dieser Sekunde von Schüssen aus dem Erdgeschoss. »Wir sind hier nicht sicher, Herr Oberst.«

»Sicherheit gibt es nirgends auf diesem Planeten. Schauen wir erst einmal nach, was die Schüsse zu bedeuten haben.«

Gemeinsam kämpften sie sich durch die Menschenmenge, die aus dem Treppenhaus in die erste Etage strömte. Das Schießen war mittlerweile verstummt, dennoch sah Dalina in ratlose und angsterfüllte Gesichter. Die meisten trugen den grünen Tarnanzug der Bundeswehr, aber kaum einem passte die Uniform. Das waren hauptsächlich die Zwangsverpflichteten, die der Feldwebel erwähnt hatte.

»Können die Menschen auch kämpfen?«, fragte sie den Feldwebel leise.

»Sie können Wache schieben«, sagte er geringschätzig und mit verkniffenen Lippen. »Hin und wieder nehmen die Außenteams ein paar vielversprechende Leute mit. Aber Kämpfer sind sie alle nicht.«

»Es hat ihnen keiner beigebracht. Können Sie denn gegen Zombies vernünftig vorgehen? Und ich meine damit nicht, mit ihrem Maschinengewehr ein Zielschießen abzuhalten.«

Klein antwortete nicht sofort. Erst als sie auf dem Treppenabsatz des ersten Stocks angekommen waren, drehte er sich wieder zu Dalina. »Ich bin ein Angehöriger der Bundeswehr und kein Spartaner. Ja, ich habe Zombies auch schon mit einem Messer oder einer Lanze getötet. Aber solange ich im Besitz von genügend Munition bin, werde ich jeden Nahkampf vermeiden. Ich habe vor, außerhalb der Reichweite ihrer Zähne zu bleiben.«

Dalina hob sich jedwede Belehrung für später auf, wenn es dazu kommen sollte. In der augenblicklichen Situation hätte es wenig Sinn gehabt. Aber es bestätigte zumindest ihre Vermutung, dass solche Betonköpfe wie er das Futter für die Zombies waren. Und die Männer und Frauen, die ihm unterstellt waren, schauten es sich von ihm ab. Natürlich würde er durch seine Ausbildung am Ende am längsten von ihnen leben und eher geringschätzig die Dummen betrauern, die seiner Meinung nach Fehler begangen hatten. Dass er aber durch sein eigenes Handeln den schlimmsten Fehler von allen praktizierte, würde er wohl nicht einsehen. Zombies tötete man leise. Da ging kein Weg daran vorbei.

»Einer der Älteren hatte wohl einen Herzinfarkt. Drei weitere sind gebissen worden, bevor alle gestoppt werden konnten«, hörte Dalina einen der Soldaten dem Oberst gegenüber Meldung machen.

»Und da liegt das Problem, Oberst.« Dalina drängte sich an anderen Soldaten vorbei, um dem Oberst ihre Meinung deutlich machen zu können. »Hier sind zu viele Menschen auf einem Haufen. Es kann immer passieren, dass jemand stirbt. Da wir alle infiziert sind, verwandelt sicher jeder Tote sofort in einen Zombie.«

Der Oberst verschränkte die Arme und stützte sein Kinn auf eine Hand auf. Dalina war nicht ganz klar, warum er darüber noch lange nachdenken musste, schließlich hatte er zwei Jahre seit dem Ausbruch der Seuche Zeit gehabt, Strategien zu überdenken und wieder zu verwerfen.

»Also gut. Wir bereiten eine Übersiedlung in eine neue Unterkunft vor. Ich betone: Übersiedlung. Ich will die Gruppe zusammenhalten. Hauptfeldwebel Klein wird mit einem halben Dutzend Männern ein paar vielversprechende Orte aufsuchen. Wenn er eine Örtlichkeit für sicher erachtet, werden wir alle Menschen dorthin evakuieren.«

Das war nicht das, was sich Dalina erhofft hatte. Ihre Sorge galt nach wie vor den Jugendlichen. Wenn der Oberst seine Truppe beieinanderhalten wollte, bitte schön. Aber im Endeffekt würde sich für sie nichts ändern. »Wenn Sie erlauben, möchte ich Ihnen bei der Suche nach einem neuen Standort behilflich sein. Unter der Voraussetzung, dass Sie mir alle Jugendlichen, die mich begleiten wollen, überlassen.«

»Abgemacht.«

35

»Und dann hat er einfach so zugestimmt?« Martin hatte Dalina beinahe überschwänglich in die Arme genommen, als sie als eine der Letzten aus dem Tunnel getreten war. Ein paar Soldaten hielten am oberen Rand der Böschung Ausschau, während sich die meisten anderen am Hang in das trockene Gras gesetzt hatten und darauf warteten, dass es weiterging.

»Na ja, ein paar Dinge waren schon noch zu klären. Aber im Wesentlichen war es das.«

Martin kannte Dalina mittlerweile gut genug, um ihren Gesichtsausdruck einigermaßen deuten zu können. Sie schaute gerade so verdrießlich, dass das noch nicht alles sein konnte. »Rück schon raus damit. Was ist da noch?«

»Ich habe versprochen, den Soldaten zu helfen, ein neues Zuhause für sie zu finden.«

»Und wo willst du so etwas finden?«

»Ich dachte an die Zitadelle Spandau«, sagte Dalina kleinlaut.

»Die ist voll mit Untoten. Da haben wir uns schon mit Emre die Zähne dran ausgebissen.«

»Ich weiß. Aber dieses Mal rücken wir mit der legitimen Armee der Bundesrepublik Deutschland an. Man kann der Zombies in der Zitadelle Herr werden, Martin.«

Martin überlegte. Das wäre wirklich ein hervorragender Ort. Die Zitadelle war ringsum von Wasser umgeben und nur über eine Zugbrücke zu erreichen. Das löste zwar noch nicht das Versorgungsproblem, aber der Burggraben war mit der Havel und der Spree verbunden. Mit einem Boot konnte man fast überall hinkommen. Das Beste war: Die Untoten konnten nicht schwimmen. »Mit so einer großen Gruppe die Strecke zu Fuß zurückzulegen, grenzt an Selbstmord«, spielte Martin weiter den Advocatus Diaboli. »Ganz davon abgesehen, dass wir auch wieder an Emre vorbeimüssen. Ich glaube nicht, dass der uns ohne eine saftige Zollgebühr durchlassen würde. Und wie die aussieht, kannst du dir wohl denken.«

»Ach, um Emre mache ich mir keine Sorgen. Gegen unsere Soldaten wird er wohl nicht viel machen können. Und die Strecke müssen wir auch nicht laufen«, grinste Dalina. »Feldwebel Klein behauptet, er weiß, wo ein Bus steht, der funktioniert.«

»Du hast an alles gedacht, nicht wahr?«

»Da kommt eine kleine Herde«, hörten sie einen der Soldaten vom Rand der Böschung laut rufen.

Sofort kam Unruhe in die Gruppe. Einige versuchten sofort, ebenfalls einen Blick über den Rand des Kanals zu werfen. Andere stellten sich lieber in den Matsch, nur um aufrecht zu stehen und sofort wegrennen zu können, sollten die ersten Zombies einen Blick in den Kanal werfen.

»Ruhe bewahren«, sagte Martin leise. »Und Soldat … bitte leise reden.«

»Halt die Schnauze, du Wichser«, bekam er zur Antwort.

Martin schaute Dalina zweifelnd an. Dann krabbelte er an dem Soldaten vorbei nach oben und trat auf der Böschung aufrecht der ersten Kreatur entgegen. Dahinter kamen mit etwas Abstand sechs weitere. Immer schön mit fünf Metern Abstand. Perfekt zur Demonstration seiner Fähigkeiten. Vorausgesetzt, er hatte kein Pech und rutschte aus oder jemand fing an zu schießen. Bei Letzterem vertraute er darauf, dass Dalina die Soldaten davon abhalten würde. Martin ließ die Kreatur kommen und stach ihr, wie schon hundertmal zuvor geübt, von unten durch den Kiefer. Gerade nur so weit, dass die Stange das Gehirn zermatschte. Sofort zog er sie wieder heraus, machte einen halben Schritt rückwärts und erwartete die nächste Kreatur. Sein Vorteil war, dass die Untoten an der Kante der Böschung entlang im Gänsemarsch auf ihn zukamen. Einen nach dem anderen spießte er sie mit wohldosierten Stichen auf. Der Sinn seiner Demonstration war, den Soldaten zu beweisen, dass ein stilles Erledigen der Untoten besser für die eigene Gesundheit war. Emre und seine Männer hatten seinerzeit auch etwas gebraucht, bis diese Erkenntnis zu ihnen durchgedrungen war. Natürlich konnte immer etwas schiefgehen, was bei der körperlichen Nähe durchaus fatale Folgen haben konnte. Aber machte man seinen Job hochkonzentriert, konnte eigentlich nichts passieren.

Beim letzten Untoten der Reihe sorgte er dafür, dass der Leichnam statt nach links, nach rechts die Böschung hinabfiel – genau auf die Füße des Soldaten, der ihn gerade Wichser genannt hatte.

Martin hockte sich auf die Kante der Böschung und stützte einen Arm auf sein Knie. »Der Wichser versteht es wenigstens, Untote so umzubringen, dass nicht alle anderen in der weiteren Umgebung sofort Jagd auf ihn machen«, sagte er gefährlich leise.

»Schau dich um und du wirst sehen, dass alle anderen weiterhin in Richtung eurer Kaserne laufen. Wenn du mich also noch mal Wichser nennst, schwöre ich dir, läufst du demnächst neben ihnen her. Verstanden?«

Dalina stand mit verschränkten Armen hinter dem Soldaten und schaute grinsend in die verblüfften Gesichter der Umstehenden.

Selbst Hauptfeldwebel Klein bekam den Mund kaum noch zu. »Also gut«, meinte er nach ein paar Sekunden des Staunens leise. »Keine Zeit, um Maulaffen feilzuhalten. Unser Bus wartet.«

»Wie weit ist er weg?«, wollte Dalina wissen. Sie konnte sich nicht vorstellen, dass der Bus irgendwo in der Nähe abgestellt worden war. Außer den Feldern, die sie auf der Straße während ihres Marsches hierher durchquert hatten, dem Waldstück und der freien Fläche um die Kaserne herum, gab es hier doch nichts.

»Etwa fünfhundert Meter links von uns steht ein Gasthof an einem kleinen See. Von der rückwärtigen Seite eingebettet in den Wald. Der einzige Haken daran ist, dass wir erst ein paar Kilometer in Richtung Potsdam und der Kaserne zurückfahren müssen, bevor wir nach Osten und dann wieder nach Norden abbiegen können.«

»Und Sie sind sich sicher, dass der Motor anspringt?«

»Ganz sicher. Erst vor zwei Wochen getestet.« Klein enterte die Böschung und sah sich um. Dann ging er auf Martin zu, der ein paar Meter vorausgegangen war und vergeblich versuchte, durch die Bäume etwas zu erkennen. »Tut mir leid, dass Sie einer von den Jungs so angemacht hat. Ich denke aber, mit dieser Aktion haben Sie genau den richtigen Ton angeschlagen. Diese Demonstration hat Ihnen den nötigen Respekt verschafft.«

Er reichte Martin die Hand, in die dieser auch sofort einschlug. Dabei hoffte er allerdings, dass der Feldwebel sein Zittern nicht bemerkte.

36

Emre hatte seinen Chopper an die Seite gestellt und ließ Sven und Clemens Radau machen. Die Tatsache, dass hier eine ziemlich große Ansammlung Zombies herumlungerte, war der beste Beweis, dass es hier etwas zu holen gab. Martin hatte ihn einmal darauf aufmerksam gemacht. Gut möglich also, dass seine lehrmeisterhafte, nervige Besserwisserei ihm nun das Genick brechen würde. Das heißt, korrigierte er sich in Gedanken, das Genick brechen würde er ihm. Die Chance, dass er sich mit seiner Schnecke hierher verzogen haben könnte, war gar nicht so unwahrscheinlich. Und wenn nicht, spielte das auch keine große Rolle. Die Bewohner dieses Einkaufscenters wohnten in der von ihm beanspruchten Einflusssphäre und waren damit tributpflichtig, dachte er grinsend. Dieser Tributpflicht waren sie bislang nicht nachgekommen, ergo hatten sie mit den Konsequenzen zu leben.

Ahmed, Stefan und Rüdiger sollten eigentlich innerhalb der nächsten Stunde von Osten aus hier eintreffen. Bis dahin sollte es möglich sein, einen Teil der Zombies ein Stück weit wegzulocken. Er gab sich natürlich nicht der Illusion hin, dass die Bewohner des Einkaufscenters ihn mit offenen Armen empfangen würden. Im Gegenteil: Egal, wer sich in dem Gebäude aufhielt, würde sein Hab und Gut verteidigen wollen. Deshalb beobachtete Emre ganz genau, ob sich dort etwas tat.

Ein großes Einkaufscenter als Basis zu besitzen, war der Wunschtraum eines jeden Überlebenden der Zombie-Apokalypse. Nahezu unbegrenzte Ressourcen erwarteten einen dort. Vor allem, wenn man nur eine kleine Gruppe zu versorgen hatte. Darüber konnte er sogar seinen Groll gegenüber Martin und Dalina zurückstellen.

Im vergangenen Jahr hatten sie versucht, die Spandau Arcaden einzunehmen. Dieses Unterfangen hatte sich am Ende als ein totaler Reinfall erwiesen. Das Center war noch um einiges größer als dieses hier, schlecht abzusichern und voll mit Hunderten von Zombies. Die Unmengen an Waren im Lebensmittelmarkt waren deshalb unerreichbar geblieben. Es wäre Selbstmord gewesen, es weiter zu versuchen. Seine eigene Gruppe hatte zwar zeitweise über Hundert Mitglieder gehabt, aber der Großteil war für Eroberungsfeldzüge nicht zu gebrauchen gewesen. Alte Männer, Frauen und Kinder waren einfach nutzlos. Im Verlauf der vergangenen beiden Jahre hatten sie über ein Dutzend Lebensmittelmärkte ausgeräumt. Dennoch war es nie genug gewesen. Auch deswegen war er es letztlich Leid gewesen, die Verantwortung für die Gruppe zu tragen.

Dieser Markt hingegen schien rein äußerlich intakt zu sein. Die Türen waren verschlossen. An sich schon ein gutes Zeichen. Was ihn aber an lebende Bewohner glauben ließ, war zum einen der Haufen toter Zombies an der verschlossenen Zufahrt für die Lieferanten und zum anderen die beiden langen Leitern. Mit der einen konnte man auf das Vordach gelangen und die andere war dort unter einem geschlossenen Fenster angelegt. Da hatte sich jemand die Mühe gemacht, den Hof von Zombies zu befreien und die Leichen anschließend über den massiven Metallzaun zu entsorgen. Und ein Fenster schloss sich selten von ganz allein.

Emre sah auf die Uhr und gab Sven das verabredete Zeichen. Es reichte schon, die Zombies von dieser Seite ein paar Hundert Meter weit wegzulocken. Um die Ecke des Centers würden vermutlich noch einmal so viele stehen. Zu versuchen, alle wegzulocken, würde Stunden oder Tage dauern. Und am Ende würde bereits aus der umliegenden Gegend Nachschub anrollen. Aber es sollte möglich sein, eine Lücke zu schaffen – man musste nur schnell genug sein.

Zwanzig Minuten lang verfolgte er die Prozession der schlurfenden Gestalten, die ihn vollständig ignorierten. Martin und seine Dalina waren zwar Nervensägen, aber eines musste er ihnen zugestehen: Ihre Einschätzung, wie man Zombies praktisch steuern konnte, war richtig. Sie richteten ihre Aufmerksamkeit ausschließlich auf die größte Lärmquelle. Alles andere wurde ignoriert, bis etwas anderes eben lauter war.

Sein geschultes Ohr nahm die Maschinen seiner anderen drei Mitstreiter wahr. Ahmeds Knatterkiste war unverkennbar. Offenbar waren sie stehen geblieben und berieten sich, denn die Maschinen tuckerten nun im Leerlauf. Zeit für ihn, aufzusatteln. Er drehte die Zündung und startete seine Maschine. Kurz ließ er den Motor aufheulen. Für Sven und Clemens das Zeichen, auf der Stelle kehrtzumachen. Es war zwar nicht ungefährlich, mit einer Harley frontal durch einen Pulk von Zombies zu preschen, aber sie taten das auch nicht zum ersten Mal.

Zwei Zombies schauten von der Straße zu ihm herüber und änderten dann die Richtung. Sicherheitshalber zückte Emre seine Machete, rechnete aber nicht damit, dass er sie einsetzen musste. Es konnten nur noch wenige Sekunden vergehen, bis alle eintreffen würden. Sobald Ahmed, Stefan, Rüdiger, Sven und Clemens zu ihnen stoßen würden, hatte er vor, den schlanken Ahmed als Sozius an den Zaun zu fahren und ihn das Tor öffnen zu lassen.

Sein Trike musste dann eben draußen bleiben. Darüber würde er wenig begeistert sein, aber das scherte Emre nicht. Er sah dies als die einzige Möglichkeit, auf das Gelände zu kommen. Dann würden sie in Ruhe überlegen können, wie sie in das Gebäude eindringen konnten. Das entsprechende Werkzeug dafür steckte in den Satteltaschen ihrer Maschinen.

Dann geschahen mehrere Dinge gleichzeitig. Um die Ecke herum sah er Ahmed und seine beiden Begleiter heranschießen. Hinter sich hörte er Svens und Clemens' Maschinen. Von vorn kam ein großer Reisebus mit qualmendem Motor angetuckert. Da hatte jemand offenbar arge Probleme. Der Bus schoss immer wieder ein paar Meter vorwärts, um dann langsam weiterzurollen. Ab und zu gab es knallende Fehlzündungen. Mit Entsetzen musste Emre zusehen, wie der Bus sich langsam auf das Tor der Lieferantenzufahrt zubewegte und ihnen im schlimmsten Fall den Weg versperren würde.

»Verdammt! Wo kommen die denn her?«, schimpfte er laut. Die Scheiben des Busses waren getönt. Er konnte einfach nicht erkennen, wer und wie viele Personen darin saßen.

Sven kam gerade neben ihm zum Stehen. Angewidert zog er mit spitzen Fingern einen abgerissenen Arm zwischen Frontscheinwerfer und Lenker von seiner Maschine und warf ihn den beiden Zombies entgegen, die sich bereits bis auf fünf Meter genähert hatten. Dann zog er in aller Ruhe eine Pistole aus seinem Schulterholster, zielte sorgfältig und schoss beiden nacheinander in die Köpfe. Die Schädel ruckten wie von einem Hammer getroffen nach hinten und die Zombies fielen wie gefällte Bäume einfach um.

Clemens stoppte gerade hinter Emre. Und Ahmed, Stefan und Rüdiger schlugen noch einen kleinen Bogen, bevor sie sich ihren Kumpanen anschlossen. Zu sechst beobachteten sie, wie der Bus in die Toreinfahrt einschwenkte und ihnen den Zugang versperrte, bevor er mit einem letzten Knall stehen blieb. Dann kehrte erst einmal Ruhe ein. Um den Bus herum sammelte sich sofort eine Meute von dreißig oder vierzig Zombies. Unmöglich, jetzt noch mit einer Harley dort heranzufahren und jemanden über den Zaun springen zu lassen.

»Auf der anderen Seite gibt es eine Zufahrt für das Parkhaus. Wollen wir es dort versuchen?« Trotz des Fahrtwindes glänzte Stefans hagerer freier Oberkörper vor Schweiß. Angstschweiß, vermutete Emre.

»Habt ihr sehen können, ob sich auf den Parkdecks Zombies tummeln?«

Stefan zuckte mit den Schultern. »Nein. Aber ...«

Das Klirren eine Fensterscheibe unterbrach ihn. Beim Bus tat sich etwas.

37

»Der sieht ja fabrikneu aus.« Dalina bestaunte den zwölf Meter langen, knapp drei Meter breiten und sechs Meter hohen hellblauen Bus von der Seite und von vorn.

Hauptfeldwebel Klein hatte sie am Kanal entlang um das Waldstück herumgeführt und zeigte nun voller Stolz auf den Reisebus, der vor einer Hütte stand, die genauso im Schwarzwald hätte stehen können. Zumindest, wenn man keine Ahnung davon hatte. Nur weil der breite Balkon des zweigeschossigen Hauses mit Holzbrettern verkleidet war, hieß das schließlich nicht, dass der Bauherr wirklich stilsicher gewesen war. Aber die Hütte war auch nicht ihr Ziel.

Auf dem Weg hatten Martin und sie mehrfach plötzlich aus dem Wald tretenden Zombies den Garaus machen müssen. Trotz aller Appelle hatten auch zwei Soldaten Schüsse aus ihren G36 abgefeuert. Eine dumme Idee, wie die große Gruppe der wandelnden Toten, die längst auf dem Weg zur Kaserne war und nun kehrtgemacht hatte, bewies. Viel Zeit zum Verschnaufen würden sie also nicht haben.

»Der Schlüssel steckt. Die Tür muss man an der Dichtung fassen und nach außen ziehen«, erklärte Klein und machte sich sofort daran.

Drei Minuten später waren fast fünfzig der vierundsechzig Sitzplätze besetzt und Klein nahm als Letzter auf dem Fahrersitz Platz. Er drehte die Zündung und sofort startete ein Kompressor im Motorbereich, der auf Batteriestrom lief. Nach einigen Sekunden betätigte er einen Knopf und die Tür schloss sich mit einem

Zischen. Dann startete er den Motor und fuhr den Bus wie ein Profi aus der Parkbucht.

»Lassen Sie mich raten. Vor der Bundeswehr waren Sie Busfahrer.« Dalina hatte auf dem Notsitz direkt neben Klein Platz genommen und ihre Füße auf die Konsole unterhalb der Frontscheibe gestellt.

Klein lachte und drehte mit gleichmäßigen Bewegungen das riesige Lenkrad nach rechts. Erst als er es in die entgegengesetzte Richtung drehen musste, um den Bus auf eine schmale asphaltierte Straße zu steuern und noch einen Gang höher geschaltet hatte, antwortete er: »Nicht ganz. Ich war mal Krankentransportfahrer. Aber das ist lange her. Ich dachte, ich lasse mich bei der Bundeswehr als Sanitäter ausbilden, um den Menschen besser helfen zu können. Dann kamen zwei Einsätze in Afghanistan und der Wechsel zur kämpfenden Truppe.«

»Wieso der Wechsel?«

»Weil ich in Afghanistan mit der Waffe in der Hand mehr erreichen konnte als mit ein paar Penicillin-Spritzen. Es gibt, nein, es gab Menschen, die musste man einfach stoppen, um das Leid für die Zivilbevölkerung zu mindern.«

»Oh«, spottete Dalina. »Solche Menschen gibt es immer noch.«

Klein fuhr den Bus auf der einspurigen Straße um den kleinen See herum, bis sie auf eine Landstraße trafen, der sie ein paar Kilometer weit nach Norden folgten. An der Auffahrt mit dem Hinweisschild Berlin fuhr er auf die Autobahn. Im Gegensatz zur Landstraße standen hier alle paar Hundert Meter liegengebliebene Autos herum. Klein konnte gar nicht so schnell fahren, wie er wollte, und musste immer wieder einen Bogen um querstehende Fahrzeuge machen. Offenbar waren etliche Autos während des Zusammenbruchs in Auffahrunfälle verwickelt worden und niemand war gekommen, um die Schäden aufzunehmen.

Wenn Klein gelegentlich ganz langsam um miteinander kollidierte Autos herumfahren musste, konnten sie in einigen der Fahrzeuge noch mit Gurten festgeschnallte Personen erkennen, die sich wie wild gebärdeten.

»Ich schätze, da sind ein paar der Zombies während des Zusammenbruchs auf die Straße gelaufen, haben die Unfälle verursacht und sind dann anschließend über die Verletzten hergefallen«, sagte einer der Soldaten, der rechts hinter Dalina saß.

Die Stimmung im Bus war bedrückend. Die Bilder des Chaos waren vor allem für die Jugendlichen noch nie so präsent gewesen wie jetzt. Der Oberst hatte allen erlaubt, sie zu begleiten. Zwanzig hatten die Gelegenheit beim Schopf gefasst. Als Aufpasser hatte er Klein zehn reguläre und zehn zwangsverpflichtete Soldaten mitgegeben. Dazu genug Waffen und Munition, um einen kleinen Krieg anzuzetteln. Nur Verpflegung mussten sie sich erst besorgen.

»Da hast du uns was aufgebürdet, Dalina.«

»Ein Problem damit?« Dalina drehte sich auf ihrem Sitz so, dass sie Martin direkt anschauen konnte, der mit Bernd in der ersten Sitzreihe hinter dem Fahrersitz Platz genommen hatte.

»Schon. Aber nicht, wie du es mir unterstellst. Ich meine zu verstehen, warum dir das Schicksal der Kids am Herzen liegt.«

»So. Meinst du. Du weißt gar nichts, Martin.« Und leise, damit es die anderen nicht hören konnten, fügte sie hinzu: »Klein und ich sind uns einig. Wer in der Kaserne geblieben ist, hat gute Chancen, innerhalb der nächsten Tage zu sterben.«

»So schlimm?«

»Du hättest die Geräusche hören sollen, als die Toten von außen mit ihren bloßen Fingern versucht haben, den Mörtel aus den Zwischenräumen der Wände zu kratzen. Um das Gebäude herum haben sich mehr als zehntausend von ihnen versammelt. Sie alle drücken von außen dagegen, zerquetschen die vordersten Reihen und schieben sich langsam immer weiter in die Höhe. Entweder gibt irgendwann eine der Wände nach oder sie erreichen die Fensterlinie im Obergeschoss. Ich hatte keine Wahl.«

»Und warum hat der Oberst das nicht eingesehen?«

»Ich denke schon, dass ihm das klar war«, mischte sich Klein ein. »Aber allen gleichzeitig zur Flucht zu verhelfen, war einfach nicht möglich.«

»Wieso? Wir hätten auch einhundertfünfzig Menschen in den Bus bekommen. Wäre unbequem gewesen, aber machbar.«

»Und dann? Nein. Ich denke, er wird versuchen, bis zum Schluss durchzuhalten und erst im letzten Moment allen befehlen, durch den Tunnel zu fliehen. Ab dann werden alle auf sich allein gestellt sein und versuchen, zu überleben und sich zu uns durchzuschlagen.«

»In der Hoffnung, dass wir bis dahin eine neue Basis geschaffen haben«, ergänzte Dalina. »Halten Sie ihn wirklich für so genial, einen solchen Plan ausgeheckt zu haben?«

»Ich hatte immer meine Probleme mit ihm. Zasinski, unser Leutnant, hat aber große Stücke auf ihn gehalten. Also ja, ich traue ihm durchaus zu, dass er die Kaserne nur deshalb mit genügend Lebenden besetzt hält, um die Zombies weiterhin dort zu binden.«

Sie fuhren schweigend einige Minuten weiter in Richtung Berlin, bis vor ihnen auf der Autobahn, über die ganze Breite verteilt, eine ganze Herde Zombies auftauchte. Wenigstens fünfzig Gestalten drehten sich gleichzeitig um, als sie den Motor des Busses wahrnahmen. Klein schaltete einen Gang runter und fuhr langsamer weiter.

»Nicht langsamer werden. Geben Sie Gas. Fahren Sie einfach über sie hinweg«, riet Dalina.

Sie war aufgeregt. Ein Verhalten, das Martin an ihr selten wahrgenommen hatte. Sehr wahrscheinlich trieb ihr die Sorge um die Jugendlichen gerade den Blutdruck in die Höhe.

Klein nickte und gab wieder Gas. Er wechselte auf die rechte Spur, auf der die Dichte an Untoten am geringsten zu sein schien. Mehrere heftige Schläge erschütterten den Bus, als er durch die Reihen hindurchpflügte und die wandelnden Toten unter den Reifen zermalmt wurden. Ein wenig kam der Bus ins Schlingern und Klein hatte Mühe, ihn auf geradem Kurs zu halten, aber nach ein paar Sekunden waren sie hindurch. Auf der Frontscheibe zeugten nur ein paar Spritzer schwarzen Blutes von dem Massaker, das sie unter den Untoten angerichtet hatten. »Der Öldruck fällt«, merkte Klein ein paar Minuten später an.

»Schaffen wir es bis Spandau?«

»Das sind noch fast zwanzig Kilometer. Ich weiß nicht. Sieht nicht gut aus. Der Motor oder das Getriebe haben was abbekommen.«

»Wir dürfen auf keinen Fall hier auf der Autobahn liegen bleiben. Hier gibt es keinerlei Deckung. Und wer weiß, wie viele von den Kreaturen sich sonst noch hier herumtreiben.« Martin versuchte, mit einem Blick nach hinten festzustellen, wie groß der Abstand zu der Horde bereits geworden war. »Die Toten kennen keine Probleme mit der Ausdauer. Die hinter uns holen uns irgendwann ein.«

»Fahren Sie die nächste Ausfahrt raus. Wir sollten auf jeden Fall aus der Sicht von denen hinter uns kommen.«

Klein sah die Sache genauso, deshalb nutzte er die Ausfahrt, die sich gerade anbot. In einem großen Kreis wurden sie zurück auf eine Bundesstraße geleitet und Klein nahm auf dem Gefälle einfach den Gang heraus, um den Motor im Leerlauf zu schonen. Er konnte sich nicht genau vorstellen, wo das Problem lag, aber ständig bockte der Motor, was jedes Mal einen heftigen Ruck zur Folge hatte, als würden sie erneut über tote Zombiekörper fahren.

»Vor uns liegt Falkenaue. Immer geradeaus. Von dort gibt es sogar einen direkteren Weg nach Spandau. Je weiter wir kommen, desto besser.« Martin klammerte sich an Dalinas Notsitz fest und betrachtete sorgenvoll die ersten Häuser, die in Sicht kamen. Egal, wo sie letztendlich stranden würden, ob auf der Bundesautobahn oder mitten in einem Wohngebiet, sie mussten mit erheblichen Problemen rechnen, wenn sie mit solch einer Gruppe an unerfahrenen Jugendlichen auf Kreaturen trafen.

Falkenaue war zwar nicht Berlin, dennoch hatte es hier über vierzigtausend Einwohner gegeben. Ein Teil der Untoten würde vielleicht nach Berlin, ein anderer Teil Richtung Potsdam marschiert sein. Erfahrungsgemäß blieb aber immer auch ein Teil vor Ort. Sei es, weil sie sich erst später aus einer misslichen Lage befreit und den Anschluss an eine Gruppe verloren hatten oder weil sie praktisch auf der Durchreise waren.

Klein musste unter der Brücke ein paar Gänge höher schalten, um nicht zu viel Fahrt zu verlieren. Sofort gab es einen lauten Knall. Der Bus vollführte einen wahren Bocksprung. Erschrocken schaltete er wieder einen Gang runter. Mit beinahe Schritttempo tuckerten sie am Ortseingangsschild vorbei. Hin und wieder gab es einen weiteren lauten Knall, aber zumindest kamen sie vorwärts. »Wir müssen ein halbwegs sicheres Gelände finden, damit ich mir den Motor anschauen kann.«

»Haben Sie auch Ahnung davon?«

»Nicht speziell von Bussen, aber mal nachschauen ist besser als nichts, oder? Verdammt. Und ausgerechnet jetzt fahren wir auf eine Herde zu. Das kann doch nicht wahr sein«, schimpfte Klein.

An der großen Straßenkreuzung voraus konnten alle einige Dutzend der umherwandernden Untoten sehen.

»Das ist vielleicht gar nicht so schlecht«, wandte Martin ein. »Ähnlich wie bei der Kaserne. Dort, wo viele Kreaturen herumlaufen, gibt es in der Regel etwas, was sie beißen wollen. Ich tippe auf das Einkaufscenter.«

»Sehen Sie die Toreinfahrt? Fahren Sie darauf zu«, ergänzte Dalina.

»Das sieht massiv aus. Wenn wir da durchkommen, sind wir erst einmal sicher. Dann muss aber jemand hinaus und das Tor öffnen.« Klein schaute absichtlich nicht zu Dalina. Er konnte sich vorstellen, dass sie bei der Aussicht nicht gerade begeistert war, aber einer musste es ja tun.

Hätte er hingesehen, wäre ihm das grinsende Gesicht der blonden Hünin nicht entgangen, die Martin auffordernd ansah. Sie klappte den Notsitz nach vorn und trat bereits die zwei Stufen zur Tür hinunter.

»Schlagt auf der linken Seite ein Fenster ein und lockt sie vornehmlich auf diese Seite«, kommandierte Martin. »Und Hauptfeldwebel Klein. Schrammen Sie mit der linken Seite möglichst dicht an dem Pfeiler entlang, ohne ihn gleich auszureißen. Damit möglichst wenige der Kreaturen mit auf das Gelände kommen.« Dann stellte er sich hinter Dalina auf den nächsten Treppenabsatz und nickte dem Feldwebel zu, dass sie bereit waren. Direkt hinter Martin stellte sich auch Bernd in Position.

»Bleib in der Tür stehen«, schärfte ihm Martin ein. »Dalina deckt mich und ich öffne das Tor. Das reicht. Es sind ja nur drei oder vier.«

»Sieben«, sagte Dalina und drückte sich, sobald sich die Tür mit einem Zischen erst nach außen und dann zur Seite öffnete, durch den Spalt hindurch. Sofort stand sie vis-à-vis von zwei Zombies, die ihre gierigen Arme zeitgleich nach ihr ausstreckten. Dalina verzichtete darauf, sie direkt anzugreifen, und tauchte unter den Armen hindurch. Dabei zog sie mit ihrem gestreckten Fuß einen Halbkreis und fegte damit den einen Zombie praktisch von den Füßen. Dann schlug sie dem anderen von hinten das Ende der Eisenstange auf den Schädel. Einer der aus etwas dünnerem Stahl geschmiedeten Auswüchse, an denen Bauarbeiter üblicherweise das Flatterband zum Absperren verknoteten, drang tief in den Hinterkopf ein und ließ den Zombie vorwärts stolpern. Er prallte links von der Bustür gegen die Karosserie, drehte sich einmal und rutschte dann zu Boden. Dalina zog das Eisen noch einmal wie einen Baseballschläger waagerecht durch die Luft und traf den nächsten Zombie auf Höhe der Augen. Der gesamte obere Teil des Schädels wurde dabei abgetrennt und flog als kleine Splitter und matschiges Etwas durch die Luft. Wie ein Derwisch wütete Dalina in den nächsten Sekunden unter den immer zahlreicher werdenden Zombies. Die Erfolge, die sie dabei erreichte, wurden von lautem Jubel an Bord des Busses begleitet.

Bernd schaute von der untersten Stufe des Busses verwirrt zu. Dalina tat genau jene Dinge, von denen sie und Martin gesagt hatten, dass man sie nie tun sollte. Sie schlug wie wild und – wie es aussah – vollkommen unkontrolliert auf ein halbes Dutzend Zombies gleichzeitig ein. Das Problem dabei war, dass sie die Zombies meistens nur kurzzeitig zu Boden schickte. Ein paar würden sicherlich nie wieder aufstehen, aber selbst der, der jetzt nur noch einen halben Kopf besaß, stand noch immer aufrecht. Und alle zusammen brachten Dalina immer stärker in Bedrängnis.

Martin war vorn um den Bus herumgehuscht und machte sich an dem Tor zu schaffen. Bernd dagegen schwankte zwischen Hilfe leisten wollen und aufpassen, dass niemand in den Bus eindringen konnte. Der Zombie, dem Dalina den ersten Hieb verpasst hatte, lag keinen Meter rechts von ihm am Vorderrad und rappelte sich gerade wieder hoch. Als auf der anderen Seite des Busses aus dem Fenster geschossen wurde, entschied sich Bernd trotz Martins Anweisung dazu, einzugreifen. Dem Zombie, der sich gerade vornübergebeugt an der Karosserie des Busses in die Höhe drückte, stach er sein angespitztes Moniereisen durch das Ohr. Nahezu ohne Widerstand durchdrang der Stahl den Kopf. Bernd trat dem Zombie in die Seite, um es schnell wieder herausziehen zu können. Dann tat er es Dalina gleich, schwang den Stahl wie eine Axt über dem Kopf und zerteilte Halbschädel das Kleinhirn in der Mitte. Das machte Dalina den Rücken frei, die ihre Eisenstange gerade einem der Monster von unten durch den Kiefer stach.

Ihr blonden Haare waren schweißnass und klebten ihr im Gesicht. Deshalb sah sie vielleicht die Kreatur von links nicht kommen, die sie an der Schulter packte und zur Seite stieß. Mit einem Aufschrei stolperte sie und fiel zu Boden – und der Zombie direkt auf sie. Dalina packte die Stange mit beiden Händen und drückte sie dem Zombie quer gegen den Kehlkopf, um sein Gebiss von sich fernzuhalten.

Mit einem lauten Quietschen zog Martin gerade das Tor auf. Als er Dalina am Boden liegen sah, wollte er das Tor schon loslassen und ihr zu Hilfe eilen, doch einer der Soldaten kam aus dem Bus gesprungen und schlug mit voller Wucht den Schaft seiner G36 gegen die Schläfe des Zombies. In der nächsten Sekunde schoss er einem weiteren aus der Hüfte in den Kopf. Aus dieser geringen Entfernung war die Kugel aus dem Nato-Sturmgewehr gleichbedeutend mit einem Granateneinschlag. Der Schädel zerplatzte wie eine reife Melone und der Inhalt spritze nach allen Seiten weg. Er reichte Dalina eine Hand und half ihr beim Aufstehen. Der Bus setzte sich in Bewegung und fuhr langsam durch das gerade so weit geöffnete Tor auf den Hof des Einkaufscenters, dass alle außerhalb warten mussten, bis er hindurch war.

Bernd, Dalina und der Soldat liefen rückwärts hinter dem Bus her. Die drohende Wand aus Zombies rückte zwar näher, aber die unmittelbare Gefahr war fürs Erste gebannt. Kaum hatten sie die Nut des rollenden Tores überschritten, stemmte sich Martin von innen gegen das Tor, um es wieder zuzuschieben.

Mit einem Mal war das laute Knattern von Motorrädern zu hören. Einige der Zombies drehten sich um. Der Krach hinter ihnen schien interessanter. Mitten durch die Meute aus fünfzig oder mehr Zombies sah Dalina mehrere schwere Motorräder auf sich zurasen. Die Maschinen kamen ihr bekannt vor und auch die Männer darauf. Einige der Untoten wurden hoch in die Luft geschleudert, der Rest einfach beiseite gepflügt. Schon schoss die erste und gleich darauf die zweite Harley Davidson über die Grenze auf den Hof. Auch eine dritte und eine vierte schafften es problemlos. Die vierte Maschine kam ins Schleudern, stellte sich quer, bockte plötzlich und der Kerl darauf verlor den Halt. Er schlitterte gegen den Zaun, an dem er benommen liegen blieb. Die Maschine lag außerhalb des Zauns und versperrte der fünften Maschine den Weg. Der hagere Kerl mit dem freien Oberkörper bremste ab, ließ seine Maschine achtlos zur Seite fallen und schlüpfte in letzter Sekunde wohlbehalten durch die sich schließende Lücke des Tores. Der Verletzte am Tor rappelte sich in die Höhe und versuchte verzweifelt, über den Zaun zu klettern, aber vier oder fünf Zombies packten ihn bereits an seiner Lederjacke und hielten ihn fest.

Martin und Bernd stachen mit ihren Stangen durch das Gitter und versuchten, die Kreaturen abzulenken. Der markerschütternde Schrei, der sofort abbrach, als der Rocker gebissen wurde und sich fast augenblicklich verwandelte, ließ allen das Blut in den Adern gefrieren. Martin zögerte nicht und erlöste den ehemaligen Kameraden mit einem schnellen und gezielten Stich durch ein Auge.

»Hab ich doch richtig gesehen. Martin und seine Schlampe Dalina. Euch beide hab ich gesucht.« Wütend stapfte Emre mit der Machete in der Hand auf Martin zu. Aber noch bevor er ihn erreicht hatte, hörte er das vielfache Durchladen von Maschinengewehren. Aus dem Bus waren an die fünfzig Personen gestiegen. Die meisten schienen Jugendliche zu sein, aber etliche trugen Tarnanzüge wie Soldaten. Und diese richteten gerade ausnahmslos ihre Sturmgewehre auf ihn. Als wäre er gegen eine Wand gelaufen, blieb er stehen und schaute unsicher von den Soldaten zu Martin und Dalina und wieder zurück. »Ahmed fehlt noch«, presste er hervor.

38

Dennis kam gerade rechtzeitig zurück, um den Höhepunkt der Show noch mitzuerleben. Die blonde Frau, die gleichzeitig ein Dutzend Zombies verdrosch; der Mann, der sich am Gittertor zu schaffen machte; das Finale, bei dem einer der Biker seinen Einsatz mit dem Leben bezahlte und ein anderer gerade noch rechtzeitig Fersengeld gab und Richtung Berlin verschwand.

»Ich bin mir ziemlich sicher, dass die nicht zusammengehören«, kommentierte Mirjam, die meinte, bei den Kerlen auf den Motorrädern erstaunte Gesichter bei der Ankunft des Busses gesehen zu haben. »Was tun wir jetzt?«

»Gegen die Rocker hätte ich alles daran gesetzt, sie nicht hereinzulassen. Aber die da sehen aus, als wären es Soldaten. Und vor allem sind es eine ganze Menge. Die würden wir am Ende wohl kaum davon abhalten können, einzudringen.«

»Also sollen wir uns mit denen arrangieren?«

»Ich denke, nein, ich hoffe, die sind nur auf der Durchreise.«

»Freu dich nicht zu früh. Wenn die sehen, was wir hier zu bieten haben, könnte es uns passieren, dass sie länger bleiben wollen.«

»Mag sein. Aber selbst wenn die den Bus bis oben hin vollpacken, reichen unsere Vorräte immer noch bis ans Ende unserer Tage. Und vielleicht geben sie sich ja mit Katzenstreu zufrieden.«

Mirjam lachte hell auf, als sie an die sechs Paletten dachte. Katzen hatten sie allerdings seit zwei Jahren schon nicht mehr zu sehen bekommen. Genauso wenig wie Hunde oder Vögel. Nicht einmal Ratten waren ihnen unter die Augen gekommen. Auf der anderen Seite hatten sie auch nicht speziell nach ihnen Ausschau gehalten, also war es gut möglich, dass es sie noch gab. Alle Kleintiere in den Wohnungen waren dagegen entweder verhungert oder hatten sich nach dem Zusammenbruch vermutlich in andere Regionen abgesetzt. In Gebiete ohne oder mit nur wenigen Zombies. Dafür gab es unendlich mehr Insekten als nur Fliegen und Mücken, die sie in diesem Sommer entsetzlich geplagt hatten.

»Also gehen wir jetzt runter, sagen freundlich Hallo und laden alle zu einem netten Abendessen ein.«

Begeistert war Mirjam darüber nicht, wie Dennis ihre Miene unschwer deutete. Ihm ging es dabei nicht viel anders, aber eine andere Wahl, als gute Miene zum bösen Spiel zu machen, hatten sie nicht.

Zehn Minuten später standen sie hinter dem Tor der ersten Laderampe. Das Aluminiumtor wurde normalerweise elektrisch betätigt, aber den Motor extra deswegen an ihr kleines Stromnetz anzuschließen, hatte sich nie gelohnt. Über der Welle unter der Decke hing, für den Fall eines Stromausfalls, noch eine Kette mit Übersetzung. Man musste zwar einige Dutzende Male an der Endloskette ziehen, bis das Tor vollständig geöffnet war, aber zumindest war das einfacher, als fünfzig Leute über die beiden Leitern einsteigen zu lassen.

Noch bevor das Tor mehr als zur Hälfte offen war, traten sie darunter hindurch auf die Rampe und starrten unmittelbar in die Läufe mehrerer Gewehre.

»Wowowow, Herrschaften. Wir sind gekommen, euch einzuladen, unsere Gäste zu sein. Mit Waffen auf uns zu zielen, ist nicht gerade die feine Art.« Dennis hob abwehrend die Hände.

»Nehmt die Waffen runter.« Der Befehlston klang routiniert. Genauso wie die Reaktion der Männer. Da war keiner, der auch nur einen Augenblick lang zögerte.

»Danke!« Dennis und Mirjam hatten ihre Waffen gut erreichbar, aber versteckt abgelegt. Gegen so viele hätten sie keine Chance gehabt, das wussten sie genau. Das hieß aber nicht, dass sie sich die Pistolen so einfach wegnehmen lassen würden. »Das ist Mirjam, meine Frau. Mein Name ist Dennis. Dennis Stern. Ugh. Den Namen habe ich ja schon zwei Jahre lang nicht mehr ausgesprochen.« Dennis grinste verlegen. »Ich nehme an, das Tor ist wieder anständig verriegelt? Tut mir leid, dass ich so eine dämliche Frage stelle«, schob Dennis hinterher, als er in die empörten Gesichter einiger der Soldaten blickte. »Ich stehe sehr auf doppelte und dreifache Absicherung.«

»Ihr lebt allein hier?«

Einer der Männer – ein Offizier, wenn man von seinem Befehlston auf den Rang schließen konnte – sprang behände zu Dennis und Mirjam auf die Rampe und reichte ihnen nacheinander die Hand. Weder Dennis noch Mirjam kannten sich mit Rangabzeichen aus, aber der Mann machte trotz ungepflegtem Vollbart den Eindruck, eine ehrliche Haut zu sein. »Nein, unsere Hundertschaft bis an die Zähne bewaffneter Kämpfer wartet unter dem Dach, um sich im richtigen Augenblick abzuseilen und euch zu massakrieren.« Das grinsende Gesicht des Soldaten bewies Dennis, dass der Mann die sarkastische Anmerkung als Scherz verstanden hatte. »Ja. Wir hatten unglaubliches Glück, beide die Seuche zu überstehen und uns diesen Ort als Zuflucht zu sichern.«

»Und jetzt haben Sie Bedenken, wir könnten Ihnen diesen Ort wieder wegnehmen. Hauptfeldwebel Thomas Klein. Drittes Pionierbataillon der … ach, ist egal.« Klein hatte die unterschwellige Besorgnis wahrgenommen. Vor allem die Frau machte einen wenig begeisterten Eindruck auf ihn. An ihrer Stelle hätte er wohl dieselben Bedenken gehabt.

»Ich hatte die schlimmeren Befürchtungen, als ich das Rocker-Gesindel gesehen habe. Ihr gehört nicht etwa zusammen, oder? Sah jedenfalls nicht so aus.«

»Nein, die waren uns bisher nicht bekannt. Aber darum kümmern sich gerade Freunde. Wir haben nicht vor, hierzubleiben. Zumindest nicht, wenn wir den Bus wieder zum Laufen bekommen. Und ich will Ihnen auch keine Angst machen, aber hierzubleiben könnte bald brandgefährlich sein.«

»Gefährlich? Geht es etwa noch schlimmer?«

»Sie machen sich keine Vorstellung.«

Dennis sah besorgt zu Mirjam, die den Feldwebel mit aufgerissenen Augen anstarrte.

»Ich verstehe nicht, wie es überhaupt dazu kommen konnte. Sie sind doch vom Militär. Können Sie mir das mal erklären?« Mirjam musste bewusst sein, dass der Feldwebel an der Situation keine Schuld trug, aber als ein Vertreter der Staatsmacht war er nun mal gerade greifbar.

»Frau Stern. Ich kann ihre Frustration verstehen, aber die Katastrophe war nicht zu verhindern. Es sind zu schnell zu viele Menschen zu Zombies geworden. Die Verbreitung war praktisch nicht mehr zu stoppen. Innerhalb der ersten zweiundsiebzig Stunden waren bereits über neunzig Prozent der Bevölkerung nur noch wandelnde Tote. Es betraf ja nicht nur die zivile Bevölkerung. Das Virus grassierte genauso heftig unter den Ordnungskräften. Und es wird auch nicht aufhören, bis der letzte Mensch gestorben ist. Es dauert sechzehn oder siebzehn Jahre, bis ein Mensch so weit ist, dass er kämpfen kann, aber nur eine Sekunde, bis ein Zombie so weit ist.«

»Sie meinen, das geht noch ewig so weiter?«, fragte Dennis entsetzt.

»Tote Menschen bleiben leider sehr viel länger frisch als lebende. Wie gesagt, das letzte menschliche Wesen auf Erden wird eher ein toter Mensch sein. Also wird es wohl niemals aufhören. Es sei denn, unsere Wissenschaftler finden noch etwas, was dagegen hilft. Allerdings sieht es im Moment nicht danach aus.«

»Also gut. Oder auch nicht. Ich würde vorschlagen, dass alle erst einmal hereinkommen. Mir ist unwohl bei dem Gedanken, das Tor offen zu lassen und nicht danebenzustehen. Wir haben Vorräte, an denen Sie sich gerne bedienen dürfen, wenn es in Maßen bleibt. Vielleicht beginnen wir mit einer anständigen Portion Spaghetti mit Tomatensoße für alle. Wir haben sowieso viel zu viele Tomaten aus eigener Ernte.«

Der Feldwebel blickte in die dürren Gesichter der Männer, Frauen und Jugendlichen, die vor der Rampe standen und zu ihnen nach oben schauten. Im Gegensatz zu ihren beiden Gastgebern sahen sie längst nicht so wohlgenährt, sauber und gesund aus. Niemand hatte in der Kaserne hungern müssen, aber es hatte nie gereicht, um wirklich satt zu werden. Die Aussicht, sich einmal anständig den Bauch vollschlagen zu können, ließ die Augen der Anwesenden leuchten.

Dann sah er zurück zum Tor, an dem Dalina, ihr Freund Martin und drei von seinen Männern mit den vier Rockern diskutierten. Sie waren zum Teil von dem Bus verdeckt, und Klein hatte keine Ahnung, um was es dabei ging, aber Sorgen machte er sich deswegen nicht. Was sollten sie schon gegen seine Truppe ausrichten? Natürlich hatte man ihnen zur Sicherheit die Waffen abgenommen. Dalina und Martin hatten die Situation nach ihrem eigenen Bekunden im Griff. Auch wenn er die blonde Dalina noch keinen Tag lang kannte und ihren Freund Martin sogar erst wenige Stunden, hatte er Vertrauen in die beiden. Dabei konnte er noch nicht einmal sagen, wieso das so war. Vermutlich, weil sie anders waren als alle Menschen, die er in diesen Tagen kannte. Der Rocker war ihnen ganz offenbar bekannt. Eine gute Meinung schienen sie von ihm aber nicht zu haben. Trotzdem hatten sie lieber ihm die Verhandlungen mit ihren potentiellen Gastgebern überlassen, während sie wohl mehr über die Geschichte ihres ehemaligen Kumpans wissen wollten. »Mahler. Bitten Sie doch unsere Freunde darum, sich uns jetzt anzuschließen. Für Smalltalk ist später auch noch Zeit.« Klein zeigte mit dem Arm in Richtung der Einfahrt, und einer der Soldaten zu seinen Füßen salutierte flüchtig, bevor er sich umdrehte und langsam zum Tor marschierte.

»Sie werden bestimmt ein paar Tage hier verbringen. In der Zeit sollten Sie sich am besten so wenig wie möglich draußen Blicken lassen. Dann kann sich die Zombie-Meute wieder etwas beruhigen. Lassen Sie sich von Mirjam zeigen, wo Sie sich etwas einrichten können und ein paar Regeln erklären.« Dennis wies dem Feldwebel den Weg nach drinnen und ließ ihn vorbei. »Um den Bus kümmern wir uns dann später. Ich warte noch, bis alle drinnen sind, und schließe dann das Tor«, rief er ihnen hinterher.

Nach und nach stiegen an die vierzig oder fünfzig Personen auf die Laderampe und verschwanden, Mirjam und dem Feldwebel folgend, in einer langen Reihe im Lager des Einkaufscenters. Etwa die Hälfte von ihnen waren Soldaten in grün-grauen Tarnanzügen und beigefarbenen Stiefeln. Alle waren mit schweren Maschinenpistolen bewaffnet, die sie an Gurten quer vor dem Bauch hängen hatten. Dazwischen liefen jedoch immer wieder Jungen und Mädchen in schmutzigen grauen Overalls. Einige waren kaum älter als zwölf oder dreizehn Jahre. Die Älteste mochte maximal siebzehn sein. Als der vorerst Letzte an ihm vorbei war, trat Dennis auf die Rampe und schaute zur Einfahrt. Das war genau der Augenblick, in dem sich die Gruppe gegen mehrere Zombies zur Wehr setzen musste, die sie plötzlich attackierten. Wie sie die einen Meter achtzig hohe und recht massive Umzäunung überwunden haben konnten, hatte Dennis nicht mitbekommen. Alles spielte sich in gut dreißig Metern Entfernung ab. Zwei der Soldaten rannten auf ihn zu, während die anderen sich zur Wehr setzten. Schüsse fielen.

»Das ist gar nicht gut«, murmelte Dennis und trat zurück durch das Tor. Er zog wie wild an der Kette für das Rolltor, dass sich langsam herabsenkte. »Beeilt euch!«, rief er nach draußen. Er hatte nicht vor, den Soldaten das Tor vor der Nase zuzuschlagen. Sie würden sich schon bücken müssen, aber wenn die Zombies erst heran wären, würde ihm die Zeit fehlen, das Tor zu schließen. Als der Spalt nur noch kaum mehr als einen Meter betrug, rollte sich der erste der beiden Soldaten auch schon darunter durch.

»Mach zu! Mach zu! Die anderen wurden bereits gebissen.«

Gleich darauf kam bereits der Zweite. Dennis bückte sich und schaute hinaus. Viel sehen konnte er nicht. Auf jeden Fall gab es niemanden, der in wenigen Sekunden heran gewesen wäre. Nur ein Zombie stakste mit ausgestreckten Armen auf die Laderampe zu. Schnell zog er wieder an der Kette und verschloss das Tor.

Der Feldwebel und zwei weitere Soldaten kamen herbeigestürmt. »Was ist passiert?«

»Da waren plötzlich fünf oder sechs Zombies über den Zaun. Sind wohl über den Leichenberg neben der Einfahrt gestiegen. Wir haben sie zu spät bemerkt. Sind über uns hergefallen. Wir konnten gerade noch abhauen.« Die beiden Soldaten waren vollkommen außer Atem.

Dennis empfand sie eigentlich als zu jung für Soldaten, die seit wenigstens zwei Jahren Dienst hätten tun müssen.

»Seid ihr euch sicher?«, hakte der Feldwebel nach.

39

Adamerzyk »Ahmed« Piotrowski fuhr auf seinem übergroßen Trike als Letzter hinter Emre her. Von der Hauswand bis zum immer dichter werdenden Pulk Zombies hinter dem Reisebus waren es nur ein paar Dutzend Meter. Nur wenige Sekunden Fahrzeit und eigentlich kein Problem, wenn das Tor, das er durch die Reihen der Untoten gerade noch sehen konnte, nicht gerade geschlossen würde. So klar wie Oma Ronjas Klößchenbrühe. Emre würde es mal wieder schaffen. Der Saukerl hatte das Glück wie immer gepachtet. Die anderen hinter ihm kümmerten ihn aber nicht die Bohne. Adamerzyk hatte nur wenige Sekunden Zeit, darüber nachzudenken, ob er das Risiko eingehen wollte oder nicht. Wenn das Tor geschlossen war, wenn er es erreichte, war er tot. Dann würde er, wie die Millionen anderen Pechvögel, als lebloses, aber umherwanderndes Stück Schlachtvieh enden.

Als er die Phalanx der Zombies erreichte und sowieso einen Schlenker nach links machen musste, gab er kurz entschlossen mehr Gas und scherte aus. Sollte Emre doch ohne ihn klarkommen. Dafür würde er ihm wahrscheinlich, wenn sie sich jemals wieder über den Weg laufen sollten, den Schädel einschlagen, ob er dann ein Zombie war oder nicht. Aber bis es so weit war, hatte er nicht vor, sich jemals wieder vorschreiben zu lassen, was er zu tun und zu lassen hatte.

Am gegenüberliegenden Bordstein der Kreuzung zum Auen-Carreé blieb er kurz stehen und sah zurück. Der Bus war durch das Tor hindurch, das konnte er erkennen. Aber wenigstens achtzig bis hundert Zombies bildeten an dem mannshohen Tor eine dichte Mauer, die ihm die Sicht versperrten. Dafür konnte er deutlich Clemens' Schrei hören, der ihm die Nackenhaare aufstellte. Adamerzyk, den alle der Einfachheit halber immer nur Ahmed gerufen hatten, schloss für eine Sekunde vor Trauer die Augen. Ein sich nähernder Zombie ließ ihm aber nur wenig Zeit, sich für die Entscheidung, Emre nicht weiter zu folgen, auf die eigene Schulter zu klopfen. Er ließ die Kupplung kommen und drehte am Gashahn. Die Maschine röhrte laut auf und mit durchdrehendem Hinterrad fegte er in Richtung Berlin davon.

Adamerzyk »Ahmed« Piotrowski schaute nicht zurück. Jetzt war die Zeit gekommen, in der sich jeder selbst der Nächste war.

40

»Euch beide habe ich gesucht.« Kaum war der Feldwebel mit dem Gros seiner Truppe auf das sich gerade öffnende Tor zumarschiert, riss Emre sein Mundwerk wieder kräftig auf. Die Soldaten hatten ihm und seinen drei Biker-Freunden zwar die Waffen abgenommen, das hinderte ihn aber nicht daran, sich vor Wut kochend Martin und Dalina zuzuwenden. Die drei zur Bewachung abgestellten Soldaten mit den Maschinengewehren, die drohend auf ihn gerichtet waren, ignorierte er völlig. Seine drei Kumpels dagegen standen eher scheu und mit betreten zum Boden gerichtetem Blick am Heck des Busses. »Wegen euch ist Clemens jetzt tot, ihr Wichser.«

Weder Martin noch Dalina zeigten einen Hauch von Angst. Sie standen mit dem Rücken zu dem drei bis vier Meter entfernten, mit Rollen auf einer Schiene beweglichen Zaun. Weit außerhalb der Reichweite der Untoten, die gierig ihre Arme durch die Stangen des Schiebetors reckten. Sie hatten fast zwei Jahre lang gelernt, mit Emres cholerischer Art umzugehen. Hinzu kam noch, dass sie in der augenblicklichen Situation eindeutig im Vorteil waren. Sie waren bewaffnet, Emre nicht. Etwas, das er bis jetzt noch nicht realisiert zu haben schien.

»Emre, mein Großer.« Amüsiert traute sich Martin – auch als Warnung –, mit dem hinteren Teil seiner Eisenstange auf ihn zu zeigen. Das war etwas, was er früher nie gewagt hätte. »Darf ich dir im Detail noch einmal den augenblicklichen Stand des Kräfteverhältnisses vor Augen führen?«

»Fick dich. Du hast uns verraten. Und Verrat muss bestraft werden.« Emre trat plötzlich zwei Schritte auf Martin zu, packte ihn am Kragen und schob ihn in Richtung des Zauns.

Die Soldaten und Dalina konnten gar nicht so schnell reagieren, um das zu verhindern. Hinzu kam, dass Emre allein durch seine Körpermasse den Soldaten trotz ihrer Waffen einen gehörigen Respekt einflößte. Einer von ihnen, ein bestenfalls Achtzehnjähriger, Dienstverpflichteter, fasste sich ein Herz und ließ Emre mit dem Kolben seines Gewehrs stolpern, indem er ihm dieses zwischen seine Beine rammte. Er fiel zwar hin – direkt auf Martin –, aber immerhin gerade noch außerhalb der Reichweite der gierigen Arme der Untoten. Gemeinsam mit seinen beiden Kameraden zerrte er den fluchenden und um sich tretenden Rocker zurück.

Martin kam konsterniert wieder auf die Beine und erschrak noch zusätzlich, wie dicht ihn Emre gerade an sein Existenzende gebracht hatte, als er den verbliebenen Abstand zu den Kreaturen sah. »Du bist gefährlich, Emre. Aber im Gegensatz zu dir werden wir niemanden, der noch Leben in sich hat, den Zombies zum Fraß vorwerfen.«

Dalina sah erstaunt zu Martin. Das war so ziemlich das erste Mal, dass sie aus seinem Mund das Wort Zombie als Bezeichnung für die Untoten gehört hatte. »Ob wir ihn am Leben lassen, sollte der Feldwebel entscheiden, Martin.« Auch Dalina war dagegen, Menschen zu töten. Sie wollte Emre mit der Drohung einfach nur etwas Angst einjagen. Das war vielleicht das Einzige, mit dem man ihn beeindrucken konnte. Auf der anderen Seite würden Klein und seine Männer vermutlich genau das tun, was sie verlangten. Durch Martins Auftreten an der Böschung des Kanals hatten sie plötzlich so etwas Ähnliches wie einen Heldenstatus bei den Soldaten und den Jugendlichen inne. Zumindest die Soldaten sahen sie beide fast ehrfürchtig an, wenn sie etwas sagten oder taten. Anders konnte sie sich das mutige Eingreifen der Soldaten nicht erklären. Aber ihr sollte es recht sein. Umso einfacher war es, die eigenen Ansichten der Gruppe gegenüber durchzusetzen.

»Hast recht«, nickte Martin. »Der Hauptfeldwebel sollte ihm den Prozess machen.«

Emre wurde leichenblass. Hätten Martin oder Dalina ihm etwas angedroht, hätte er das mit einem Lächeln quittiert. Aber den Feldwebel konnte er nicht genau einschätzen. In den paar Minuten nach seinem Höllenritt auf das Gelände hatte er mit ihm einen knallharten Militär erlebt, der seine Männer mit knappen Kommandos vollkommen im Griff hatte. Diesen Höllenritt hatte er natürlich nicht als Einziger absolviert. Und seine eigenen Männer waren durch das Militär bereits vollkommen eingeschüchtert. Langsam schien Emre zu begreifen, dass er im Moment einfach nicht das Sagen hatte.

Aufgrund der Rangelei, dem Wortgefecht und der Anwesenheit lebenden menschlichen Fleisches, gebärdeten sich die Untoten außerhalb des Zauns wie rasend. Die sonst sehr stillen, bestenfalls grunzenden Toten, produzierten zusammengenommen einen basslastigen Dauerton, in einer Lautstärke, den die Soldaten vor allem von der Kaserne her kannten.

»Wir sollten hier weg«, meinte einer der jungen Männer mit ängstlichem Blick. »Es sind zwar keine zehntausend, aber ich habe gesehen, wozu die fähig sind, wenn sie in Raserei verfallen.«

Kaum hatte er das gesagt, fielen von den Anwesenden erst unbemerkt zwei besonders großgewachsene Exemplare auf ihre Seite des Zaunes. Ein gutes Dutzend getötete Zombies waren, vermutlich von den Bewohnern des Einkaufscenters, über den Zaun hinweg entsorgt worden. Das Nachbargrundstück war noch fünf Meter weiter zurückgesetzt. Der Zaun ging deshalb auch die entsprechende Länge um die Ecke weiter.

Die Körper am Boden befanden sich in den unterschiedlichsten Stadien der Verwesung. Einer der wandelnden Toten war auf ihnen herumgestampft, eingeknickt und hatte so den nachfolgenden Untoten eine perfekte Brücke geboten. Kaum war es an dieser Stelle Zweien gelungen, den Zaun zu überwinden, wandten sich prompt weitere dieser Stelle zu. Es schien nur eine Frage der Zeit, bis mehr Zombies den Zaun auf diese Art überwinden würden.

Auf Sven, einem von Emres Kumpanen, legte sich plötzlich um den Bus herum eine ausgemergelte Hand auf die Schulter. Als er den Kopf nach links drehte, musste er seinen eigenen Kopf erst anheben, um die Gefahr, in der sie alle schwebten, zu begreifen. Sein Schrei stand dem von Clemens in nichts nach. Die beiden Zombies, die gerade um das Heck des Reisebusses herumkamen, waren wahre Riesen. Sie sahen aus wie Brüder. Dürr und vor allem mit sehr langen Armen. Sie überragten jeden der Lebenden noch um wenigstens zwei Köpfe. Sven, unfähig sich großartig zu bewegen, knickte vor Angst in den Knien ein, während seine beiden Kumpels mit schreckgeweiteten Augen zurückwichen. Die Hand des ersten Riesen schloss sich um Svens Hals. Der Riese ging ebenfalls in die Knie und brachte damit seinen auf- und zuschnappenden Kiefer in die Nähe der Schulter.

Martin überlegte nicht lange und stieß, ohne zu zielen, seine Eisenstange seitlich durch den Kopf der Kreatur. Die Spitze trat auf der anderen Seite wieder aus und schrammte über die Karosserie des Busses. Zwei weitere Kreaturen hatten den Zaun überwunden. Dahinter schien sich eine lange Schlange zu formieren, als würden sich die Untoten anstellen, um über den Zaun zu gelangen.

Dalina trat ihnen entgegen, musste aber zurückweichen, als die beiden nebeneinander auf sie zukamen. Einer der Soldaten hob sein Gewehr und schoss auf einen weiteren Zombie, der gerade im Begriff war, sich über den Zaun fallen zu lassen. Die Schüsse waren zu unpräzise. Man konnte deutlich sehen, wie sie in den Körper einschlugen und ihn nur zurückwarfen. Sofort waren zwei weitere zur Stelle.

Für zwei der jungen Soldaten war das zu viel. Sie wandten sich um und rannten in Richtung des Rolltores davon, als wäre der Teufel hinter ihnen her, gerade als Dalina beim Zurückweichen über einen herausstehenden Pflasterstein stolperte. Die beiden Zombies stürzten sich beinahe zeitgleich auf die am Boden Liegende. Ein weiterer Schuss traf diesmal besser. Der Kopf der linken Kreatur zerplatzte förmlich und verstreute seinen Inhalt über Dalina. Der rechte dagegen fixierte mit beiden Händen ihren linken Arm am Boden. Verzweifelt versuchte Dalina, den anderen Arm mit der Eisenstange freizubekommen, um wenigstens auf ihn einprügeln zu können.

In letzter Sekunde durchbohrte Martins Stange den Hals der Kreatur. Er hatte zwar erneut nicht richtig getroffen, aber immerhin konnte er so verhindern, dass Dalina gebissen wurde. Zweimal trat Martin mit dem Fuß auf den Torso ein und drückte ihn gleichzeitig mit der Stange über Dalina hinweg.

»Das war knapp«, bedankte sie sich einige Sekunden später, nachdem sie sich mühsam unter den beiden Zombiekörpern hervorgekämpft hatte. Schulterblatt an Schulterblatt überlegten sie, welche Optionen ihnen zur Verfügung standen.

Emre und seine drei Rocker-Freunde waren an der linken Seite des Busses weiter zurückgewichen.

»Ich denke, es ist besser, wenn wir uns zurückziehen und sie sich beruhigen lassen. Selbst wenn es zwanzig über den Zaun schaffen, können wir später immer noch überlegen, wie wir das verlorengegangene Terrain zurückerobern.«

»Einverstanden«, nickte Dalina. Es war nicht das erste Mal, dass sie in einer solch bedrohlichen Situation gewesen war. Dennoch steckte auch ihr als erfahrene Zombiekillerin der Schreck noch in allen Gliedern. »Wir ziehen uns zurück.«

Alle wandten sich dem Rolltor zu, das zu ihrem Schrecken plötzlich geschlossen war. Stefan, Rüdiger, Sven und Emre hatten gerade das vordere Ende des Busses erreicht, als sie genau dort einem weiteren Zombie genau in die Arme liefen. Er musste vorn um den Bus herumgelaufen sein. Rüdiger, einer von Emres Männern, rannte direkt in den Untoten hinein. Bereits eine Sekunde später versenkten sich dessen Zähne in seiner Schulter. Wieder brach der Schrei des Gebissenen bereits nach wenigen Augenblicken ab. Erfahrungsgemäß dauerte es nicht lange, bis aus einem Menschen ein Untoter wurde. Dalina und Martin verzichteten darauf, sich mit den beiden am Boden Liegenden zu befassen. Hinter ihnen wankten bereits fünf weitere Gestalten hinter ihnen her.

»Die Leiter!«, rief Emre und zeigte auf die an das Vordach angelehnte Rettungsmöglichkeit hinter den drei Rolltoren. Trotz seiner Körperfülle überwand er die dreißig Meter in Rekordzeit und erreichte sie als Erster. Seine beiden Gefolgsleute folgten ihm auf dem Fuße.

»Wenn Emre so richtig sauer auf uns ist, zieht er vielleicht die Leiter nach oben und lässt uns hier unten verrecken«, gab Dalina zu bedenken, als sie sah, dass Emre die oberste Sprosse bereits erreicht hatte. Die ersten paar Meter waren sie nur getrabt, hatten absichtlich eine Position am Ende der kleinen Gruppe eingenommen, um im Fall, dass weitere Untote auftauchen sollten, entsprechende Maßnahmen ergreifen zu können. Aber wenn die Untoten eines nicht waren, dann schnell. Die schlechte Koordination ihrer Gelenke ließ das einfach nicht zu. Man konnte also problemlos vor ihnen weglaufen.

Martin schaute gar nicht erst zu Dalina, sondern setzte sofort zu einem Spurt an. Viele Meter waren es nicht mehr, aber sollte Dalina mit ihrer Warnung recht behalten, konnten selbst die paar Meter zu viel sein. Der junge Soldat, von dem sie immer noch nicht wussten, wie er hieß, erreichte in diesem Augenblick die Leiter und hastete sie hinauf. Emre stand auf dem Vordach und schaute herunter, seine beiden ihm verbliebenen Gefolgsleute rechts und links von sich. Martin meinte, sehen zu können, wie es in Emres Gehirn arbeitete. Soll ich oder soll ich nicht, stand buchstäblich auf seiner Stirn.

41

Dennis hatte die Arme verschränkt und schaute missmutig aus dem Fenster der ehemaligen Kantine in den Hof. Zwei Wochen hatten sie gebraucht, um ihn von Zombies zu befreien. Die Ankunft ihrer Gäste zwei Tage zuvor hatte dazu geführt, dass die ganze Arbeit, die sie hineingesteckt hatten, innerhalb von nur wenigen Minuten umsonst gewesen war.

Mirjam hatte sich zu ihm gesellt und ihren Kopf auf seine Schulter gelegt. »Wir kriegen das wieder hin, Dennis«, tröstete sie ihn, was in Dennis' Ohren merkwürdig klang. Eigentlich war sie es ja, die viel unglücklicher auf die Störung ihrer Idylle reagiert hatte als er. Wie Heuschrecken waren ihre Gäste über ihre Vorräte hergefallen. Es schien fast so, als hätten einige von ihnen noch nie in ihrem Leben eine Büchse Cola zu trinken gehabt.

Die Kantine hatten Dennis und Mirjam für sich in eine gemütliche Wohnhöhle verwandelt. Dazu hatten sie sich die schönsten Möbelstücke aus dem ganzen Center herangeholt. Es war schon erstaunlich, was einige Ladenbesitzer in ihren Hinterzimmern an edlen Ledergarnituren für sich selbst benutzt hatten. Das alte Mobiliar hatten sie dafür natürlich entfernt.

Nun standen ihre Gäste also an der Wand oder saßen auf dem Boden und debattierten darüber, wie sie weiter vorgehen wollten. Dennis fühlte sich an den Rand gedrängt und hielt ihr Refugium für entweiht. Alles Bitten um Rücksichtnahme mit ihren persönlichen Dingen war bei einer Gruppe von beinahe fünfzig Leuten hoffnungslos. Einer der Rocker zum Beispiel saß auf einem Tisch und stützte seine Füße auf die Rückenlehne eines Sessels, in der einer seiner Kumpane saß. Das war sein Sessel, verdammt! Er beteiligte sich jetzt auch nicht mehr an der Diskussion. Es führte einfach zu nichts. Die Neuigkeit des Feldwebels, dass sie bald mit einer Invasion der Untoten zu rechnen hatten, nagte bereits seit vorgestern an ihm. Er empfand deshalb jede weitere Diskussion als überflüssig. Ihre Gäste hatten zu verschwinden, das war das Einzige, das ihn interessierte. Wenn tatsächlich Tausende von Zombies auf dem Weg hierher waren, wäre es das Beste, wenn hier wieder Ruhe einkehren würde. Mirjam und ihn würden diese Massen nicht interessieren. Wenn hier aber fünfzig Menschen lebten, wäre das Auen-Careé mit Sicherheit hoch gefährdet.

»Wir müssen den Bus wieder zum Laufen bekommen«, hörte er den Feldwebel gerade erneut auf seiner Meinung beharren. Dennis rollte mit den Augen. Er verstand nicht, weshalb der Soldat nicht einfach ein Machtwort sprach, und bestimmte, was zu passieren hatte. Seine Leute hätten zweifelsohne seine Befehle ausgeführt.

Im Prinzip gab es hier vier Parteien mit zum Teil unterschiedlichen Ansichten. Da waren er und Mirjam, die einfach nur wieder ihre Ruhe haben wollten; der Feldwebel und seine Soldaten; die blonde Dalina und ihr Freund, die zwar auch zum Aufbruch drängten, dies aber nur mit einem kleinen Voraustrupp bewerkstelligen wollten, während der Großteil hier in Sicherheit zurückbleiben sollte. Und letztlich die drei Rocker, die die Soldaten am liebsten loswerden und hier wie die Maden im Speck leben wollten. Zwischen all diesen Gruppen schwammen die zwanzig bis fünfundzwanzig Jugendlichen, die Sympathien für jede der Gruppen aufbrachten.

»Wir sind uns also einig, dass wir uns uneinig sind, Herr Hauptfeldwebel.« Martin war in die Mitte getreten und bat um Ruhe. Er schaute vor allem Emre und seine beiden Kumpane finster an, die ihn mit ihrem Gelächter einfach ignorierten. »Alles steht und fällt damit, ob der Bus überhaupt noch einmal zum Laufen gebracht werden kann. Würden Sie mir da zustimmen?« Martin musste sehr laut reden, um die Gespräche der drei Rocker zu übertönen. Irgendwie hatte Emre es geschafft, den Feldwebel davon zu überzeugen, dass er und seine Männer vollwertige Mitglieder dieser Zweckgemeinschaft zu sein hatten. Im Prinzip konnte Martin die Entscheidung des Unteroffiziers, dem nachzugeben, durchaus verstehen. Allzu viele Gegenargumente zu dieser Forderung ließen sich nämlich nicht finden. Emre hatte ihn geschubst, hatte sich aber sonst nichts zuschulden kommen lassen.

»Aber um das zu prüfen, müssen wir den Hof zunächst von den Zombies befreien«, nickte Klein zustimmend.

»Angenommen, sie bekommen den Bus wieder hin, können Sie auch mit Sicherheit sagen, dass er auch durchhält? Und wenn nicht, wie wollen Sie eine so große Truppe sicher durch Zombieland bringen?«

»Der Bus ist relativ neu. Da ist sicher nur etwas mit dem Getriebe. Ich schätze, da hängt einfach noch ein halber Zombie drin. Wenn die Reste beseitigt sind, wird er wieder einwandfrei funktionieren.«

»Sicher?«

Der Feldwebel antwortete nicht direkt. Natürlich wusste er es nicht sicher. Woher auch, er war schließlich kein Automechaniker. »Wenn sich die Zombies von der Kaserne auf den Weg nach Berlin machen, wird ein Großteil sehr wahrscheinlich hier durchkommen. Dann sollten wir einfach nicht hier sein.«

»Aber selbst wenn die Untoten sich sofort auf den Weg machen, werden sie wenigstens zwei Wochen brauchen, bis sie hier vorbeikommen. Also genug Zeit, mit einem kleinen Voraustrupp die neue Basis zu erobern, zu sichern und anschließend alle von hier abzuholen. Selbst zu Fuß ist ein kleiner Trupp entschlossener Männer und Frauen bis nach Spandau nur zwei bis drei Stunden unterwegs. Wenn wir aber eine größere Gruppe unerfahrener Jugendlicher bei uns haben, wird die Sache in einem Desaster enden, sollte der Bus unterwegs liegen bleiben.« Martin baute sich vor Emre auf, der es sich in einem Ledersessel bequem gemacht hatte. Einen Fuß hatte er über die Seitenlehne gelegt, damit er sich nicht allzu sehr den Kopf verrenken musste, um mit seinen beiden Männern, die hinter ihm standen, zu quatschen und damit die Diskussion zu stören. »Und eine nicht unerhebliche Rolle könnten dabei die Maschinen unserer Rocker-Freunde spielen.«

Dass Emre dennoch sehr genau zugehört hatte, bewies seine Reaktion. Er fuhr aus dem Sessel hoch und brachte sein Gesicht dicht an das von Martin. »Was auch immer du vorschlagen willst, kannst du knicken. Wir haben das Paradies gefunden und werden es nicht wieder verlassen.«

Dennis platzte jetzt der Kragen. Die offenkundige Drohung des Rockers, ihnen ihr Heim streitig zu machen, konnte er einfach nicht hinnehmen. Ihm war egal, dass der Kerl einen halben Kopf größer und vermutlich doppelt so schwer war wie er selbst. Er trat in die Mitte des Kreises, neben die beiden Streithähne, die einander immer noch wütend in die Augen starrten. »Wenn ich könnte, würde ich euch alle rausschmeißen. Darf ich daran erinnern, dass ihr unsere Gäste seid? Ihr benehmt euch, als hättet ihr irgendeinen Anspruch auf das, was Mirjam und ich uns in monatelanger Arbeit aufgebaut haben!« Dennis' war vor Wut knallrot angelaufen. Seine Rede war nicht nur an den in seinen Augen impertinenten Rocker gerichtet, sondern an alle. Dennoch schaute er speziell ihn an. Dass der Kerl, der sich Emre nannte, nur breit grinsend zurückschaute, verstärkte Dennis' Wut noch zusätzlich. Deshalb ließ er sich dazu hinreißen, eine Hand auf seine Schulter zu legen und ihn zu schubsen. Der Erfolg war praktisch gleich null. Hundertzwanzig Kilo Lebendgewicht ließen sich nicht so einfach bewegen.

»Schau an. Der Kleine wird aufmüpfig.« Emres flache Hand flog auf Dennis zu und hätte ihn ohne Zweifel von den Beinen gefegt, doch Martin ging dazwischen. Er trat Emre erst gegen das Schienbein und schlug dann seine flache rechte Hand gegen Emres Kehlkopf. Sofort fasste sich der Getroffene keuchend an den Hals und ließ sich nach hinten in den Sessel fallen. Mit hochrotem Kopf starrte er Martin und Dennis feindselig an.

»Genug jetzt!«, donnerte die Stimme des Unteroffiziers. »Ein Schritt nach dem anderen. Morgen früh beginnen wir damit, das Areal wieder von den Zombies zu räumen. Dann schauen wir uns den Bus an. Und dann entscheiden wir, wie es weitergeht.« Damit drehte sich der Feldwebel um und verließ den Wohnbereich der Sterns. Alle seine Männer, reguläre und dienstverpflichtete sowie ein Großteil der Jugendlichen, folgten ihm in die vorbereiteten Quartiere auf der ehemaligen Verkaufsfläche des Obergeschosses. Zurück blieben nur Dalina, Martin, Bernd, Dennis, Mirjam, die sich an ihren Mann klammerte, um ihn zu beruhigen und die drei Rocker.

»Danke«, hauchte Mirjam Martin über Dennis' Schulter hinweg zu.

Martin nickte. »Es tut mir leid, dass wir so in eure Idylle eingebrochen sind, aber ich würde euch raten, nicht hierzubleiben, wenn wir wieder gehen. Ihr solltet uns begleiten. Sollen Emre und seine Leute doch hierbleiben und verrecken. Wenn hier zehntausend oder mehr Untote durchmarschieren, bleibt kein Stein auf dem anderen.«

»Ja. Lasst uns hier«, krächzte Emre und hielt sich immer noch den Hals. »Wir werden das hier aussitzen. Und nehmt das Jüngelchen gleich mit. Die Süße kann natürlich gern hierbleiben.«

Dalina war die Anzüglichkeit zu viel. Sie setzte Emre die Spitze ihrer Eisenstange auf den Bauch und lehnte sich sanft gegen das hintere Ende. Deutlich bog sich der Schwabbelbauch nach innen, ohne Emre wirklich zu verletzen. Aber sein entsetztes Gesicht war Gold wert. »Mirjam wird ganz sicher nicht freiwillig bei einem Haufen Großmäuler zurückbleiben und ihnen in irgendeiner Form zu Diensten sein, Emre. Du auch nicht, um das mal klarzustellen. So blöd es klingt, aber wir brauchen dich und deine Männer. Wenn du gesehen hättest, was wir gesehen haben, wärst du mit Sicherheit der Erste, der sich auf den Weg zurück nach Spandau macht.«

42

»Sie glauben wirklich, dass es besser wäre, die meisten Leute hier zurückzulassen?« Der Feldwebel hatte sich mithilfe von Milchpulver ein Müsli zusammengerührt und schaufelte ungeniert einen Löffel nach dem anderen in sich hinein.

Martin starrte derweil vor Wut kochend an die Decke. Die Auseinandersetzungen mit Emre zehrten an seinen Nerven. Zwei Jahre lang hatte er diese Wut heruntergeschluckt, weil Emre am längeren Hebel gesessen hatte. Nun, da er eindeutig nicht mehr genug Macht besaß, um ihm ans Bein zu pinkeln, musste er dennoch Rücksicht nehmen. Die Tatsache, dass Emre Dalina und ihn nicht den Zombies ausgesetzt hatte, bedeutete nicht, dass sie jetzt Freunde sein konnten. Das war reines Kalkül, um den Feldwebel von seiner Harmlosigkeit zu überzeugen. Davon war Martin überzeugt. Die Frage des Feldwebels zu beantworten, ersparte er sich. Die war rein rhetorisch, vermutete er. Dazu hatte er den Vorschlag oft genug wiederholt. In seinen Augen gab es keine andere sinnvolle Vorgehensweise.

Klein stellte die halbvolle Schale Müsli auf den Tisch. »Hören Sie. Ich weiß, Sie haben im Umgang mit den Zombies mehr Erfahrung als meine Männer und ich, aber der Oberst hat mir die Verantwortung übertragen. Ich kann nicht zulassen, dass ein Teil der Gruppe ohne Bewachung zurückbleibt.«

»Dann bleiben Sie mit genügend Männern hier, und Dalina und ich gehen nur mit einer kleinen Truppe voraus.« Es einen Geistesblitz zu nennen, wäre übertrieben gewesen, aber Martins spontane Eingebungen erfüllten gleich in mehrfacher Hinsicht die verschiedenen Forderungen. Abgesehen vielleicht die von Emre, dachte er grinsend.

Feldwebel Klein überlegte nur kurz und nickte dann. »Das ist ein Lösungsvorschlag, mit dem ich mich anfreunden könnte. An wie viele Männer haben Sie gedacht?«

»Neben Dalina, Emre und mir vielleicht noch drei weitere kräftige Kerle.«

»Warum ausgerechnet den Rocker?«

»Zum einen, weil er trotz allem ein recht guter Kenner der Untoten ist und sehr genau weiß, wie er in einem Kampf auf Leben und Tod Sieger bleibt, und zum anderen, weil er hier in einer Woche den Laden übernehmen würde.«

»Sie unterschätzen mich, Martin.« Der Feldwebel nahm die Schale wieder auf. »Ich kenne Typen wie ihn sehr wohl. Und wenn er mir krumm kommt, hätte er nichts zu lachen.«

»Bevor Sie merken, dass er Ihnen krumm kommt, hätten Sie ein Messer zwischen den Rippen, glauben Sie mir. Wenn er mit den Untoten beschäftigt ist, kommt er wenigstens nicht auf dumme Gedanken.«

Der Feldwebel grübelte über Martins Worte, während er die letzten Löffel Müsli aufaß. »Angenommen, ich stimme Ihrem Plan zu. Wie wollen Sie nach Spandau kommen?«

»Zu Fuß. Das ist nicht so weit wie zur Kaserne. Vielleicht zwei oder drei Stunden. Je nachdem, wie viele Zombies uns begegnen.«

»Sie sind verrückt«, bescheinigte ihm Klein ungläubig.

»Ich hätte eine bessere Idee.« Ihr Gastgeber, Dennis Stern, war in das ehemalige Büro getreten, das Mirjam in ein Fitnesscenter verwandeln wollte. Bis jetzt standen dort aber nur eine kleine Theke mit Barhockern und ein merkwürdiges schräges Brett, vermutlich, um die Bauchmuskeln zu trainieren.

»Lassen Sie hören.«

»Ich weiß, wo wahrscheinlich noch ein funktionierendes Fahrzeug steht. Ist nicht sehr weit von hier, der Tank ist voll und der Schlüssel steckt.«

43

»Man kann die Untoten nur auf eine Art wirklich töten – man zerstört ihr Gehirn.«

Der Feldwebel hatte seine Soldaten auf dem Vordach der Laderampe antreten lassen, überließ aber Martin Pralak das Reden. Fast alle anderen hockten ein paar Meter dahinter an der Hauswand und beobachteten interessiert die wohl erste Lehrstunde im »Zombies killen«, die jemals offiziell abgehalten wurde. Selbst der Feldwebel hatte sich, mit auf dem Rücken verschränkten Armen, zu seinen zehn anwesenden Männern gestellt.

»Wie man das erreicht, ist im Prinzip egal. Man kann mit einem Auto über den Kopf fahren, ihn mit einer Machete abtrennen oder dem Untoten eine Handgranate in den Rachen stopfen. Hauptsache, das Kleinhirn, Stammhirn oder wo auch immer sonst die Steuerungszentrale der Kreatur sitzt, wird zu Kleinholz gemacht. Ich weiß selbst immer noch nicht genau, in welcher Region sie sich befindet. Als simple, leise und effektivste Methode hat sich das Durchstechen der weicheren Teile des Schädels mit einem massiven Gegenstand erwiesen.« Martin zeigte mit dem Finger in verschiedenen Winkeln von unten auf seinen Kiefer, durch den Mund, die Augenhöhlen, die Ohren und den Nacken. »Durch diese Punkte kann man sehr leicht mit irgendetwas in den Schädel eindringen. Genauso wichtig dabei ist aber auch, dass man seine Waffe leicht wieder herausziehen kann. Wer schon einmal versucht hat, eine Eisenstange aus dem Muskelfleisch eines Untoten zu ziehen, weiß, wovon ich rede.«

»Schwatz nicht so viel. Komm auf den Punkt«, lästerte Emre von einem der Fenster der ehemaligen Kantine über ihnen.

Martin ignorierte ihn. Emre würde schon noch sein Fett abbekommen, wenn er erfuhr, dass er Teil der Mission sein würde. Klein hatte ihm versprochen, ihm anzudrohen, ihn vor die Tür zu setzen, wenn er sich weigerte. Natürlich würden Dalina und er in den nächsten Tagen höllisch aufpassen müssen, denn Emre war extrem nachtragend.

»Bislang habt ihr mit euren Schusswaffen eher mäßige Erfolge erzielt. Ihr habt schlicht Munition verschwendet. Kommt noch hinzu, dass der dabei entstehende Lärm erst recht alle … Zombies der näheren und weiteren Umgebung auf euch aufmerksam gemacht hat. Sicher, ihr habt es so gelernt, aber im Umgang mit den Wiedergängern ist es kontraproduktiv.« Martin ließ sich von den immer wieder eingeworfenen hämischen Kommentaren nicht beirren und zog seine Lehrstunde eisern durch. Er erläuterte seine Taktik nicht nur mündlich, sondern ließ einige der anwesenden Jugendlichen zur Demonstration einen Zombie spielen. In den Soldaten fand er, begierige Schüler. Vermutlich immer noch angefixt von seiner Vorführung in der Kaserne, wollten sie können, was er konnte.

Dalina stand schmunzelnd daneben und wechselte gerade den Verband an Bernds Hand. »Ich habe gehört, dass du und Martin mit ein paar Freiwilligen losziehen wollt.« Bernd starrte blass und bedauernd auf die Wundränder seiner beiden fehlenden Finger der linken Hand. Im Allgemeinen hatten sich die Schmerzen in Grenzen gehalten. Doch nun, da der Verband gerade ab war, hatte er das Gefühl, einem Zombie ähnlicher zu sein als einem menschlichen Wesen. Die wenigsten Untoten liefen ohne Verstümmelungen durch die Welt. Praktisch alle hatten entweder Biss- oder Schnittwunden, gebrochene Extremitäten oder sonstige Verletzungen, die sie sich auf vielfältige Weise zugezogen hatten.

»Wenn du wissen willst, ob wir dich mitnehmen, sage ich dir ganz klar: nein. Wir brauchen ein paar erfahrene und gestandene Kämpfer. Auch wenn die Soldaten bislang hauptsächlich aus der Entfernung auf Zombies geschossen haben, statt sich mit ihnen im Nahkampf auseinanderzusetzen, besitzen sie doch einiges mehr an Erfahrung, wenn es darum geht, sich auf fremdes Terrain zu wagen. Die Männer haben sich bei ihren Außeneinsätzen oft genug in zombieverseuchten Zonen bewegt, ohne sich beißen zu lassen. Außerdem ist da noch deine Verletzung. Mann, sieht das scheiße aus!« Dalina umwickelte Bernds Finger schnell mit einer frischen Mullbinde. »Ich bin kein Arzt, aber wir sollten möglichst bald zusehen, dass wir jemanden finden, der sich das anschaut.«

»Wo willst du denn so jemanden auftreiben?« Bernd lachte resignierend. Vor ein paar Tagen noch war er ein Aufschneider vor dem Herrn gewesen. Er hatte sich selbst nicht leiden können. Das war ihm aber erst so richtig bewusst geworden, als er seine ehemaligen Kameraden aus der Kaserne wiedergetroffen hatte, die ihn keineswegs freudig in die Arme geschlossen hatten. Ob das Zusammentreffen mit Dalina und Martin, der Verlust seiner Finger oder der Weg zurück zur Kaserne und seine neu gewonnene Kampferfahrung diese Erkenntnis gebracht hatte, konnte er nicht sagen. Auf jeden Fall hatte er festgestellt, dass er besser fuhr, wenn er häufiger mal die Klappe hielt.

»Wenn in Spandau alles klappt, schauen wir bei Emres, Martins und meiner alten Gruppe vorbei. Da gibt es gleich zwei Doktoren, die dich wieder zusammenflicken können.« Dalina behielt für sich, dass sie nicht sicher war, ob die Gruppe ohne die Führung durch Emre und seine Männer überhaupt noch existierte. Nach ihrem und Martins Abgang mochten vielleicht noch etwa vierzig Leute dort gewesen sein. Alles Kinder und Rentner. Und Hasan vielleicht. Wehmütig dachte Dalina an die beiden Jugendlichen aus der U-Bahn. Cem war gebissen und verwandelt worden. Hasan hatte das tief getroffen. Dalina hoffte, dass er sich nach Emres

Herrschaft endlich zusammengerissen und wieder Verantwortung übernommen hatte. Clever genug war er ja.

»Ein paar Freiwillige, die ihr neu erworbenes Wissen einmal ausprobieren wollen?«, fragte Martin gerade. Elf Hände wurden hochgerissen.

»Ganz offenbar ist die ganze Truppe hoch motiviert«, grinste Bernd.

»Kein Wunder, bei dem Lehrer.« Auch Dalina musste lachen. »Ich bin mir sicher, mit ihm als Anführer würde es heute in Spandau ganz anders aussehen.« Dann verzog sie angewidert die Mundwinkel, als erneut ein hämischer Kommentar und Gelächter vom Fenster über ihr kamen. »Ich hoffe, er benimmt sich einmal so richtig daneben, bevor wir an der Zitadelle ankommen«, sagte sie ganz leise.

44

Emre Sarioglus Wut und Widerstand, auf den Ausflug nach Spandau mitgehen zu müssen, war nur gespielt. Insgeheim freute er sich sogar darauf. Angst oder Sorgen wegen der Zombies machte er sich nicht. Er hatte seine Machete und sein Bike zurückbekommen. Sollte es brenzlig werden, konnte er sich jederzeit absetzen. Der Ausflug würde ihm die Gelegenheit verschaffen, mit Martin Pralak abrechnen zu können, ohne dass ihm dieser vollbärtige, breitschultrige Feldwebel dazwischenfunken konnte. Die blonde Dalina betrachtete er dabei als Bonus. Abgesehen von den vier Soldaten, die sie begleiten würden, gab es niemanden, der ihn davon abhalten könnte. Sven und Stefan würden ihn unterstützen. Wann und bei welcher Gelegenheit, das würde sich noch ergeben. Auf jeden Fall noch, bevor sie sich auf das Gelände der Spandauer Zitadelle wagen würden. Denn dieser Plan war Selbstmord. Und dazu war er nicht bereit.

Nachdem die Soldaten als Trainingseinheit den Hof vor der Laderampe von Zombies beseitigt hatten, hatten sie mühsam die drei Bikes durch das Lager und über das Laufband in das obere Stockwerk gebracht, in dem es einen verbarrikadierten Zugang zum Parkhaus gab. Auch dort hatte es einige Dutzend Zombies gegeben, aber den Soldaten war es problemlos gelungen, auch die

Parkpalette zombiefrei zu bekommen, ohne gleich weitere anzulocken.

»Halt dich gut fest, Martin«, spottete Emre. »Wir wollen ja nicht, dass du während der Fahrt herunterfällst, oder?«

»Pass du nur auf, dass du die Kurve kriegst.« Martin hatte hinter Emre auf dem erhöhten Teil des Sattels Platz genommen und klammerte sich hinter seinem Gesäß an einem Teil der Verkleidung fest. Sein Sitzplatz war definitiv kein Ort, an dem man länger sitzen wollte, aber die Genugtuung, sich an ihm festzuhalten, wollte er ihm nicht gönnen. Darum ging es auch nicht. Er und Emre würden das Parkhaus, so leise wie es ging, zur Seitenstraße hin verlassen und in einem großen Bogen über mehrere Querstraßen zu dem von Dennis versprochenen Amarok fahren. Dort würde er das Fahrzeug wechseln und wieder hierher zurückkehren. So war der Plan. Martin bezweifelte zwar, dass sich Emre bereits jetzt dazu hinreißen lassen würde, ihm etwas anzutun, zur Sicherheit hatte er sich vom Feldwebel aber noch eine Glock 19 aufdrücken lassen. Die neun Millimeter steckte hinten in seinem Hosenbund. Nur für alle Fälle, hatte Klein gesagt. »Die Maschine ist schwer. Kannst du sie überhaupt ohne Motorkraft bewegen?«

»Fast siebenhundert Kilo mit uns beiden drauf. Und trotzdem ist es nicht schlimmer, als ein Fahrrad zu schieben. Wirst schon sehen.«

Martin nickte Dalina noch einmal zu, während Emre die Maschine tatsächlich spielend leicht mit kleinen Schritten zur Rampe der Zwischenetage schob. Kaum hatten sie die Schräge erreicht, rollte die Maschine auch schon ganz von allein. So schnell, dass Emre die Bremse betätigen musste und ein lautes Quietschen durch das leere Parkhaus hallte. Auf der halben Etage lenkte er elegant in einem engen Halbkreis auf die unterste Parkpalette zu. Einer der wenigen verbliebenen Untoten hatte die Geräusche offenbar zum Anlass genommen, um nachzusehen. Er stand genau in der Mitte am Fuß der Rampe. Der Rocker machte sich nicht die Mühe, auszuweichen – der Zombie allerdings auch nicht. Die Harley Davidson schrammte rechts an ihm vorbei und riss ihn einfach um. Im Schritttempo rollte die Maschine durch die unterste Etage. Durch die horizontalen Lücken der Aluminiumverkleidung des Parkhauses konnten sie bereits die Straße sehen. Was dort an Zombies herumlief, strebte im Moment langsam der Frontseite des Einkaufscenters zu, also entgegengesetzt zu ihrer momentanen Fahrtrichtung. Die Menge, die mittlerweile die Glasfront und die Straße vor der Lagerzufahrt belagerte, war in den vergangenen beiden Tagen auf über zweihundert angewachsen. Die Untoten schienen die Anwesenheit der lebenden Menschen zu spüren. Einmal mehr fühlte sich Martin darin bestätigt, dass die Zombies auch über Sinne verfügten, die Menschen nicht besaßen. Der kehlige Ton der in Aufregung versetzten Masse, als sie das Einkaufscenter erreicht hatten, fiel ihm ein. Er glaubte zwar nicht, dass die Wiedergänger wirklich miteinander kommunizierten, aber eine andere Erklärung, als dass dieser Ton auch von weiter entfernten Zombies wahrgenommen worden war, fiel ihm nicht ein. Dalina hatte von den beiden Wissenschaftlern in Potsdam in Erfahrung gebracht, dass die geringe Intelligenz der Kreaturen von der Gesamtheit der Sporen in der Luft des ganzen Planeten herrührte, doch das wollte er nicht so recht glauben.

»Achtung. Jetzt geht es los.« Emre startete während des Rollens den Motor und das dumpfe, gluckernde Geräusch ließ die auf der Straße befindlichen Zombies aufhorchen. Sie blieben stehen und blickten zur Fassade. Emre dagegen gab Gas, umkurvte die Schranke und verließ das Parkhaus auf die nächste Parallelstraße. »Shit!«, brüllte er prompt, als sie geradewegs auf einen ganzen Pulk Zombies zurasten. Die fünfzig Kilometer pro Stunde hatten sie bereits überschritten, deshalb kam abbremsen und umdrehen nicht infrage. Zumal es hinter ihnen noch schlimmer sein würde.

Martin klammerte sich jetzt doch an Emres Jeansweste fest, die er über seiner Lederjacke trug. Für Animositäten war das nicht die richtige Gelegenheit. Beide beugten sich weit nach vorn. Emre beschleunigte weiter und suchte mit der schweren Maschine einen Weg an den Kreaturen vorbei. Sie seitlich zu rammen war das eine, einen Zombie frontal auf die Hörner zu nehmen dagegen schon etwas anderes. Außerdem verzichteten sie darauf, vom Sattel aus auf die vorbeihuschenden Untoten einzudreschen, wie man es in so manchem Spielfilm zu sehen bekommen hatte. Das war gefährlich. Würden sie sich mit der Maschine in dieser Situation hinlegen, wäre es mit Sicherheit um sie geschehen.

Zwanzig Sekunden später waren sie bereits hindurch.

»Die können aber noch nicht von der Kaserne kommen, von der du erzählt hast.«

»Sehr unwahrscheinlich. Ich denke eher, die wurden vorgestern von dem Geheul aus der näheren Umgebung angelockt. Aber da kannst du mal sehen, wie sicher es hier in Zukunft sein wird. Das ist ja nur ein kleiner Vorgeschmack.« Martin musste brüllen, um den Motor und den Fahrtwind zu übertönen, während sie bis zur nächsten kleinen Kreuzung fuhren. Vereinzelt liefen die wankenden Kreaturen auch hier in Richtung des Einkaufscenters an ihnen vorbei. Sie waren aber so schnell unterwegs, dass die Aufmerksamkeitsspanne der Zombies für nicht mehr als einen sehnsüchtigen Blick reichte. Dann setzten sie ihren Weg mit dem alten Ziel fort.

»Achtung, Kopfsteinpflaster.« Emres überflüssige Warnung war pure Schadenfreude. Er bog nach links in die kleine Seitenstraße ab, die auch in Britz, Nauen oder Darbow hätte sein können. Kleine, dunkelgraue Einfamilienhäuser im Stil der Zwanzigerjahre standen hier dicht an dicht. Am Straßenrand warfen die bereits stark gelb gefärbten Laubbäume nicht nur ihre Blätter ab, sondern hatten dem Kopfsteinpflaster mit ihrem Wurzelwerk längst ein paar zusätzliche Bodenwellen verpasst.

Die Maschine federte zwar neunzig Prozent der Schläge ab, dennoch musste Martin sich noch stärker an Emre festhalten, wenn er nicht von den unregelmäßigen Stößen abgeworfen werden wollte. Dennis hatte ihnen den Weg sehr genau beschrieben, aber davon hatte er nichts gesagt. Vielleicht war ihm das als Autofahrer einfach nicht wichtig genug erschienen. Dass Emre deutlich langsamer fuhr, als er es eigentlich wollte, geschah auch nicht, um Martin auf dem Sozius zu halten. Es war wohl eher der reine Selbstschutz. Zwar waren in der Seitenstraße nur wenige Zombies unterwegs, aber man sollte sein Glück auch nicht unnötig herausfordern.

Wie von Dennis angewiesen, querten sie zwei Kreuzungen. Die eine war die Hauptstraße, die sie wieder zum Einkaufscenter gebracht hätte. Emre ignorierte das Stoppschild und brauste genau zwischen zwei kleinen Gruppen Zombies hindurch. Gleich hinter der folgenden Kreuzung endete die Straße abrupt. Zumindest hier war Falkenaue zu Ende. An der Hauptverkehrsstraße dagegen, die jetzt ein paar Hundert Meter links von ihnen parallel verlief, reichte der Ort noch einige Kilometer weiter, fast bis zu Berlins Stadtgrenze. Emre fuhr langsam um die Ecke, um nicht auf dem dicken

Belag aus Blättern auszurutschen. Gleich dahinter begann eine asphaltierte Straße und der Rocker gab wieder Gas.

Direkt vor ihnen tauchte nach wenigen Sekunden bereits das rote Gebäude des Gesundheitszentrums auf. Genau gegenüber davon lag ihr Ziel: Mirjams und Dennis' Wohnhaus. Martin konnte schon von weitem über Emres Schulter hinweg den schwarzen Amarok sehen, der zur Hälfte unter dem Vordach auf dem Gehweg abgestellt war. Sogar die lange Leiter stand noch, angelehnt an das Vordach, auf der kleinen Ladefläche des Pickups.

»Nicht mal ein Strafzettel unter dem Scheibenwischer. Die Polizei ist auch nicht mehr das, was sie einmal war«, scherzte Emre.

Zwei Untote kamen in dem Moment hinter dem großen Auto hervor, als Emre die Harley Davidson über die Bordsteinkante auf den Bürgersteig lenkte. Martin schaute sich schnell um, ob es weiteres Gefahrenpotential gab. »Die beiden schaffe ich. Setz mich ab und fahr zurück zum Center. Okay?«

»Ich könnte auch einfach davonbrausen«, sagte Emre grinsend über die Schulter.

»Und dir die Gelegenheit entgehen lassen, mir eins auszuwischen?«

»Wenn du meinst.«

Martin stellte sich erst auf den beiden Fußstützen aufrecht, bevor er ein Bein über den unbequemen Sitz hob und während der langsamen Fahrt von Emres Motorrad absprang. Er hatte zwar Sorge, dass Emre vielleicht noch einmal absichtlich Gas geben würde, um ihn zu Fall zu bringen, während er abstieg, aber Emre schien sich zu beherrschen. Martin zog die anderthalb Meter lange Eisenstange hervor, die er, wie ein Musketier seinen Degen, in seinem Hosengürtel trug, und trat nach links an die Fensterfront einer Fahrschule.

Grundsätzlich waren Zombies nur gefährlich, wenn man sie zu nahe an sich herankommen und zubeißen ließ. Schon bei zwei gleichzeitig attackierenden Kreaturen hatte man das Problem, kaum eine Chance gegen die zupackenden Hände und zuschnappenden Kiefer zu haben. So langsam und ungelenk sie auch waren, der Griff eines Zombies glich einem Schraubstock. Einmal gepackt, ließen sie einen kaum noch los.

Die beiden Untoten wankten nacheinander auf ihn zu. Beide waren grässlich zugerichtet. Offenbar waren sie erst spät Opfer ihrer jetzigen Artgenossen geworden. Der verfaulte linke Arm hing dem vorderen locker an der Seite. Die vermutlich ehemals feinen Anzüge der beiden waren in Fetzen gerissen und von Blut durchtränkt. Zombies kauten nur so lange an Menschen herum, bis diese gestorben waren und selbst als Untote erwachten. Das dauerte in der Regel nur wenige Sekunden, manchmal aber auch eine ganze Minute. Zumindest einer der beiden schien einen längeren Leidensweg hinter sich zu haben. Oder aber er war von einem ganzen Dutzend gleichzeitig gebissen worden.

Martin stellte sich in Position. Am Amarok vorbei konnte er Emre auf seinem Motorrad sehen, der, die Unterarme auf den Lenker gestützt, stehen geblieben war und interessiert zu ihm herüberschaute. Heute noch nicht, mein Lieber, dachte Martin und machte mit dem ersten Untoten kurzen Prozess. Trotz der Übung, die er besaß – sein Stoß saß perfekt –, musste er immer mit etwas Unerwartetem rechnen und schnell reagieren. Als Martin die Eisenstange nicht schnell genug wieder aus dem Schädel herausziehen konnte, weil der Zombie nicht wie erwartet rückwärts taumelte, sondern drohte, vornüberzukippen und auf ihn zu fallen, musste er schnell handeln. Er löste seine Finger von der Eisenstange und trat zwei Schritte zurück, weg von dem Schaufenster. Aber der zweite Zombie folgte ihm und blieb zwischen ihm und seiner Waffe. Martin fluchte. Er hatte noch die Glock im Hosengürtel und wenn Eile geboten wäre, hätte er ohne zu zögern von ihr Gebrauch gemacht. Aber da im Umkreis von dreißig Metern kein weiterer Zombie zugegen war, zog er lieber das lange Fahrtenmesser aus seiner Scheide. Auch damit wusste er mittlerweile umzugehen. Der Einsatz der zwanzig Zentimeter langen Klinge war ungleich gefährlicher, weil er sich in die unmittelbare Reichweite der Arme des Untoten begeben musste. Es gab selten mehr als eine Chance, zuzustechen.

Gerade noch rechtzeitig bemerkte Martin, dass er der Bepflanzung rund um das Wohnhaus gefährlich nahe gekommen war. Jetzt über das Geflecht von irgendwelchen Sträuchern, die bis auf den Gehweg gewuchert waren, zu stolpern, konnte er nun wirklich nicht gebrauchen. Lieber hätte er den fast Einarmigen vor sich stehen gehabt. Aber die Untoten waren zu langsam, um eine Finte zu begreifen. Martin musste mit dem Messer nur an dem linken Arm des Zombies vorbeikommen, deshalb täuschte er mit seiner Messerhand zunächst sehr hoch an. Die abwehrende Handbewegung des Zombies folgte prompt. Dann tauchte Martin mit dem Messer unter dem hocherhobenen Arm seines Gegners hindurch. Während die Rechte des Zombies bereits an seine Kehle ging, stach Martin sein Messer unterhalb des Ohrs in seinen Schädel. Die Wirkung war nahezu dieselbe wie mit einer Eisenstange. Sobald irgendwelche leitenden Nervenstränge oder wichtigen Teile des Gehirns eines Zombies unterbrochen oder zerstört wurden, erlosch deren untotes Leben augenblicklich. Für einen Moment dachte Martin daran, sein Messer an dem Leichnam vor sich am Boden abzuwischen, beherrschte sich aber dann doch. Die Kreaturen endlich auch als Zombies zu akzeptieren, war eine Sache, den Toten keinen Respekt zu zollen, eine ganz andere.

Er nickte Emre zu, der Gas gab und auf demselben Weg, den sie gekommen waren, zurück zum Auen-Carreé fuhr. Martin war sich sicher, dass Emre zu einem kleinen Teil gehofft hatte, er würde versagen. Nur deshalb hatte er gewartet. Wäre ihm etwas zugestoßen, wäre Emre wohl kaum in das Einkaufscenter zurückgekehrt, denn er hätte dem Feldwebel die Sache erklären müssen.

Im Gegensatz zu Benzin, das bereits nach sechs bis acht Monaten nur noch sehr unzuverlässig seinen Zweck erfüllte, war Diesel wenigstens zwei Jahre lang gut nutzbar. Da Dennis versichert hatte, dass der Amarok noch vor einem Jahr gut gelaufen war und der Schlüssel stecken würde, trat Martin voller Zuversicht an die Fahrertür und stieg ein. Er drehte den Zündschlüssel und der Motor startete sofort. Grinsend betätigte er vorsichtig das Gaspedal und fuhr den Amarok unter dem Vordach bis an das Ende des Hauses. Das Scheppern der Leiter, die beim Anfahren hinter ihm von der Ladefläche stürzte, ließ ihn zwar kurz zusammenzucken, aber alles in allem war er mit der Mission zufrieden.

45

»Was weißt du von der Zitadelle?«, fragte Martin Dalina, als sie das Parkhaus gerade verließen. Er saß mit Helmut Krappke und Kevin Stoltz, zwei Soldaten aus Hauptfeldwebel Kleins Trupp, auf der Rückbank des Pickups. Dalina hatte auf der Beifahrerseite neben dem Obergefreiten Alexander Wasmuth, der am Steuer saß, Platz genommen. Emre, Sven und Stefan waren dagegen auf die kleine Ladefläche verbannt worden. Sie waren überhaupt nicht begeistert, dass der Feldwebel ihnen die Nutzung ihrer Bikes untersagt hatte. Bis kurz vor dem Aufbruch hatten sie angenommen, dass sie den Pickup auf ihren Motorrädern begleiten sollten. Es hatte Martin ein diebisches Vergnügen bereitet, Emres Gesichtszüge entgleisen zu sehen. Zumal er dem Feldwebel die Entscheidung aus rein praktischen Gründen ans Herz gelegt hatte. Auf diese Weise konnten sie schlicht verhindern, dass sich Emre und seine Gesellen einfach aus dem Staub machen könnten. Sie saßen praktisch im selben Boot. Emre hatte sich zunächst geweigert, auf den Pickup aufzusteigen, aber der Feldwebel hatte ihm keine Wahl gelassen. Auch Johannes, der junge zwangsverpflichtete Soldat, der sowohl Dalina als auch Martin bereits durch sein Eingreifen gerettet hatte, saß auf der Ladefläche. Er hatte geradezu darum gebettelt, mitfahren zu dürfen.

»So gut wie nichts. Dort sind die letzten Nazi-Kriegsverbrecher von den Alliierten inhaftiert worden. Ich sehe immer wieder Fotos von der Anlage und die äußere Form vor meinem geistigen Auge. Deshalb denke ich mir, dass das ein perfekter Ort ist, um langfristig eine Basis zu errichten. Warst du schon mal dort drinnen?«

»Vor Jahren mal bei einer Silvesterfeier. Aber keine Führung oder so.«

»Das mit den Kriegsverbrechern ist aber nicht ganz richtig. Die haben ein paar Kilometer weiter eingesessen, nicht in der Zitadelle«, lachte der Obergefreite. »Ich dachte, du bist Berliner.«

»Echt? Ich bin nur ein Zugezogener. Das soll aber keine Entschuldigung sein. Das ist wie mit dem Funkturm. Jeder kennt ihn, aber oben waren die wenigsten.«

Innerhalb des Pickups waren sie durch die Karosserie gut geschützt, als sie durch die Reihen der Zombies pflügten. Wasmuth machte sich nicht die Mühe, sie zu umrunden. Wer vor den Kühler lief, fand sich Bruchteile von Sekunden später bereits unter dem Wagen wieder. Auf der Ladefläche dagegen saßen sie Rücken an Rücken und mit angezogenen Beinen. Die Köpfe hatten sie zwischen ihre Knie gesteckt und die Arme darüber verschränkt. Es war bei der Geschwindigkeit des Pickups zwar unwahrscheinlich, dass einer der Zombies die Gelegenheit bekommen würde, zuzugreifen, aber sie mussten es ja auch nicht provozieren. Zumindest schützten sie die breiten Überrollbügel ein wenig, die hinter der Fahrerkabine angebracht waren.

Nach nicht einmal einer Minute waren sie durch die größten Ansammlungen hindurch. Bei einem Blick nach hinten war von der Spur, die sie gerissen hatten, schon nichts mehr zu erkennen. Wenn es hochkam, hatten sie vielleicht drei oder vier Untoten das Lebenslicht endgültig ausgeblasen. Alle anderen würden sich trotz der gebrochenen Knochen wieder erheben und weiter auf die Gelegenheit warten, lebendes Fleisch zwischen die Zähne zu bekommen.

Bei der Entscheidung, welche Route sie nehmen sollten, hatten sie sich einstimmig für den direkten Weg entschieden. Das hieß, immer geradeaus. Die Straße führte sie unmittelbar zu ihrem Ziel. Bis zur Stadtgrenze waren es vielleicht sechs Kilometer, auf denen sie über einhundert Zombies zählten, die auf dem Weg aus der Stadt waren.

»Als gäbe es in Berlin nicht mehr viel zu holen«, wunderte sich der Gefreite.

»Ich schätze, sie folgen dem Ruf der großen Gruppe vor dem Auen-Carreé.«

»Aber über die Entfernung? Wirklich gehört können sie das nicht haben.«

»Martin vermutet, dass die Zombies noch ganz andere Möglichkeiten der Wahrnehmung besitzen«, mischte sich Dalina in das Gespräch ein. »Aber müssten sie dann nicht viel eher nach Potsdam unterwegs sein? Dort war das Geschrei doch noch viel unbeschreiblicher.«

»Vielleicht wussten die Zombies, dass die Masse vor Ort bereits ausreichend war? Ich meine, ausreichend im Sinne von: Wir schaffen das. Ihr braucht nicht auch noch zu kommen.« Verwundert sahen ihn alle an. Selbst Wasmuth drehte sich zu ihm um und achtete mehrere Sekunden lang nicht auf die Straße. »Guckt nicht so. Was anderes fällt mir dazu nun mal nicht ein.«

»Das würde bedeuten, dass es irgendwo jemanden gibt, der sie steuert.«

»Oder, was ich viel eher vermute, die Kreaturen sind über eine uns unbekannte Art alle miteinander verbunden und besitzen ein gemeinsames Bewusstsein. Das würde zum Beispiel erklären, wieso die einzelnen Untoten einen so gering ausgeprägten Selbsterhaltungstrieb besitzen.«

»Du hast ja schon viele verrückte Ideen gehabt, Martin, aber mit dieser schießt du den Vogel ab.« Dalina lachte zwar, war aber höchst verunsichert. »Wenn alle Zombies zusammen ein gemeinsames Bewusstsein besitzen, haben wir doch überhaupt keine Chance zu überleben. Da ist mir die Theorie der beiden Wissenschaftler in Potsdam, dass die Sporen kaum mehr Intelligenz als eine Stubenfliege besitzen, wesentlich lieber. In diesem Fall ist geplantes Handeln eher unwahrscheinlich. Was du da als Horrorszenario entwirfst, bedeutet langfristig, dass die Zombies geplant gegen uns Menschen vorgehen. Und das wiederum setzt eine erheblich höhere Intelligenz voraus.«

»Der Feldwebel hatte es doch gesagt. Der letzte Mensch auf Erden wird ein toter Mensch sein. Und ich neige dazu, ihm zuzustimmen.« Martin ärgerte sich darüber, sich auf diese Diskussion eingelassen zu haben. Eine dermaßen deprimierende Stimmung hatte er mit seinen Äußerungen nicht beabsichtigt. Schweigend saßen sie im Auto und vermieden es lange, einander anzusehen.

Sobald sie die Stadtgrenze zu Berlin überschritten hatten, veränderte sich die Szenerie auf der Straße massiv. Alle paar Hundert Meter schienen Barrikaden errichtet worden zu sein. Martin und Dalina kannten das bereits aus ihrer Zeit unter Emres Führung. Als das alles zwei Jahre zuvor begonnen hatte, bildeten die Überlebenden unzählige kleine Gruppen, die ihr Territorium sowohl gegen die Zombies als auch gegen andere Gruppen verteidigten. Die wenigsten von ihnen schafften es, das erste Jahr zu überdauern. Entweder wurden sie von den Zombies überrannt oder von stärkeren Gruppen einfach geschluckt – oder vernichtet. Genutzt hatte es den wenigsten etwas. Die Überlebensmöglichkeiten in der nordwestlichen Randzone Berlins waren zwar vermutlich besser als im Zentrum, aber selbst Emres gut ausgestattete, große Truppe hatte in fast zwei Jahren beinahe Hundert Mitglieder verloren. Entsprechend geringer waren die Chancen für kleinere Gruppen – zumindest, wenn es gegen andere Menschen ging. Gegenüber den Zombies war es eher ein Vorteil gewesen.

Wasmuth trat hart auf die Bremse. Da jeder gerade seinen eigenen Gedanken nachhing, war der Schreck gewaltig. Verblüfft beobachten sie einen vielleicht Fünfzehnjährigen, der eine größere

Gruppe Zombies zum Narren zu halten schien. Wieselflink umkurvte er die Untoten. Der Junge schien genau zu wissen, was er tat. Er schlüpfte zwischen Beinen hindurch, drehte sich im rechten Moment um sich selbst und sprintete dann wieder ein paar Meter. Und bei jeder sich bietenden Gelegenheit attackierte er seine Jäger auf äußerst ungewöhnliche Weise.

»Was macht er da? Sprüht er ihnen Schlagsahne in den Mund?« Dalina hatte sich auf die Armatur gestützt und war ganz dicht an die Windschutzscheibe gerückt. Es half ihr nicht dabei, besser erkennen zu können, was sich dort in zwanzig Metern Entfernung abspielte. Sie konnte nur sehen, dass der Junge in jeder Hand eine sehr lange Spraydose hielt.

»Achtet mal auf die Kreaturen, die er bearbeitet hat.« Martin war mindestens ebenso verblüfft wie die anderen. »Schlagsahne ist das sicherlich nicht.«

»Bauschaum?« Krappke, der links von Martin saß, hatte sich an Dalinas Sitz nach vorn gezogen, um besser sehen zu können. »Wie kommt man auf so eine hirnrissige Idee?«

»Vermutlich, wenn man nur das zur Verteidigung nutzen kann, was man hat.«

Deutlich sichtbar standen drei der Kreaturen mit weit nach vorn gestreckten Armen, aber vollkommen orientierungslos mitten auf der Straße. Auf ihren Gesichtern wuchs mit atemberaubender Geschwindigkeit der PU-Schaum, der normalerweise beim Hausbau zum Abdichten und Isolieren von Fensterrahmen benutzt wurde. Ob der Junge den Kreaturen den Schaum in den Rachen oder nur ins Gesicht gesprüht hatte, war nicht zu erkennen. Der Erfolg jedoch war offensichtlich. Es tötete die Zombies zwar nicht – zumindest nicht auf der Stelle –, verhinderte aber effektiv, dass sie den Jungen beißen konnten.

»Ist das mehr nach deinem Geschmack, Martin?«, lachte Dalina. »Das ist doch mal eine äußerst effektive und humane Art, oder?«

»Hey, Leute.« Emre meldete sich lautstark von der Ladefläche und klatschte seine Hand mehrfach auf das Dach des Pickups. »Hier hinten wird es zunehmend enger. Einige der Zombies sind nur noch ein paar Schritte entfernt. Ihr sitzt vielleicht dadrinnen schön in Sicherheit, aber wir nicht.«

Wasmuth schaute in den Rückspiegel und sah, was Emre meinte. Aus allen Richtungen kommend, wankte ein gutes Dutzend der Kreaturen auf den Wagen zu.

»Emre hat recht. Wir müssen in Bewegung bleiben«, entschied Martin. »Fahren Sie langsam weiter.«

Wasmuth ließ den Motor etwas aufheulen. Ob versehentlich oder mit Absicht spielte keine Rolle. Auf jeden Fall hatte der Junge sie bemerkt und schaute ihnen für ein paar Augenblicke entgegen, bevor er sich vor den zupackenden Händen eines Zombies mit einer Rolle vorwärts in Sicherheit bringen musste.

»Fahren Sie dicht an ihm vorbei. Vielleicht will er ja mitkommen. Ich wäre sehr gespannt auf seine Geschichte. Außerdem kann er uns vielleicht mit Informationen zur Zitadelle helfen«, sagte Dalina.

Dalinas Beschützerinstinkt bekam gerade wieder die Oberhand, fand Martin. Aber ihm sollte es recht sein. Sie waren noch ein paar Kilometer von der Zitadelle entfernt. Und ob der Junge nun ortskundig war oder nicht, er hatte ebenfalls zwei Jahre in der Zombie-Apokalypse überlebt, schien also entsprechende Fähigkeiten zu besitzen. Kein Vergleich mit Bernd oder seinen Freunden aus der Kaserne. Möglicherweise war er damit auch ein Gewinn für die Gruppe.

Wasmuth steuerte den Amarok auf drei der Zombies zu, die den Jungen in Bedrängnis bringen konnten. Martin vermutete aber nicht zu unrecht, dass der Junge das Problem längst erkannt hatte. Gerade startete er wieder eine Attacke gegen einen der Untoten, der ihm den Fluchtweg versperren würde, sollten die anderen drei ihn erreichen. Der Zombie war gut einen halben Meter größer als er. Dennoch schaffte es der Kleine, unter seinen Armen hindurchzuschlüpfen und ihm eine Ladung aus der Spraydose ins Gesicht zu sprühen. Der Schaum hatte zunächst kaum mehr als das Volumen eines Tennisballs und klebte oberhalb des rechten Mundwinkels an der kaum noch vorhandenen Nase. Nur wenige Sekunden später quoll die braungelbe Masse nach allen Seiten hin auf. Sie verdeckte erst nur die eine Hälfte des Mundes und das rechte Auge. Als sie mit dem Geifer aus dem Mund des Monsters in Kontakt kam, blähte sie sich schlagartig über das ganze Gesicht hinweg auf.

Es passierte etwas, was Dalina und Martin zuvor nur selten beobachtet hatten. Ein Zombie sorgte sich plötzlich mehr um sich selbst als um sein Opfer. Er griff sich mit beiden Händen ins Gesicht und versuchte, die klebrige Masse zu entfernen. Da der Schaum immer noch an Volumen gewann, kleisterte er auch prompt die dürren Hände zu. Orientierungslos stolperte der Zombie über eine Bordsteinkante und schlug, mit dem Gesicht voran, der Länge nach hin. Als er sich wieder hochdrückte, zogen sich lange Fäden vom Gesicht zum Asphalt.

Martin erschrak, als die drei Zombies unter den Pickup gerieten und der Wagen holpernd über ihre Körper hinwegfuhr. Wasmuth war nicht sonderlich schnell gefahren und der Junge erkannte tatsächlich seine Chance. Mit wenigen Schritten erreichte er den Wagen und ließ sich von Sven und Johannes auf die Ladefläche ziehen. Wasmuth hatte das über den rechten Außenspiegel beobachtet und gab Gas.

46

Oberst Hermann-Christof Panitz war sich ganz und gar nicht mehr sicher, ob das Ausharren in der angestammten Position der richtige Weg war. Bei seinen Einsätzen in Afghanistan hatte er seinen Leuten immer und immer wieder eingebläut, dass sie ihre Deckung nicht verlassen durften, bis Hilfe in Form von Unterstützung der Artillerie oder Kampfflugzeugen eintreffen würde. In ihrer Situation würde es keine Hilfe von außen geben.

Der Geräuschkulisse, verursacht durch die um die Kaserne herumziehenden Zombies, hatte er bislang sehr gut entgehen können. Die Fenster des einzigen echten Gebäudes auf dem Gelände waren schließlich schallisoliert. Jetzt, da die Zombies praktisch unmittelbar hinter der nächsten Wand lauerten, half das nicht mehr. Seit zwei Tagen konnte er das Stöhnen nicht mehr ignorieren. Hinzu kam das kratzende Geräusch Tausender Fingernägel an den Außenwänden. Es war nur noch eine Frage der Zeit, bis mehr von seinen Männern oder einer der Zivilisten durchdrehen würde. Auch er nahm sich davon nicht aus. In der Nacht hatten sich zwei Soldaten gegenseitig die Schädel weggeschossen. Offenbar hatten sie sich gegenseitig den Lauf ihres Gewehres in den Mund gesteckt und gleichzeitig abgedrückt. Zumindest hatten sie dafür gesorgt, dass sie nicht wieder auferstehen und andere in Gefahr bringen konnten, wie die Kleine, die fast achtzig Tabletten geschluckt hatte. Hätte sie mit ihrem Selbstmordversuch inmitten der anderen Zivilisten tatsächlich Erfolg gehabt, wäre es zu einer Katastrophe gekommen. Der Ausbruch der Seuche innerhalb des Gebäudes wäre wohl kaum noch zu stoppen gewesen.

»Herr Oberst. Funkspruch von Hauptfeldwebel Klein.«

So übermüdet, wie er war, hatte er den Gefreiten nicht in sein Büro kommen hören. Es war allerdings auch möglich, wenn nicht sogar wahrscheinlich, dass der Gefreite gar nicht geklopft hatte. Die Disziplin ließ schon lange zu wünschen übrig. »Na endlich. Etwas Positives?«

»Wie man es nimmt. Sie sind in Falkenaue vorerst in einem Einkaufscenter sicher untergekommen, hatten aber die ganze Zeit über keine Möglichkeit, an das Funkgerät heranzukommen, da sie den Reisebus fluchtartig verlassen mussten. Jetzt haben sie einen Stoßtrupp nach Spandau vorgeschickt, um die Lage zu klären. Der Feldwebel versucht im Moment, den Bus wieder fahrtüchtig zu bekommen.«

»Einen Reisebus? Wo hat er denn einen Reisebus her?« Der Gefreite zuckte mit den Schultern. »Ist auch egal. Umso besser für uns. Hat er sonst noch etwas gesagt?«

»Nein, Herr Oberst.«

»Gut, Köppke. Ich bin mir nicht mehr sicher, ob wir es hier wirklich noch länger aushalten können.« Oberst Panitz hatte schon immer Wert darauf gelegt, seinen Männern kein X für ein U vorzumachen. Wenn die Situation bedrohlich war, redete er auch offen darüber. Anderes hätte keinen Sinn gehabt, schließlich hatten alle im Gebäude Ohren. »Kontaktieren Sie den Hauptfeldwebel und berichten Sie ihm von unserer Lage. Sagen Sie ihm, dass die Situation binnen der nächsten vierundzwanzig Stunden zu eskalieren droht. Bitten Sie ihn, uns mit seinem Reisebus, so schnell es ihm möglich ist, hier abzuholen. Sorgen Sie anschließend dafür, dass sich alle in den Keller begeben. Das wird zwar eng werden, aber wenn die Zombies eindringen sollten, ist es für eine Flucht zu spät.« Hätte der Oberst den Gefreiten angesehen, wäre ihm aufgefallen, dass dem bequem stehenden Soldaten gerade ein Stein von der Größe eines Felsblocks von der Brust gerollt war. Er entspannte sich geradezu. »Ich werde jetzt noch die beiden Wissenschaftler aufsuchen, sie nach ihren letzten Fortschritten befragen und mich von ihnen verabschieden.«

Einige Minuten später klopfte er wie wild gegen das blaue Glasfenster, um auf sich aufmerksam zu machen. Aber entweder hörten sie ihn nicht oder ignorierten ihn einfach. Mehr als fünf Minuten musste der Oberst warten, bis sich Doktor Honke dazu bequemte, an die Gegensprechanlage zu treten.

»Herr Oberst. Keine Zeit. Wir sind der Lösung auf der Spur.«

Oberst Panitz war vollkommen perplex. Zwei Jahre lang hatten die beiden Forscher nun an dem Problem gearbeitet, ohne einen nennenswerten Fortschritt zu erzielen. Und jetzt? Ein klein wenig Input von außen, von dieser Dalina, und schon hatten die beiden eine Lösung in Aussicht? »Das … das ist nicht … Ist das Ihr Ernst?«, stotterte Panitz. »Ausgerechnet dann, wenn wir diese Einrichtung aufgeben wollen? Ich bin gekommen, um Sie davon in Kenntnis zu setzen, dass wir innerhalb der nächsten Stunden die Kaserne verlassen werden und Ihnen alles Gute wünschen.«

»Gehen Sie nur. Das ist vielleicht besser, um den Fokus der Untoten von diesem Gebäude abzulenken. Umso länger können wir weiter daran forschen. Wir haben die bisherigen Ergebnisse unserer Arbeit in das Forschungsintranet eingespeist, aber noch keine Bestätigung unserer Kollegen.«

»Können Sie mir denn in etwa begreiflich machen, was Sie gefunden haben?«

»Das ist schwer. Wir haben uns noch einmal ausführlich mit den Sporen selbst befasst und etwas Entscheidendes entdeckt. Diese Nano-Sporen haben, neben der Übertragung des Virus, noch eine weitere Funktion. Sie besitzen eine elektrische Aura, ein Feld, das auf Reize reagiert. Sie kennen diese Kugeln, die an Schnüren hängen? Lässt man die erste gegen die zweite prallen, setzt sich der Impuls bis zur letzten Kugel fort. Ohne Widerstand schwingt die …«

»Newtonpendel. Ja, kenne ich. Und?«

»Die Zombies selbst sind blind und taub. Die eigentlichen Augen und Ohren der Zombies sind die Nano-Sporen. Stellen Sie sich die Wahrnehmung eines Zombies als ein Bombardement aus Reizen aus allen Richtungen vor, die ausschließlich von diesen Nano-Sporen ausgehen. Sie klatschen in die Hände. Bei den Sporen löst das einen elektrischen Impuls aus, der vom Zombie wahrgenommen wird. Umso stärker, je näher er der Quelle ist.«

»Inwiefern ist das jetzt ein Durchbruch?«

»Wenn es uns gelingt, die Frequenz zu finden, auf der diese Prozesse ablaufen, gelingt es uns vielleicht auch, sie zu stören.«

»Das hindert einen Zombie aber noch nicht daran, mich zu beißen, oder?«

»Doch, in gewisser Weise schon. Wir können sie damit praktisch blind und taub machen. Solange man einem Zombie nicht mit einem roten Tuch vor der Nase herumwedelt, werden wir in der Lage sein, uns für sie unsichtbar zu machen. Zumindest in der Theorie. Im Moment tüfteln wir aber noch an der praktischen Umsetzung.«

»Wann …« Oberst Panitz war begeistert, auch wenn er es nach außen hin nicht gleich zeigte. Was Honke ihm da in Aussicht stellte, war nicht weniger als das erhoffte Wunder. Dass er keine Gelegenheit mehr bekommen sollte, Honke und seinen Kollegen dafür zu beglückwünschen, lag an dem plötzlich vibrierenden Boden und dem alles übertönenden Krach. Auch Honke auf der anderen Seite der Glasscheibe hatte die Veränderung der Geräuschkulisse wahrgenommen. Beide sahen sich entgeistert an. »Ich muss mich darum kümmern.« Panitz hatte den Sprechknopf nicht gedrückt, aber der Wissenschaftler schien ihn dennoch verstanden zu haben. Er nickte und hastete zurück in sein und Doktor Mintzers Labor. Schüsse hallten durch das Gebäude und Oberst Hermann-Christof Panitz ahnte nichts Gutes. An der nächsten Pendeltür des langen Ganges kam ihm einer der Soldaten entgegen.

»Ein Teil der Nordwand des Gebäudes ist zusammengebrochen, Herr Oberst.«

Seine Stimme klang gehetzt. In dieser Situation noch einmal durch das Gebäude stiefeln zu müssen, statt sich wie alle anderen in den Tunnel zu begeben, hielt er ganz offenbar für einen selbstmörderischen Irrsinn. Dass er es dennoch getan hatte, bewies dem Oberst, dass seine ihm verbliebenen Soldaten zumindest noch ein gewisses Maß an Loyalität besaßen. Vermutlich hatte einer der beiden Gefreiten ihn dazu angehalten. Zusammen traten sie in das Treppenhaus und schauten über das Geländer in die Tiefe. Sehen konnten sie in dem schmalen Schacht nichts, aber das Stöhnen der Zombies hallte von den Wänden schaurig wider. Zwei Etagen und die Kellertreppe lagen vor ihnen. Das stakkatoartige Schießen aus den Maschinengewehren war dagegen verstummt.

»Bis eben war das Treppenhaus noch frei, Herr Oberst. Wir sollten uns beeilen.«

»Ich werde jetzt nicht sagen, dass Sie vorgehen sollen, Schmidt. Aber Sie sind sicher schneller als ich. Rennen Sie. Beeilen Sie sich und warten Sie nicht auf mich. Wenn Sie es schaffen sollten und ich nicht unmittelbar hinter Ihnen bin, gehen alle durch den Tunnel. Und hoffen Sie, dass der Feldwebel mit dem Bus auftaucht. Ansonsten schlagen Sie sich bis Falkenaue oder an einen anderen sicheren Ort durch. Richten Sie das Ihren Kameraden aus. Und nun viel Glück.«

Der Soldat zögerte eine Sekunde und rannte dann, immer drei Stufen auf einmal nehmend, die Treppe hinunter. Der Oberst bemühte sich zwar, mit schnellen Schritten, Stufe für Stufe einzeln nehmend, zu folgen, aber schon nach dreißig Sekunden hatte der Soldat Schmidt ein ganzes Stockwerk Vorsprung. Als Oberst Panitz, noch mehr als ein Stockwerk von der Kellertreppe entfernt, einen Blick über das Geländer warf, sah er, wie der Soldat am Fuß der Treppe verharrte, nach oben schaute und tatsächlich salutierte. Dann verschwand er durch die Tür neben der Treppe.

Ohne das Schlagen der Stiefel des Soldaten auf dem Marmor, war es im Treppenhaus für ein paar Augenblicke lang beinahe merkwürdig still. Oberst Panitz wähnte sich eine halbe Treppe vor seinem Ziel schon beinahe in Sicherheit, als links von ihm die Pendeltür zum Flur des Erdgeschosses aufgestoßen wurde. Einer der Techniker stürzte mit weit aufgerissenen Augen hindurch. Seine Kleidung war an Armen und Rücken zerrissen und hing in langen Fetzen herab. Panitz dachte im ersten Moment, einem Zombie gegenüberzustehen. Aber der Mann erschrak sich wenigstens genauso wie er selbst. Für zwei Sekunden starrte er zu dem Kommandanten der Kaserne, der vier oder fünf Stufen die Treppe hinauf abrupt stehen geblieben war und faselte etwas wie: »Sie kommen, sie kommen.« Der Irrsinn in seinen Augen war nicht zu übersehen. Das und die zerfetzte Kleidung zeigten dem Oberst, dass der Mann erst kurz zuvor einem Zombie gerade so entkommen zu sein schien.

Voll Panik warf er einen Blick zurück zu der Schwingtür, durch die er gekommen war, drehte sich wieder um und erreichte noch vor dem Oberst die Tür, durch die der Soldat Schmidt bereits verschwunden war. Er riss sie auf, trat über die Schwelle und zog sie hinter sich zu. Das Geräusch, das nach dem Zuknallen der Tür jedoch folgte, ließ Oberst Panitz das Blut in den Adern gefrieren. Innen an der Tür war ein schwerer Eisenriegel angebracht, der verhindern sollte, dass jemand die Tür von außen öffnen konnte. Und das Geräusch entsprach dem jenes Riegels, wenn er geschlossen wurde.

Nur Sekunden später erreichte er die Tür und hämmerte mit den Fäusten gegen das Türblatt. Dumpf hallten die Schläge durch das Treppenhaus. Er lauschte kurz, ob sich hinter der Tür etwas tat, aber das Einzige, was er hören konnte, war das allgegenwärtige Heulen und Jammern der Zombies um das Gebäude herum.

Hermann-Christof Panitz hatte sich nie zu den ängstlichen Menschen gezählt. Seine Einsätze in Afghanistan, die den Grundstock für seine Karriere legten, waren auch dazu gedacht gewesen, seine Grenzen auszuloten. Bei mehr als einem Gefecht hatte er mit seinen Männern, damals noch als Leutnant, in vorderster Front gemeinsam gegen die Mudschahedin gekämpft. Nur waren damals die Feinde besiegbar gewesen. Natürlich hatte es immer die Möglichkeit gegeben, im Kampf sein Leben zu verlieren, aber alles in allem gab es immer Überlebenschancen.

Jetzt, mit der verschlossenen Tür vor und über zehntausend Untoten hinter sich, war die Wahrscheinlichkeit, das hier zu überleben, gleich null. Panitz kontrollierte den Sitz seiner Koppel. Im Halfter steckte eine halbautomatische Luger. Keine Standardwaffe für einen Bundeswehroffizier, aber ein wirklich schönes und zuverlässiges Stück Metall, das er von einem befreundeten polnischen Nato-Offizier als Abschiedsgeschenk erhalten hatte.

Zu der Geräuschkulisse von draußen gesellte sich plötzlich Stöhnen aus dem Korridor hinter der Schwingtür. Durch die Milchglasscheiben konnte er gegen das helle Licht im Hintergrund schemenhafte Schatten erkennen. Für einen Augenblick überlegte Panitz, ob er wenigstens den Fußstopper der Tür arretieren oder die Treppe wieder nach oben nehmen sollte. Aber das würde das unausweichliche Ende nur hinauszögern. Wahrscheinlich spürten die Untoten seine Anwesenheit oder hatten sein Hämmern gegen die Tür gehört. Auf jeden Fall näherten sie sich ihm.

Oberst Hermann-Christof Panitz schlug die Klappe seines Halfters nach oben und zog die Luger heraus. Acht Patronen waren im Magazin. Die letzte würde er für sich selbst nutzen. Er hob den lang ausgestreckten Arm mit der neun Millimeter Parabellum-Pistole und zielte auf die Schwingtür in drei Metern Entfernung.

47

Professor Doktor Geoffrey Jones stand, mit neben dem Laptop aufgestützten Armen, am Tisch und las interessiert den Forschungsbericht der beiden Potsdamer Doktoren. Was die beiden darin zum Besten gaben, schockierte ihn nicht so sehr wie der Nachsatz, der die Zukunft der Wachmannschaft der Kaserne betraf. »Die Mauern sind zusammengebrochen und mittlerweile sind die Zombies sogar in das Gebäude eingedrungen. Eine unmittelbare Gefahr für uns selbst besteht zwar noch nicht, aber Oberst Panitz wird mit dem kläglichen Rest unserer Soldaten und dem technischen Personal versuchen, ein neues Domizil zu beziehen. Er ist zuversichtlich, die Zitadelle Spandau von Zombies zu befreien und zur neuen Basis auszubauen«, las er laut.

Sein lautes Fluchen irritierte die beiden Gestalten im Hintergrund des katakombenartigen Labors. Jones ignorierte das Knurren und Heulen seiner beiden ehemaligen Assistenten und klappte wütend den Laptop zu. Das unverwüstliche Netzwerk, das noch in den ersten Tagen der Seuche von ein paar findigen Computerkollegen europaweit installiert worden war, interessierte ihn normalerweise überhaupt nicht. Bislang war kein einziger der daran angeschlossenen Wissenschaftler der Lösung des Problems auch nur im Entferntesten näher gekommen. Selbst die Erkenntnis der beiden Potsdamer, dass elektrische Felder bei der Wahrnehmung der Zombies eine Rolle spielten, kratzte nur an der Oberfläche dessen, was er und seine Vorgänger bereits in den 1940er-Jahren erkannt hatten.

Das Virus war bereits 1924 als Fundstück in Form eines eineinhalb Kilo schweren Metallklumpens aus der Tunguska-Region nach Großbritannien gelangt, und im Londoner Museum für Anthropologie und Archäologie eingelagert worden. Dort lag es jahrelang mehr oder weniger unbeachtet in einem Schaukasten aus. Erst bei einer genaueren Inspizierung mit neuen, für das Ende der

Dreißigerjahre fortschrittlichen Untersuchungsmethoden erkannte man den inaktiven biologischen Einschluss darin, der sofort als außerirdisches Material gedeutet wurde. Auf der Suche nach möglichen Waffen, mit denen man der deutschen Welteroberungsfantasie entgegentreten konnte, wurde das Virus ein gefundenes Fressen für viele britische Virologen. Nachdem man es extrahiert und mit Elektrizität wieder zum Leben erweckt hatte, erkannte man das Potenzial. Personen, die dem Virus ungeschützt ausgesetzt wurden, tötete es innerhalb weniger Sekunden. Der einzige Haken war, dass es keinen Unterschied zwischen Achsenmächten und Alliierten machte. Es tötete einfach jeden. Deshalb wurden die Forschungen zum größten Teil nach außerhalb Großbritanniens verlagert – nach Irland, Indien, China, Australien und nach dem Kriegsende auch nach Berlin.

Glücklicherweise waren zu Beginn der Forschung alle Proben vollkommen inaktiv gewesen, sonst wäre die Zivilisation vielleicht bereits fast Hundert Jahre zuvor zusammengebrochen. Andererseits besaß das Virus von heute kaum noch Ähnlichkeiten mit dem ursprünglichen. Generationen von Virologen hatten an der DNA so lange herumgedoktert, bis es in puncto Reproduktionsrate, Lebensdauer, Virulenz und dem gewünschten Verhalten der Betroffenen dem Ziel immer näher kam.

Hier, unter der Spandauer Zitadelle, hatte er den Ausbruch mit seinem Team in Indien, in der Stadt Jodhpur, mitverfolgt. Eigentlich waren die Sicherheitsmaßnahmen vollkommen ausreichend gewesen. Der Strom einer neun Volt Batterie und ein kleiner Sender, der im VHF-Bereich auf 1412 MHz ein moduliertes Signal abgab, reichten, um das Virus in einem Umkreis von zwanzig Metern zu lähmen. Einer der dortigen britischen Wissenschaftler musste das Virus also absichtlich freigesetzt haben. Anders war die Katastrophe nicht zu erklären.

Einmal freigesetzt, verbreitete es sich in nur wenigen Tagen um die ganze Welt. Und dann geschah etwas, mit dem auch Jones und seine Kollegen nicht gerechnet hatten – die Toten erhoben sich nicht nur wieder, sie griffen auch lebende Menschen an. Dabei waren bislang bei allen Tests nur hirnlose Wesen ohne Wert entstanden. Das ursprüngliche Ziel ihrer Forschungen war es eigentlich, die Toten zu Marionetten zu machen, die man als billige Arbeitssklaven gebrauchen konnte. War das verwerflich? Ganz sicher.

Der Plan war aber auch in einer Zeit entstanden, in der Großbritannien mit dem Rücken zur Wand dem drohenden Untergang entgegensah. Später war das Tätigkeitsfeld einfach zu interessant, als dass einer der daran beteiligten Virologen es aufgeben wollte. Immerhin bekamen sie die Gelegenheit, mit einer außerirdischen Lebensform zu experimentieren. Keiner von ihnen hatte damit gerechnet, dass das Virus jemals zum Einsatz kommen würde. Als es dann doch passierte, war es für eine Eindämmung der Seuche längst zu spät gewesen.

Jones schritt nachdenklich den dunklen Gang bis zu dem altertümlichen Fahrstuhl entlang. Alle paar Meter stützten gotische Bögen das uralte Verlies der Spandauer Zitadelle. Britische Soldaten hatten bei der Inspektion der Festung im November 1945 ein Geheimlabor der Nazis entdeckt und für die weitere Verwendung auch geheim gehalten. Da Spandau zur britischen Besatzungszone erklärt worden war, gelang die Geheimhaltung gar bis über den Abzug der Briten und die Wiedervereinigung Deutschlands hinaus.

Er war der letzte Überlebende seines ursprünglich sechsköpfigen Teams. Alle anderen waren nach ihrem natürlichen oder selbstverschuldeten Ableben zu Zombies geworden. Für ihn selbst waren sie ungefährlich, solange er den kleinen, zigarettenschachtelgroßen Kasten bei sich trug. Wirklich steuern konnte er die Zombies damit nicht, und da er vermutlich weltweit der Letzte derjenigen war, die an dem Projekt gearbeitet hatten, bezweifelte er, dass ihm der Durchbruch gelingen würde. Seit Monaten hatte er nur noch gelegentlich hier unten im Labor vorbeigeschaut, Zellkulturen kontrolliert und die Computer abgefragt. Ansonsten verbrachte er seine freie Zeit im Juliusturm der Zitadelle lieber mit Lesen und dem Schreiben von Gedichten.

»Sal, du passt auf, dass sich hier keine Unbefugten einschleichen.« Jones fuhr sich mit einer Hand durch das wirre weiße Haar und öffnete mit der anderen das Gitter des Fahrstuhls. Der Zombie mit dem Laborkittel war Jones bis zum Fahrstuhl hinterhergeschlurft. Als sich Jones zu ihm umdrehte, zuckte er zurück. »Ja, ich weiß. Du würdest auch gern aus dem Labor nach oben, Sal. Aber jemand muss sich doch um alles kümmern, während ich weg bin. In Ordnung?« Jones lächelte den Zombie an. Sal hatte einmal auf den Namen Sagar Lal gehört. Heute hörte er auf gar nichts mehr. Deshalb musste er ihn und Thomas hier unten einsperren.

Jones zog das Gitter zu und drückte den oberen der beiden Knöpfe. Der Fahrstuhl bewegte sich langsam und mit lautem Knattern nach oben. Zurück blieb Sal, der flehentlich seine Arme nach ihm ausstreckte. Wenn er nicht genau wüsste, dass Zombies keine Mimik besaßen, hätte Jones geschworen, dass Sal ihm mit traurigen Augen hinterhersah.

48

Martin hatte den Gefreiten angewiesen, ein paar Hundert Meter weiter auf das nicht überdachte Oberdeck eines kleinen Parkhauses zu fahren. Üblicherweise passten kaum zwanzig Fahrzeuge der Anwohner nebeneinander. In den dazugehörigen Mietskasernen dahinter hatten bis zum Zusammenbruch vor allem sozial schwächere Familien gelebt, die sich kaum ein Auto hatten leisten können. Deswegen war die Fläche vollkommen verwaist. »Hier sind wir vorerst in Sicherheit. Wir haben hier schon einmal kampiert. Weißt du noch, Emre, wie du den armen Karl über die Brüstung zu den Untoten geworfen hast?«

Emre war drauf und dran, Martin ebenfalls über das hüfthohe Geländer zu werfen. Wütend stapfte er um den Amarok herum auf ihn zu. Seine beiden Kumpel hielten ihn an den Schultern fest und bremsten ihn, bevor er eine Dummheit begehen konnte. Johannes, der blutjunge Soldat, stand aufrecht auf der Ladefläche, hatte sein G36 im Anschlag und zielte auf Emres Rücken. »Er war gebissen worden«, verteidigte sich Emre wütend. Dabei versuchte er, sich halbherzig von den Händen seiner Rocker-Kollegen zu befreien. »Das Risiko für den Rest der Gruppe war einfach zu groß.«

»Karl hatte einen Kratzer und er hat beteuert, dass er nicht gebissen wurde.«

»Provozier ihn doch nicht extra«, flüsterte Dalina ihm zu. »Es bringt doch nichts, wenn wir uns gegenseitig an die Gurgel gehen.

Außerdem behauptet jeder, der gebissen wurde, dass es nur ein Kratzer ist. Das weißt du genau.«

»Bist du jetzt plötzlich auf seiner Seite?«, fauchte Martin seine Partnerin ungewöhnlich scharf an.

»Können wir uns dann wieder beruhigen?« Wasmuth hatte sich zwischen die Streithähne gestellt und fixierte nacheinander alle Beteiligten. »Konzentrieren wir uns lieber auf das, was vor uns liegt. Wie kommen wir in die Zitadelle hinein?«

»Fragen wir doch mal unseren kleinen Überlebenskünstler«, schlug Dalina vor. Sie hatte Martins verbalen Ausbruch kommentarlos weggesteckt. Der war zwar ganz und gar untypisch für ihn, aber vielleicht musste er auch einfach mal Dampf ablassen. »Wie heißt du denn, Kleiner?«, fragte Dalina den Jungen freundlich, der eingekeilt zwischen den beiden Soldaten Stoltz und Krappke stand. Die Dosen mit Bauschaum hatte er in einem Leinenbeutel verstaut und die Hände zur Hälfte lässig in die schlabbrigen Jeans gesteckt. Über dem ehemals weißen T-Shirt trug er eine speckige Jeansjacke und darüber eine rote ärmellose Steppjacke. Ein wenig wirkte er wie Marty McFly aus Zurück in die Zukunft. Nur war er erheblich jünger als Michael J. Fox zu dem Zeitpunkt.

»Meine Freunde sagen Buster zu mir.«

»So, so. Buster.« Amüsiert zog Dalina eine Augenbraue hoch. »Wie kommt man denn darauf, mit Bauschaum gegen Zombies vorzugehen?«

»Der Sprühkleber war alle«, antwortete Buster trocken.

Selbst Martin, der sich immer noch demonstrativ der Brüstung zugewandt hatte und die Straße in beide Richtungen beobachtete, drehte sich mit grinsendem Gesicht zu der Gruppe hin.

»Du sagtest Freunde.« Der Gefreite Wasmuth, neben Emre körperlich die wahrscheinlich imposanteste Figur in der Runde, legte eine Hand von der Größe einer Schaufel auf Busters Schulter und drehte ihn sanft zu sich hin. »Sind die alle so jung wie du? Und wie kommt ihr mit der Situation zurecht?«

»Wir kommen klar. Aber erwartet nicht von mir, dass ich euch zu meiner Gruppe führe. Den da kenne ich. Und den wollen wir garantiert nicht in unserer Nähe haben.« Buster deutete mit dem Kinn in Richtung Emre. Seiner Mimik nach war er von Emres Anwesenheit wenig begeistert.

»Scheint so, als wärst du nicht sonderlich beliebt hier in der Gegend.« Martin konnte nicht anders, als Emre weiterhin zu ärgern. Dafür handelte er sich prompt einen bösen Blick von Dalina und Wasmuth ein. »Ist ja schon gut.«

»Geht klar, Buster. Wenn ihr nicht gerade in der Spandauer Zitadelle haust, habt ihr von uns nichts zu befürchten.«

»Die Zitadelle? Da wollt ihr hin? Mit den paar Männeken?« Buster lachte. »Da habt ihr euch aber was vorgenommen. Das alte Gemäuer ist voll mit Zombies. Hunderte, wenn nicht sogar Tausende bewachen den verrückten Professor.«

»Dass da viele Zombies sind, wissen wir. Aber das mit dem Professor ist mir neu. Wie kommst du auf so was? Und wieso Professor?« Emre hatte der Zitadelle mit seiner Gruppe vor etwa einem Jahr einen Besuch abgestattet. Gleich nach dem vergeblichen Versuch, in die Spandau Arcaden zu kommen. Wegen der unglaublich vielen Untoten hatten sie es aber bei dem Versuch belassen.

»Ab und zu sieht man ihn auf der Spitze des Turms oder an einer der Mauern. Er trägt fast immer einen weißen Kittel und darunter ein weißes Shirt. Halbglatze, Nickelbrille. Sieht eben aus wie ein Professor. Und abends scheint mal hier und mal dort Licht durch die Fenster.«

»An der Wehrmauer … Das werden auch Zombies sein, die ihr da beobachtet habt. Wenn, dann hat sich einer im Turm verschanzt. Der wird glücklich sein, wenn man ihm ermöglicht, seine Behausung auch mal wieder zu verlassen.« Emre bezweifelte, dass sich jemand in der Festung frei bewegen konnte. Die Masse der Zombies innerhalb der Mauern, die er gesehen hatte, ließ das einfach nicht zu.

»Wenn ich es euch doch sage.«

»Nun gut. Du weißt also auch nicht, wie man da hineinkommt. Schade. Sollen wir dich irgendwo absetzen oder hast du Lust, mitzukommen?«

»Die Richtung stimmt schon. Und ich schaue mir aus sicherer Entfernung gern an, wie ihr scheitert.«

»Zügle deine freche Klappe etwas, Bürschchen.« Sven, einer von Emres Rocker-Kumpeln, schubste den Jungen mit einem leichten Stoß in den Rücken.

Dieser strauchelte jedoch nicht einmal. Er wippte einfach nur kurz vor und dann wieder zurück. Dennoch gefiel Buster das offenbar gar nicht. Er drehte sich um, schaute dem hageren Sven in das bärtige Gesicht und trat ihm dann ansatzlos zwischen die Beine. »Fass mich noch einmal an und ich gebe dir auch eine Zahnbehandlung mit Bauschaum.«

Außer Sven, der mit hochrotem Kopf auf die Knie gesackt war, lachten alle schadenfroh. Sogar Emre amüsierte sich auf Kosten seines Kumpels. Der Einzige, der sich aus der ganzen Diskussion herausgehalten hatte, war Johannes. Er stand immer noch aufrecht auf der Ladefläche des Pickups. Das Gewehr hatte er zwar am Schultergurt quer vor der Brust hängen, aber sein Blick war die ganze Zeit über unruhig hin und her gewandert. Besonders die Rampe auf die Parkpalette und den Treppenaufgang hatte er nicht aus den Augen gelassen.

Dalina hatte bislang nur wenige Worte mit ihm wechseln können. Schuld war dabei weniger eine fehlende Gelegenheit. Johannes war entweder einfach maulfaul oder schwer in sie verliebt und zu schüchtern, um es zu zeigen. Auf jeden Fall ging er ihr und Martin schon fast absichtlich aus dem Weg. Sie hatte ihm gerade noch so dafür danken können, dass er ihr das Leben gerettet hatte, da fand er auch schon wieder eine Ausrede, um sie stehen zu lassen. Dass er sich dennoch schwer darum bemüht hatte, sie zu begleiten, sprach aber dennoch für ihn. Es war reiner Zufall, dass sie genau in dem Augenblick zu ihm hinübersah, als er seine Hand hob und auf etwas hinter ihr zeigte.

»Leute, wir bekommen Gesellschaft.«

Dalina schaute als Erste in die angewiesene Richtung. Keine fünf Meter hinter ihnen war außen am Parkhaus ein Treppenaufgang angebracht, aus dem plötzlich ein Strom von Zombies auf das Parkdeck trat. Wie erstarrt stand der Soldat Krappke, der im Nahkampf noch nicht erfahren genug war, um schneller reagieren zu können, einfach nur da und schaute den Angreifern mit offenem Mund entgegen. Auch Stefan hatte offenbar bislang nur selten so unvermittelt einem Gegner gegenübergestanden. Bis endlich Leben in die beiden kam, hatten sich die Zombies ihnen bereits bis auf anderthalb Meter genähert.

»Los. Einsteigen!«, kommandierte Wasmuth laut und öffnete bereits die Fahrertür. Martin und Dalina zogen dagegen ihre Eisenstangen aus den Gürteln und sicherten den Rückzug der anderen.

Endlich kam auch Bewegung in Krappke und Stefan. Letzterer zog ein großes Fahrtenmesser, das eher die Größe eines römischen Kurzschwertes besaß, hinter seinem Rücken hervor und rammte es dem ihm am nächsten stehenden weiblichen Zombie durch das rechte Ohr. Gleichzeitig stieß er ihn mit einem Tritt von sich, um das Messer wieder freizubekommen. Keine Sekunde zu spät, denn von links stolperte ein weiterer Zombie auf ihn zu. Stefan packte ihn mit der linken Hand am Hals, um ihn auf Abstand zu halten, während Martin den Schädel unterhalb des Ohres mit seiner Stange perforierte.

Krappke wich derweil zurück. Scheinbar konnte er sich nicht entscheiden, das geschulterte Gewehr oder den Latthammer einzusetzen. Er hielt beides mit halb erhobenen Händen vor sich, während zwei Kinderzombies ihre Zähne fletschten und nach seinen Oberschenkeln griffen. Ein Schuss von Johannes, der sich, auf der Ladefläche des Amarok stehend, auf dem Autodach abstützte und sorgfältig gezielt hatte, ließ den Hinterkopf des ehemals vielleicht zehnjährigen Jungen zerplatzen wie eine reife Frucht.

Dalina und Martin hatten ihren Schützlingen eingetrichtert, nur im absoluten Notfall von der Schusswaffe Gebrauch zu machen. Aber wenn Dalina es richtig betrachtete, war das in diesem Fall durchaus gerechtfertigt. Ob Krappke sich beiden kleinen Angreifern hätte erwehren können, bezweifelte Dalina. Nicht einmal mit einem wäre er in seinem augenblicklichen Zustand zurechtgekommen. Johannes war also einmal mehr zur rechten Zeit am rechten Ort. Sie wischte den Gedanken sofort beiseite und überlegte, wie sie Krappke vor dem anderen Zombie beschützen konnte. Der Kinderzombie war zu klein und zu lebhaft, um ihn mit der Stange gezielt zu durchbohren, deshalb schlug sie ihm kurzerhand von oben auf den Kopf. Ohne großen Widerstand spaltete sie den Schädel beinahe in zwei Hälften. Dann nahm sie Krappke am Arm und zerrte den völlig aufgelösten Soldaten zurück zum Auto. Martin packte auf der anderen Seite zu. Gemeinsam schoben sie ihn auf die Ladefläche. Dalina warf ihre Eisenstange hinterher und stemmte sich an der Karosserie in die Höhe. Auch Martin und Stefan beeilten sich, an Bord zu gelangen, weil Wasmuth bereits langsam anfuhr. Emre hatte dafür Dalinas Platz neben dem Gefreiten eingenommen. Kaum befanden sich alle in Sicherheit, gab Wasmuth Gas und hielt auf die Rampe nach unten zu.

Auch dort hatte sich unbemerkt eine Gruppe Zombies genähert, aber gegen die Urgewalt des Amarok hatten sie keine Chance. Eine Minute später fuhren sie bereits wieder über die Chaussee in Richtung Spandauer Zitadelle.

»Wo ist Buster?«, fragte Martin irritiert, als er in die Runde und dann durch das Heckfenster in den Fond des Wagens schaute.

»Ich schätze, der Kleine hat die Gelegenheit genutzt und sich gleich wieder verabschiedet. Ihm hat offensichtlich die Anwesenheit von eurem Freund Emre nicht gepasst.«

»Schade«, meinte Martin. »So einen patenten Jungen wie ihn, mit seiner Ortskenntnis und Kontakten zu weiteren Überlebenden, hätten wir gut gebrauchen können.«

»Vor allem die Ortskenntnis, falls etwas schiefgeht und wir uns absetzen müssen«, ergänzte Dalina.

49

Der Gefreite Köppke nahm sich das Recht heraus, noch nicht mit den anderen in die Schwärze des Tunnels zu gehen. Weniger, weil er es für seine Pflicht hielt, auf den Oberst zu warten oder um sicherzustellen, dass der klägliche Rest der Überlebenden in Sicherheit war. Nein. Er hasste dunkle Tunnel einfach. Und enge Räume ganz besonders. Etliche Taschenlampen und Kerzen sorgten zwar dafür, dass man wenigstens die Hand vor Augen sehen konnte, aber solange er nicht die Notwendigkeit sah, würde er noch warten. »Wie viele sind jetzt im Tunnel?«

Marlies, die bildhübsche Rothaarige, gehörte bereits seit Längerem zu den zwangsverpflichteten Soldaten der Kaserne. Normalerweise lag deren Lebenserwartung, ohne die sonst übliche Grundausbildung, bei kaum mehr als sechs Monaten. Mit ihrer über einjährigen Zugehörigkeit galt sie deshalb schon fast als Veteranin. »Einhundertsechszehn sind durch«, sagte sie. »Wenn man die letzte Zählung von gestern dagegen hält, fehlen also noch über dreißig Leute.« Marlies tat gern so, als wäre sie cool. Sie kaute unentwegt Kaugummi, hatte die Ärmel des Overalls hochgekrempelt und trug dünne Lederhandschuhe. Tatsächlich war sie unglaublich nervös und fummelte ständig an ihren zum Knoten gesteckten langen Haaren herum. Verdenken konnte ihr Köppke das nicht. Verglichen mit einigen anderen steckte sie die Situation sogar noch einigermaßen gut weg.

In den vergangenen zwei Jahren hatten sie aus der Not heraus versucht, die verschwundenen oder gefallenen Kameraden durch Bewohner der Kaserne zu ersetzen. Nur waren die wenigsten Zivilisten wirklich in der Lage, sich ihrer Haut zu erwehren. Leutnant Zasinski hatte von Beginn an ein hartes Auswahlverfahren durchgezogen. Wer sich nicht selbst wehren konnte, musste eben andere Aufgaben übernehmen. Als Anreiz waren die Verpflegung, Freizeitaktivitäten und sonstige Annehmlichkeiten vor allen denjenigen in größerem Umfang vorbehalten, die eine Waffe tragen konnten und sich nicht scheuten, sie einzusetzen.

»Der Oberst ist knapp hinter mir.« Schmidt war einer der regulären Soldaten. Wie die meisten von ihnen trug er mittlerweile ungeniert einen Vollbart. Was die Einhaltung der Vorschriften anbelangte, war die Truppe meilenweit vom Standard früherer Tage entfernt. Dafür war die Loyalität der Verbliebenen dem Oberst gegenüber besonders ausgeprägt.

Köppke nickte seinem Kameraden, der das untere Ende der Treppe erreicht hatte, gerade zu, als am oberen Ende die schwere Tür erneut aufgerissen und gleich wieder geschlossen wurde. Von ihrer Position aus konnten sie nicht sofort sehen, wer dort oben den kurzen Flur betreten hatte. Nach Schmidts Ansage hätte es eigentlich der Oberst sein müssen. Umso überraschter starrten alle auf den Mann, der, sich ständig ängstlich umdrehend, die Treppe herunterkam. Seine Kleidung sah aus, als wäre er in einen Häcksler gefallen. Ganz automatisch nahmen Schmidt und Marlies ihre Gewehre in Anschlag. Köppke hatte nur seine Dienstpistole, eine Walther P38, im Halfter.

»Sie kommen. Sie kommen«, murmelte der Mann verstört.

Der Irrsinn blitzte aus den Augen des Mannes und Köppke bezweifelte, dass der Mann jemals wieder die Chance bekommen würde, normal zu werden. Zasinski hatte für solche Leute eine einfache Lösung parat. Er gab ihnen Aufgaben, bei denen sie scheitern würden. Das war hart, aber für das Allgemeinwohl die beste Lösung. Weder Köppke noch einer seiner Kameraden hatte Einwände dagegen vorgebracht. Sie hatten sich also alle mitschuldig gemacht. Das hieß aber nicht, dass ihm das gefallen hatte. Sollte sich der Oberst mit dem Mann auseinandersetzen.

»Haben Sie den Oberst gesehen?« Schmidt hatte den Mann am Kragen gepackt und geschüttelt. »Er muss doch direkt hinter Ihnen gewesen sein.«

Dumpfe Schläge gegen die Tür schallten von oben herab. Schmidt und Köppke schauten sich resignierend an. Wenn der Oberst noch leben würde, hätte er die Tür geöffnet. Nur Zombies verzweifelten an einer Tür, die sich nur nach außen hin öffnen ließ.

»Sie können nicht herein,« sagte der Mann mit einem irren Grinsen im Gesicht. »Der Riegel. Ich hab den Riegel vorgeschoben.«

In derselben Sekunde war von oben ein Schuss zu hören – nach einigen Sekunden ein weiterer. Schmidt schubste den Verrückten zur Seite und stürmte die Treppe hinauf. Köppke folgte ihm und zog bereits seine Walther aus dem Halfter. Zwei weitere Schüsse erklangen kurz hintereinander.

Der kurze Korridor am oberen Ende der Treppe war ohne Licht. Schmidt machte sich bereits an der Tür zu schaffen, zog den Riegel zur Seite und drückte die massive Tür langsam auf. Sofort drang das Heulen und Jammern von Zombies und das Knallen eines weiteren Schusses an ihre Ohren. Das Gesicht von Oberst Panitz lugte plötzlich durch den schmalen Spalt. Die Augen waren angsterfüllt, weit aufgerissen, und Schmidt suchte darin instinktiv nach den Anzeichen des Virus. Aber ganz offenbar war der Oberst noch am Leben. Im selben Augenblick aber, in dem sich der Kommandant der Kaserne seitlich durch den schmalen Spalt drückte, schrie er vor Schmerzen auf. Um seinen rechten Arm schlossen sich die schraubstockstarken Hände eines ihrer ehemaligen Kameraden. Dahinter waren weitere Untote, die zur Tür drängten. Schreiend versuchte der Oberst, seinen Arm aus den Klauen des Zombies zu befreien. Schmidt konnte nicht zupacken, weil er mit beiden Händen den Griff der Tür festhalten musste. Mittlerweile griffen gleich mehrere Finger um das Türblatt herum und versuchten, sie nach außen hin aufzuziehen. Nur, weil sie sich dabei wohl gegenseitig behinderten, gelang es Schmidt, zu verhindern, dass die Zombies die Tür aufbekamen.

Köppke zielte mit seiner P38 an den Köpfen vorbei, direkt auf den Mann mit dem grün-gelben Tarnanzug der Bundeswehr, der gerade seine Zähne in den Unterarm von Oberst Panitz versenken wollte. »Schmidt, Kopf zur Seite.«

Schmidt tat ihm den Gefallen. Allerdings nicht freiwillig. Die Tür wurde plötzlich mit einem Ruck aufgerissen und Schmidt, der sich immer noch verzweifelt an dem Griff festgehalten hatte, wurde unweigerlich durch die nun sperrangelweit geöffnete Tür nach draußen gezogen.

Köppke feuerte. Die Kugel drang auf der Höhe der Schläfe in den Schädel des Zombies ein, durchschlug ihn und traf einen weiteren Zombie dahinter in die Brust. Dann biss der Zombie in den Arm von Oberst Panitz, als hätte er gerade nicht die Hälfte seines Gehirns verloren. Kaum hatte er ein paar Sekunden lang das frische Blut aus der offenen Arterie gekostet, schien sein Interesse daran auch schon zu erlahmen. Er hob seinen Kopf und sah Köppke an. Die linke Gesichtshälfte bestand nur noch aus zerfetzten Knochen und einer fleischigen, blutigen Masse. Das linke Auge hing vollkommen surreal nur an einem dünnen Faden auf der Höhe der Nasenspitze.

Köppke schoss dem ehemaligen Kameraden mitten durch die Stirn. Auch der Untote dahinter bekam eine Kugel ab. Und der links daneben. Und der dahinter auch. Köppke merkte nicht einmal, dass er den Stecher am Ende mehrfach durchgezogen hatte, obwohl keine Kugel mehr im Magazin war.

Schmidt kam auf allen vieren zurück in den kurzen Korridor gekrochen. Er schien wie durch ein Wunder davongekommen zu sein. »Lass gut sein.« Schmidt richtete sich auf und drückte den Arm des Gefreiten herab.

Im Moment gab es keine weiteren Untoten mehr vor der Kellertür. Ein gutes Dutzend Körper bedeckte den Boden vom Treppenabsatz bis zur Kellertür und verhinderten, dass weitere Zombies durch die Schwingtür nachkommen konnten. Es würde aber nur ein paar Sekunden dauern, bis sich das ändern würde. Zeit genug, die Kellertür wieder zu schließen. Köppke und Schmidt schauten zu Oberst Panitz. Der Biss hatte sein Schicksal besiegelt. In wenigen Sekunden würde auch er sich verwandeln, und Schmidt zerrte bereits sein Maschinengewehr vom Rücken nach vorn, während Köppke ihn nur traurig anstarrte.

Der Oberst stand still, mit dem Rücken an der Wand, und hielt sich die verletzte Hand an die Brust gepresst. Der Lauf seiner Luger lag unmittelbar an seiner Schläfe. »Eine Kugel habe ich aufgehoben. Viel Zeit bleibt mir wohl nicht mehr«, murmelte er leise. »Falls ich es nicht schaffe, würden Sie dafür sorgen …« Köppke nickte schnell. »Bringen Sie die Leute nach Spandau, Köppke. Locken Sie so viele Zombies wie möglich von hier fort, damit die beiden Wissenschaftler in Ruhe weiterforschen können. Dann besteht Hoffnung.«

Köppke meinte zu sehen, wie die Augen des Obersten den Glanz verloren. Er war sich aber bewusst, dass das nur Einbildung war. Ein paar andere Faktoren waren eindeutiger. Der Oberst streckte in dieser Sekunde die Arme samt der Pistole nach ihm aus, sein Kiefer klappte weit auseinander und er machte zwei unsichere Schritte auf ihn zu. Köppke hatte keine Schwierigkeiten, dem Oberst die Luger aus der Hand zu winden und gegen ihn zu richten. Er setzte die Mündung auf die Stirn und drückte ab. Alles in einer einzigen, fließenden Bewegung. Dann fing er den zusammensackenden Körper auf, ließ ihn langsam zu Boden gleiten und schloss dem Toten die Augen und den Kiefer.

»Er war ein guter Vorgesetzter«, murmelte Schmidt.

Für ein paar Sekunden standen sie vor der Leiche. Köppke hatte ihm die Luger in die auf der Brust gefalteten Hände gelegt und nickte. »Das stimmt. Ohne ihn würde es uns schon lange nicht mehr geben.«

»Mein Gott. Der Oberst?« Marlies war an der Treppe aufgetaucht und starrte zu ihnen um die Ecke. Sie hatte ihr G36 im Anschlag.

»Sieh zu, dass du wieder hinunterkommst. Wir ziehen jetzt ab.« Köppke hatte seine Fassung wiedererlangt. Aus einer Tasche auf dem Oberschenkel seiner Uniform zauberte er ein frisches Magazin für seine Walther hervor und ließ das eingelegte routiniert herausspringen und zu Boden fallen, bevor er das neue einrasten ließ. Dann zog er den Schlitten der Pistole einmal zurück und lud damit die erste Patrone in den Lauf. Die Waffe selbst steckte er aber nicht weg.

Hinter Marlies und gefolgt von Schmidt ging es die Treppe wieder hinab zum Eingang des Tunnels, aus dem mehrere Personen neugierig herausschauten. Davor stand mit breitem, aber vollkommen irren Grinsen der Mann, der den Oberst ausgesperrt und damit seinen Tod verschuldet hatte. Ohne Vorankündigung und schon fast im Vorbeigehen setzte ihm Köppke den Lauf seiner Waffe an die Schläfe und drückte ab. Ohne auf die verblüfften Gesichter der Zuschauer zu reagieren, scheuchte er sie vor sich her in den Tunnel.

Ratlos standen Marlies und Schmidt vor der Leiche zu ihren Füßen. »Das war hart.« Zweifelnd schüttelte Marlies den Kopf. »Macht er das jetzt mit uns allen?«

»Nur, wenn du so viel Scheiße baust wie der da. Bis wir uns wieder mit dem Feldwebel vereinigen, ist der Gefreite jetzt nunmal der Ranghöchste. Denk daran. Und der da war ein Risiko für die ganze Gruppe.« Er ließ Marlies den Vortritt und zog dann das runde Schott hinter sich zu.

50

»Wenn Sie jetzt das Tor öffnen, strömen wieder viele Zombies hier herein.« Dennis war ganz und gar nicht damit einverstanden, was der Feldwebel vorhatte. Da konnte er noch so sehr betonen, dass er vorsichtig rückwärts durch das gerade so weit geöffnete Tor fahren würde, dass kaum Zombies hindurchkonnten. Im Allgemeinen neigten solche Pläne dazu, sich in Luft aufzulösen.

Klein hatte die ganze Nacht hindurch mit zwei Helfern den Bus repariert. Tatsächlich war wohl einer der überfahrenen Zombies in das Getriebe geraten. Von ihm selbst war kaum noch etwas übrig, außer ein paar Fleischfetzen und einer Menge getrockneten Blutes. Aber Teile seiner Kleidung hatten sich irgendwo verfangen. Dem Feldwebel fehlte sowohl das Werkzeug als auch das technische Know-how, um das Getriebe auseinanderzunehmen, zu reinigen und wieder zusammenzusetzen. Deshalb war er den Resten mit einem Gasbrenner aus der Handwerker-Abteilung zu Leibe gerückt. Anschließend hatte er alles mit frischem Schmierfett überzogen.

Den ersten Tests nach schien der Bus jetzt wieder in einem akzeptablen Zustand zu sein. Anschließend brauchte Klein noch einmal dieselbe Zeit, um sich selbst wieder in einen Zustand zu versetzen, den er für akzeptabel hielt. Dafür verbrauchte er beinahe eine Wochenration des gesammelten Wassers. Aber am Ende war er mit sich und der Welt zufrieden – bis eine Funkverbindung mit der Kaserne zustande kam. »Ich denke nicht, dass ich weiter mit Ihnen darüber verhandle, Herr Stern.« Hauptfeldwebel Klein hatte wenig Lust, sich auf eine Diskussion mit Dennis Stern einzulassen. Sein Entschluss stand in dem Moment fest, als er von der Notlage seiner Kameraden gehört hatte. Dalinas Einschätzung, was die Sicherheit des Kasernengebäudes anbelangte, war vollkommen richtig gewesen. »Sie selbst wollten, dass unser Aufenthalt hier so kurz wie möglich ist. Wir werden unsere Kameraden herholen, uns neu formieren und dann dem Stoßtrupp nach Spandau folgen. Wenn alles wie geplant klappt, sind Sie uns in zwei oder drei Tagen los.«

»Vorher bringen Sie uns aber noch mindestens einhundert zusätzliche Mäuler, die gestopft werden wollen.«

Klein funkelte Dennis Stern böse an. »An Ihrer Stelle würde ich mir lieber Gedanken um die Zukunft nach unserer Abreise machen. Die Frage ist doch, ob Sie tatsächlich hierbleiben oder mit uns nach Spandau gehen sollten, anstatt ein paar Vorräten nachzutrauern.«

»Bis Sie hier aufgetaucht sind, hatten wir dieses Problem aber nicht«, mischte sich Mirjam Stern ein. »Wir hatten hier ein ruhiges und sicheres Leben und hätten …«

»Sie glauben immer noch, dass Sie bis ans Ende Ihrer Tage hier so hätten weitermachen können?«, unterbrach Klein Mirjam belustigt.

»Herr Hauptfeldwebel! Nachricht von der Kaserne!«, rief einer der Soldaten zum Vordach hinauf. »Der Gefreite Köppke lässt ausrichten, dass Oberst Panitz nicht mehr unter den Lebenden weilt und Sie jetzt der befehlshabende Offizier sind.«

Klein schloss kurz verzweifelt die Augen. Ein Unteroffizier als Kommandeur einer über Hundert Mann starken Gruppe – das hatte es vermutlich nicht mehr seit dem Zweiten Weltkrieg gegeben. »Sonst noch etwas?« Klein beeilte sich, die Leiter vom Vordach zum Wareneingang des Einkaufscenters hinunterzukommen. Er ließ die Sterns einfach stehen. Sein Mitleid hielt sich in Grenzen. Natürlich konnte er ihre Sorgen nachvollziehen, aber eine Alternative sah er nicht. Nicht für sich. Nicht für seine Männer. Und auch nicht für das Pärchen. Je länger er über Dalinas Vorschlag, die Zitadelle Spandau als Basis zu benutzen, nachgedacht hatte, desto sicherer war er, dass sie die einzig mögliche Option darstellte. Er kannte die Zitadelle zwar nur von Bildern, aber eine Festung mit Wassergraben, mitten in einer Großstadt wie Berlin … Etwas Besseres konnte es doch gar nicht geben.

»Köppke musste sich mit seinen Leuten in den Keller zurückziehen. Er hofft, dass wir ihn recht bald abholen kommen.«

»Ich würde Sie gern begleiten.« Klein blieb mitten auf der Leiter stehen und schaute verwundert zu Dennis Stern hinauf. »Ich möchte mir ein Bild davon machen, was da auf uns zukommt.«

»Dennis. Nein.« Mirjam Stern war offenbar genauso überrascht von dem Entschluss ihres Mannes wie der Feldwebel.

»Also gut, Herr Stern. Vielleicht glauben Sie uns ja dann. Wir brechen gleich auf.«

»Doch, Mirjam. Ich muss das sehen.« Dennis hatte Mühe, sich aus den Armen seiner Frau zu befreien und dem Feldwebel auf die Leiter zu folgen. Er drückte seine Frau, küsste sie noch einmal intensiv und machte sich dann von ihr los.

»Wir werden gleich losfahren.« Hauptfeldwebel Klein scheuchte seine Männer auf ihre Posten. Den Bus hatte er nach den Fahrtauglichkeitstests auf dem Hof bereits mit dem Heck bis an das Gittertor herangefahren. Jetzt wartete ein Soldat an dem Hebel des Tores auf das Zeichen, um es gerade so weit aufzuziehen, dass der Bus haarscharf daran rückwärts vom Hof fahren konnte. Und auf jeder Seite waren drei weitere Soldaten postiert, um mit langen Stangen die hereindrängenden Zombies zurückzustoßen.

Klein startete den Motor. Sofort wurden die Zombies vor dem Zaun noch unruhiger. Durch die Aktivitäten waren sie bereits aufmerksam geworden. Der Soldat am Tor stemmte sich gegen die Laufrichtung des rollenden Gitters und musste gleichzeitig aufpassen, nicht von den unzähligen Armen der Untoten gepackt zu werden.

Langsam fuhr der Bus rückwärts. Auf beiden Seiten war kaum mehr als dreißig Zentimeter Luft zwischen Karosserie und Zaun. Trotzdem zwängten sich sofort einige der dürren Gestalten hindurch. Gefährlich für die Verteidiger wurde es aber vor allem, als unter dem Bus plötzlich mehrere Zombies hervorkrochen. Sie hatten sich wohl eher unbeabsichtigt von dem Bus überrollen lassen. Die Soldaten waren zwar noch nicht so geübt darin, ohne Schusswaffen gegen die Zombies vorzugehen wie ihre Lehrmeister Martin und Dalina, aber mit jedem Stich und mit jedem Schlag ihrer teilweise improvisierten Waffen wurden sie sicherer in dem, was sie taten. Der Fundus des Einkaufscenters hatte eine Vielzahl von verschiedenen Hieb- und Stichwaffen ermöglicht. Und nun probierten sie die unterschiedlichsten Kreationen aus.

»Dennis. Würden Sie ans Heck gehen und mir sagen, wenn uns irgendetwas anderes als ein Zombie im Weg steht?« Klein dachte an die Betonpoller auf dem breiten Bürgersteig, die früher verhindern sollten, dass Falschparker den Bürgersteig zustellten.

Als der Feldwebel den Bus auf der Höhe des Zauns zum Stehen brachte, damit seine Kameraden das Tor wieder schließen konnten, standen gut Hundert Zombies um den Bus herum. Sie trommelten gegen die Karosserie, heulten, grunzten und verzehrten sich nach dem lebenden Fleisch, von dem sie nur eine dünne Wand aus Blech und Plastik trennte. »Gut zwanzig Untote sind auf das Gelände vorgedrungen, die meisten von ihnen wurden von meinen Männern bereits erledigt, ohne dass jemand zu Schaden gekommen ist. Stellt Sie das Ergebnis zufrieden?«

Dennis war wieder nach vorn gekommen, hatte den Notsitz neben Klein zurückgeklappt und sich gesetzt. Tatsächlich machten die Zurückgebliebenen einen recht entspannten Eindruck. In dreißig Metern Entfernung konnte er Mirjam erkennen, die mit verschränkten Armen auf dem Vordach zu ihnen herüberschaute.

»In drei, spätestens vier Stunden sind wir wieder zurück. Dann können Sie ihre Liebste wieder in den Arm nehmen.«

»Wir sind seit zwei Jahren nicht mehr länger als für ein paar Minuten getrennt gewesen.«

Hauptfeldwebel Klein beneidete Dennis Stern darum. Seine Familie und die Familien der meisten Menschen, die er kannte, hatten nicht solch ein Glück gehabt. Er kannte unter seinen Leuten niemanden, der noch mehr als vielleicht einen Bruder oder eine Mutter hatte. Zumindest unter den Zwangsverpflichteten oder den anderen Bewohnern der Kaserne. Tatsache war aber, dass jeder das Thema seit dem Zusammenbruch gemieden hatte. Niemand redete darüber. Alle trauerten für sich allein um die Familienangehörigen und Freunde, die sie verloren hatten. Der Grund war einfach: Man musste damit rechnen, dass ebenjene auf der anderen Seite der Mauer der Kaserne umherwanderten und einen beißen wollten. Deshalb verdrängte jeder das Thema in den hintersten Winkel seines Denkens. »Wir nehmen den direkten Weg. Nicht über die Autobahn.« Klein setzte den Bus noch ein Stück zurück und schlug das Lenkrad dabei stark nach rechts ein. Mehrfach rumpelte der Bus über Zombies hinweg, die unter die Räder geraten waren.

»Man hätte gleich zu Beginn mit Panzern und Baufahrzeugen alle plattwalzen müssen«, kommentierte Dennis das Dahinscheiden der Zombies.

»Alles schon probiert. Funktioniert nur so lange, wie sich die Fahrzeuge bewegen. Und wenn der Sprit alle ist, sitzt man in so einem Gefährt in der Falle.« Klein führte die Folgen nicht weiter aus. Er legte den Vorwärtsgang ein und fuhr langsam los. Erst als sie über die Kreuzung hinweg waren, gab er Gas und fuhr in Richtung Potsdam davon.

51

]it dem Feldstecher beobachte Geoffrey Jones von den Zinnen der Bastion König aus den Pickup, der erneut auf der Brücke über die Havel haltgemacht hatte. In seinem Rücken, am hinteren Ende der pfeilspitzenartigen Ausbuchtung der Festung, ragte der Juliusturm knapp dreißig Meter in die Höhe. Gleich daneben stand das Kommandantenhaus, mit dem Tor und der Zugbrücke – dem einzigen Zugang zur Spandauer Zitadelle. »Wie blöd muss man sein, um sich in einer Welt, die ohne Vogelgezwitscher fast vollkommen still ist, mit einem Auto anschleichen zu wollen?«

Das gute Dutzend Zombies um ihn herum reagierte kaum auf seine Worte. Die meisten standen möglicherweise schon seit Tagen an derselben Stelle einfach nur herum. Sie ließen Schultern und Arme hängen und stierten vor sich hin. Als Jones über die Wiese bis an die Festungsmauer lief, hatten sich ihm einige zwar kurzzeitig zugewandt, dann aber das Interesse wieder verloren. »Das ist bereits das dritte Mal, dass die da stehen bleiben und herüberstarren.« Er konnte sie gut sehen, deshalb war er sich sicher, dass sie von dort drüben zu ihm herüberschauten.

Jones machte sich den Spaß und winkte fröhlich mit dem Arm. »Versucht es nur. Aber ihr habt sicher schon erkannt, dass das der einzige Zugang ist, oder?«

Durch den nur mäßig guten Feldstecher konnte er nicht viele Details erkennen. Wie viele Soldaten da unten darauf brannten, hier hereinzukommen, konnte er nicht sagen. Ein Großteil der Straße wurde von den immer noch dichten Baumwipfeln verdeckt. Am besten stach noch der Vorbau der Blondine mit dem weißen Shirt hervor, fand er. Die meisten anderen, die er zu sehen bekam, trugen dagegen Tarnanzüge der Bundeswehr. Als Soldaten besaßen sie vermutlich auch die besseren Ferngläser als er. Darüber besorgt, wie er auf seine Gäste wirken würde, begann er schnell, den korrekten Sitz seiner Kleidung zu überprüfen. Wenn er sie schon nicht auf die Festung einladen mochte, wollte er doch zumindest einen vernünftigen Eindruck hinterlassen. Er spuckte sich sogar in die flache Hand und glättete so ein wenig die wild vom Kopf abstehenden langen, weißen Haare. Albert Einstein hätte seine Freude an der Frisur gehabt. Er kontrollierte sogar, ob er seinen Hosenstall dieses Mal geschlossen hatte. Es wäre ihm peinlich gewesen, wenn nicht. Schließlich war eine Dame anwesend.

Er grinste, als der schwarze Wagen erneut anfuhr und in Richtung Altstadt verschwand. »Vielleicht habt ihr es ja endlich begriffen. Ihr kommt hier nicht rein. Obwohl ich ja nichts gegen Damenbesuch einzuwenden hätte.« Professor Geoffrey Jones wartete noch ein paar Augenblicke und lauschte dem sich entfernenden Motor.

»Hmmmm, hmmmm«, hörte er hinter sich und drehte sich um.

Einer der Zombies war etwas näher gekommen, als sie es normalerweise von sich aus taten. Er erinnerte sich nicht mehr an den Namen des Mannes, aber er glaubte, sich zu erinnern, dass es einer der Kellner der Zitadellen Schänke war. Vor der Katastrophe war er ein Berg von einem Mann gewesen. Mittlerweile hatte das Virus in ihm einen Gutteil der Körpermasse in die nötige Energie zur Aufrechterhaltung des untoten Lebens umgewandelt. Es würde spannend sein, zu sehen, was passierte, wenn das Virus keine Nahrung mehr bekommen würde. Seine Zombies hatten den Nachteil, dass sie praktisch von Beginn der Katastrophe an durch seine kleine technische Spielerei ruhiggestellt waren. Keiner innerhalb der Mauern hatte von menschlichem Blut gekostet. Ganz anders dagegen die Hunderten von Zombies, die auf dem Landsteg vor der Zugbrücke und auf der Straße davor herumlungerten. Die meisten von ihnen standen noch voll im Saft. Von ihnen hatte praktisch jeder seine Opfer gefunden, sonst hätte sich das Virus nicht so explosionsartig verbreiten können.

»Was willst du?«, herrschte er den Kellner an. »Das ist peinlich, wie du rumläufst. Wo ist denn deine Hose? Hättest den Gürtel rechtzeitig etwas enger schnallen sollen.« Jones lachte hämisch, kontrollierte dann aber schnell noch einmal, ob er nicht selbst vergessen hatte, eine Hose anzuziehen. Doch. Natürlich. Wenn der Hosenstall geschlossen war, musste er auch eine anhaben. Er tätschelte dem Zombie die Wange und wollte sich zum Gehen wenden, als er erneut das Motorengeräusch vernahm. Genervt drehte er sich wieder zur Straße. »Das glaube ich jetzt nicht. Ihr stehlt mir meine Zeit, Leute.«

52

Buster hatte beim ersten Anzeichen, dass sich Zombies auf sie zubewegten, die Gelegenheit wahrgenommen und die Flucht ergriffen. Er war der Meinung, dass vor allem die Soldaten zur Fraktion der besseren Menschen zählten. Aber vor allem die Anwesenheit von dem dicken, türkischstämmigen Rocker verhieß nichts Gutes.

Während sich die meisten Überlebenden in großen Banden organisierten und vor allem in den Supermärkten breitmachten, wo sie wie die Maden im Speck leben konnten, hatten er und seine Freunde von Anfang an ihre Vorräte aus verlassenen Mietwohnungen organisiert. Und während sich um sie herum die Menschen wegen der knappen Ressourcen untereinander in die Haare bekamen, hatten sie sich einfach aus allem herausgehalten und ihre Basis in einem großen Baumarkt aufgeschlagen.

Keiner von ihnen war zum Zeitpunkt des Zusammenbruchs älter als zwölf oder dreizehn Jahre. Die Eltern waren verschwunden oder tot oder … anders. Von Zombies wussten sie da noch nichts. Die Clique fand sich recht schnell, schließlich kannte jeder jeden in der Wohnsiedlung. Und wie man in dieser Welt überleben konnte, fanden sie auch recht bald heraus. Bis zum heutigen Tag lebten immer noch alle Jungen und Mädchen, die sich seinerzeit gefunden hatten. Buster war sich sicher, dass das keine andere Gruppierung im weiten Umkreis von sich behaupten konnte. Hinzu waren im vergangenen Jahr noch vier weitere Mädchen gekommen, die aus einer Gruppe geflohen waren, deren Anführer eben dieser Emre war.

Sobald Buster über die Regenrinne der Fassade des Parkdecks heruntergeklettert war und wieder festen Boden unter den Füßen hatte, zupfte er aus seinem Beutel das kleine Funksprechgerät. Während er sich auf die Suche nach einem benutzbaren Fahrrad machte, drückte er dreimal auf die Sprechtaste. Manchmal dauerte es eine Weile, bis eine Antwort kam. Er nutzte die Zeit, um sich umzusehen. Sein heißgeliebtes BMX hatte er geschrottet, kurz bevor ihn die Soldaten aufgelesen hatten. In einer Welt, in der man für adäquaten Ersatz eher nicht bezahlen musste, war das kein Thema. Man musste nur finden, was man suchte, gleichzeitig aber die Umgebung im Auge behalten. Es dauerte auch gar nicht lange, bis er fündig wurde. In früherer Zeit wäre er lieber auf Knien durch die Gegend gelaufen, als bequem auf einem 54er Damenrad an sein Ziel zu gelangen. Aber die Zeiten änderten sich.

»Hier Basis. Bist du das, Lutz?«

»Basis, hier Buster. Verdammt, Penny. Ich hab dir doch gesagt, ich heiße jetzt Buster.«

Die Mädchenstimme aus dem Funkgerät kicherte erst, bevor sie ernster hinzufügte: »Bei dir alles in Ordnung?«

»Alles cool. Hab ein paar Aliens getroffen, die ein interessantes Ding drehen wollen.«

»Red nicht immer so in Hypoglyphen, Lutz.«

»Die Dinger heißen Hüroglüfen, Penny.« Buster rollte mit den Augen, was Penny über den Funk natürlich nicht mitbekam. »Ich hab Leute von außerhalb getroffen. Echte Soldaten der Bundeswehr sind dabei. Die wollen die Spandauer Zitadelle einnehmen.«

Von der anderen Seite kam nicht sofort eine Antwort. Buster nutzte die Gelegenheit, den stabilen Seitenschneider aus den tiefen seines Beutels zu ziehen, und machte sich mit einer Hand an dem simplen Drahtschloss zu schaffen, mit dem das Fahrrad an einem Fahrradständer gesichert war. Damit bekam man zwar keine stählernen Ketten geknackt, aber für einfache Fahrradschlösser reichte die Zange allemal.

»Buster. Hier ist Thomas. Kannst du das noch mal wiederholen? Over.«

»Echt jetzt? Ihr habt mich schon verstanden. Die Frage ist jetzt: Klinken wir uns da ein?«

»Hängt davon ab, wie gut du deren Erfolgsaussichten siehst. Over.«

»Lass das mit dem Over, Thomas. Das ist albern. Die Erfolgsaussichten? Keine Ahnung. Aber das ist die Bundeswehr. Wer sollte bessere Chancen haben, dem verrückten Professor auf die Pelle zu rücken als die. Ov...« Buster unterdrückte einen Fluch, als er beinahe seinen Gesprächspartner nachgemacht hätte. Thomas war ein schlaksiger Typ mit Nickelbrille, der gern so tat, als sei er der Gebildetste der Gruppe. Zum Teil war das zwar auch so, aber innerhalb ihrer Gruppe war eigentlich niemand, der nicht auch etwas auf dem Kasten hatte. Sonst hätten sie die zwei Jahre kaum unbeschadet überstanden.

»Hältst du noch Kontakt?«

»Ich hab mich erst mal abgesetzt, als ein paar Zombies dazwischengekommen sind. Hab jetzt aber vor, ihnen hinterherzufahren.« Aus den Augenwinkeln heraus beobachtete Buster argwöhnisch eine Gruppe von drei Untoten, die sich von der Straße aus quer über den Rasenstreifen in seine Richtung bewegten. Langsam zwar, aber ganz offensichtlich auf ihn zu. Während des Gesprächs hatte er mit der Zange die feinen Drähte des Schlosses fast vollständig durchtrennt. »Ich melde mich später noch mal. Hab es jetzt etwas eilig.«

Busters Tonfall sagte Thomas alles. Er verzichtete deshalb auf eine Bestätigung, bevor er Penny das Funkgerät zurückgab. »Wir könnten fast zur gleichen Zeit wie Buster an der Zitadelle sein«, dachte er laut nach.

Die Umstehenden hatten das kurze Gespräch interessiert verfolgt und nickten zustimmend. Keiner von ihnen stand auf waghalsige Abenteuer, aber die Chance auf eine neue, sichere Unterkunft war für alle verlockend. Bei ihren Streifzügen, auf der Suche nach Nahrungsmitteln, mussten sie mittlerweile immer größere Strecken zurücklegen, was die Aktionen immer gefährlicher machte. Alle Möglichkeiten in der näheren Umgebung hatten sie mittlerweile geplündert.

»Außer Lutz sind alle da. Wir könnten also gemeinsam sofort aufbrechen.« Penny stellte das Funkgerät auf den ehemaligen Kassentresen des Baumarktes und schaute dabei in die Runde. Ihr blondes Haar war mittlerweile erheblich länger als das ihrer Namensvetterin aus der Fernsehserie.

»Um was zu tun? Den Soldaten in die Quere kommen?« Frank war zwei Jahre zuvor noch ein kleiner, dicklicher und unbeholfener Junge gewesen. Das hatte sich mittlerweile geändert. Er war in die Höhe geschossen und zeigte Ansätze von Muskeln, auf die alle anderen Jungs der Gruppe neidisch waren. Zu seinem Leidwesen sahen die Mädchen der Gruppe in ihm aber immer noch nur den kleinen Dicken. »Die werden sich bedanken.«

»Langfristig sehe ich keine Alternative. Vor dem Markt tummeln sich bereits jetzt fast fünfzig Zombies.« Jan brachte die Diskussion auf den Punkt. »Es wird immer schwieriger für uns, unbemerkt hinaus- und wieder hineinzukommen. Ganz davon abgesehen, dass die Versorgung immer schwieriger wird. Die Spandauer Zitadelle hätte extreme Vorteile. Uneinnehmbar und durch den Zugang zu Spree und Havel mit einer Verbindung in die Innenstadt, wo mit Sicherheit noch mehr Ressourcen ungenutzt herumliegen werden als hier.«

»Ganz davon abgesehen, dass die Bundeswehr sowieso besser ausgestattet sein dürfte«, ergänzte Penny.

»Also gut. Wollen wir abstimmen?« Thomas schaute in die Runde. Mit Lutz waren sie insgesamt fünf Mädchen und sieben Jungs, die durchaus alle in einer Klasse hätten sein können. Selbst die vier Neuzugänge waren kaum älter und deshalb auch bereits voll integriert.

»Wir sollten uns sofort auf den Weg machen. Und damit auch alle begreifen, um was es geht: Wir werden vermutlich nicht mehr zurückkehren.« Jan schaute in die Runde und wartete darauf, dass jemand Einwände erhob.

Als die Hände aller nacheinander in die Höhe gingen, nickte auch Frank zustimmend. »Aber nur, damit das klar ist: Wir mischen uns nicht ein. Und du, Selina, lässt deine Bücher hier.«

»Wieso? Du hast dich nicht über die Bücher beschwert, als du den Zombie in die Sammlerausgabe von Moby Dick hast beißen lassen«, schimpfte seine Schwester.

»Mag sein. Aber wenn du nicht auf den Stapel Bücher bestanden hättest, wären wir womöglich gar nicht erst in die Situation gekommen.«

Selina zog beleidigt einen Flunsch. Ihr Bruder hatte natürlich recht mit seinem Einwand. Aber als sie damals die elterliche Wohnung fluchtartig verlassen mussten, konnte sie doch nicht ohne Bücher im Gepäck gehen. Außerdem hatte es ihn nicht davon abgehalten, mittlerweile alle Bücher wenigstens einmal gelesen zu haben. Genau wie die anderen auch. »Ein Kindle mit mehr Auswahl wäre mir auch lieber gewesen«, sagte sie leise und immer noch beleidigt.

Während sich die Gruppe daranmachte, ebenfalls in Richtung der Spandauer Zitadelle aufzubrechen, musste sich Buster mehrere Querstraßen weiter langsam sputen, das Schloss endlich zu knacken. »Verdammter Mist«, murmelte er, mit Blick auf die sich nähernden Zombies. Das Schloss erwies sich als widerstandsfähiger, als es aussah. Erst im letzten Augenblick gelang es ihm, auch den letzten Draht zu durchtrennen. Er riss das Fahrrad beinahe aus dem Ständer heraus und rannte erst ein paar Meter neben dem Fahrrad her, bevor er sich auf den Sattel schwang und in die Pedale trat.

53

Mit dem Bus bis zur ehemaligen Kaserne hätten sie auf dem direkten Weg kaum mehr als eine Dreiviertelstunde gebraucht. Doch so weit musste Klein gar nicht fahren. Knappe drei Kilometer vor ihrem Ziel wurden er und Dennis Stern Augenzeugen einer gnadenlosen Jagd von Zombies auf eine lang gezogene Menschenkette. Zunächst hielt er alle Personen auf der Straße und den Feldern rechts und links von ihnen für Untote. Er bremste das Fahrzeug stark ab, ohne stehen zu bleiben, und suchte nach einem vielversprechenden Weg durch die Gruppe, ohne den Bus zu sehr einer weiteren Beschädigung aussetzen zu müssen.

»Da sind auch Kameraden von Ihnen dabei. Die ballern mit ihren Gewehren in alle Richtungen.«

»Ich sehe es, Herr Stern.« Klein konnte es seinen Kameraden nicht verübeln. Noch zwei Tage zuvor hätte er ebenso mit seinem Maschinengewehr oder seiner Pistole auf jeden Zombie gezielt, der sich ihm näherte. Wie wenig effektiv diese Methode war, hatte er mittlerweile begriffen, seine Kameraden allerdings noch nicht.

Von allen Seiten näherten sich ganze Horden Untoter dem Zug der erschöpften Überlebenden aus der Kaserne. Sie schienen die drei Kilometer bis zu diesem Punkt gerannt zu sein. Einige hatten das gut verkraftet, andere eher weniger. Deshalb war die Gruppe auch so weit auseinandergezogen.

»In Ruhe einladen werden wir sie wohl nicht können.«

Klein nickte. Er hatte ebenfalls schon überlegt, wie er alle in den Bus bekommen konnte, ohne dass der Pulk der Einsteigenden gleichzeitig von allen Seiten attackiert werden würde. »Ich fahre langsam mit geöffneter Tür an der Reihe entlang. Alle müssen während der Fahrt aufspringen. Sie sorgen dafür, dass sofort alle nach hinten durchtreten, sodass am Eingang kein Stau entsteht.«

Diesmal nickte Dennis. Viel Zeit für eine andere Strategie blieb sowieso nicht. Der Bus war bereits von der Spitze des Flüchtlingstrecks bemerkt worden und man mobilisierte dort alle Kräfte.

Klein fuhr auf die Gegenspur der Landstraße – mit Gegenverkehr rechnete er nicht – und öffnete mit einem Knopfdruck die vordere Seitentür. Im Schritttempo fuhr er an der Kolonne entlang und sammelte die erschöpften Menschen einen nach dem anderen ein. An manchen Stellen hatten sich Untote der Straße bereits bis auf wenige Meter genähert. Einige der Soldaten feuerten deshalb auch in ihre Richtung, anstatt den Bus zu entern. Prompt verpassten sie die Gelegenheit und mussten dem Bus in der entgegengesetzten Richtung ihrer bisherigen Fluchtroute hinterherhasten. Sofort bildete sich doch ein vom Feldwebel befürchteter Stau am schmalen Zugang. Hilflos musste er mit ansehen, wie zwei Zombies einen seiner Kameraden von hinten packten, von der Menschentraube wegzerrten und zu Boden warfen. Klein trat auf die Bremse und hielt den Bus an.

Der Gefreite Köppke, der neben dem bedauernswerten Kameraden gestanden hatte, zog in einer nie an ihm gesehenen Kaltblütigkeit seine Pistole aus dem Holster, trat an die beiden auf den Knien hockenden Zombies heran und beendete ihr untotes Leben mit aufgesetzten Kopfschüssen. Dann tötete er den noch nicht verwandelten Kameraden ebenfalls. Auch wenn er sich noch nicht verwandelt hatte, die stark blutenden Bisswunden, die der Feldwebel selbst über den großen Außenspiegel des Busses sehen konnte, hatten sein Schicksal besiegelt. Köppke stieg als Letzter ohne Hast in den Bus ein. Klein schloss eiligst die Türen, denn unmittelbar hinter Köppke wollten gleich ein Dutzend Zombies in den Bus folgen.

»Es sind kaum sechzig Leute. Hatten Sie nicht etwas von einhundert bis einhundertzwanzig erzählt?« Stern klappte den Notsitz wieder nach unten und schaute nach hinten in den Gang. Fast alle Sitzplätze waren zwar belegt, aber übermäßig voll war er deshalb noch nicht.

Klein wusste keine Antwort auf die Frage und hoffte, dass einer seiner Kameraden sie beantworten würde. Zumindest die, die gleich hinter ihnen Platz genommen hatten. Aber ihre Fahrgäste blieben merkwürdig still. Der Feldwebel vermisste eine ganze Reihe seiner Kameraden. »Jago? Meissner? Lina?« Er blickte über den Innenspiegel zum Gefreiten Köppke, der eine ganze Bank für sich allein belegt hatte, gleich hinter Stern. Aber außer einem angedeuteten Kopfschütteln gab er keine Antwort. Er schloss nur müde die Augen und ließ sich nach hinten in den bequemen Sessel sinken.

»Das klären wir dann später«, sagte Klein schließlich resignierend und fügte mit einem Fingerzeig nach vorn hinzu: »Das ist übrigens das, was Sie sehen wollten, oder?«

Dennis Stern blickte nach vorn und wurde blass. So weit sein Blick nach links und rechts ging, sah er eine nahezu unüberschaubare Masse an Zombies. Ob auf der Straße vor ihnen oder auf den Feldern vor den Baumreihen zweier kleiner Waldstücke, von überallher kamen die Untoten. Manche waren ein klein wenig schneller als andere und lösten sich von der großen Masse. Als ahnten sie, dass nur wenige Meter vor ihnen das von ihnen so begehrte lebende Fleisch zu finden war. »Mein Gott. Lassen Sie uns von hier verschwinden. Sofort.«

»Das wird lustig«, kommentierte Klein trocken. »Ich kann hier nirgends wenden. Die Gefahr ist zu groß, über das Feld zu fahren. Wir könnten liegen bleiben. Die nächste Möglichkeit liegt wenigstens einen Kilometer weit hinter uns.«

»Dann fahren Sie langsam, aber bringen Sie uns heil nach Hause.«

Feldwebel Klein tat sein Bestes, um auf den letztendlich fast zwei Kilometern bis zu der großen Kreuzung, die er in Erinnerung hatte, nicht von der Landstraße abzukommen. Das Rückwärtsfahren nur mithilfe der Außenspiegel erlaubte ihm weniger als

Schritttempo. Als Folge kam die Masse der Zombies immer näher. Erstaunlicherweise kamen sie aber auch über die Felder von beiden Seiten auf sie zu. Jene Zombies konnten also unmöglich zu der riesigen Armee Untoter vor ihnen gehören.

»Wo kommen die nur alle her?«, fragte einer der jungen Soldaten mit einem bangen Blick durch die großen Fenster des Busses. »Und vor allem, warum ausgerechnet jetzt?«

»Das hat mit eurer exzessiven Ballerei zu tun, möchte ich wetten.« Obwohl Klein konzentriert immer wieder die Fahrt des großen Reisebusses korrigierte, beobachtete er über den Innenspiegel seine Fahrgäste. Was er zu sehen bekam, war beinahe noch deprimierender als der Blick durch die Windschutzscheibe nach draußen. Noch vor einer Woche hatten in der Kaserne über zweihundert Menschen gelebt. Natürlich, Tote hatte es immer wieder gegeben. Damit hatten sie in den vergangenen zwei Jahren zu leben gelernt. Aber jetzt war in weniger als achtundvierzig Stunden fast zwei Drittel der Gruppe nicht mehr am Leben. Eine Tatsache, die bei allen deutliche Spuren im Gemüt hinterlassen zu haben schien.

Es mochte noch den einen oder anderen Kameraden geben, der es vorgezogen hatte, sich abseits der großen Gruppe selbst durchzuschlagen. Da fielen ihm auf Anhieb ein paar Namen ein, denen er zutrauen würde, damit Erfolg zu haben. Aber es änderte nichts an dem katastrophalen Resultat insgesamt. »Wenn wir heil dort ankommen, wo wir hinwollen, werdet ihr als Erstes lernen, euch ohne Schusswaffen zu wehren.«

»Und wie soll das gehen?«, fragte der Soldat ungläubig.

»Zum Beispiel so.« Ein Rumpeln erschütterte den Bus, als der Feldwebel eine Gruppe von wenigstens sechs Zombies, die Mitten auf der Straße standen, mit dem Heck voran niedermähte und rückwärts über sie hinwegfuhr. »Das macht wenig Lärm, lockt keine weiteren Zombies an und ist sehr effektiv.« Klein versuchte, mit dem kleinen Scherz die Stimmung etwas zu heben, aber keiner lachte.

54

Martin, Dalina und Wasmuth standen auf der Ladefläche des Pickups und reichten den starken Feldstecher des Gefreiten reihum weiter. Ratlos starrten sie von ihrer Position auf der Brücke über den Seitenarm der Havel hinüber zur Südspitze der Zitadelle. Das war die einzige Stelle, von der aus sie einen Teil der Zitadelle überhaupt sehen konnten. Der Rest war von dichten Laubbäumen vollkommen verdeckt. Umso erstaunter waren sie, als sie genau dort einen Mann mit weißem Kittel ausmachen konnten, der mit einem Fernglas zu ihnen schaute. Und was der Sache die Krone aufsetzte, war, dass er von Untoten umringt zu sein schien, die ihn aber nicht anrührten. Im Gegenteil: Der Mann redete auf die Zombies ein, tätschelte ihre Wangen oder schlug ihnen auf die Schulter.

»Deshalb nannte Buster ihn den verrückten Professor«, kommentierte der Gefreite Wasmuth und reichte das starke Fernglas an Dalina weiter.

»Aber so verrückt kann er nicht sein, wenn es ihm gelungen ist, problemlos unter den Zombies umherzulaufen.«

»Definitiv eine Fähigkeit, die ich auch liebend gern erwerben möchte. Nur, wie kommen wir an ihn heran?« Dalina schwenkte den Feldstecher herum und schaute die Straße in Richtung der U-Bahn-Station hinauf, an der der einzige Zugang zur Zitadelle existierte. Die Zitadelle war als Viereck mit etwa zweihundert Metern Kantenlänge gebaut worden. Aus den Ecken stachen dreißig Meter lange, pfeilspitzenartige Vorbauten hervor, die es Angreifern unmöglich machen sollten, einen toten Winkel zu finden. Umringt war die Festung von einem etwa zwanzig Meter breiten Festungsgraben. Und vor dem einzigen Zugang – einer aufgeschütteten schmalen Böschung, die von der Straße über eine schmale vorgelagerte Insel, welche die südliche Hälfte der Anlage umschloss, bis zur Festung reichte – lungerten über Hundert Zombies teilnahmslos herum. »Dort kommen wir jedenfalls nicht hindurch.«

»Wir müssten einen wirklich großen und schweren Lkw finden, der noch fährt.« Emre stand mit den anderen neben der Ladefläche des Pickups und machte sich tatsächlich ernsthafte Gedanken, wie Dalina erstaunt feststellte. Bislang hatte er sich eher durch seine Kabbeleien mit Martin hervorgetan, der aber auch nicht besser war.

»Das funktioniert nicht. Die Böschung über den Graben ist für so was zu schmal.« Niemand hatte Buster kommen sehen. Er saß auf einem viel zu großen Damenrad plötzlich auf dem Bürgersteig der Brücke und hielt sich an dem Geländer fest. »Ihr habt eine merkwürdige Auffassung davon, wie man in Zombieland die Umgebung sichert«, konnte er sich eine entsprechende Bemerkung nicht verkneifen. »Erst auf der Parkpalette und jetzt hier.«

»Nimm den Mund nicht so voll, du Rotzlöffel.« Sven hatte den Tritt in seine Weichteile noch nicht vergessen. Wenn es nach ihm gegangen wäre, hätte er ihn jetzt am liebsten über die Brüstung in die Havel geworfen. Er besaß aber noch genug Verstand, um zu ahnen, dass ihn Martin und auch der Gefreite vermutlich gleich hinterhergeworfen hätten. So beließ er es bei einer erhobenen Faust als Drohung.

»Du hast eine bessere Idee«, stellte Martin trocken fest. »Sonst wärst du uns wohl kaum hinterhergekommen, oder?«

»Klar. Eigentlich ist es eine ganz simple Lösung. Mit dem Boot kann man von der Rückseite ran.«

»Du Schlaumeier. Und an der Mauer benutzen wir dann unsere Spiderman-Fähigkeiten und klettern die Mauer hinauf.« Kevin Stoltz, einer von Wasmuths Soldaten, tat so, als würde er aus seinem Handgelenk einen Spinnenfaden zu ihm hinüberschießen und lachte.

»Wenn es euch nicht interessiert, sagt es doch gleich. Dann mach ich mich wieder vom Acker.«

»Warte. Nicht so eilig, Buster.« Dalina hüpfte von der Ladefläche herunter und ging auf ihn zu. »Wie Martin schon festgestellt hat, wärst du uns nicht gefolgt, wenn du nicht eine Idee hättest.«

Buster nickte, stieg vom Rad und sah sich noch einmal um. Aber im Umkreis von knapp Hundert Metern gab es keine Gefahr. Außerdem hatte es mittlerweile Johannes übernommen, dienstbeflissen und aufmerksam in alle Richtungen zu schauen. »Hinter der nord-östlichen Bastion gibt es das Wassertor. Das ist ein Durchlass durch die Festungsmauer, der nur durch einen Stahlgitterzaun gesichert ist.«

»Woher weißt du das?«

Buster bekam einen melancholischen Blick und starrte zur Havel hinunter. »Sightseeing mit meinen Eltern, als wir damals nach Spandau gezogen sind«, sagte er leise.

»Hast du denn auch eine Idee, wo wir ein Boot herbekommen können?«

Buster brauchte ein paar Sekunden, schüttelte dann die Erinnerungen von sich und nickte. »Klar doch.«

»Da kommen noch mehr Kids.« Johannes, der jüngste von Wasmuths Soldaten, entsicherte sein Gewehr und hielt es lose in die Richtung der Neuankömmlinge.

Etwa zehn Jugendliche kamen als Pulk aus Richtung der Altstadt auf sie zugeradelt. Es hätte noch gefehlt, dass sie laut klingelnd, rufend und winkend herangekommen wären, dann hätte es einem spätsommerlichen Radausflug einer Jugendgruppe geähnelt. Aber sie verhielten sich leise und unauffällig.

»Das sind meine Leute. Nicht schießen.« Buster stellte sich schützend zwischen die beiden Gruppen und streckte die Arme weit von sich. Dann drehte er sich zu den Neuankömmlingen, stemmte die Arme in die Hüften und wartete, bis sie heran waren.

»Jetzt müssen wir uns auch noch um einen Kindergarten kümmern«, kommentierte Emre bissig, der seit ihrer Ankunft vor der Zitadelle still gewesen war.

»Die sind die vergangenen zwei Jahre auch ohne die Hilfe Erwachsener über die Runden gekommen. So unbedarft können die also gar nicht sein.« Wasmuth trat neben Buster und schaute sich die unverhoffte Verstärkung genauer an. Sie waren sauber, halbwegs gut genährt und entsprachen so gar nicht dem Klischee, wie man es aus William Goldings Roman Herr der Fliegen erwartet hätte. Vielleicht lag es am Einfluss der Mädchen der Gruppe. Auf jeden Fall machten alle den Eindruck, als könnten sie am nächsten Tag wieder ganz normal den Schulbesuch wieder aufnehmen. »Willkommen«, unterbrach er die Begrüßung der Jugendlichen untereinander. »Mein Name ist Alexander Wasmuth. Ich bin Stabsgefreiter eines KSK unter Oberst Panitz in Potsdam.« Die Jugendlichen waren sichtlich beeindruckt und schüttelten nacheinander seine Hand.

Emre dagegen hatte die sanfte Zurechtweisung des Gefreiten schon wieder vergessen und starrte ohne das Fernglas hinüber zu dem Mann mit dem weißen Kittel. Eigentlich achtete er nicht einmal wirklich auf den Mann. Vielmehr starrte er nur Löcher in die Luft und überlegte. Seit Wochen war sein ganzes Denken nur um die Rache an dem Mann gekreist, der ihn verraten hatte. Martin und seine Freundin Dalina hatten mit ihren Ideen maßgeblich dazu beigetragen, seine Macht zu festigen und den Erhalt der Gruppe zu sichern. Dabei war er sich durchaus bewusst, dass er ihre Leistungen nicht immer entsprechend gewürdigt hatte. Das hatte ihm aber noch lange nicht das Recht gegeben, ihm die Gefolgschaft aufzukündigen. Schließlich hatte er niemals gegen ihn oder Dalina ernsthaft die Hand erhoben.

Seit ein paar Minuten war er sich nicht mehr so sicher, ob Rache für ihn noch das Wichtigste im Leben sein sollte. Der Anblick der starken Mauern der Zitadelle hatte in ihm eine Begehrlichkeit geweckt, die Martins Illoyalität in den Hintergrund rücken ließ. Emre wollte dort hinein. Und wenn das hieß, dass er seine Befindlichkeiten neu definieren musste, dann sollte das eben so sein. Wenn er an seinem Plan festhalten würde, Martins Leben ein Ende zu setzen, wären die Chancen, anschließend in Sicherheit Leben zu können, doch sehr gering. Dalina, Wasmuth, Klein oder selbst die meisten der anderen Soldaten würden den Teufel tun und ihn damit ungeschoren davonkommen lassen. Was im Umkehrschluss bedeutete, dass er sich vom Acker machen müsste.

Auf der anderen Seite … Wenn er sich entsprechend hervortat, rechnete er sich durchaus Chancen aus, auch in diesem Haufen irgendwann eine wichtige Rolle zu spielen. Entsprechende Ambitionen hatte er. Und wer sollte ihn dabei schon aufhalten?

»Emre … Emre.« Martin war neben den Rocker getreten, der seltsam gedankenverloren zur Zitadelle hinüberschaute. »Bist du dabei?«

»Was? Wobei?«

»Alles in Ordnung mit dir? Die Kids haben eine Idee, die gar nicht so schlecht ist.«

»Ja, klar.« Dabei reichte er ihm völlig unerwartet die rechte Hand. »Ist es okay für dich, wenn wir unsere Streitigkeiten vertagen?«

Misstrauisch beäugte Martin die ihm angebotene Hand. »Vertagen? Nicht beilegen?«

»Meinetwegen auch beilegen.« Emre grinste. »Ob du es glaubst oder nicht, im Moment habe ich kein Interesse daran, dir an den Kragen zu gehen.«

Martin war ganz bestimmt nicht so blauäugig, Emres Sinneswandel sofort für bare Münze zu nehmen. Dazu kannte er sein Temperament bereits zu gut. Selbst wenn er es im Moment ehrlich meinte, war es nur eine Frage der Zeit, bis ihm wieder etwas querkam und sie, impulsiv wie Emre nun einmal war, erneut aneinandergeraten würden. Doch dieses Mal wusste Martin nicht nur ihre neuen Freunde von der Bundeswehr im Rücken, sondern vertraute auch mehr auf seine eigenen Fähigkeiten. Auf der anderen Seite wäre er froh, wenn sie zumindest in der nächsten Zeit an einem Strang ziehen könnten. Er zögerte erst noch kurz und schlug dann ein. »Du hast aber nichts dagegen, wenn ich dich weiter im Auge behalte?« Die winzige Provokation konnte sich Martin einfach nicht verkneifen. Er hätte sich auch nicht gewundert, wenn Emre sein Friedensangebot sofort wieder zurückgezogen hätte.

Emre nickte und grinste von einem Ohr zum anderen. »Was wollen wir jetzt also tun?«

55

Klein hatte den Bus dieses Mal ganz dicht quer vor das Schiebetor gefahren. Ein gutes Dutzend Zombies schob er dabei sanft vor sich her. Er machte das nicht, um die Untoten nicht zu verletzen. Er wollte den Bus nur keinem weiteren Risiko aussetzen. Bei der Zahl an Zombies, die ihnen jetzt vermutlich in einem Abstand von ein oder zwei Tagen auf den Fersen waren, war der Bus die einzige Möglichkeit, alle Menschen zu evakuieren. Ohne Zweifel würde es noch andere Fahrzeuge geben, die man noch benutzen konnte. Um sich auf die Suche nach Alternativen zu machen, fehlte aber schlicht die Zeit. Über eine von außen angelegte Leiter ließ er seine Fahrgäste durch eines der eingeschlagenen Fenster des Busses auf das sichere Terrain des Einkaufscenters aussteigen.

»Gefreiter Köppke!«, donnerte seine Stimme durch das Lager, sobald er als Letzter unter dem Schild Wareneingang hindurch war und einer der Soldaten das Rolltor geschlossen hatte. Obwohl das Lager voll von Menschen war, die teilweise ungläubig die Massen an Waren bestaunten, die in den Hochregalen gelagert wurden, war es relativ ruhig. Auch das letzte Getuschel verstummte jedoch sofort. »Ich vermisse immer noch eine anständige Meldung über die Vorkommnisse der letzten Stunden, bevor wir Sie aufgelesen haben.« Klein erwartete von dem Gefreiten gar nicht, dass er nun zackig vor ihm auftauchen und eine Bilderbuchmeldung abliefern würde. Über dieses Stadium von Dienstbeflissenheit waren sie längst hinaus. Aber gewisse Standards halfen, nicht zu vergessen, dass sie dennoch Angehörige der Bundeswehr waren. Dazu gehörten die Einhaltung der Rangordnung und das Befolgen von Befehlen. Das hatte bislang auch niemand infrage gestellt.

Klein brannte darauf, zu erfahren, was nach ihrer eigenen Abreise vor ein paar Tagen passiert war. Umso erstaunter war er, als er nur ein kurzes »Leck mich!« zur Antwort bekam. Er konnte Köppke nicht sehen, aber der Tonfall des Gefreiten sprach Bände.

Feldwebel Klein gehörte nicht zu den Soldaten, die Kameraden unnötig auf den Keks gingen, aber eine solche Verweigerung durfte auch er nicht einfach so durchgehen lassen. Leutnant Zasinski wäre jetzt ohne Zweifel zu Köppke gegangen und hätte ihm eine reingehauen, bevor er ihn bei Wasser und Brot ins Loch gesteckt hätte. Das entsprach zwar auch nicht den Standards der Bundeswehr, aber das war der Kampf gegen die Zombies auch nicht. Stattdessen nickte er zweien seiner Männer zu, verschränkte die Arme hinter dem Rücken und wartete darauf, dass sie den Gefreiten zu ihm brachten. Die Menge um ihn herum drängte zurück und machte etwas Platz, als Köppke, ohne Widerstand zu leisten, vor Klein gezerrt wurde. »Ich frage Sie noch einmal, Gefreiter Köppke«, sagte er ganz leise. »Was ist passiert?«

»Was willst du hören? Die Zombiecalypse ist passiert. Ich habe Oberst Panitz sterben sehen. Reicht dir das?«

Ein weiterer Soldat baute sich neben dem Gefreiten auf und tippte kurz als Andeutung eines Grußes an seine Stirn. »Herr Hauptfeldwebel. Melde gehorsamst den Verlust zahlreicher Menschenleben, ausgelöst durch das Eindringen einer unbekannten Zahl von Zombies in das Kasernengebäude. Der Oberst ist im Zuge der Evakuierungsmaßnahmen gefallen. Durch die Ungeduld und Unachtsamkeit einer ganzen Reihe von Zivilisten waren wir gezwungen, den sicheren Tunnel vorzeitig zu verlassen, statt auf Ihre Ankunft zu warten.« Ein weiteres Mal salutierte er, machte auf dem Absatz kehrt und trat einen Schritt vom Gefreiten und dem Hauptfeldwebel weg. Doch dann drehte er sich erneut zu ihnen um und fügte leise hinzu: »Wenn ich mir die Bemerkung erlauben dürfte? Der Hauptgefreite Köppke hat mit heldenhaftem Einsatz dafür gesorgt, dass es ein Großteil unserer Gruppe dennoch geschafft hat, die Evakuierung zu überleben. Dabei musste er einige harte Entscheidungen treffen, die vermutlich zu seiner aktuellen Gemütslage beitragen.«

»Ich habe keine Gemütslage!«, bellte Köppke über die Schulter. »Ich habe die ganze Scheiße nur so unendlich satt!«

Klein nickte. Das war nicht so abgelaufen, wie er sich das gedacht hatte. Durch die kurze Schilderung des Soldaten Schmidt hatte er aber begriffen, wieso sich Köppke so verhielt. Durchgehen lassen durfte er es ihm dennoch nicht. »Gefreiter Köppke. Bis zur genauen Feststellung der Sachlage sind Sie hiermit Ihres Dienstgrades vorübergehend enthoben. Ich werde, als nunmehr ranghöchstes Mitglied unserer Einheit, in den nächsten Tagen entscheiden, ob ich zu dem Verweis, den ich hiermit offiziell ausspreche, noch eine Belobigung hinzufüge und wann Sie Ihren Dienstgrad wiederbekommen werden. Das war's. Wegtreten.«

Köppke grummelte noch etwas in seinen Bart hinein, vermied es aber, den Hauptfeldwebel weiter zu provozieren. Vielleicht kam er auch langsam wieder zur Besinnung. Die Worte seines Kameraden, so knapp umrissen sie auch waren, schienen ihm gutgetan zu haben. Endlich war das ausgesprochen, was sie in den vergangenen Stunden an Horror erlebt und überlebt hatten.

Klein sah zu Dennis Stern und seiner Frau hinüber. Eindringlich schien er sie davon überzeugen zu wollen, dass sie das Einkaufscenter mit der Truppe verlassen müssten. Schon auf der Rückfahrt hatten er und Stern beschlossen, dass im Angesicht der Gefahrenlage niemand zurückbleiben durfte. Mirjam Stern schien, wie erwartet, wenig begeistert davon zu sein.

Alles stand und fiel mit dem Erfolg des Stoßtrupps nach Berlin. Aber selbst wenn Wasmuth und seine Männer keine Bleibe für sie erobern konnten, hierbleiben durften sie nicht. Natürlich wäre es kurzfristig möglich, alle Menschen einfach von hier fortzubringen. Egal, wohin. Leere Grundstücke und Gebäude gab es zuhauf, doch die meisten waren einfach nicht sicher genug, um langfristig so vielen Menschen einerseits eine Bleibe zu bieten und andererseits auch noch zu versorgen. Ständig alle einzuladen und zu einem anderen Ort weiterzuziehen, stellte sie auch vor logistische Probleme. Sie würden zwar alle Menschen in den Bus bekommen, aber nicht auch noch die nötigen Vorräte.

Spandau bot den großen Vorteil der relativen Nähe. Sie konnten zunächst alle Menschen in Sicherheit bringen und dann noch vor dem Eintreffen des Zombieheeres ein paar Fahrten mit Vorräten schaffen. Das würde sie zumindest über die nächste Zeit bringen.

All das musste schnellstmöglich passieren. Klein nahm das kleine und leistungsstarke Nato-Funkgerät vom Gürtel und drückte ein paar Mal die Ruftaste. An dem mit dem Funkgerät gekoppelten Gerät würde nun eine Lampe angehen und ein feiner Glockenton den Gesprächspartner darauf aufmerksam machen, dass jemand rief. Als Klein die Prozedur innerhalb von zehn Minuten zum vierten Mal wiederholen musste, weil niemand das Gespräch annahm, befürchtete er schon das Schlimmste. Doch plötzlich knackte es und erleichtert führte er das Gerät ans Ohr.

»Hallo?«, drang es schüchtern aus dem Gerät. Die Stimme gehörte einem Mädchen oder einer jungen Frau.

Klein starrte verwundert in die Runde. »Hier spricht Hauptfeldwebel Thomas Klein. Wer ist da?«

»Mein Name ist Selina.«

»Selina. Wie kommst du an das Funkgerät?« Dass irgendjemand zufällig auf derselben Frequenz gelandet war, konnte Klein ausschließen. Die Geräte waren wegen der aktiven Verschlüsselung miteinander gekoppelt. Das bedeutete, dass diejenige, mit der er sprach, das Gerät von Wasmuth besaß.

»Das hat mir einer der Soldaten gegeben. Ich soll darauf aufpassen.«

Klein schickte ein tonloses Stoßgebet gen Himmel, dass er dem Mädchen nicht alles einzeln aus der Nase ziehen musste. »Was heißt das? Sind die Soldaten in die Festung eingedrungen? Sind sie in Gefahr?«

»Ja. Wir sind alle in der Zitadelle. Zumindest die, die noch übrig sind. Ich weiß nicht genau. Buster meinte, sie suchen den Professor, um ihm seine Apparatur abzunehmen.«

»Wer ist Buster? Und welche Apparatur?« Klein ließ den Sprechknopf los und rief und winkte Schmidt zu. »Selina, hör mir genau zu. Wo seid ihr? Wie können wir euch helfen?« Und an Schmidt gewandt: »Rufen Sie die Leute wieder zusammen.«

»Die Soldaten haben uns in einem Boot zurückgelassen, damit uns die Zombies nicht erreichen können.«

»Okay, Selina. Bleib am Gerät. Ich melde mich gleich wieder.«

Das Lager füllte sich nur langsam wieder. Die meisten kamen eher lustlos herangeschlurft. Klein konnte es ihnen nicht verdenken. Das Gros der Neuankömmlinge war müde und hatte genug vom Kämpfen. Nur die vier ihm verbliebenen regulären und das

Dutzend dienstverpflichtete Soldaten, mit denen er vorzeitig die Kaserne verlassen hatte, zeigten eine gewisse Motivation. Sie hatten den Nahkampf gegen Zombies ohne Schusswaffen geübt und brannten nun darauf, das erworbene Wissen anzuwenden.

Klein erinnerte sich an die flammenden Reden, die Leutnant Zasinski im Auftrag des Obersten immer gehalten hatte, um die Männer zu motivieren, nach draußen zu gehen und Vorräte zu beschaffen. Es gab kaum einen, der dabei nicht geschmunzelt hatte, ihn eingeschlossen. Nun musste er selbst eine solche Rede halten. Nur war die Bedeutung dessen, was er zu sagen hatte, ungleich größer.

56

Martin dachte kurz an Dalina, die mit den Soldaten Kevin Stoltz und Johannes, dem jungen Hilfssoldaten, der in seiner Beschützerrolle so etwas wie seine Bestimmung gefunden hatte, beim Auto geblieben war. Ihr Auftrag lautete, die Straße immer wieder hinauf- und hinunterzufahren, um die Aufmerksamkeit des Professors auf sich zu lenken. Dalina war wenig begeistert gewesen, aber dem Einwand, ihrem Beobachter könnte auffallen, dass plötzlich einige Leute fehlten, musste sie zerknirscht zustimmen.

Keine Viertelstunde hatten sie gebraucht, bis die Kids sie den Weg durch die historische Altstadt und hinter die Schleuse geführt hatten, die gleich vor der Brücke lag. An einem schmalen Pier waren neben ein paar kleinen Motorbooten mehrere Ruderboote vertäut. Vermutlich kleine Beiboote einiger größerer Schiffe, die von ihren Mannschaften bei Ausbruch der Zombie-Apokalypse verlassen worden und mittlerweile längst abgetrieben waren.

»Gruselig.« Martin fröstelte. Er hatte den Eindruck, dass es plötzlich etwas kälter geworden war, und er meinte tatsächlich, feine Nebelschwaden über das Wasser ziehen zu sehen. Dabei war es noch hell, gerade früher Nachmittag.

»Weil es so still ist.« Wasmuth saß leicht geduckt an der Ruderpinne im Heck und schaute ebenso verunsichert wie Martin in die Runde. »Kein Vogelgezwitscher. Kein Motorenlärm. Kein Lachen. Gar nichts.«

»Nicht mal Zombie-Sprech«, fügte Emre zur Liste hinzu und lachte laut auf.

Offenbar hatte er allerbeste Laune. Martin kam Emres Sinneswandel zwar merkwürdig vor, aber Emre war eben Emre. Er hatte schon öfter seine Meinung geändert. Das war für Martin nichts Neues. Neu war, dass dieser Sinneswandel sogar seine Rachepläne betraf. Bislang hatte er persönliche Beleidigungen noch nie für ein neues Ziel aus den Augen verloren. Deshalb hatte Martin sich auch vorgenommen, ihn weiter im Auge zu behalten. Er schreckte aus seinen Gedankengängen hoch, als Emre das Paddel nachlässig über die Wasseroberfläche platschen ließ, anstatt es durchs Wasser zu ziehen.

»Beruhige dich. Kaum anzunehmen, dass die Geräusche auf der Festung gehört werden können.« Emre schlug wie zur Demonstration das Paddel absichtlich mit der flachen Seite auf das Wasser und lachte erneut.

Martin bedachte ihn erst mit einem bösen Seitenblick und blickte dann über die andere Schulter in Richtung ihres Ziels. Sie hatten sich der Festungsmauer bereits bis auf fünfzig Meter genähert. Ihnen gegenüber saßen Wasmuth und Emres Gefolgsleute, Sven und Stefan. Buster, der sich, wie die anderen Kids, nicht davon abbringen lassen hatte, sie zu begleiten, saß hinter ihnen im Bug. Da sie weder die Zeit noch die Muße hatten, sich mit Diskussionen aufzuhalten, hatte Wasmuth widerstrebend zugestimmt, Buster wegen seiner vermeintlichen Ortskundigkeit in ihrem Boot mitzunehmen. Den anderen Kids hatte er Krappke an die Seite gestellt und in ein zweites Boot verfrachtet. Er hatte dem Soldaten allerdings heimlich eingeschärft, dass er es gern sehen würde, wenn das zweite Boot erst ein wenig später ankommen würde. Auch wenn die Kids jetzt zwei Jahre lang ganz gut zurechtgekommen waren, Kämpfer waren sie nicht. Clever, ohne Zweifel, aber ihre Cleverness bestand vor allem darin, einem Kampf eher auszuweichen. Das hatte er aus den kurzen Gesprächen mit Buster deutlich herausgehört. Das war nicht weiter schlimm, aber bei dem, was sie nun vorhatten, würden sie wohl eher im Weg stehen.

Krappke saß nun an der Ruderpinne und amüsierte sich über die Jugendlichen, die verzweifelt versuchten, das schwerfällige Boot weiterhin voranzutreiben. Das andere Boot hatte gerade die nördliche Spitze der schmalen Insel erreicht, die sich wie ein weiterer Verteidigungsring fast um die gesamte Festung zog, während sie, nur einen Steinwurf vom Pier entfernt, fast nicht von der Stelle kamen.

Der laute und spitze Schrei eines der Mädchen am Bug des Bootes ließ bei Krappke kurz Gänsehaut aufkommen. Das Lachen wich von seinen Mundwinkeln und machte einem verärgerten und fragenden Blick Platz, weil er den Auslöser nicht erkennen konnte. »Mädchen. Schrei nicht so laut. Wir wollen schließlich nicht entdeckt werden.«

»Hier schwimmen jede Menge Zombies.« Sie zeigte angewidert auf die Wasseroberfläche. Sofort ruckten alle Köpfe herum und versuchten, durch die Spiegelungen der Wasseroberfläche etwas zu erkennen.

Auch Krappke konnte nicht vermeiden, unwillkürlich in die gezeigte Richtung zu starren. Sofort schwankte das Boot gefährlich. Als sich einer der Jungen gar aufrichtete, um besser sehen zu können, bekam es sogar für einige Augenblicke starke Schlagseite. Krappke lehnte sich schnell zur anderen Seite und befahl zischend, dass sich alle wieder auf ihren Hosenboden zu setzen hatten. »Bin ich hier im Kindergarten, oder was?«, schimpfte er mit verhaltener Stimme. »Bleibt gefälligst sitzen.« Dann warf er dennoch noch einmal einen Blick ins Wasser. Tatsächlich konnte er mehrere Körper erkennen, die unter dem Rumpf trieben. Die Toten dort waren bereits stark verwest. An den Stellen, an denen noch Fleisch und Haut die Knochen bedeckte, war sie weiß und aufgedunsen. Sie trieben sicher schon Wochen oder Monate im Wasser. Eine Gefahr schien von ihnen aber nicht auszugehen. Viele kleine Fische umschwammen die Leichen und bissen immer wieder winzig kleine Brocken heraus. Einer der Körper drehte sich langsam um seine Längsachse und die Arme schwangen vom Körper weg, als würden sie nach den Fischen schlagen wollen. Gemächlich trieb er am Rumpf des Bootes vorbei und Krappke hatte den Eindruck, als würden die leeren schwarzen Augenhöhlen ihn direkt anstarren. »Die sind wirklich tot. Rudert weiter.« Krappke versuchte, seine Stimme fest klingen zu lassen, was ihm aber nur unzureichend gelang. Auch er wollte nur schnell weg von hier und wieder festen Boden unter den Füßen haben.

Derweil erreichte das erste Boot die Böschung der Festungsmauer. Auf dem knapp zwei Meter breiten Streifen hatten sich Büsche und ein paar Laubbäume breitgemacht. Einige der Bäume reichten sogar bis über die fast zehn Meter hohe Mauer über ihnen hinaus.

»Hier irgendwo muss der Zugang sein.« Buster hatte sich in den Bug gelegt und versuchte, im Schatten der Büsche die erwartete Öffnung auszumachen. »Kann nur in der nächsten Ecke dort drüben sein.« Sein Arm zeigte auf den neunzig Grad Winkel der Mauer ihnen gegenüber.

»Bist du dir sicher, Kleiner?« Wasmuth beschlichen ernsthafte Zweifel, weil es nicht viel zu erkennen gab. Alles war mit Sträuchern zugewachsen.

»Ich kenne es nur von innen. Es muss aber hier sein.« Emre und Martin zogen langsam und gleichmäßig die Ruder durch. Die Strömung der Havel war hier erheblich weniger stark, weshalb sie die etwa Hundert Meter in wenigen Minuten überbrückt hatten.

Buster war plötzlich ganz aufgeregt und richtete sich auf. Seinen rechten Fuß stellte er wie ein Piratenkapitän stolz auf die Bordwand. »Da. Zwischen den Büschen.«

Tatsächlich gab es ein Loch in der Böschung. Die Büsche waren zwar, von rechts und links kommend, über der schmalen Rinne, die man mehr erahnen als sehen konnte, zusammengewachsen, aber als sie näher heran waren und der Bug des Ruderbootes die dünnen Zweige zur Seite drückte, tat sich vor ihnen auf der linken Seite ein Rundbogen auf. Und unter dem Bogen stand ein schwarzer schmiedeeiserner Zaun mitten im Wasser.

Emre, Martin, Sven und Stefan nahmen die Ruder herein und achteten darauf, dass ihnen die Äste nicht in die Gesichter schlugen, als sie mit letzter Fahrt bis an den Zaun drifteten. Hinter dem Zaun war es zunächst stockdunkel. Erst nach einigen Sekunden gewöhnten sich ihre Augen an die Dunkelheit, und schemenhaft war hinter dem zehn Meter tiefen Torbogen ein kleiner hölzerner Pier sowie roter Klinker zu erkennen.

»Da hängt eine Kette davor. Hat jemand an einen Bolzenschneider gedacht?«

Buster kramte in seiner Umhängetasche und hielt nach einigen Sekunden triumphierend seine Zange in die Höhe.

»Das ist gut gemeint, Kleiner, aber damit brauchen wir Jahre.« Spöttisch beäugte Emre die Mini-Version eines Bolzenschneiders. Die Zange hatte zwar eine Hebelübersetzung, aber die Backen ließen sich kaum weiter öffnen, als die Kettenglieder dick waren.

»Probier’s erst mal. Das Teil ist allererste Sahne, aus der Fachabteilung unseres Baumarkts.« Buster hielt Emre grinsend die Zange hin. »Außerdem ist die Kette ziemlich verrostet. Das ist eine einfache ein Zoll Eisenkette billigster Machart.«

Wasmuth und Martin grinsten ebenfalls. Emre zuckte mit den Schultern, nahm Buster die Zange aus der Hand und zwängte eines der Kettenglieder mühsam zwischen die Backen. Dann legte er beide Hände an die Griffenden und presste sie mit aller Kraft zusammen. Mit einem lauten Knall zerbarst das Kettenglied schon nach wenigen Sekunden. Erschrocken hätte Emre beinahe das Gleichgewicht verloren und wäre in das brackige Wasser gefallen. Gerade noch konnte er sich an den Gitterstäben festhalten.

»Womit sich Jugendliche nach zwei Jahren ohne Internet und Fernsehen auskennen«, kommentierte Martin. Er nahm sein Paddel wieder auf und stakte das Boot nach links und durch das nun offene Tor. Emre setzte sich wieder und tat dasselbe auf der anderen Seite.

»Vorsicht. Da sind eine ganze Reihe Zombies auf der Galerie oberhalb des Piers.« Buster zeigte nach vorn. »Und hier im Wasser sind auch welche. Achtung!« Sein Warnschrei hallte mit lautem Echo von der gewölbten Decke zurück.

Um sie herum brodelte das Wasser. Wenigstens ein Dutzend Untote standen bis zur Brust im Wasser und drängten auf das Ruderboot zu. Sie hatten im Schatten der um sie herum hoch aufragenden Wände gestanden und nun frische Beute gewittert. Unfähig, zurück auf den Pier zu klettern, mochten sie schon Wochen oder Monate im Wasser verbracht haben. Das zehn mal zehn Meter große Becken stank geradezu vor Fäulnis und Moder. Waren die Zombies an Land schon langsam, so kamen sie im Wasser so gut wie gar nicht vom Fleck. Aber ihre Zahl und ihr gemeinsamer Trieb in Richtung des Bootes wühlte das Wasser auf, dass es nur so schäumte.

Emre zog seine Machete aus dem Gürtel und Martin seine Eisenstange. Aber auf dem wackligen Boot die Balance zu halten und gleichzeitig zielgerichtet auf die Köpfe der untoten Angreifer einzuschlagen, erwies sich als ausgesprochen schwierig. Beide knieten deswegen Seite an Seite und beobachteten argwöhnisch die näher kommenden Gestalten.

»Die stehen schon länger im Wasser. Sehen aus wie Wasserleichen.«

»Es sind Wasserleichen, Martin.«

»Ich bewundere immer wieder deinen trockenen Humor.«

Tatsächlich machten die Zombies mit ihrer wächsernen Haut den Eindruck, als hätten sie bereits länger in dem großen Becken des Wassertors auf sie gewartet. Es war kaum noch zu erkennen, ob sie einmal Männlein oder Weiblein waren. Die meisten Haare waren ihnen ausgefallen, von ihrer ursprünglichen, sicher einmal vorhandenen Kleidung war bis auf ein paar Stofffetzen kaum noch etwas übrig.

»Wenn sie jetzt noch lange Zähne und spitze Ohren hätten, hätten sie Ähnlichkeit mit dem Sumpfmonster aus den Filmen der Fünfzigerjahre.« Wasmuth hatte sein Nato-Messer, eine dreißig Zentimeter lange Klinge mit Sägerücken und grünem Kunststoffgriff, gezückt und hielt sie mit nach unten gerichteter Spitze bereit, um zuzustechen, sobald er ein lohnendes Ziel hatte.

Buster dagegen hielt sich heraus. Er hatte Martins Paddel übernommen und versuchte hektisch, das Boot mit kurzen Stichen die letzten Meter bis zum Holzpier zu paddeln.

Einer der Zombies, ein besonders aufgedunsenes Exemplar, hatte die Bordwand erreicht und hielt sich mit beiden Händen daran fest. Deutlich war zu sehen, dass der Untote nicht einmal mehr Fingernägel hatte. Das aufgedunsene Fleisch der Finger zerfloss förmlich unter dem Druck des eigenen Griffes an der Innenkante des Bootes. Trotzdem ließ das Wesen nicht los und drückte die Bordwand tief zu sich herunter. Emres Machete sauste herab und trennte die Hände mit einem Hieb von den Unterarmen. Der Zombie hob die Armstümpfe vor sein Gesicht und schien sie ein paar Augenblicke lang verwundert zu betrachten. Schwarzes Blut quoll daraus hervor und tropfte zähflüssig auf die Wasseroberfläche. Dann reckte er die Stümpfe Emre entgegen. Die abgetrennten Hände jedoch schienen sich mit einem gewissen Eigenleben weiterhin hartnäckig an der Bordwand festzuklammern. Angewidert von dem Anblick schubste er erst die Hände ins Wasser, bevor er dem Zombie mit der Machete den Schädel in zwei Hälften spaltete.

Martin kam auf der anderen Seite durch das stark schwankende Boot nicht dazu, seine Eisenstange effektiv gegen einen der Untoten einzusetzen. Dabei stand er eigentlich in einem perfekten Winkel und im richtigen Abstand zum Boot.

»Leute.« Buster war es gelungen, das Boot bis auf einen Meter an den Pier zu manövrieren. Die Holzbohlen lagen genau auf der Höhe der Bordwand. Man hätte nur einen großen Schritt machen müssen. »Leute, hier sind auch noch ein paar.« Während er mit großen Augen auf die sich füllende Treppe hinab zum Pier und damit direkt zu ihnen starrte, kramte er blind in seiner Umhängetasche. Das Paddel hatte er einfach fallen lassen. Nacheinander brachte er zwei große Spraydosen zum Vorschein.

Der Holzpier lag in einer schmalen Ausbuchtung des Beckens, an dessen hinterem Ende von rechts und links jeweils eine aus roten Klinkersteinen gemauerte Treppe nach oben führte. Die Wände davor waren mannshoch. Von beiden Seiten drängten weitere Untote die Treppen herunter. Vermutlich hatten sie der Lärm und die Kampfgeräusche angelockt. Unter dem Pier war das Wasser nur wenige Zentimeter tief, um dann zum eigentlichen Tor hin in Stufen immer tiefer zu werden.

Hinter Buster hackte und stachen die Männer immer heftiger auf die sich nähernden Zombies im Wasser ein. Die fünf bekamen trotz seiner Warnung gar nicht mit, dass sich nun eine weitere Bedrohung in ihrem Rücken entwickelte. Sie hatten auch so schon alle Hände voll zu tun.

Für Buster war Angriff die beste Verteidigung. Noch bevor die ersten Zombies einen Fuß von den Treppen auf den Pier gesetzt hatten, sprang er vom Bug aus auf die Holzbohlen. Eigentlich war er in der sehr viel schlechteren Position, stellte er gerade fest. Er war nicht nur kleiner als die Zombies, die Treppenstufen erschwerten es ihm zusätzlich, seinen Bauschaum in den auf- und zuschnappenden Mündern zu platzieren. Er hatte in den zwei Jahren noch nie einen Zombie wirklich getötet. Seine Spezialität war es nur, sie unschädlich zu machen. Doch jetzt gerade wünschte er sich ebenfalls eine Machete.

Busters Sprung auf den Pier ließ das Boot erneut stark schwanken, während es dichter an den Pier herantrieb. Emre und Martin gingen instinktiv noch weiter in die Hocke, während Wasmuth sowieso noch im Heck auf der Ruderbank saß.

Sven und Stefan versuchten dagegen, das Schwanken stehend auszugleichen. Dann setzte der Kiel des Ruderbootes auf eine der

Stufen unter Wasser auf und schlagartig stoppte die tanzende Bewegung des Bootes. Sven stolperte gegen Stefan und beide stürzten über die Seite ins flache Wasser.

Panisch versuchte Sven wie ein Hund, der durch das Wasser plantschte, zwei Untoten zu entkommen, denen das Wasser kaum über die Hüfte reichte. Er merkte gar nicht, dass er stehen konnte, da es an dieser Stelle nicht sehr tief war. Einer der Untoten ließ sich mit ausgestreckten Armen nach vorn fallen und zog Sven mit sich unter Wasser. Svens Kumpel Stefan griff nach einem der Paddel und schmetterte es dem anderen Untoten auf den Schädel. Das Blatt zersplitterte in viele kleine Teile, allerdings ohne nennenswerte Auswirkungen.

»Nicht schießen«, warnte Martin, der sah, wie Wasmuth seine Pistole aus dem Holster ziehen wollte.

Mit einem grimmigen Seitenblick unterdrückte der Gefreite den Impuls, sich auf die übliche Weise zur Wehr zu setzen. Dann ließ er sich kurzerhand über die Seite ins Wasser gleiten, wechselte das große Messer in die andere Hand und langte mit der nun freien Hand nach Sven. Schemenhaft waren sein und der Körper des Untoten in dem trüben Wasser zu erkennen. Mit einem Ruck zog er Sven zurück zur Wasseroberfläche. Aber das Gesicht, in das er blickte, hatte nichts Menschliches mehr an sich. Die Haut schien blutleer. Er prustete auch nicht, wie Menschen, die eben noch unter Atemnot gelitten hatten und nun die Möglichkeit bekamen frischen Sauerstoff in ihre Lunge zu ziehen. Dafür drehte er verwundert den Kopf, starrte Wasmuth an und riss dann seinen Mund auf, um sich sofort beißend auf ihn zu werfen. Ohne groß darüber nachzudenken, rammte ihm der Gefreite mit der Linken sein Messer in den offenen Mund.

Stefan war derweil immer weiter zurück in Richtung der Klinkerwand links vom Pier gewichen. Mit dem Rest des zerbrochenen Paddels zielte er auf den Kopf des Untoten, der ihm gefolgt war.

»Stich doch endlich zu!«, rief Emre. Er und Martin hatten sich mit ihrem Hauen und Stechen in alle Richtungen etwas Luft erarbeitet und starrten gebannt zu Stefan hinüber.

Im Wasser waren jetzt insgesamt nur noch drei Zombies. Einer davon war weit genug weg, sodass sie ihn vorerst ignorieren konnten. Der andere war zu Wasmuths Füßen immer noch unter Wasser, der Dritte stapfte langsam auf Stefan zu. Zwei Meter oberhalb von Stefan drängten und beugten sich dagegen fünf weitere Untote an das Geländer. Gerade noch dachte Martin daran, was wohl passieren mochte, wenn das Geländer nachgeben würde, als es auch schon geschah. Mit einem knallenden Geräusch brach einer der senkrechten Eisenpfosten. Nach zwei Jahren ohne Pflege war er vermutlich bereits vom Rost so sehr angegriffen, dass er der Belastung nicht mehr standhielt. Zwei der Zombies fielen sofort über die Kante direkt vor Stefan in das Becken. Der improvisierte Speer aus dem Rest des Paddels wurde ihm aus der Hand gerissen. Sekunden später fiel ein weiterer Zombie direkt auf ihn. Eine Rettung war unmöglich, weil sich sofort weitere Zombies auf das Knäuel im nur knietiefen Wasser stürzten. Stefans Schreie verstummten bereits nach wenigen Sekunden.

Martin nutzte die Gelegenheit, um nach Buster zu sehen. Er bekam gerade noch mit, wie sich der Junge an der Wand nach oben zog und über das Geländer kletterte. Martin sah aber auch das weitere halbe Dutzend Zombies, die nun den fünf Meter langen und nur einen Meter breiten Steg entlang auf sie zukamen. Er stupste Emre in die Seite. »Da kommt Nachschub.«

57

Buster hörte Penny und Selina förmlich schon wieder schimpfen, er solle nicht immer so ein Risiko eingehen. Aber was sollte er schon anderes tun? Sicher war man heutzutage doch nirgends. Sich im Baumarkt zu verkriechen, war keine Option. Spanplatten oder Werkzeug konnte man nicht essen, also musste man nach draußen. Und wenn man oft genug draußen war, konnte man auch irgendwann einschätzen, was man sich zumuten durfte. Die Trial-and-Error-Methode konnte man hier allerdings nicht anwenden. Wenn man einen Fehler beging, war es das in der Regel.

Als er auf der Mitte des Steges die sechs Zombies die Treppe herunterkommen sah, war ihm recht schnell klar, dass er sie keinesfalls allein unschädlich machen könnte. Eine seiner wichtigsten Regeln war: Lass dir immer einen Ausweg offen. Und hier gab es keinen. Er stopfte die Büchsen wieder in seinen Beutel und schätzte die Höhe der Wand rechts neben sich ab. Anlauf nehmen konnte er nicht, also sprang er aus dem Stand, packte die unterste Querstange des Geländers und zog sich in die Höhe. Das ging erstaunlich gut, da die Fugen der gemauerten Wand seinen Schuhen etwas Halt gaben.

Einen bestimmten Plan hatte er nicht. Erst einmal musste er sich selbst in Sicherheit bringen. Und der einzige Ort in der Zitadelle, der Sicherheit versprach, schien im direkten Umfeld des verrückten Professors zu sein. Dieser stand hoffentlich noch immer auf der vorderen Bastion und starrte hinunter auf die Straße. Wenn nicht, hatte er ein Problem. Helfen konnte er den anderen sowieso nicht. Er hatte gerufen und gewarnt. Entweder kamen sie allein zurecht oder sie würden alle sterben. Und Letzteres hatte er noch nicht vor.

Viel Zeit, sich erst in Ruhe umzusehen, hatte er nicht. Zu seiner Linken sah er nur die Stirnseiten der beiden langen Kasernengebäude aus dem vorletzten Jahrhundert, die um den großen Innenhof standen. Was er durch den schmalen Spalt dazwischen sehen konnte, stimmte ihn nicht sonderlich glücklich. Allein dort konnte er mehrere Dutzend Zombies sehen. Sie wirkten zwar teilnahmslos, das waren sie aber nur so lange, bis er zwischen ihnen hindurchlaufen würde.

Hinter ihm gab es ein flaches, aber massives Eckgebäude, mit einigen verschlossenen schweren Stahltüren, und einen Durchgang, der durch ein Stahlgitter versperrt war. Es blieb nur der Weg über eine lange schmale Rampe auf den Festungswall hinauf. Obenauf konnte er zwar auch einige wandelnde Tote ausmachen, aber einen anderen Weg sah er nicht. Im allerschlimmsten Fall konnte er noch den Weg über die Mauer in den Wassergraben nehmen. Eine Aussicht, die ihm zwar nicht behagte, aber es wäre zumindest ein Ausweg.

Unter den ausgestreckten Armen der beiden Zombies, die auf ihn zustolperten, tauchte er flink hindurch. Hinter den beiden konnte er ganz in Ruhe einige Meter laufen. Der Weg auf die Festungsmauer ging in einem sehr spitzen Winkel vielleicht fünfzig Meter bis ganz nach oben. Rechts und links begrenzte ein Geländer den gepflasterten Weg. Im Notfall konnte er also jederzeit auch den Hang hinauf oder hinunter ausweichen.

Ohne noch einmal zurückzuschauen, trabte er den Weg hinauf. Links zog sich über etwa Hundert Meter die dreistöckige rote Fassade des Gebäudes. An seinem Ende ragte der Juliusturm – eines der Wahrzeichen von Spandau – in die Höhe. Rechts des Turms lag sein eigentliches Ziel: der Standort des vermeintlichen Professors. Ungefähr zweihundert bis zweihundertfünfzig Meter Luftlinie von seiner aktuellen Position entfernt.

Als er etwa auf Höhe des Juliusturms einer Gruppe von drei apathisch dastehenden Zombies ausweichen wollte, fiel ihm ihr seltsames Verhalten sofort auf. Gewöhnlich reagierten die Untoten zumindest, indem sie ihre Aufmerksamkeit der geringsten Bewegung oder dem leisesten Geräusch zuwandten. Das hieß im Klartext, dass sie ihren Kopf in die Richtung drehten. Diese drei Gestalten taten das nicht.

Vorsichtig und ohne sie aus den Augen zu lassen, ging Buster viel näher, als er eigentlich musste, an ihnen vorbei. Ihr Verhalten irritierte ihn, obwohl er doch auf genau das spekuliert hatte. Auf dem pfeilspitzenartigen Vorbau der Festung konnte er eine ganze Reihe von Zombies sehen. Alle standen mit hängendem Kopf einfach nur da. Etwas zu erwarten und dann etwas aus der Nähe zu erleben, waren vollkommen verschiedene Paar Schuhe. Sein Herz schlug ihm bis zum Hals, als er realisierte, was das für seine Zukunft und für die der Menschheit bedeutete. Wie auch immer der Professor das anstellte, Zombies würden keine Gefahr mehr darstellen.

Er fasste sich ein Herz und trat langsam näher an die Dreiergruppe heran. Ständig bereit zu fliehen oder dem Zombie eine Ladung Bauschaum ins Gesicht zu sprühen, tippte er dem mit dem Rücken zu ihm Stehenden mit der Fußspitze gegen die Wade. Erst einmal, dann etwas kräftiger und schließlich mit voller Wucht. Ein Mensch wäre spätestens bei diesem Tritt vor Schmerzen in die Knie gegangen. Der Untote jedoch drehte nur leicht den Kopf und machte einen Schritt nach vorn. Das war alles.

»Verdammt, ist das geil.« Buster grinste. »Fehlt nur noch der Professor.« Suchend drehte er sich in Richtung der Brücke, auf der die Blonde für Ablenkung sorgte. Während er nun mutig unter den großen, alten Laubbäumen hindurchschlenderte, überlegte er, wie er vorgehen wollte. Als er den Professor keine zehn Meter vor sich stehen sah, blieb er abrupt stehen, als wäre er gegen eine Mauer gelaufen. Eines der Dinge, die einem in dieser Welt sehr zugutekamen, war das Fehlen jeglicher Selbstüberschätzung. Man musste schon Realist sein, wenn man überleben wollte.

Buster hielt sich zwar für durchtrainiert, kräftig und flink, aber er war eben auch nur ein fünfzehnjähriger Junge, mit einer Körpergröße von kaum über eins sechzig. Der Mann dort in dem weißen Kittel, der mit dem Rücken zu ihm stand, war fast zwei Meter groß. Ausgeschlossen, dass er den würde niederringen können. Selbst dann nicht, wenn er doch nur ein Verrückter war. Gerade Verrückte konnten gelegentlich immense Körperkräfte aufbieten.

Buster kramte in seiner Umhängetasche nach einer brauchbaren Waffe. Mit Bauschaum würde er dem Kerl wohl nicht kommen können. Das einzige Annehmbare, was er fand, war sein Stanley – ein stabiles Teppichmesser mit ausfahrbarer Klinge. Was es anrichten konnte, hatte er bereits am eigenen Leib erfahren, als er sich zu dumm angestellt hatte. Er streifte die Umhängetasche ab und legte sie an einen Baumstamm. Wohl war ihm bei der Sache nicht, aber eine großartige Wahl hatte er auch nicht. Er musste den Mann dazu bringen, ihm das auszuhändigen, was die Zombies zu harmlosen Puppen degradierte – und wenn er ihm dazu das Messer an die Kehle setzen musste.

Er näherte sich dem Professor leise von hinten und war bereits bis auf eine Armlänge heran, als der Weißkittel sich plötzlich umdrehte und ihn erstaunt anstarrte.

58

Krappke steuerte das Boot durch die Büsche, durch die er Wasmuth, keine fünf Minuten vorher, gerade noch hatte verschwinden sehen. Die Kids bekamen zwar immer mehr Übung darin, vorwärtszukommen, aber schnell waren sie nicht gewesen. Doch das war ja auch der Wunsch des Gefreiten.

»Auweia.« Einer der Jungen, der nicht mit Rudern beschäftigt war, hatte sich wieder leichtfertig aufgerichtet, um besser sehen zu können.

Im Wasser vor dem Boot der anderen und auf dem Steg schwammen und lagen überall Leichen herum. Am Ende des Stegs stand Emre, während Wasmuth im knietiefen Wasser links daneben stand. Jeder kämpfte gerade mit einem Zombie. Wasmuth versuchte, dem Gegner sein Kampfmesser seitlich durch den Kopf zu rammen, musste aber gleichzeitig aufpassen, dass sein eigener

Kopf nicht von den Händen des Untoten zu sich herangezogen werden konnte.

Emre ließ in diesem Augenblick seine Machete waagrecht durch die Luft sirren und hackte seinem Gegner mit einem Schlag den Kopf vom Rumpf. Die beiden nachfolgenden Untoten ignorierte er und sprang dafür vom Steg, um einem weiteren Zombie die Machete in den Hinterkopf zu hacken. Das übergroße und etwas plump aussehende Messer spaltete den Schädel des im Wasser hockenden Wiedergängers in zwei Hälften und der Körper sackte leblos zur Seite. An seiner Stelle kam prustend Martin wieder an die Wasseroberfläche. Der Zombie hatte offenbar auf ihm gesessen und ihn unter Wasser gedrückt. Emre reichte ihm die Hand und zog den schwer nach Luft schnappenden Kerl auf die Beine. Atemlos verfolgten die Neuankömmlinge den Kampf, der noch nicht beendet war.

»Der Gefreite kämpft doch da mit einem von uns, oder?«

»Und wo ist Buster?« Die sorgenvollen Blicke der Jugendlichen suchten das Becken nach einem Körper mit der Statur ihres Freundes ab. Aber bei den vielen im Wasser treibenden Körpern war das nicht so einfach.

»Hört auf zu quatschen und rudert näher heran.« Krappke wollte seinem Gefreiten beistehen, der immer noch mit seinem Gegner rang. Ein weiterer Schlag der vier Jungs an den Rudern brachte sie bis auf drei Meter heran. Krappke zog sein eigenes Messer und ließ sich seitwärts über die Bordwand ins Wasser gleiten. Kurz drohte Panik in ihm aufzusteigen, weil das Wasser erheblich tiefer war, als er gedacht hatte. Doch schon einen Schritt weiter reichte es ihm nur noch bis zum Bauch. Mühsam überwand er die letzten paar Meter und vollführte den Stich, den Wasmuth einfach nicht geschafft hatte. Bis zum Heft drang Krappkes Messer in die Schläfe des Zombies.

Erschöpft ließ sich Wasmuth einen Augenblick nach hinten fallen, stieß dann aber mit dem Kopf gegen eine der herumtreibenden Leichen und fuhr erschrocken wieder hoch. »Danke«, ächzte er in Richtung seines Retters.

Derweil war Emre wieder auf den Steg geklettert und schlug routiniert auf die beiden letzten Zombies ein. Er zeigte nicht die Ermüdungserscheinungen, die Wasmuth und Martin offen zur Schau trugen. Martin stand mit hängenden Schultern und gesenktem Kopf immer noch an der Stelle, an der ihn Emre aus seiner misslichen Lage befreit hatte und stocherte mit den Beinen am Boden des Beckens herum. Erst als Emre dafür gesorgt hatte, dass auch der letzte Untote in ihrer unmittelbaren Nähe wirklich tot war, schien er gefunden zu haben, was er suchte.

»Bin ich wenigstens nicht mehr wehrlos.« Erleichtert hatte er seine Eisenstange vom Grund des Beckens aufgehoben. »Sven und Stefan sind tot. Buster ist in die Richtung verschwunden.« Martin zeigte in die Richtung, in der sowieso ihr Ziel lag. »Jemand eine Idee, wie wir weiter vorgehen? Folgen wir ihm?«

»Die kleine Ratte. Lässt uns einfach im Stich.«

»Sei nicht so streng mit ihm. Was hätte er denn machen sollen?« Wasmuth winkte ab. »Nein. Buster ist ein cleveres Kerlchen. Der kommt schon durch.«

»Was mir Sorgen bereitet, ist die Tatsache, dass wir einfach zu viele sind. Sorry, Kids, aber das ihr hier dabei seid, könnte ein echtes Problem werden.«

»Ich hatte mir das auch etwas anders vorgestellt. Aber jetzt sind wir nun mal hier.«

»Wie heißt du noch mal?«, wollte Martin wissen.

»Thomas.«

»Tja, Thomas. Willkommen in der neuen Welt. Wir haben versucht, euch davon abzuhalten. Aber wie du sagst, jetzt seid ihr hier. Und wenn es nach mir ginge, würde ich euch am liebsten in das Ruderboot dort setzen und zurück über den Festungsgraben schicken.«

»Keine Chance, Alter.«

»Werd ja nicht frech, du Flitzpiepe.« Emre war bereits wieder drauf und dran, seinem Temperament freien Lauf zu lassen und dem Jungen eine hinter die Ohren zu geben.

Martin legte Emre beruhigend die Hand auf den Arm. »Ein Vorschlag zur Güte: Ihr bleibt hier bei den Booten und wir sehen nach eurem Freund Buster. Einverstanden?«

»Und wir lassen wieder Krappke bei euch, damit er euch beschützen kann.« Wasmuth wagte gar nicht erst, in Richtung seines Kameraden zu schauen. Den finsteren Blick spürte er auch so schon im Rücken. »Zu dritt haben wir einfach die besseren Chancen, dort hindurchzukommen, als wenn wir das mit fünfzehn Leuten versuchen.«

Auf der anderen Seite war es einerlei, wo die Zombies letztlich über sie alle herfallen würden. Wenn sie es nicht schaffen sollten, den geheimnisvollen Kerl davon zu überzeugen, mit ihnen zusammenzuarbeiten, waren sie am Ende sowieso alle geliefert. Irgendwann würde die Herde aus Potsdam jeden Winkel überrannt haben – auch hier in Spandau. Und so würde es letztlich überall auf der Welt sein.

»Habt ihr das eigentlich bemerkt? Sobald die Zombies länger als nur ein paar Augenblicke vollständig unter Wasser sind, haben sie keinen Drang mehr, zu töten«, sagte Wasmuth.

»Vielleicht hat er da sein Wundermittel her?« Einer der Jugendlichen, ein stiller und etwas kräftiger gebauter Junge, drängte sich etwas nach vorn, wurde aber von Emre gleich angeraunzt.

»Ist doch einerlei. Wir können ihn ja dann fragen. Auf jeden Fall sollten wir uns schnell entscheiden. Entweder brechen wir die Aktion jetzt und hier ab oder wir versuchen, gleich in die Nähe des Juliusturms zu kommen. Je länger wir hier dumm herumstehen und quatschen, desto größer ist die Wahrscheinlichkeit, dass erneut ein Dutzend Zombies versucht, über uns herzufallen.«

»Ich muss Emre beipflichten.« Martins Einstellung zu Emre hatte sich in den letzten Minuten etwas verändert. Emre gab sich tatsächlich große Mühe, das zu tun, was er sollte. Und abgesehen von ein paar verbalen Ausbrüchen hatte er sich weitestgehend unter Kontrolle. Was für Martin aber der ausschlaggebende Punkt war: Emre hatte ihm das Leben gerettet. Dafür, dass er ihm eigentlich an den Kragen wollte, war das eine bemerkenswerte Tat.

»Also gut. Krappke, Sie bleiben hier bei den Kids. Warten Sie darauf, dass wir Sie holen kommen. Sind wir bei Sonnenuntergang nicht zurück, bringen Sie die Jugendlichen mit dem Amarok zurück zum Einkaufscenter.« Wasmuth zog das Funkgerät vom Gürtel und reichte es dem Soldaten. »Rufen Sie den Feldwebel an, damit er Vorbereitungen treffen kann, um Sie reinzulassen.«

»Sie rechnen nicht damit, wiederzukommen?« Wasmuth antwortete nicht, sondern sah Krappke nur aufmunternd an. Da verstand Helmut Krappke endlich, dass ihn der Gefreite die ganze Zeit nur aus der Schusslinie halten wollte. Er nahm das Funkgerät entgegen, kontrollierte kurz die Anzeige und steckte es dann an seinen eigenen Gürtel.

Emre und Martin waren schon die zehn Stufen der rechten Treppe vom Steg aus nach oben gelaufen, als der Gefreite Wasmuth ihnen endlich folgte.

Krappke wartete nachdenklich, bis die drei verschwunden waren. Dann scheuchte er die Kids zurück in das größere Boot. Doch statt selbst einzusteigen, reichte er das Funkgerät an eines der Mädchen und schob das Boot mit dem Fuß vom Steg weg. »Ihr bleibt hier. Ihr habt gehört, was der Gefreite gesagt hat. Wartet, bis es dunkel wird. Wenn wir nicht zurückkommen, gebt ihr das Funkgerät meinem Kameraden auf der Brücke. Der bringt euch dann an einen sicheren Ort.« Ohne eine Antwort der vollkommen überraschten Jugendlichen abzuwarten, drehte er sich um und folgte dem Gefreiten.

»Was für ein Idiot«, meinte einer der Jungs.

»Wieso, Thomas? Hast du das nicht gemerkt?«

»Was?«

»Wie gerade die Funken zwischen den beiden gesprüht haben?«

»Quatsch.«

59

»Ich glaube nicht, dass der Kerl noch länger die Geduld aufbringen wird, uns zu beobachten. Der muss sich doch verarscht fühlen.«

»Vielleicht solltest du ihm ein bisschen was bieten für seine Zeit.«

Statt Stoltz einer Antwort zu würdigen, warf Dalina ihm nur einen funkelnden Blick zu. Die Zeiten waren vorbei. Vor zehn Jahren noch hätte sie vielleicht tatsächlich ihr Shirt hochgehoben. Das hatte aber nichts damit zu tun, dass sie jetzt nichts mehr zu bieten hatte. Im Gegenteil: Sie war immer noch gut gebaut und durchtrainierter als je zuvor. Aber die meisten Menschen, mit denen sie heutzutage zu tun hatte, machten sich nicht mehr sonderlich viel daraus. Die waren tot. Dalina hatte gelernt, dass nun andere Qualitäten gebraucht wurden. »Johannes. Würdest du deinem Kameraden eine Kopfnuss verpassen, wenn ich dich darum bitte?«, säuselte sie. Dalina stand vor dem Amarok, während die beiden Soldaten auf der Ladefläche des Pickups standen. Sie musste sich nicht mal umdrehen, um die grinsenden Gesichter der beiden Soldaten wahrzunehmen. Nach ein paar Sekunden hörte sie auch den gespielten Aufschrei von Stoltz. Dalina hatte schon seit ein paar Tagen vermutet, dass Johannes sie geradezu anhimmelte. Das schmeichelte ihr zwar, aber wenn wieder etwas Ruhe eingekehrt war, würde sie wohl ein paar ernste Worte mit ihm wechseln müssen.

»Ist das der Junge? Dieser Buster?« Stoltz schaute durch das Zielfernrohr seines G36-Sturmgewehrs. Es besaß zwar nur eine dreieinhalbfache Vergrößerung, dafür war es aber mit einer Laser-Ziel-Vorrichtung ausgestattet.

Dalina setzte ihr Fernglas wieder an und nickte. Sie konnte zwar kaum mehr als den Kopf des Jungen sehen, aber der blonde Wuschelkopf und die Art, wie er sich bewegte, waren eindeutig. Das war kein Zombie. »Stimmt. Aber ich sehe die anderen nicht.«

»Der wird doch nicht im Alleingang versuchen, den Kerl zu überwältigen? Der ist doch fast doppelt so groß.«

»Das nicht. Aber eins neunzig dürfte er schon sein.«

»Ich hab ihn im Visier.« Johannes war leicht in die Hocke gegangen, um seine Ellbogen auf dem Führerhaus des Pickups abzustützen.

»Aber nicht umbringen. Wir wollen doch wissen, wie er das anstellt.« Dalina hatte Sorge, dass ein Kopfschuss ihre Bemühungen zunichtemachen würde.

Johannes zielte sorgfältig und kniff dabei ein Auge zu. »Keine Sorge. Das sind ziemlich exakt einhundertvierzig Meter. Wenn der Kerl den Kleinen angreift, schieße ich ihm ein Ohrläppchen weg«, sagte er mit beruhigender Stimme.

»Dann müssen wir aber anschließend machen, dass wir hier wegkommen.« Argwöhnisch schaute Stoltz zu der Gruppe Zombies hinüber, die jetzt irgendwie ein paar Meter näher zu stehen schienen, als noch vor ein paar Minuten. »Wenn du schießt, bekommen wir Besuch.«

Dalina starrte durch das Fernglas und kniff die Lippen zusammen. Der Junge versuchte tatsächlich, sich an den Mann mit dem weißen Kittel heranzuschleichen. Wie wollte er den Kerl denn ausschalten? Und wo waren Martin und die anderen? Noch während sie das dachte, drehte sich der Mann plötzlich zu Buster um. Nach ein paar Augenblicken der Überraschung machte er einen Schritt auf Buster zu.

Das mit dem Ohrläppchen war natürlich maßlos übertrieben und Johannes machte sich schon Sorgen um seine Zielgenauigkeit. Das G36 von Heckler & Koch war eigentlich als Sturmgewehr konzipiert, funktionierte also im mittleren Nahbereich bis achtzig Meter hervorragend. Vor allem durch das aufgesteckte Laservisier. Allerdings hatte es ein oder zwei Jahre vor dem Zusammenbruch eine große Kontroverse um die Zielgenauigkeit im Long-Range-Bereich gegeben. Theoretisch konnte man Ziele bis in achthundert Metern Entfernung treffen. Insofern waren die hundertvierzig, die er jetzt laut Zieloptik überwinden musste, noch weit unterhalb der Problemzone.

Als sich der Professor umdrehte, legte Johannes mit dem Daumen den Sicherungshebel um und atmete langsam aus. Deutlich konnte er den grünen Laserpunkt auf der linken Schulter des weißen Kittels ausmachen. Als der Arm zum Schlag nach oben ging – zumindest sah es so für ihn so aus –, reichte ein winziger Druck des Zeigefingers am Abzug. Mit einem lauten Knall löste sich ein einzelner Schuss.

»Treffer«, kommentierte Stoltz, der sein Gewehr stehend auf den Mann angelegt hatte. Er setzte ab und schaute auf die Gruppe Zombies in Richtung des Zugangs zur Zitadelle. Dieses Mal waren sie wirklich in Bewegung. Sie waren nicht ungewöhnlich schnell, sahen aber frischer und weniger verfallen als die üblichen Zombies aus. »Wir müssen uns zwar nicht beeilen, zwei Minuten haben wir sicherlich noch, aber dann sollten wir von hier verschwinden.«

Dalina nickte. Die Gestalt des Professors war verschwunden. Sehr wahrscheinlich zusammengesackt und am Boden. Das konnten sie von ihrer Position nicht ausmachen. Aber sie wartete noch auf eine Reaktion von Buster. Oder darauf, dass Martin in ihrem Blickfeld auftauchen würde. Aber nichts dergleichen geschah – jedenfalls nicht sofort. Buster stand über eine Minute lang einfach nur still da und schaute nach unten, vermutlich auf den Professor. Erst als Dalina gerade das Fernglas absetzen und verstauen wollte, winkte ihnen Buster zu. Sie hatte sogar den Eindruck, dass er fröhlich war.

Das laute Räuspern von Stoltz erinnerte sie daran, dass die Gefahr noch nicht vorbei war. Sie zog die Tür des Amarok auf und stieg auf den Fahrersitz. Von ihrer erhöhten Position aus konnte sie jetzt durch die Seitenscheibe des Beifahrers die Front der Zombies sehen, die sich bereits bis auf fünf Meter genähert hatte. »Hoffentlich«, murmelte sie. »Hoffentlich …«

60

Klein war nun mal kein Mensch, der feurige Reden schwingen konnte. Und zwingen wollte und konnte er seine Leute nicht. Zum einen hatte er mittlerweile mitbekommen, was die Männer und Frauen in den letzten Stunden durchgemacht hatten, zum anderen waren die Männer, die ihm bei der Durchsetzung beigestanden hätten, deutlich in der Unterzahl. Von dem Mädchen am Funkgerät hatte er noch erfahren, dass Wasmuth und Krappke wohl kurz zuvor noch am Leben waren. Die Schilderung des Mädchens war nicht sehr detailliert, was durch ihre Aufgeregtheit durchaus nachvollziehbar war.

Klein machte aus der Verweigerung der Neuankömmlinge eine Tugend und trug ihnen auf, zumindest alles für einen Umzug vorzubereiten. Das hieß im Klartext, dass sie mithilfe der Sterns alle brauchbaren Lebensmittel und potentielle Waffen zusammentragen sollten. Schützenhilfe bekam er erstaunlicherweise ausgerechnet von Köppke, der offenbar langsam wieder zu sich selbst fand.

Die Schilderungen, nicht nur von ihrem eigenen Mann, hatten auch bei Mirjam Stern endlich zu der Einsicht geführt, dass das Einkaufscenter in naher Zukunft alles andere als sicher sein würde. Sie und ihr Mann hatten doch tatsächlich sofort ein Notebook zur Hand, in dem penibel die Bestände und ihre Lagerorte verzeichnet waren. Klein war sofort klar, dass sie mit dem Bus nur einen Bruchteil davon würden transportieren können. Deshalb hatte er sich zwei Aufgaben gestellt, die er mit nur vierzehn Mann erledigen wollte. Zum einen brauchten sie noch wenigstens zwei große Fahrzeuge. Am liebsten wären ihm große Lastkraftwagen gewesen. Zur Not täten es aber auch Kastenwagen. Die andere, wichtigere Sache war aber, so schnell wie möglich zur Zitadelle zu kommen.

»Ich kenne da den Betriebshof einer kleinen Spedition«, erlöste Dennis Stern den Feldwebel aus seinem Dilemma. »Ich war dort bis zum Zusammenbruch für die EDV verantwortlich. Ich weiß in etwa, wo die ganzen Schlüssel hängen.«

Schlüssel waren das A und O. Nicht nur, dass ein guter Teil der Fahrzeuge, die überall herrenlos herumstanden, häufig durch verdorbenen Treibstoff mittlerweile unbenutzbar war. Es war auch leider nicht so einfach, Autos mal eben so kurzzuschließen, wie es in vielen Spielfilmen früher gezeigt worden war. Die Gefahr, einer Attacke durch Untote ausgesetzt zu sein, während man sich im Auto damit abmühte, lohnte häufig das Risiko nicht.

»Ist kein großer Umweg. Sie setzen uns dort ab, ich besorge die Schlüssel und dann werden wir sehen. Bei zehn bis fünfzehn Fahrzeugen müsste ja wohl das eine oder andere dabei sein, das noch fahrtüchtig ist. Vier bis sechs Mann sollten reichen. Und vielleicht«, er lächelte versonnen, »sehe ich ja ein paar von meinen alten Kollegen wieder.«

61

Krappke war seinem Gefreiten und den beiden Zivilisten mit knapp zwei Minuten Abstand gefolgt. Die drei waren den langen Weg zur Festungsmauer hochgelaufen und bereits fast oben angekommen. Fast. Denn eigentlich hätten sie im Dauerlauf schon beinahe aus seiner Sicht sein müssen. Dass Krappke sie immer noch sehen konnte, lag schlicht daran, dass sie sich kurz vor dem Ende des Weges in eine Sackgasse manövriert hatten. Eingekreist von etwa zwanzig Zombies, kamen sie weder vor noch zurück. Ob einer oder alle drei unvorsichtig waren oder ob sie einfach nur Pech hatten, spielte gar keine Rolle. Bewegung wurde von den Untoten wahrgenommen und zog sie magisch an. Wie eine Schlinge zog sich der Ring von Zombies um sie zusammen.

Krappke rannte noch schneller. Sein Herz pumpte und der Adrenalinspiegel sprang in ungeahnte Höhen. Noch im Laufen zog er das Beil, das er hinter seinem Rücken in seine Koppel gesteckt hatte. Den ersten Zombie, den er erreichte, rannte er einfach um. Mit der Schulter voran traf er den ahnungslosen Untoten in den Rücken und schleuderte ihn links über das Geländer. Der zweite Untote hatte sogar noch die Gelegenheit, den Kopf halb zu wenden, bevor ihm das Beil zwischen dem rechten Augenwinkel und der Nasenwurzel schräg durch das Gesicht fuhr und es nahezu komplett wegschnitt. Krappke hatte das Beil mit Schwung voll durchgezogen. Den für Zombies so lebenswichtigen Teil hatte er nicht getroffen. Der Zombie stand immer noch aufrecht, aber ohne Ober- und Unterkiefer biss es sich schlecht.

Nun kam auch Bewegung in den Gefreiten, Martin und den Rocker Emre. Sie gingen ebenfalls zum Angriff über. Emres Machete stand Krappkes Beil, was blutrünstige Tötungen anbelangte, in nichts nach. Allerdings musste er meist auch mehrfach zuschlagen. Tiefe Stiche und Schnittwunden beeindruckten die Zombies in der Regel wenig. Am effektivsten war ohne Zweifel Martin mit seiner Eisenstange. Er überlegte immer recht lange, wo und wie er treffen wollte, hatte dafür aber im Normalfall zu hundert Prozent Erfolg.

»Krappke, was machen Sie denn hier? Sie sollten doch auf die Kids aufpassen.«

»Was ich hier mache? Ihnen den Arsch retten. Schon wieder.« Krappke hatte sich fast bis zu ihnen durchgekämpft, als er über einen der toten Untoten stolperte. Er fiel der Länge nach hin und schlitterte über den Schotter. Fluchend kam er auf die Knie und robbte erst noch zwei Meter weiter, bevor er wieder in die Höhe kam. Er hatte die Gruppe um den Gefreiten Wasmuth erreicht. Hose und Hemd waren zwar zerrissen und die Handballen vom Sturz blutig gescheuert, das hinderte ihn aber nicht daran, die Kameraden frech anzugrinsen.

Viel Zeit für Smalltalk blieb allerdings nicht. Sechs oder sieben Zombies weniger bedeuteten, dass ihnen immer noch wenigstens ein Dutzend auf die Pelle zu rücken versuchten. Und das waren nur die in unmittelbarer Nähe. Der Kampflärm hatte ihnen erneut die Aufmerksamkeit einzelner Zombies in der Nähe eingebracht, die sich prompt in ihre Richtung in Bewegung setzten. Immerhin hatten sie den Durchbruch zum Weg auf der Festungsmauer geschafft. Vor ihnen standen nur vereinzelt ein paar Untote. Dafür folgte ihnen ein kleiner Pulk.

»Da vorn ist der Zugang zur Bastion. Da müssen wir hin.« Martin stach, wann immer er dazu ansetzte, den Untoten gezielt von unten durch den Kiefer in den Schädel. Aber langsam wurden ihm die Arme lahm. »Die Eisenstange ist schwerer, als sie aussieht«, ächzte er. »Und sie wird von Mal zu Mal schwerer.«

»Und die Machete wird immer stumpfer.« Dass das nur eine Ausrede für seine ebenfalls nachlassenden Kräfte war, hätte Emre niemals zugegeben. Trotzdem hackte er weiterhin wie ein Berserker nach links und nach rechts. Gelegentlich flog auch ein Kopf beiseite. Meistens aber trennte er mit seinen Hieben nur Gliedmaße ab.

Ganz plötzlich war es vorbei. Die Zombies waren stehen geblieben oder wehrten sich nicht mehr. Auf jeden Fall hatten sie aufgehört, die kleine Gruppe zu attackieren. Verwundert über die Plötzlichkeit, traute sich aber niemand, stehen zu bleiben und das weiter auszutesten. Den Weg hinauf kamen immer noch Zombies, die augenscheinlich nicht davon betroffen waren und weiterhin nach Blut und Menschenfleisch gierten. Sie achteten darauf, nicht zu dicht an den apathisch dastehenden Untoten vorbeizulaufen, aus Angst, ihr Glück könnte sie verlassen.

»Das ist das Werk dieses Professors, jede Wette. Er kann sie offensichtlich nach Belieben steuern«, meinte Emre.

»Da wäre ich mir nicht so sicher. Dann hätte er uns doch längst eine Armee auf den Hals gehetzt.«

»Das setzt aber voraus, dass er von uns weiß. Aus diesem Grund haben wir ja deine Dalina dort unten gelassen.«

»Sag ihr das doch mal ins Gesicht, dass sie meine Dalina ist«, sagte Martin grinsend. »Kann ich nur gewinnen bei.«

»Hach. Ist doch nur ein Mädchen. Wobei ich zugeben muss, dass sie einen mächtigen Schlag …«

Die Vierergruppe hatte fast den Zugang zur Bastion erreicht, als ein einzelner Schuss durch die ansonsten vorherrschende Stille hallte.

»Stoltz oder Johannes. Das war auf jeden Fall ein Sturmgewehr. Kaliber fünf sechsundfünfzig.«

Vorsichtig umrundeten sie die kleine Ansammlung von Linden und entdeckten Buster, der geradezu fröhlich in Richtung Straße winkte. Zu seinen Füßen hockte jammernd der Mann, den sie bislang immer als verrückten Professor betitelt hatten. Dabei sah er, trotz seiner wilden weißgrauen Haarpracht, aus der Nähe betrachtet eher wie ein Bodybuilder aus. Trotzdem schien er im Moment nicht mehr als ein Häufchen Elend zu sein. Jammernd presste er seine Rechte an die linke Schulter und wippte, fast im Schneidersitz sitzend, vor und zurück. Zwischen seinen Fingern quoll einiges an Blut hervor und besudelte den ohnehin nicht mehr frischen Kittel.

Krappke hockte sich vor den Mann und schob dessen Hand von der Wunde. Ein fachmännischer Blick über die Schulter und unter den Kittel reichte ihm. »Glatter Durchschuss. Durch das Schulterblatt. Mit unseren Mitteln kein Problem, aber der Arm wird wohl steif werden.« Dann hob er das Kinn des Mannes an, sodass dieser ihn anschauen musste. »Sind Sie klar im Kopf? Wissen Sie, wie Sie heißen?«

Der Mann schaute Krappke aus glasigen Augen verständnislos an.

»Er ist tot, Jim«, scherzte ausgerechnet Emre, von dem man durch seine Rocker-Vergangenheit kaum einen besonders hohen TV-Konsum erwarten würde.

Die Reaktion des Wissenschaftlers auf das Zitat war aber mehr als bemerkenswert. Sein Blick klärte sich plötzlich und er hörte auf, mit dem Oberkörper hin und her zu wippen. »Nein. Ich bin kein Zombie. Ich bin nicht tot«, stieß er hektisch hervor. Er sprach zwar Deutsch, aber dem Tonfall und dem Klang der Stimme nach war er Brite. Und offenbar hatte er panische Angst davor, für einen Zombie gehalten zu werden.

»Nur die Ruhe, Alter. Das war nur Spaß.« Tote Menschen unterschieden sich in der Regel in ihrer Art ziemlich deutlich von lebenden, weswegen Emre gar nicht so genau nachvollziehen konnte, warum der Mann solche Angst hatte. Es musste damit zusammenhängen, dass für ihn Zombies eher nur stoisch dastehende Untote waren. Keine nach Blut und Menschenfleisch gierende Monster.

Wasmuth dagegen sah die Sache pragmatischer. Wenn der Kerl schon Angst davor hatte, musste man das auch nutzen. »Um sicherzugehen, dass Sie kein Zombie sind, sollten Sie mir ein paar Fragen beantworten.« Der Mann nickte, während er Krappke gewähren ließ, der an seinem Arm herumdokterte. »Wer sind Sie und wie stellen Sie das an?« Wasmuth zeigte in die Runde. Auf der Bastion selbst standen etwa zehn Untote wie Statuen einfach in der Gegend herum.

»Mein Name ist Professor Doktor Geoffrey Jones. Ich arbeite für die britische Regierung seit vielen Jahren am Projekt Tunguska-Stein. Mehr darf ich Ihnen nicht verraten.«

»Sonst müssten Sie uns töten?« Emre hatte offenbar gefallen an der Benutzung von Filmzitaten gefunden. Aber wieder verstand der Professor den Witz nicht. Er nickte nur vollkommen ernst.

Krappke war dabei, mit seinem Messer den Kittel und die bunte Bluse darunter fachgerecht in seine Einzelteile zu zerlegen, um besser an die Wunde zu kommen. Als er einen Teil des Kittels zur Seite werfen wollte, wurde das Gesicht des Professors aschfahl und hastig griff er, trotz der Schmerzen, mit dem verletzten Arm nach dem Fetzen Stoff.

»Das brauche ich noch.« Wie ein kleines Kind, das Angst hatte, dass man ihm sein Stofftier wegnehmen würde, klemmte er sich den Rest des Kittels in die Armbeuge.

Krappke stutzte zwar, versuchte aber, den Mann zu beruhigen. Er hatte in den vergangenen Jahren mehr als einen gestandenen Mann gesehen, der bei dem, was er erlebt hatte, noch verrückter war als Professor Jones. »Behalten Sie es ruhig. Das nimmt Ihnen doch keiner weg. Lassen Sie mich nur noch nach der Wunde sehen. Einverstanden?«

Martin hatte die Szene skeptisch beobachtet. Auch er hatte schon eine Menge verrückte Sachen gesehen, aber dass der Professor so manisch das Stück Stoff verteidigte, das kam ihm doch sehr spanisch vor. »Zeigen Sie mal her«, forderte er den am Boden Sitzenden deshalb auf. Dass er das Teil nicht freiwillig rausrücken würde, war ihm bewusst. Deshalb griff er beherzt zu und riss es dem Mann aus der Hand.

»Professor Jones.« Wasmuth war genervt von der Unterbrechung und wollte Antworten. Er stellte sich zwischen den Professor und Martin, der intensiv das Stück Kittel untersuchte, um die Aufmerksamkeit auf sich zu lenken. Aber der Professor konnte sich gar nicht mehr beruhigen.

»Fassen Sie das nicht an. Vorsicht! Sie machen es kaputt.«

»Hey!«, brüllte Wasmuth ihn an und ging in die Hocke, um auf Augenhöhe zu kommen. »Hier spielt die Musik. Ich will von Ihnen wissen, wie Sie die Zombies ruhigstellen.«

»Ich weiß es.« Triumphierend zog Martin aus der Brusttasche des zerschnittenen Kittels einen etwa zigarettenschachtelgroßen Kasten aus weißem Plastik heraus. Er war etwa einen Zentimeter dick und besaß lediglich eine grün leuchtende Kontrolldiode an der Stirnseite. Kein Display, kein Schalter und kein Typenschild.

Es sah aus wie das Elektronikprojekt eines Siebtklässlers, der sein erstes eigenes Taschenradio zusammengebastelt hatte. Nur eben ohne Bedienelemente. Das panische Gesicht des Professors bewies, dass er richtig lag.

»Okay, Professor. Dann erklären Sie uns mal, was es damit auf sich hat. Sonst wird mein Freund Martin das unwichtige Ding einfach über die Festungsmauer in den Graben werfen. Oder?« Natürlich würde er den Teufel tun und von Martin verlangen, dass er das Gerät über die Mauer warf. Schließlich war das Teil möglicherweise die Lösung für all ihre Probleme. Aber rationales Denken war im Moment offenbar nicht die Stärke des Professors.

»Das ist ein HF-Sender, der auf einer ganz bestimmten Frequenz die Kommunikation der freien Nano-Sporen untereinander sowie mit den unfreien unterbindet. Wenn Sie es zerstören, sind wir alle tot.«

»Was sind Freie und Unfreie?« Von den ominösen Nano-Sporen hatte Wasmuth bereits in der Kaserne von Leutnant Zasinski gehört. Die dortigen Wissenschaftler hatten die Existenz nachgewiesen, wussten aber mit der Information nichts weiter anzufangen. Ihn hatte es auch nicht sonderlich interessiert. Er hatte zwar den beiden alles Glück der Welt gewünscht, dass sie eine Lösung für das Problem finden würden, aber bis es so weit war, interessierte er sich kein bisschen dafür.

»Freie Nano-Sporen befinden sich überall um uns herum. Sie sind quasi die Augen und Ohren der Zombies. Sie geben die Informationen an die unfreien Nano-Sporen weiter, die damit ihre Wirte zu Handlungen anregen können. Wenn man die Kommunikationswege also unterbricht, sind die Zombies praktisch handlungsunfähig.«

»Und da soll kein anderer draufgekommen sein?« Ungläubig betrachtete Martin den simplen Kasten.

»Wahrscheinlich schon. Nur muss man halt sehr genau wissen, auf welcher Frequenz man senden muss, um das zu bewerkstelligen.«

»Wie viele von diesen Teilen haben Sie denn?«

»Transportabel? Nur das hier. Ist mein selbst entwickelter Prototyp. Im Labor gibt es natürlich noch die fest installierte Version. Aber die Wirkung reicht nicht bis nach hier oben.«

»Woher wissen Sie, welche Frequenz Sie manipulieren müssen?«

»Weil wir Sie selbst bestimmt haben.«

»Heißt das etwa, dass Sie das Virus entwickelt haben?« Krappke hatte die Untersuchung unterbrochen, weil er dem Professor ebenso fasziniert zuhörte wie alle anderen. Als nun alle wild durcheinanderredeten und spekulierten, hatte Krappke seine Wut kaum noch unter Kontrolle. Mit dem Zeigefinger stach er kräftig auf die Wunde, die er vollkommen freigelegt hatte, und schrie den Professor an: »Ich will jetzt die ganze Geschichte hören, und zwar von Anfang an. Wer hat wann was gemacht? Wer ist für die Apokalypse verantwortlich? Lassen Sie nichts aus. Und wenn mir nicht gefällt, was ich höre, dann schmeiße ich Sie persönlich dort über die Mauer. Haben Sie das verstanden?«

Professor Jones war sichtlich eingeschüchtert. Vor allem der Schmerz in seiner Schulter, als Krappke draufgetippt hatte, überzeugte ihn, sich alles von der Seele zu reden. Und so begann er vom Absturz des Meteors in Sibirien im Jahr 1908, dem Auffinden des Meteoritenkerns und den ersten Experimenten in London bis hin zu seiner Vermutung, dass ein Kollege in Indien die Katastrophe absichtlich ausgelöst haben musste, zu erzählen. Er redete schnell und detailliert. Ganz so, wie Krappke es verlangt hatte. Als er fertig war, sackte er erleichtert in sich zusammen. Offenbar war er sogar froh darüber, seine Geheimnisse mit jemandem geteilt zu haben.

Martin war nach dem Bericht des Professors bis an die Kante der Bastion gelaufen und schaute nachdenklich hinüber zur Straße. Von Dalina und den beiden Soldaten war nichts zu sehen. Vereinzelt liefen ein paar Zombies in Richtung der Altstadt, sehr wahrscheinlich angelockt von dem einzelnen Schuss. Wo Dalina jetzt war, wusste er nicht. Sie hatten vergessen, etwas für die Zeit nach der Einnahme auszumachen. Vermutlich würde sie nun auf einem ähnlichen Weg wie sie versuchen, in die Festung zu gelangen. Die Vermutung des Professors, wer Schuld an der Zombiecalypse war, so brisant sie auch für eine Nachrichtensendung gewesen wäre, änderte an der zukünftigen Welt nichts. Der einzige Lichtblick war der kleine HF-Sender. Professor Jones war kooperativ genug, um ihnen den Nachbau des Gerätes zu ermöglichen. Die Bauteile dazu würden sie zuhauf in den einschlägigen Elektronik-Fachmärkten finden. Und wenn jeder so ein Gerät bekam, würde die Welt schon wieder weitaus rosiger aussehen. Dann würde es ans Aufräumen gehen.

Martin dachte an die vielen Menschenleben, die durch diese … ja, was eigentlich? Unachtsamkeit? Absicht? Was auch immer. Er dachte an die unzähligen Menschenleben, die dadurch ausgelöscht worden waren. In beiden Fällen war jemand dafür verantwortlich, den man wohl kaum noch dafür zur Rechenschaft würde ziehen können. Außerdem hatten sie in der Zukunft sicherlich noch ganz andere Probleme.

»Feldwebel Klein hat sich gemeldet.« Wasmuth war neben Martin getreten und schaute in dieselbe Richtung. »Sie haben drei Siebeneinhalbtonner gefunden, mit denen sie die Vorräte jetzt hierherbringen werden. Klein kommt aber in der nächsten halben Stunde schon mit dem Bus.«

Martin nickte. Dann starrten sie gemeinsam eine Weile ins Nichts und hingen ihren Gedanken nach.

»Sie sollten sich nicht allzu viele Gedanken machen«, unterbrach Wasmuth die Stille. »Jetzt hilft nur noch, nach vorne zu schauen. Vielleicht bauen wir nicht alles wieder auf, aber das meiste.«

»Ich weiß. Aber das wird ein hartes Stück Arbeit. Die Welt stinkt buchstäblich zum Himmel. Wir müssen die Zombies und die Toten beseitigen, für die Zukunft die Lebensmittelversorgung in Gang bringen, die HF-Sender bauen und verteilen. Wir sind dafür einfach viel zu wenige, um das alles zu schaffen.«

»Und wir werden mit Sicherheit noch einiges an Opfern zu beklagen haben. Bis alle mit den HF-Sendern ausgestattet sind, wird es noch dauern. Wir können uns ja nicht die ganze Zeit über im Umkreis von nur zwanzig Metern bewegen.«

»Und bis dahin wird es weiter Streit und Begehrlichkeiten geben.«

»Ja sicher. Manchen wird die Zeit eine Lehre sein. Andere werden sich weiterhin gegenseitig die Köpfe einschlagen. Oder die Sender versagen. Menschen werden weiterhin sterben. Wir können die Welt nicht von heute auf morgen verändern. Aber irgendwann wird es wieder besser werden. Emre zum Beispiel.«

»Was ist mit Emre?«

»Er hat mehrfach die Möglichkeit gehabt, seine Drohung Ihnen gegenüber wahr zu machen. Stattdessen hat er Ihnen sogar das Leben gerettet.«

Martin grinste. »Das heißt nicht, dass er sich komplett geändert hat.«

»Nein, vielleicht nicht. Aber ich denke, er ist zu der Überzeugung gelangt, dass man nur gemeinsam etwas erreichen kann.«

»Mal sehen, wie lange das anhält. Übrigens, ich bin Martin.« Er drehte sich zu Wasmuth und reichte ihm die Hand.

»Alexander.«

»Also gut. Sehen wir zu, dass wir deinen Feldwebel hier hereinbekommen.«

Epilog

Es war Abend geworden, bis Martin Pralak es sich in seinem Liegestuhl auf der Aussichtsplattform des Juliusturms bequem machen konnte. Die Arbeit in dem kleinen Gemüsegarten, den er auf der Bastion König gleich am Fuße des Turms angelegt hatte, musste schließlich auch erledigt werden. Die Tomaten waren mehr als reif.

Fast der ganze Tag war wieder für die Verwaltungsaufgaben der Domäne Brandenburg draufgegangen. Im Jahr 7 nach der Apokalypse wurde es immer schwerer, die Leute dazu zu bewegen, bestimmte Dinge zu erledigen. Deswegen musste er vieles selbst machen.

Seit die Zombies nur noch eine rudimentäre Gefahr darstellten, zog es die Menschen viel lieber in die Städte. Die Abenteuerlust ließ sie Wohnungen aufbrechen und plündern, Dinge entdecken, Schätze horten, die letzten Zombies jagen. Und all das unter dem Deckmäntelchen des Wiederaufbaus. Aber wer konnte es ihnen verdenken. So etwas wie eine Staatsmacht, die auch Macht besaß, gab es schließlich nicht mehr. Als Domänen-Oberhaupt besaß er so gut wie keine Möglichkeit, das zu verhindern. Vor allem die Jungen nutzten das Fehlen von Grenzen und Verboten hemmungslos aus.

Immerhin kamen wenigstens ein paar von ihnen immer wieder zur Zitadelle, um Waren zu tauschen. Die Festung war nicht nur

Verwaltungssitz, sondern auch Warenumschlagplatz und Produktionsstätte für die HF-Sender geworden. Martin hatte in solchen Fällen lange Listen von Gütern parat, nach denen er die Abenteurer Ausschau halten ließ. Manche blieben auch länger, wenn sie genug von diesem Treiben hatten und die Langeweile sie zwang, wieder einmal etwas völlig anderes zu tun.

So wie Lutz und seine Baumarkttruppe im letzten Jahr. Bis nach Rimini in Italien wollten sie, um im Meer zu baden und Ausschau nach anderen Überlebenden zu halten. Als sie in der Nähe von Venedig die Adria erreicht hatten und Hunderttausende von Zombies treibend in der Lagune vorfanden, war ihnen die Lust auf das Baden vergangen. Lutz hatte ihm Videos und Fotos gezeigt, und ihm war beinahe schlecht geworden bei dem Anblick.

Seit ihrer Rückkehr sorgten sie in Martins Auftrag für das systematische Öffnen jedes Hauses, jedes Kellers und jedes Hinterhofes. Ziel war es, auch noch den allerletzten Untoten ins Freie zu lassen. Ein nicht ungefährlicher Job, weil dazu die persönlichen HF-Sender abgeschaltet werden mussten. Sonst würden die Kreaturen nur sehr zögerlich ihre angestammte Räumlichkeit verlassen.

Aktuell lebten in der Festung gerade einmal zwei Dutzend Menschen. Abgesehen von Lutz und seiner Gang waren das hauptsächlich ältere Semester und Kranke. Aber immerhin versorgten sie sich alle selbst und produzierten nebenbei immer noch Unmengen an HF-Sendern. Die gaben sie Durchreisenden mit, um sie überall zu verteilen, wo es noch nötig war. Auf diese Weise gab es mittlerweile in Brandenburg kaum noch einen Fleck, an dem Zombies Angst und Schrecken verbreiten konnten. Martin schätzte, dass es in ganz Deutschland noch an die einhunderttausend Überlebende geben mochte. Auch wenn die Baupläne und Anleitungen dazu bereits in alle möglichen Winkel der ehemaligen Republik geschickt worden waren, lag noch eine Menge Arbeit vor ihnen.

Tock, tock, tock.

Martin schreckte hoch. Mit Besuch hatte er nun gar nicht gerechnet. Er drehte sich in seinem Liegestuhl zur Seite und schoss dann freudestrahlend in die Höhe. Die Flasche Cola stellte er auf den Beistelltisch, dann breitete er lachend die Arme aus. Sie umarmten sich so herzlich wie Verwandte.

»Dennis, mein Großer. Was treibt dich zurück in die Heimat? Und wo hast du Mirjam gelassen?« Das war die falsche Frage, wie er an Dennis Sterns Gesichtsausdruck ablesen konnte.

»Mirjam ist nicht mehr.« Dennis löste sich von seinem alten Freund und lehnte sich an eine der Zinnen des Turms. Er presste gequält die Lippen aufeinander und schaute zu Boden.

»Was ist passiert?« Martin versuchte, behutsam die Hintergründe zu erfahren. Er kannte Dennis und Mirjam lange genug, um Anteil an ihrem Schicksal zu nehmen.

»London ist passiert. Ist schon fast ein Jahr her. Gleich nachdem wir mit Klein und dem Professor dort ankamen. Von marodierenden Soldaten erschossen.« Dennis schaute zu Martin auf und neigte leicht den Kopf. »Was soll man machen? Die Welt ist heute eben so.«

»Dennis. Das ist doch Blödsinn. Die Welt ist das, was wir daraus machen. Es war doch sowieso eine Schnapsidee, nach den Verantwortlichen suchen zu wollen.«

»Tja. Die Verantwortlichen sind seit Jahrzehnten tot. Von Churchill über Thatcher bis Blair. Es ging aber eigentlich auch mehr um Antworten.«

»Und? Habt ihr welche gefunden?«

Dennis schüttelte den Kopf und zeichnete mit seiner Fußspitze Kreise in den staubigen Boden. »Nein, natürlich nicht. London ist genauso ein Hexenkessel wie Hamburg, Rotterdam, Paris oder Berlin.« Damit zeichnete Dennis gleich ein paar Stationen ihrer fünfzehnmonatigen Reise nach. »Vielleicht sogar schlimmer. Rotterdam, London und Paris mussten wenigstens vier Jahre länger unter der Bedrohung durch die Zombies leiden. Die Überlebenden sind zum größten Teil schlichtweg verhungert.«

»Ein Schicksal, dem wir letztlich auch ausgesetzt gewesen wären.«

»Gott sei Dank hat Dalina den richtigen Riecher gehabt. Apropos, Dalina hat immer noch Hummeln im Hintern?«

Froh über den Themenwechsel grinste Martin von einem Ohr zum anderen. »Jap. Sie ist mit ihren beiden Trabanten ständig auf Achse und lockt die freigelassenen Zombies von Berlin fort.« Die beiden Trabanten, wie Martin sie amüsiert nannte, waren Bernd und Johannes. Die beiden jungen Kerle himmelten Dalina geradezu an. Sowohl Martin als auch Dennis bezweifelten aber, dass auch nur einer von den beiden jemals die Chance auf mehr bekam. Eher würde die Hölle zufrieren und die Toten aus ihren Gräbern steigen. Obwohl … letzteres war ja bereits eingetroffen. Zumindest zum Teil.

»Lohnt sich das denn noch?«

»So eine riesige Herde, wie wir sie hier vor der Zitadelle stehen hatten, gibt es sicherlich nicht mehr.« Mit Schaudern dachten beide an den Frühling vor fünf Jahren, als die ursprünglich knapp zwanzigtausend Zombies aus Potsdam die Zitadelle erreicht hatten und auf ihrem Weg nach Spandau sogar noch auf mindestens das Fünffache angewachsen waren. Ohne die HF-Sender hätte am Ende sogar die Zitadelle fallen können. Der Festungsgraben war unter den Leibern der Untoten verschwunden. »Aber sie führt die Zombies jetzt im Hunderterpack irgendwohin. Keine Ahnung. Ich glaube, sie bringt sie dazu, ihr ins Wasser zu folgen. Unter Wasser hört die Hirnaktivität nach einiger Zeit auf. Ein relativ humaner Tod für Untote.«

Dennis erinnerte sich noch gut daran, welch einen Aufstand Martin gemacht hatte, als Klein anfing, große Herden mit Benzin zu verbrennen. Seitdem sie keine Gefahr mehr darstellten, hatte Martin argumentiert, gäbe es keinen Grund mehr, die bemitleidenswerten Opfer der Zombiecalypse zu quälen. Schließlich wusste von ihnen niemand, wie viel Mensch noch in den Hirnen der Untoten steckte. »Und Emre? Benimmt er sich immer noch?«

»Emre ist Emre und wird immer Emre bleiben. Als ihr euch auf den Weg gemacht habt, meinte er sich am Ziel seiner Wünsche. Sechs Wochen lang hat er hier den Laden geschmissen. Dann hatte er die Nase voll und ist mit einer Handvoll Gefolgsleute aus seiner neuen Clique auf und davon.«

»Vermutlich mit seiner Harley. Hat er gesagt, was er vorhat?«

»Das nicht. Ich schätze, es war ihm hier wohl zu langweilig. Aber da er einen Sack voll HF-Sender und jede Menge Bauanleitungen mitgenommen hat, befindet er sich wohl auf der Suche nach einem Ort, an dem er wieder der King sein kann.«

Martin und Dennis lachten. Emre war von der Eroberung der Festung an eigentlich gar kein so schlechter Kerl mehr gewesen. Nicht mehr vergleichbar mit dem Emre, den Martin zu Beginn der Zombiecalypse kennen und fürchten gelernt hatte. Dass er Martin nach dem Leben getrachtet hatte, erschien ihm im Nachhinein schon beinahe unwirklich. Sicher hing das auch mit der Anwesenheit von Feldwebel Klein und seiner Truppe zusammen. Die hielten zusammen wie Pech und Schwefel und hätten ihn ohne Zweifel unangespitzt in den Boden gerammt, wenn er sich daneben benommen hätte.

»Klein und seine Männer sind auch wieder zurück?« Martin hätte auch den Feldwebel gern umarmt und gedrückt. Genauso wie Wasmuth.

»Nein. Wir hatten per Funk Kontakt mit einer größeren Gruppe Überlebender in den USA. Dort war man ganz begeistert von unseren HF-Sendern.«

»Und? Ihr habt denen doch bestimmt die Bauanleitungen übermittelt?«

»Schon. Aber irgendwie bekommen die das nicht auf die Reihe. Sie haben niemanden in der Gruppe, der in der Lage wäre, das Gerät nachzubauen. Deswegen hat sich Klein dorthin aufgemacht.«

Martin grinste frech. »Das kann ich mir vorstellen. Klein als Missionar.«

»Oder als Eroberer.« Dennis nahm sich eine Cola aus der Kühlbox und beide lachten laut.

Die Sonne hatte den Horizont erreicht. Im roten Dämmerlicht sahen sie die schwarze Silhouette der Berliner Skyline. Deutlich konnten sie den Berliner Funkturm erkennen. Gemeinsam erfreuten sie sich eine Weile lang still an dem Schauspiel.

»Fast wie früher«, meinte Martin schwärmerisch.

Dennis räusperte sich und nahm einen Schluck aus der kleinen Flasche. »Ja, aber nur fast.«

ENDE

Sternenreich – Gesamtausgabe
Andreas Kohn

Das Sternenreich umfasst mehr als zwanzigtausend Systeme und Planeten. Menschen, Menschenabkömmlinge und Fremdwesen leben seit beinahe fünfhundert Jahren weitestgehend friedlich unter der Regierung eines Kaisers und seinem Hof auf Imperium Prime miteinander zusammen.

Das Schlachtschiff NOVALIT, auf Patrouillenfahrt zu den äußeren Systemen, weckt aus zunächst unerfindlichen Gründen das Interesse einer unbekannten Macht. Fremde dringen in das Schiff ein und versuchen, einen Fähnrich zu entführen. Dazu benutzen sie ein imperiales Kurierschiff, Codes die nur Angehörige bei Hofe vergeben können und die extrem seltenen Para-Gaben eines geheimnisvollen Zwergs.

Steht dieser Überfall vielleicht im Zusammenhang mit der Meldung über das Verschwinden des Kaisers auf dem entfernten Planeten Imperium Prime?

NEOCHRON-Trilogie

Andreas Kohn

Gestrandet in der Vergangenheit, ohne Möglichkeit in die eigene Zeit zurückzukehren, bleibt Jens Böttger nichts anderes übrig, als das beste aus seiner Situation zu machen. Selbst wenn das bedeutet, dass er dafür die Zukunft ändern muss.

E.-G.F. meint:

"Jens Böttger, Held dieser Serie, durchlebt so einiges. Und dieses Universum ist durchdacht, die Ideen pfiffig, die Wendungen überraschend."

FMJ meint:

"Faszinierende Story nach dem Prinzip: Was wäre, wenn …"

Band 1 - Eine zweite Chance

Band 2 - Tablet-Schach

Band 3 – Zeitbombe

Gus Masters: Lilith

Andreas Kohn

Kriegsveteran Gus Masters führt im Jahr 1869 einen der letzten Siedlertrecks nach Westen, als dieser von wahnsinnig gewordenen Gestalten angegriffen wird. Die Angreifer scheren sich weder um Schmerzen noch um schwere Verletzungen, und sie scheinen weder lebendig noch wirklich tot zu sein.

Nur mit Mühe und Not können sich die Überlebenden in den nächsten Ort retten. Doch auch hier geraten Gus Masters, die Siedler und nun auch Gumbles Bewohner mit den Horrorgestalten aneinander – und ihre Opfer reihen sich sogleich in das Heer der Untoten ein.

Dann tauchen merkwürdige Fremde auf, die eine unglaubliche Geschichte zu erzählen haben, und ein Kind mit geheimnisvollen Kräften wird geboren, um das ein erbarmungsloser Kampf entbrennt.

Band 1 der Reihe um den Westernhelden »GUS MASTERS«. Ein wilder Genre-Mix aus Western, Horror und Science Fiction.

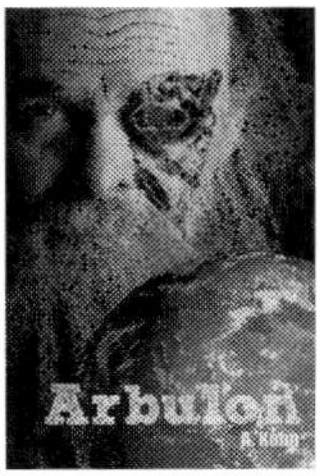

Arbulon

Andreas Kohn

Arbulon ist ein Wesen, das als Keim einer weit entfernten Welt die Erde erreicht und sich in deren Belange einmischt. Aber, kann ein außerirdisches Wesen wirklich menschlicher sein, als der Mensch selbst, und, über wie viel Macht muss dieses Wesen wohl verfügen, dass es so weit über den Dingen steht? Ist es wirklich so selbstlos? Oder ist es einfach nur gelangweilt?

Können die Menschen, die es sich zur Unterstützung seiner Ziele heranholt, überhaupt mithalten? Oder müssten sie dieses Wesen nicht sogar versuchen aufzuhalten, weil seine Ziele vielleicht doch nicht so eindeutig und zum Wohle der Menschheit sind, wie es vorgibt?

Die Takatomo-Verschwörung

Andreas Kohn

Die Welt hat sich grundlegend verändert. Die Nationalstaaten haben der Macht gigantischer Städte weichen müssen, in der die Menschen, sofern sie dem Staat nicht auf der Tasche liegen, glücklich und zufrieden leben können. Alle anderen werden zu zehntausenden in Armenhäuser gesperrt, damit sie das Stadtbild nicht verschandeln. Dort leben sie unter Bedingungen die man eher im Mittelalter erwarten würde, aber nicht im Jahr 2481.

Der Ermittler Ganex Garibaldi kommt einer Verschwörung auf die Spur, die das Leben der 100.000 Einwohner des Takatomo-Towers bedroht.

Um das schlimmste abzuwenden, bleiben kaum mehr als 30 Stunden.

27357217R00160

Printed in Poland
by Amazon Fulfillment
Poland Sp. z o.o., Wrocław